አምንኩስ'የ

ክምንኩስ'የ

ኣብ ሓቀኛ ዛንታ ዝተመርኮሰ

መርሃዊ ተኽላይ ኣውዓለ

ከምንኩስ'የ
ብመርሃዊ ተኽላይ ኣውዓለ

ንድፈ-መጽሓፍን ገበርን፡ ግራፊኮ ሰራውር
ስእሊ ናይ ቅድሚት ገበር፡ ኢንጅ. ርስቶም በረኸት

ISBN 978 - 1 -0688465 - 0 - 2

ወፈያ

ንዝኸሪ ክቡራት ወለደይ ተኽላይ ኣውዓለ
ወልደሃንስን ሂወት ባሻይ ጋይም መስመርን
ት፝ኹነለይ።

ትሕዝቶ

መኽድም

ጽሑፍ ምጽሓፍን ምንባብን ካብ ቀደመይ እፈቱ 'የ። ብርኸት ዝበለ ግጥምታትን ሓንቲ ሓጺር ድራማን'ውን ጽሒፈ ኔረ። ግና ኩሉ ግዜ ንጽሑፋተይ ምስ ነዓቕክዎ'የ። እዚ ይኹን እምበር፡ ንዝጽሕፎ ጽሑፍ ብሰባት ተቖባልነት ከም ዘለዎ ብመጠኑ መረዳእታ አለኒ። የግዳስ እንተስ ብጾዕቂ ትምህርትን ስራሕን እንተስ ብሕመቐይ ክሳብ 'ዛ ሰዓት 'ዚኣ ሓፋሽ ዘንብቦ ስነ-ጥባባዊ ስራሕ ከየበርከትኩ'የ ጸኒሐ። ካብ ካልኣይ ደረጃ ናብ ዩንቨርስቲ ከሰጋገር ከለኹ ንዝንባለ ደቂ-ሰብ ዝመሚ 'ብሳይኮመትሪ' ዝፍለጥ ዓይነት ፈተና ምስ ገበርኩ፡ ጋዜጠኛነትን መራኽቢ ብዙሃንን ከም ቀዳማይ ምርጫ መጺኡኒ። ብኽልተ ምኽንያት ግን አይተኻታተልክዎን፣ ካብ ካልኣይ ደረጃ ዝመጻእኩሉ መትረብ ትምህርቲ ስነ-ፍልጠት ስለ ዝነበረን፡ ኣብቲ ግዜቲ በዚ ልዕል ኢሉ ዝተጠቐስ ዓውደ ትምህርቲ ኣብ ኮለጃት ማይ ነፍሒ ንትምህርታዊ ጠለበይ ዝበቅዕ ደረጃ ስለ ዘይረኸብኩን።

አብዛ ዓለም 'ዚኣ ኩላትና ደቂ-ሰብ ነናትና ጸሓይ አላትና። መዓስ ትበርቀና መዓስከ ትዓርበና ግን ካብ ሰብ ናብ ሰብ ከፈላላ ይኸእል'ዩ። ሎሚ ዝተሸገረ ጽባሕ ከርህዎ፡ ሎሚ ብጽጋብ ሰባት ዝረግጽን ዝጉዕጽጽን ከአ ውዒሉ ሓዲሩ ክደንን

ምራአይ ኣብ ታሪኽ ወዲ ሰብ ተኣምር ኣይኮነን። ከም እ'ውን ካብ ሰብ በደል ንዝወረዶም ሰባት (ዕድሚኦም ብዘይ 'ገድስ) ኣቓልቦ ምኽላእን ቁስሎም ኣብ ግዜኡ ከፍውሱ ዘይምሕጋዝን ከይተረደኣና ቀምታ ንኽኽሽኑ ምትብባዕ ማለት'ዩ። ቀምን በቓልን ንነውሕ ግዜ ዓፊናዮ እንተ ተጓዒዝና ከኣ፥ ይቛልጥፍ ይደንጉ ምምሽማሹን ምፍንጃሩን ኣይተርፎን'ዩ። ኣብ ዞዕብዓበሉን ዝፍንጀረሉን ግዜ ከኣ ቀዳሞት ንሕና ኢና ንሽትትን ንደምን። ስለዚ ብትሕትና ከነብርን ንዘቓይመና ነጥቢ ድማ ብኣግኡ ማዕልቦ ከንገብረሉን ዘየማጉት ብልህነት'ዩ። ከመይ'ሲ እዛ ወዲ ሰብ ዝንብረላ ዘሎ ፕላኔት ኣብ ምልዛብን ነሓድሒድና እቕረ ኣብ ምበሃሃልን'ዩ ጥዕማን መቛረታን።

ዝኾነ ወላዲ ውሉዱ ብሕማቕ ከዓብን መጻኢኡ ከበላሾን ኣይደልን'ዩ። ድሌትን ተግባርን ግን ነንበይኑ'ዩ። ዝተፈላለዩ ጽጹያት ሓበሬታታት ከም ዘአንፍትዋ ምብትታን ሓዳር ከም ሎሚ ኣይበዝሐን። ድሕሪ ምብታን ሓዳር እቶም ቀዳሞትን ቀንድን ግዳያት ዝኾኑ ከኣ ህጻናት'ዮም። ብቐጽሪ ውሑዳት ዘይኮኑ ወለዲ ንነብሶም ከጥዕሞም ሓላፍነቶም ዝዝንግዑ'ውን ኣጋጢሞምና ይኾኑ'ዮም። ልክዕ'ዩ ሞት ካልኣይ የብሉን። ብህይወት ንዘየለ'ውን 'ትኽሰሉ ምኽንያት የለን። እዛ መጽሓፍ 'ዚኣ'ውን ንከምኡ ዕላማ ዝገበረት ኣይኮነትን። ምስ ዓይነ ብርኩ ከሎ ውላዱ ዘይናቢ ግን-ደሓን ኣንበብቲ ባዕልኹም ከትፈርድዋ ከገድፈኩም 'የ! ብዘይ ወለዱ ዝዓቢ ቆልዓ ምሉእ ሰብ ከም ዘይከውን ዝበዛሕና ንሰማመዓሉ ሓቂ እመስለኒ። ውላድና ብኻልእ ሰብ ወይ ትካል ከእለን ከዓብን እንተ ጀሚሩ ከጋጥሞዋ ዝኽእሉ ከበድቲ ማሕለኻታትን ብድሆታትን ህይወት እልቢ የብሎምን።

ብዙሓት ከም ዝሰማምዕሉ ቋንቋ መረዳድኢ ወይ መራኸቢ ጥራሕ ኣይኮነን። ቋንቋ ኣካል መንነትን ባህልን ሕብረተሰብ'ውን'ዩ። ብቋንቋ ታሪኻዊ ኣመጻጽኣን

አመዓባብላን ሕብረተሰባት ብምዝንታው አብ መንጎ ወለዶታት ስጡም ምትእስሳር ክፍጠር ይከአል። ብተወሳኺ ቋንቋ ዳይናሚካዊ ሓይሊ ስለ ዘለዎ እንተ ዘይተዓቀቡ በሪሱ ነበር'ያ ነበረ ክኸውን ይኽእል'ዩ። አብ ዝበርሰሉ ከአ ድሕረ ባይታን ክብርን ሕብረተ ሰባት ምስኡ ክሕከኽ ተኸእሎ አለዎ። ዘለናዮ ዘመነ ዓውለማውነት ነዚ ዛዕባ'ዚ ብዝለዓለ ተአፋፊ ይገብሮ። ብተወሳኺ አብ ሕብረተሰብ ትግርኛ ኤርትራ ብዙሓት ግጉያትን ጎዳእትን ልምድታት ጸኒሓምናን አለዉናን። ዝእረምሉን ወጊድ ዝበሃሉሉን ሜላታት አብ ምንዳይ ከአ ናይ ኩላትና ሓላፍነት'ዩ።

ትሕዝቶ መጽሓፍ ክጽሕፍ ከለኹ፡ ተመኩሮ አጠቓቕማ ፊደላት ቋንቋ ትግርኛ አብ ኮምፒተር ስለ ዘይጸንሓኒ ንኣሳልጦ ስርሓይ ብመጠኑ ንድሕሪት መጢጥዎ'ዩ። ንኣርታዕቲ 'ዛ መጽሓፍ ልዕሊ'ቲ ካልእ ስራሕ ዝኾኖም እንተ ኔሩ'ውን እዚ አቐዲም ዝጠቐስክዎ ሕጽረት ተመኩሮ ዝመበገሲኡ ጉድለት ሓደ ወይ ክልተ ፊደላት አብ ቃላት ተደጋጊሙ ይርአ ብምንባሩ'ዩ። ካልእ ነዛ መጽሓፍ ክጽሕፍ ከለኹ ብድሆ ዝኾነኒ እንተ ኔሩ ነየናይ ትግርኛዊ ስነ-ልቦና ከትጥቀም አለኒ ዝብል'ዩ። ኩላትና ከም እንግንዘቦ አብ ዝተፈላለየ ከባቢታት ዝነብሩ ናይ ሓደ ቋንቋ ተዛረብቲ፡ አብ አጠቓቕማን አበሃህላን ቋንቁኡም ብዝሑ ብዘይ 'ገድስ ይፈላለዩ'ዮም። አብ ኤርትራ'ውን ዝተፈላለየ ናይ ቋንቋ ትግርኛ አበሃህላትን አጠቓቕማ ቃላትን ይዘወተር'ዩ። መጽሓፍ 'ከምንኩስ 'የ' ከም መበገሲ ድሕረ ባይታ ተጠቒማ አብ ዝተጻሕፈትሉ ቦታታት ኤርትራ ንኣብነት፥ ብዕድመ ከወልዱኻ ንዝኸእሉ ሰብኣይን ሰበይትን አንቱም/አንትን ወይ ንስኹም/ንስኽን ምባል ልሙድ አይኮነን። ንዓበይቲ አየኸብሩን'ዮም ግን ብፍጹም ከስምዕ የብሉን። ከምይ'ሲ ዝኾነ ሕብረተ ሰብ ናይ ገዛእ ርእሱ አገላልጻን አጸዋውዓ ክብረትን ስለ ዘለዎ። ግደ ሓቂ አብ

ባህልን ልምድን ሕብረተ ሰባት ናይ እገለ'ዩ ቅኑዕ፡ ናይ እገለ ‘ባ ግጉይ ምባል ትኽክል ኣይመስለንን፡፡ ንጥዕናን ንመስልን ዝጸሉ ከሳብ ዘይኮነ ማለት'ዩ፡፡

ብዘይካ'ዚ ነዛ ዛንታ ኣብ ዝጸሓፍክሉ እዋን፡ ብዓቕመይ ንገለ ናይ ዓበይቲ ደረስቲ ሃገርና ጽሑፋት ከውከስ ፈቲነ ኔረ፡፡ ዝተዓዝብክዎን ንዓይ ከም ብድሆ ዝኾነኒ እንተ ኔሩ ከኣ፡ ኣብ መንጎ ‘ተን መጻሕፍቲ ፍልልያት ኣብ ሰዋስዋዊ ኣጸሓሕፋ (in-consistency in grammar) ስለ ዘሎ፡ ከም ጀማሪ ጌጋታት ከየብዝሕ ስክፍታ ኔሩኒ፡፡ ልክዕ'ዩ ኩሉ እቲ ዘንበብክዎ ስርሓት ብዘይ መጠን ብሉጽን ንኣንባቢ ትግርኛ ጸገም ከፈጥር ዘይትጽበዮን'ዩ፡፡ ንቐጸሊ ዕብየት ስነ-ጽሑፍ ትግርኛን ካብ ኣንባብቲ ቋንቋ ትግርኛ ውጺኢ እንተ ሓሲብናን ግን ብዙሕ ዕዮ ኣብ ቅድሜና ከም ዘሎ ብሩህ እመስለኒ፡፡

ደራሲ

ምስጋና

ብመጀመርታ ነቲ ነዛ መጽሓፍ ኣጀሚሩ ዘወዳአኒ ልዑል እግዚኣቢሄር ኣምላኽ የመስግኖ፡፡ ብምቅጻል ኢንጂነር ርስቶም በረኸት ንስእሊ ገበር መጽሓፍ ብዘይ ዝኾነ ክፍሊት ብውሕሉልን ነዛ መጽሓፍ ትዉክልን ጌሩ ብምስኣሉ፡ ንመጽሓፍ ከምንኹስ'የ ብኣንበብቲ ሰሓቢት ኮይና ከም ትርአ ጌርዋ'ዩ'ሞ ልባዊ ናእዳን ምስጋናን ከቅርበሉ ደስ እብለኒ፡፡

ንዶክተር ኪዳነ ወልዳይ፡ ፋርማሲስት መድሃኔ ኤልያስን መምህር ወልደየሱስ ዘርኣምን ጸዕቂ ስራሕን ናብራን ስደት ከቢዱና ከይበሉ ብዘይ ዝኾነ ክፍሊት ብልዑል ወንን ተገዳስነትን ንጽሑፈይ ብሓሳብን ብሰዋስዋዊ ዓይንን ኣብ ምርታዕ ስለ ዝተሓጋገዙኒ ከብ ዝበለ ልባዊ ምስጋናይ ኣቅርበሎም፡፡ ንፋርማሲስትን ደራስን ተስፋይ መንግስ'ውን ስለቲ ኩሉ ዘቅረበለይ ዝርዝራዊ ሓበሬታ ኣብ ዘመናዊ ምሕታምን ምዝርጋሕን መጸሕፍቲ ኣድንቆን ኣመስግኖን፡፡ ብተማሳሳሊ ንደረስቲ መንገሻ ሃብተ፡ ጎይትኦም ኣባይን ዳንኤል ጴጥሮስን ንሕትመትን ምዝርጋሕን መጸሕፍቲ ዝምልከት ሓሳቦም ስለ ዘካፈሉኒ ከመስግኖም እደሊ፡፡

ነዛ ቀዳመይቲ መጽሓፈይ ንኽጽሓፋ ንዘተባበዐትን ድርኺት ንዝፈጠረትላይን ሰሎሜ ሓብተይ ድማ ዕዙዝ

ሕውነታዊ ምስጋናይ ኣቕርበላ። ንዘፍቅራ በዓልቲ ቤተይን ንዘፍቅሮም ደቀይን ስለቲ ኩሉ ትዕግስቶምን ብቛጸሊ ሞራል ምስናቖምን፡ ካብቲ ወርቃዊ ግዜኹም ሰሪቔ ነዛ መጽሓፍ ኣዳልየያ'ሞ እንቋዕ ፍረ ትዕግስትኹም ኣርኣየኩም ከብሎም ባህ እብለኒ። በዓልቲ ቤተይ ኣብ ርእሲ'ቲ ሞራላዊ ምትብባዓ፡ ሃናጺ ርኢቶኣ'ውን ተካፍለኒ ስለ ዝነበረት ካብ ልቢ ኣመስግና።

ብዓቕመይ ነዛ መጽሓፍ ካብ ውድዓውነት ከይተፈንተትኩ ክጽሕፋ ኣብ ዝፍትነሉ ዝነበርኩ እዋን፡ ነዞም ቀጺሎም ኣስማቶም ዝጥቀሱ ሰባት ተወኪሰዮም በብወገኖም ኣዕጋቢ መብርሂን መልስን ስለ ዝለገሱለይ ኣዝየ ኣመስግኖም። ንሳቶም ድማ፥ ስምረት ተክኣ፡ንጉስ ታደሰ፡ ተስፋዝጊ ክፍሉ፡ እስቲፋኖስ ተስፋሚካኤል፡ ሩፋኤል ኣልኣዛር፡ ሰመረ ኣስራት፡ ክፍሎም ገብረስላሴን ማና ዘርኢጋብርን 'ዮም።

መተሓሳሰቢ

እዚ ዛንታ'ዚ ሽሕ'ኳ ሓቀኛ ድሕረ ባይታ እንተ ሃለዎ፡
ንመንቀሊት ዛንታ ኮይና ዘላ ሰብ ብፍጹም ከም ዘይትንከፉ
ኮይኑ'ዩ ተጻሒፉ ዘሎ፡፡ ከምኡ'ውን እዚ ዛንታ'ዚ ሓቀኛ
ታሪኻዊ ፍጻሜታትን ኣስማት ቦታታትን'ኳ እንተ ሃለዎ ንታሪኽ
ናይ ውልቀ-ሰባት ብቘጠታ ከም ዘይጸሉ ኮይኑ ተዘንትዩ 'ሎ፡፡
ስለ ዝኾነ ከኣ ምናልባት ናይ ጠባያት ኣስማት ይኹን ናይ
ቦታታት ኣስማት ንዓና ዝትንክፍ ኮይኑ እንተ ተሰሚዕና፡ ናይ
ነገር ኣጋጣሚ ንምትራኽ ከጥዕም ዝተመርጸ'ምበር ምስ ዝኾነ
ሰብ ዘተኣሳሰር ከም ዘይብሉ ብትሕትና ን'ኹሉ ነዛ መጽሓፍ
'ዚኣ ዘንብብ ሰብ ክሕብር እፈቱ፡፡

ብተወሳኺ. ትሕዝቶ 'ዛ መጽሓፍ ብደራስን ኣብ ምጽሓፍ
ዓቐሚ. ብዘለዎም ጸሓፍትን ተኣሪሙ፡ ኣብዚ ግዜ'ዚ እዛ
መጽሓፍ እቲ ዝሓሸ መልክዓ ከም ትሕዝ ኮይና ቀሪባ 'ላ፡፡ ሓደ
ድርሰት ግን ኣብ ከውሰኹ ዘይክእል ደረጃ ጽባቐን ልክዕነት
ኣጸሓሕፋን ኣብጺሓዮ'የ ኢልካ ደረትካ ነፊሕካ ክትዛረብ ስለ
ዝኽብድ፡ እዛ መጽሓፍ ብኸምዚ ወይ ብኸምቲ ቀሪባ እንተ
ትኸውን ወይ እዚ እንተ ዘውሰኻ፡ ወይ እቲ እንተ ዝእለስ
ዝበለጸት ምኾነት ኔራ ዝብል ሃናጺ ርኢቶ ይኹን ነቐፌታ እንተ
ሃሊኩም፡ ደራሲ ብዘይ ቃልዓለም ክሰምዖ ስለ ዝደሊ ብኣብ
መጽሓፍ ተዋሂቡ ዘሎ ኣድራሻ ጌርኩም ንጸሓፊ ክትረኽብዎ
ትኽእሉ ኢኹም - ምስናይ ኣኽብሮት፡፡

ደራሲ

ምዕራፍ 1

ካብ ዓዲ ክሳብ ኣስመራ

እ ምነት ገና ብንግህኡ ኢዩ ከብድ‐ብድ ኢልዋ ኣርፈዱ። እዋኑ ኣየት ስለ ዝነበረ መሬት ገጽ መሊሱ ነታ ዓዲ ርሁራህን ሕውነትን ዝኾነት ከተማ ኣቛርደት ምስቲ ፈለማዩ ዘጉላዕልዕ ዝነበረ ሳዕርን ኣግራብን ተደሚሩ ግርማ ሂብዋ ነበረ። ብፍላይ ናብ ሸዕኡ ዘውገሕ ለይቲ ልኡም ዝናብ ጀረብረብ ከብል ስለ ዝሓደረ፡ እታ ኣዝያ ዘይዓመረት ጸሓይ ነቲ ከባቢ እምብዛ ኣማዕሪጋቶ ነበረት። ከተማ ኣቛርደት ካብ ዝጠንተዉ መስጊድን ሆስፒታልን ዝርከብዋ፡ ውሕጅ ባርካ ብየማን ሸነኽ ተገዘጉዝዋ ዝሓልፍ ካብ ኣስመራ ኣስታት 170 ኪ.ሜ ንሸነኽ ምዕራብ ርሒቓ እትርከብ ሓንቲ ካብ ጥንታውያን ከተማታት ኤርትራ'ያ።

ኣብዚ ሎሚ 'ዛ ከተማ ተደኩናትሉ ዘላ ቦታ፡ ቑርዲድ ዝበሃሉ ባልዓት ኣብ እንስሳታት ብብዝሒ ይረኣዩ ስለ ዝነበሩ ኣቛርደት ዝብል ስም ከም ዝጠበቓ ኣፈ ታሪኽ ይሕብር። ኣቛርድት ከበሃል ከሎ ንዝበዝሕ ሰብ ፍርያት በናናን ዓካትን'ኳ ኣብ ኣእምርኡ ዝሰኣሎ እንተኾነ፡ ቀንድስ በቲ ኣብ 1975 ኣብ ልዕሊ ሰላማውያን ነበርታ ዘጋጠመ ዘስካሕክሕ ህልቒት

'ብስንበት ጸላም' ተባሂሉ ዝጽዋዕ አቘንዛዊ ሓድግታት ስርዓት ደርግ ኢያ እትፍለጥ። እምነት ንሓትንአ ርእያ ቀልጢፋ ክትምለስ ዝሓሰበት፣ ሓትንአ ካብ መጻእከስ ሓደ አሬቱ ስፍየት ክዳን ተማሂርኪ ትምለሲ ስለ ዝበለታ'ያ ሓሳባ ቀይራ ንአዋርሕ አብ ከተማ አቘርደት ጸኒሓ።

ሳራን እምነትን አብ ትምህርቲ ስፍየት ክዳውንቲ ጸኒሐን ሰዓት 10:00 ናይ ንግሆ ስለ ዝአኸለ ከም ልማደን ናብታ ብሕት ዝበለት እንዳ ሻሂ 'ስተል ሓጀ አማን' አምርሓ። " አንቲ እምነት ሓብተይ ሎሚ ደሓን ዲኺ ጎርበብ-ጎርበብ ትብሊ፧" በለት ሳራ ፍሽኽታ ሓዊሳ ኩነታት መሓዝአ ንምርዳእ። "ደሓን ኢየ። ምኽያን ከአ ደሓን አይኮንኩን ሳራ ሓብተይ" ንአፍዚዙዋ ዘሎ ንኽትነግራን ዘይክትነግራን አብ መንጎ አንዳ ተወላወለት። "እንታይ'ዩ ደሓን ኢየ ደሓን ከአ አይኮንኩን ኢልካ ዘረባ ኸ፣ በጃኺ'ንዶ ስንፈላል አይትግበርና" በለት ሳራ ከም ሓውሲ ጽውግ ኢላ። "አቦሓጎይ ጸጋይ እንድዩ ተመርዓዊ፣ አነ ብህይወት ከለኹ ፍረ ማህጸንኪ እንተርአየ ሃብተ ወደይ ብህይወቱ ከም ዘሎ ኮይኑ ከስማዕኒ እዩ ኢሉኒ። አብ ልዕሊ አቦሓጎይ ዘለኒ ክብርን ፍቕርን ከአ ምናልባት ሳራ ረሲዕከዮ ከይትኾኒ እምበር ብዙሕ ግዜ አዕሊለኪ አለኹ መስልኒ" በለት አዕሚቓ እንዳ አስተንፈሰት።

"ዋይ መሓዛይ መዓረይ እዚ ድአ'ሞ የሕጉስ እምበር ምዓስ የጉህን የቓዝንን ኮይኑ! እምባእ ድሓር ድማ ብዕድመ ጓል'ኺ አሪግኪ ኢኺ አንቲ እማነት ዓባይ ሰብ" በለት ሳራ ምግራምን ስሓቖን እንዳ ደባለቖት። " በጃኺ ኢለኪ ሳሪና፣ እዚ አባይ ዝወረደ አብ ደቀይ ክድገም አይደልዮን ኢየ" መለስት እምነት ብዙሕ ሳራ ዘይበጽሓቶ አስቃቄ ዛንታ ከም ዘልዋ ንምእማት። " እንታይ ኢዩ ዕጫ ደቀይ ዕጫይ ከኸውን የብሉን ኢልካ ዘረባ ጓለይ! እምበርዶ ብየማን ኢኺ ተንሲእኪ ሎሚ፧" ሓተተት ሳራ ቅልጡፍ መልሲ እንዳ ተጸበየት። "ደሓን ሳራ ሓብተይ

ካልእ ግዜ ከዕልለኪ ኢየ" ክትብላን ናይ ዕርፍቲ ምእካል
ደወል ክትድወልን ሓደ ኮነ'ሞ፡ ዕላለን ኣወንዚፈን ናብ ክፍለን
ኣምርሓ።

እምነት ሃብተ ጾጋይ እያ ትበሃል። እምነት ናብ ኣብ ሓምሳ
ዝተጋማገመ ዕድመ እትርከብ ቆማት፡ ዕሙርን ነዊሕን ጸጉሪ
ርእሲ ዘለዋ፡ከደራይ ሕብሪ ቆርበት እትውንን ንኽትርእያ
እተብህግን ምጭውቲ ጓል ሄዋን ኢያ። እምነት ዘይከም
መብዛሕትአን ደቂ ኣንስትዮ ምድፋእ ዕድመ ዘይብልሎ
መልከዕን ግርማን ኣለዋ። ልዕሊ ደጋዊ ጽባቐኣ ፈቃርን
ዘይቄመኛ ባህርን እተዓደለት ለዋህ ሰብ'ውን ኢያ። እምነት
ኣብ ዘባ ዓንሰባ፡ ካብ ከተማ ቪላበርዕድ ንሸነኽ ምዕራብ
ኣስታት 20-30 ኪ.ሜ ርሒቓ ኣብ እትርከብ ሓድሽ ዓዲ ኣብ
እትበሃል ዓዲ ካብ ሓረስቶት ስድራ ቤት ኢያ ተወሊዳ። ቦኽሪ
ስድራ ንሳ ኢያ። ነቦኣ ብፍላይ ቦኽርን ሕሳስ ልደን እምነት
ኢያ። ኣቦኣ ኣቶ ሃብተ ጾጋይ ብነብሱ ፈታው ቆልዓን ርህሩሁን
ብምኽኑ በቲ ሓደ ወገን፡ እምነት ቦኽሪ ጓሉ ብምኽና ድማ
በቲ ካልእ ሸነኽ፡ ንእምነት ካብዛ ዝባኑ ፈልከት ከብላ
ኣይፈቱን ነበረ። ንሕርሻን ንሩባን ክኸይድ ከሎ ሓንጊርዋ ስለ
ዝኸይድ ዝነበረ፡ ዘይከም መሳቱኣ፡ እምነት ዳርጋ ማሕዘል
ኣዲኣ ከይጠዓመት ኢያ ዕድመ ህጻንነት ሓሊፋቶ። ኮፍ ኣብ
ዝብልሉ ብኢዱ ንላዕልን ንታሕትን እንዳ ዋዘወ ከጻውታ፡
ኣብ ንእዲ ወይ መደብ ኣብ ዝግምስስሉ ድማ ኣብ ከብዱ
ጌሩ እኹዶ-እኹዶ እንዳ በለ ምሉእ ምሸት ከስሕቓ የምሲ
ነበረ። ከምዚ ሎሚ 'ፓምፐር' ስለ ዘይነበረ ከኣ፡ ምስ ሰብ
ኣብ ውራይ ኮነ ኣጀባ ኣብ ዝእከበሉ ህሞት መንእሰያት ሓድሽ
ዓዲ "ኣንታ'ዚ ወዲ ጾጋይ'ሲ እንታይ'ዩ ሰበይታይ፡ እጓሓንሳብ
ሸንቲ እጓሓንሳብ ድማ ቀልቀል ቆልዓ ሃንገፍ ይብለካ ኣንታ
የዋርዶ" እንዳ በሉ መዛንኡ ብቐጻሊ መስተይ ቡን ይገብርዎ
ነበሩ። ኣብ ሕብረተሰብ ትግርኛ፡ ብፍላይ ቅድሚ ሰላሳ-

አርብዓ ዓመታት አብ ዝነበረ እዋን፡ ንቆልዓ አለይመለይ ምባልን ምጽዋትን ንዝበዝሐ ሰብ ስራሕ ሰበይቲ እምበር ንሰብአይ ዝምልከቶ ስለ ዘይመስሎም፡ ምስ ውላዱ ብዙሕ ግዜ ንዘጥፍእን ንዘቃባጥርን ሰብአይ ሚዛን ሰብእነቱ የነከዮ ኢዩ ዝብል ዝምቡዕ አረዳድአ ኔሩ'ዩ።

ክልቲኦም ወለዱ ንአቶ ሃብተ ግን ወዶም አብ ጓሉ ዘርኦ ዝነበረ ሓልዮትን ምክንኻንን የሓጉሶምን የኹርዖምን ነበረ። ሓደ እዋን አዲኡ ንሃብተ አብ ገዛ እንዳ ወዳ መጺአ ንጥጥቝ ዝኸውን ዕፉን አብ መጉአ አእትያ ትኹእኩእ ነበረት። ሃብተ ድማ አብቲ አብ ፈት አዲኡ ዝነበረ አጎዛ ዝተነጽፎ መደብ ተገምሲሱ ንእምነት እንዳ አሰራሰራ ከሎ፡ ጓሉ ብኸሳዱ አትሒዛ ንኹሉ ክዳውንቱ ስለ ዝሸነትሉ፡ ወዳ ስሪኡን ካምቻኡን ክነግፍ ረአየቶ'ሞ እንዳ ሰሓቐት ንሰበይቲ ወዳ "እንቲ ለምለም ጓለይ እዛ ሕንጢት'ሲ ነዚ ወደይ'ኳ አዋሪዳቶ፡ ሕጂ ስ ከአ ሸንታ ጌራ ከተጀብጅቦ!" በለት ናይ ነገር ወላዲት ንውላዳ ኮይንዋ።

ለምለም ከአ ትቝብል አቢላ " አንቲ አደ ንስኺ ናይ ነገር ሸንቲዶ አጉሒኪ፡ አነ አቦአ አብ ዝገሸሉ ከይተሸግረኒ ኢዩ ስከፍታይ" በለት ንሳ'ውን በቲ አጋጣሚ ንበዓል ቤታ እንዳ ሰሓቐትሉ። "ም'ኺን'ኳ አቦ ሃይለ ቅምጥ ኢሉ ከምዛ ናቱ ኢዩ ዝነበረ። ሃብተ ወደይ ከአ ዘይ ናይ አቡኡ ኢዩ ወሲዱ። ንአቦ ሃይለስ ዘይ ከምዛ ሕጂ ንሃብተ ወደይ ንስሕቐሉ ዘለና ኢየ ዝስሕቐሉ ኔረ" በለት ተግባራት ወዳ ከም ትጽበዮ ንምርግጋጽ። አብቲ ቀደም ግዜ አዴታትን ሓደሽቲ ዝተምርዓዋ ይኹና ዝተሓጽያ አዋልድን 'ቲ ከባቢ ስም በዓል ቤተን ምጽዋዕ ከም ነውሪ ስለ ዝቝጸር በቲ ሓደ ሸነኽ፡ በቲ ሓደ መዳይ ከአ ከም አኽብሮት'ውን ስለ ዝረአ ንአቦ "አቦ ኩስቶ" ንአደ ድማ "እነ ክስቶ" እንዳ ተባህለ ኢዩ ዝጽዋዕ ዝነበረ። እዚ ንዝተመርዓዉ'ሞ ዝወለዱ እንተ ኮይኖም'ዩ። ንአብነት

ንሓንቲ ስድራ ረዘነ ዝስሙ እንተ ኮይኑ ቦኽሮም፥ እቲ ኣቦ
"ኣቦ ረዘነ " ክበሃል ከሎ፥'ታ ኣደ ድማ "እኖ ረዘነ" ተባሂሎም
ይጽውዑ ማለት ኢዩ።

ቅድሚ ሓያሎ ዓመታት ኣብ ሕብረተሰብና ጸብብቛ
ንዓባይቲ'ምበር ንቆልዑ ዝብል ርድኢት ኣይነበረን። ምናልባት
እንተ ጌሩ'ውን ሓሓሊፍካ'ዩ ከኽውን ዝኸእል። ብፍላይ
መግቢ እንተ ኣልዒልና፥ ንስብኣይ ኣብ ናይ በይኑ ጸሕሊ
ዝሓፈሰን ዝሓሸን ይኽሽነሉ። ዋላ'ኻ ጠጥዑምን ጸብብቛን
ንኣብ ኩሉ ክሊ ዕድመ ዝርከብ ሰብ ዘድሊ እንተኾነ፡ ጽዑይ
ሕክምናዊ መጽናዕትታት ከም ዘነጽሮ እንተ ኮይኑ ግን፡ ቆልዑ
ዝያዳ እኹላት ሰባት ብዝለዓለ መጠን መኣዛዊ መግብታት
ከረኽቡ ኣለዎም። እቲ ምንታይ'ሲ ዋህዮታትን ህዋሳትን
ቆልዑ ኣብ ቀጻሊ ዕብየት ስለ ዝርከብ፡ ዕብየት ኣካላት ከኣ
ብዘይ መግቢ ስለ ዘይመጽእ፡ ንነዊሕ ግዜ መኣዛዊ መግቢ
ከይተመገበ ዝዓቢ ቆልዓ ከቢድ ጥዕናዊ ጸገም ከም ዘጋጥሞ
ትሑዝ'ዩ ከበሃል ይከኣል። ኣቦይ ጻጋይ ግን ዘይከም መዛንኡ
ኣቦታት፡ ኣብ ኣመጋግባን ኣተሓሕዛን ቆልዑ ፍልይ ዝበለ
ነበረ። ዘይከም ኣብ ካልእ ገጠራዊት ስድራ ዝርአ፡ ኣቦይ
ጻጋይ እንዳ ተመገበ ደቁ ምናልባት ኣቦና እንተ ኣትረፈ
ኢሎም ብድሕሪ ቆፎ ወይ ብድሕሪ ዓንዲ ተሓቢኦም ጮኽን
ኣይብሉን ነበሩ። ምስኡ ተቛሪቦም ድኣ ንሱ ዝረኣያ ንኸርኣዩ
ዕድል ይህቦም ነበረ። ስለ ዝኾነ ከኣ ኩሎም ደቁ፡ ናቱ ኣብነት
ተኸቲሎም፡ ንውላዶም ምስኣም መኣዲ እንዳ ቀረቡን ጸብብቛ
ንዕኣም እንዳ ኣቐደሙን'ዮም ኮስኩሶም ኣዕብዮሞም።

እምነት ምስ ኣቦኣ ኣብ ዘይትውዕለሉ ምስ ኣብ ነጸላ
መንደቛም ዝቘመጥ ብከልተ ሰለስተ ዓመት ኣቢሉ ዝመርሓ
ምስግና ዝበሃል ጎርቤቶም ኢያ ገዛ-ገዛ ከትጻወት ጸሓይ ዝዓርባ
ዝነበረ። ምስግና ንእምነት ከም ንእሽቶይ ሓብቱ እምበር ከም
ጎርቤት ኣይሓሰባን ነበረ። ክንዲ ዝኾነ ከኣ ነጸላ ኣምጺኡ

ከሓዝላ፡ እንሓንሳብ ድማ ዝሓዛ ቅጫ ከኾልሳ ይውዕል ነበረ። እዚ ዝረእያ አሕዋቱ ድማ "ምስጉን ሓወይ ድኣ ሰበይትኻ እትኾነካ ረኺብካ" እንዳበላ ንእንኮ ሓወን ይጨርቃሉ ነበራ። ምስግና ሓደ ንሱ ስለ ዝኾነ ወዲ አብ መንን አዋልድ አሕዋቱ፡ ብወለዱ ኮነ ብአሕዋቱ አዝዩ ፍትው ነበረ። ብጀካ ምስጉን እምበር፡ ምስግና ኢሎም'ውን ጸዊያም አይፈልጡን። ሳሕቲ እምነት ክሳዕ ሰዓት ሸሞንተ ምሽት ምስ ምስግና ከትጸወት ስለ እተምሲ፡ ስድርኣ ጸኒሐና ነምጽኣ ብምባል ብእዋኑ ደሃያ አይገብሩን ነበሩ። ሓደ ምሽት ከም ልማዶም ከባቢ ሰዓት ሸሞንተ ጓሎም ከምጽኡ እንተ ኸዱ፡ ቆልዓ ምስ ምስግና አይጸንሓትን። እምነት እንተበልካ እምነት ትመስከር። አብ ኩሉ ገዛ ቤተ ሰብን ፈትውትን እንተ ሓተቱ ከረኸብዋ አይከአሉን። ቆልዓ ጠፊአትና ተባሂሉ ህጹጽ ሓበሬታ ናብ ኩሉ ሰብ ንምትሕልላፍ ነጋሪት ተደጋጊሙ ተሃረመ። ኩሎም ደቂ ዓዲ ድምጺ ነጋሪት ሰሚያም፡ ደሃይ ቆልዓ ንምርካብ ብቕጽበት ደበኽ በሉ። ገዛ ቅልውላው ሓዘ። ክልቲኣም ወለዳ ነብሶም ስለ ዘይኣመኑ በቲ ሓደ፡ ዝፈትውዋ ፍረ ብርኮም ጠፊኣቶም ብምህላዋ ድማ ብዓቢኡ ዝያዳ ዝኾነ ካልእ ሰብ ብብርቱዕ ተርባጽ ተሃወኹ።

ዓበይቲ ዓዲ ተማኺሮም፡ ገለን ንፖሊስ ቪላበርዕድ ዝነግሩ ገለን አበየ ከባቢ ዓድታት ዘጣይቑ መንእሰያት ተሎ-ተሎ ኢሎም ወዘው ። ዓዲ ብምልእታ አብ ተፍትሽ ህጸን ተዋፈረት። ደሃይ ከይተረኸበ ሰዓታት ሓለፈ። ፈቖዶ ኩጀታትን ስንጭሮታትን ላምፓዲናታት መስ-መስ በላ። ንፖሊስ ከሕብሩ ዝተላእኩ ቪላበርዕድ ከበጽሑ ዓሰርተ ሓሙሽተ ደቓይቕ ጥራይ ተረፎም። ስድራ ቤት ሓቦ ጌሮም አምስዮም፡ ሕጂ ግን ፍጹም ተዋልኡ። ንእምነት ስድራ ቤታን ምልእቲ ዓድን አብ ርቡጽ ሃዋሁ አንከለው ዝበሊ ይንቁ 'ሞ፡ እተን አብታ ብየማን ገዛ እንዳ አቶ ሃብተ እተደኮነት ንእሽቶይ ደሽዐ

ተዳጉነን ዝነበራ ኣጣል ከነፍጸ ከብላ ንእምነት ምስ ረገጸአ፡ ቆልዓ ሰንቢዳ ውጭጭ በለት። "ከመይ ደሐን እቶ ዝብኢ! ሎሚ ምሽት'ሲ ዋላ ባዕልና ጣዕዋ ሓሪድና መድረርናካ ኔርና" እንዳበለ እቲ እኩብ ህዝቢ ብስሓቕ ትዋሕ በለ። ስድርኣ ምስ ምስግና ትጸወት ኣላ እንዳ በልዋ፡ ምስተን መሓስኣት እንዳ ተቓለሰት ድቃስ ስለ ዝጠለማ ኢያ እምነት ተቐቢጻ ኣምስያ። እተን ንኣሽቱ መሓሰኣት ድሕሪ ምስግና ዝስረና ሳንዶት እምነት ነበራ። እምነት ምስ ተረኸበት ኩሉ እቲ ወዲ ዓዲ ቅጭ ዝዓቐሙ ቅጭ፡ እንጀራ ዝዓቐሙ እንጀራ፡ ሻሂ ዝዓቐሙ ሻሂ፡ ቡን ዝኸእል ቡን፡ ጸባ ዘለዎ ጸባ ኮታስ ኩሉ ዘዘልዎን ዘዝኸእሎን ኣበርኪቱ ብሓባር ተጨዲሶም ነናብ ቤቶም ፋሕ በሉ። ኣብ ሕብረትስብና ኣብ ሓጎስ ይኹን ኣብ ሓዘን፡ ሰብ በብዓቐሙ ብምውጻእ ጸገማት ብጸዮ ኣብ ምቅላል ዓቢ ተራ'ዩ ዝጸወት። እዚ ድማ ብዙሓት ሕብረተስባት ዓለምና ዘይውንንዎ ዘነይትን ክዕቀብ ዘለዎን ዓቢ ጸጋ ኢዮ።

ለምለም ጽሬትን ምጽብባቕን ስለ እትፈቱ ዝነበረት፡ ገዛ ኣብ ትውዕለሉ ዝበዘሐ ግዜኣ ኣብ ምኹሕሓል ቤታን ነብሳን ተሓልፎ ነበረት። ምልክዕትን ብዙሕ ዘይተገዛኢትን ስለ ዝነበረት ከኣ ጥሽ ቢኣ፡ ተቐኒና፡ ኩሕላ ተኾሓሒላን ዘለወኣ ከዳን ቀያይራን ከላ ንዝረኣያ ሰብ ኣብ ከተማ እትቐመጥ እምበር፡ መንዮ ኣብ ጭዉ ዘበለ ገጠር ትነብር መርዓት ኢሉ ከግምታ። ሃብተ'ውን ኩሉ ግዜ ከምኡ ኢላ ነብሳ ኣለዓዒላ ከትጸንሖ ስለ ዝደሊ ዝነበረ፡ ኩሉ ግዜ ንጥሽ ዝኾና ጥሉል ጨኔናፍር ታህሰስ ኣብ ዝባኑ ተስኪሙ የምጻኣላ ነበረ። ንገዛ መጸባበቒ፡ መሳርሒ ክብሕታትን መለመጺ መናድቕን ዝኾና ከኣ ጔላን በለቐን ይጭርተላ። ጥዕይ ዝበለ ጔላን በለቐን ካብ ማእከል'ቲ ዓዲ ርሕቕ ኢሉ ስለ ዝርከብ፡ ዝበዘሐ ሰብ ተሃኪዮ ጔላን በለቐን ኣየምጽእን'ዩ። ሃብተ ግን ቤቱ መታን ክጽብቐሉ ደኺም ከይበለ ካብኡ ብኣድጊ ጽዒኑ የምጽእ ነበረ። ለምለም

ድማ አብ ነፍስ-ወከፍ አርባዕተ ወርሒ ቤታ ትልምጽን፡ እቶን፡ ንእድን ቆፋፉን ተተዓራርን ነበረት። ካሻስትሩስን ቦያን አብ ከተማ እንተ ሰሚና፡ ጐላን በለቆን ከአ ምስኡ ከነጸጸር ዝግብእ ገጠራዊ መዘንኡ'ዩ።

ሓድሽ ዓዲ አብ እግሪ ጎቦ ዝተደኮነት፡ ብሕርሻን መጓስን ዝናበር ህዝቢ ዝሰፍራ ኮይና ሓንቲ ካብ ጥንታውያን ዓድታት ሃገርና'ያ። ብምዕራብ ምስ ዓዲ ባህታን ሃምነሃማርብን፡ ብሽንኽ ድቡብ ምስ ፍርኩቱ፡ ደምበ ሃብተጌንን ጥዑም ኮፋን፡ ብሽንኽ ሰሜን ምስ ዋስደምባን ጉሽን፡ ብሽነኽ ምብራቕ ድማ ምስ ከም ብዓል ዓዲ ገርግሽን ዊናን ዚኣመሰላ ዓድታት እትዳወብ ንኸትቅመጥ ምችእቲ ዓዲ ኢያ። ሃብተ ከደራይ፡ ማእከላይ ዝቑመቱ፡ ጸግሩ ልምሽ ዝበለ፡ለዋህ፡ ጸወታን ዋዛን ዝፈቱ ሰብ ነበረ። አቶ ሃብተ ካብ መነባብሮ ደቂ ዓዱ ዝፍለ መነባብሮ አይነበሮን። የግዳስ ሕርስ-ጉልጉል ውዒሉ፡ ድኽም-ልፍዕ ኢሉ ምስ ቦኽሪ ህጻን ጓሉ ዝራኸበላ ሰዓት እንተ አኺላ ንግሆ ዝተንሰአ ምስ ሓይሉ ዘሎ መንእሰይ እምበር ዝደኸመን ዝሃለኸን'ሲ ፍጹም አይመስልን። ወርትግ ድማ ገዛ አትዩ ከሳብ ንእምነት ረኺቡ ዝሓቖፋ ታህዋኽ ይሕዞ ነበረ። ዳርጋ ኩሉ ግዜ አቶ ሃብተ ብደገ ውዒሉ ንገዛኡ ከአቱ ከሎ መታን ጓሉን ብዓልቲ ቤቱን ምምጽኡ ሃንደበት ኮይኑ ከየሰንብደን፡ አብ ገበላ ከበጽሕ ከሎ ልኡም ፋጻ ይገብር ነበረ። እምነት ብወገና ከምቲ ከልቢ ሩስያዊ ተመራማሪ አይሽን ፓቭሎቭ ናይ ምሳሕ ሰዓታቱ ምስ አኸለ ዝልዝን ዘምባህቖን ዝነበረ፡ ንሳ ድማ ናይ አቦኣ ፋጻ ከትሰምዕ አብ ሰዓታ እዝና ትጸሉ ነበረት። ልክዕ ከምቲ ሩስያዊ ተመራማሪ ስነ-አእምሮ አይሽን ፓቭሎቭ አብ ዘመናዊ ርድኢት ምሕቃቕ መግቢ ዝገበሮ ጊዜፍ አስተዋጽኦ፡ ናይ አቶ ሃብተ ፋጻ'ውን ብግዲኡ ስነ-ፍልጠታዊ መጽናዕቲ ኮይኑ ምተዘከረ ኔሩ ። ቀንዲ ፍልልዮም አብ ምስናድን ስርሐይ ኢልካ ምሕዛን ዘይምሕዛን ጥራይ'ዩ።

ሓደ ምሽት እምነት ፋጻ ኣቦኣ ከተቋምት ምሉእ ምሽት ምድርቤትን ውሻጠን ከትብል'ኳ እንተ 'ምሰየት ወዮ ዝለመደታ ፋጻስ ዕጭ ሓንፈፈት። ደቖቕ ብደቖቕ፣ ሰዓት ብሰዓት ተተከኣ። ስድራ ዓቕለን ጸበቡን። ናብቲ ኣቶ ሃብተ ወፈርዖ ዝወዓለ ሸነኽ ከወፍሩ ይኽእሉ'ዮም ንዝበልኣም ደቒ'ቲ ዓዲ ብእግሪ ኣያ ዑቝባይ ኣጣየጮ። ርእየዮ ዝብል ሰብ ግን ካበይ ይምጻእ! ወይዘሮ ለምለም ዓቕላ ጸቢብዋ ከትነብዕ ጀመረት። ህጻን እምነት'ውን ኣሰነየታ። ግዜ ናብ ከባቢ ሰዓት ሓደ ናይ ለይቲ ተጸገ0። በረኻ ከይዶም ደሃይ ንምርካብ ከድምው ይኽእሉ ኢዮም ዝተባህሉ ኣጓብዝን ለባማት ከማኽሩ ዝኽእሉ ዓበይቲ ሓድሽ ዓድን ኩሎም ተጸውዑ። ንግሆ ኣቶ ሃብተ ዝወፈሮ ቦታ ተሓቢሮም ድማ ብለይቱ ላምፓዲና ኣብሪሆም ናብቲ ኣቶ ሃብተ ወፈርዖ ዝተባህለ ገጾም ገስገሱ።

እተን ኣብ ዝወዓላ ውዒለን ናብታ ፍቕሪ ዝመልኣ ቤቱ ከስጉማ ከለዋ ጸዓት ዝውስኽ ሽኮ ኣእጋር ሃብተ ኣብታ ምሽት 'ቲኣ በጺሐን ተሓዚአን ሒዙወን ካብ ዝወዓለኣ ንዓዲ ኣይነቖላን። እዋኑ እዋን ቀውዒ ኢዮ ዝነበረ። እዋን ቀውዒ ሓረስቶት ሃገርና ምህርቶም ዝሓፍስሉን ንጥሪቶም ዝኸውን ሳዕሪ ዓጺዶም ቅሚጦ ዝሽምሉን ወቕቲ'ዩ። ኣቶ ሃብተ ዝእከብ ሳዕሪ ስለ ዝነበሮ ኣንጊሁ ኢዮ ንበይኑ ናብታ ካብ ዓዲ ኣዝያ ዝማሕደገት ግራቱ ወፊሩ። እታ ግራት ኣብ ከባቢኣ ናይ ካልእ ገረባብቲ ግራውቲ ዘይብላ፣ ንጥሪት እምበር ንሕርሻ ብዙሕ ምችእቲ ዘይኮነት፣ ጽምው ዝበለት ነበረት።

ኣቶ ሃብተ እንዳ ኣፋጸየን እንዳደረፍን ሳዕሪ ከእከብ ከሎ ተመን ነኸሰ። ነቲ ተመን ኣርኪቡ'ኳ እንተቐተሎ፣ ድሮ ነኺሱዎ ስለ ዝጸንሐ ግን ዝምልሶ ነገር ኣይነበሮን። ዓይነት ዝነኸሰካ ተመን ምፍላጥ ጸረ መርዙ ብትኽክል ንምቕራብ ብሕከምናዊ ዓይኒ ኣዝዩ ኣገዳሲ ኢዮ። ካሜራ ኣብ ዘይብሉ ዘመንን ከባብን ድማ ነቲ ለመምታ ቀቲልካ መርዳእታ ከተትርፍ ግድን

ይገብሮ። አቶ ሃብተ አብ ግዜኡ ዝረድአ ሰብ ስለ ዘይረኸበ ካብዛ ዓለም ንሓዋሩ ተሰናበተ። ድሕሪ በዓል ቤታ ወ/ሮ ለምለም ናብራ ምስ እምነት ጓላ ጀመረአ። ናብራ በይንኸ ድማ ናብራ ንኣባይና ኮነን። አቶ ሃብተ ንጓሉ ጥራይ ኣይኮነን ዘሕንቅቓ ኔሩ። ለምለም'ውን ዘይከም መርዑት ገጠር መዛኑኣ ንደገ ወጺኣ ንፋስ 'ትህረመሉ ኣጋጣሚታት ዳርጋ ብኣጸብዕዩ ዝቑጸር። በዓል ቤታ ማሕረስ አብ ዝሀልዋ ግዜ እንተ ዘይኮይኑ ምሳሕ ከተብጽሕ ንግራት ትወፍር፣ መርር ኬድካ ዕንጨይቲ ምእራይ ይኹን ሩባ ወሪድካ ማይ ምውራድ ዳርጋ ከም ዘይ ናታ'ያ ወሲዳቶ። አቶ ሃብተ እምበኣር ብርሃን ገዝኡ ኢዩ ኔሩ እንተ ተባህለ ፍጹም ኣይውሕዶን ኢዩ። አብ ናይ ኢንጅነር አስጎዶም ወልደሚኬል 'ሊሎ-ሊሎ' አብ እትብል ደርፊ ዘሎ

እቲ ቆልዓ በሊ ርኣይዮ

በቲ ድንኩል ድግፍ አብልዮ

እቲ ነጸላይ ካብኡ ኣልዕልዮ

ሸንቲ ቆልዓ ከይተሸትትዮ ...ወይ ላለይይይ

'ታ ጀበና ስኽትት አብልያ

እምኒ ጌርኪ እስከ ደግፍያ

ኩቦ ጌርኪ ኣናኻኸስያ

ምስ'ታ ጎጎ ቅርብ አብልያ ...ወይ ላለይይይ

ተሓረስኩ ንስኺ ጎላጉሊ

ድሕሪ ጎልጓል ሓምሊ ሓማምሊ

ኪዲ ገዛ ጥሪት ተቐበሊ

ከይመስየ ቆልዓኺ ሕዘሊ ... ወይ ላለይይይ።

ዝብል ብምልኡ'ቲ ኣካል ግጥሚ፣ ግደ ሓቂ ንምዝራብ ዘይከም ንካልኦት ኣንስቲ ሓረስቶት ሃገርና ንለምለም ጓና'ዩ ዝነበረ።

ኣብቲ ውዑይ ሓዘን ዝነበረሉ ግዜ፡ ካብቶም ከጸናንዑን ከድብሱን ዝመላለሱ ዝነበሩ ሰባት ሓደ ንዓይ፡ ሓንቲ ንዓይ እንዳበሉ ይመናጠሉላ ስለ ዝነበሩ፡ እምነት ሓሓሊፉ እንተ ዘይኮይኑ ደሃይ ኣቦኣ ዓቲባ ኣየጣየቖትን፡፡ ሰብ'ውን ኣየሸገረትን ከበሃል ይከኣል፡፡ ድሕሪ ቁሩብ ግዜ ግን 'ኣቦይ' ከትብል ሰብ ድቃስ ከልኣት፡፡ ምድረ ሰማይ ከም ኣፍ ዕንቁ ጸበበታ፡፡ እናሻዕ ከባቢ ሰዓት 6:00-7:00 ናይ ምሽት ልኡም ፉጻ ናይ ወላዲኣ ዝሰምዐት መሲልዋ ኣብ ጫፍ ገበላ በበጺሓ ትምለስ ነበረት፡፡ ኩሉ ዘዝረኣያ ናይ ርሑቕን ቀረባን ቤተ-ሰብ ብኣኣ ልቡ ተበልዐ፡፡ "እዛ ቆልዓስ ኣብ ዘይሕማማ ከትበጽሕ'ያ ምስኪነይቲ" ድማ ይብል ነበረ፡፡ እትበልዖ መግቢ ብዓቐንን ብዓይነትን እምብዛ ነከየ፡፡ ነብሳ ድማ ሸል በለ፡፡ ምስ ምስግና ኮነ ምስ ካልኣት ቆልዑት ካብ ምጽዋት እግራ ኣሕጸረት፡፡ ነተን መሓስእት ግን ኣይረሓቐተንን፡፡ ወ/ሮ ለምለም 'ውን ናይ ነገር ዓባይ ድኣ ሓቦ ጌራ እምበር ዳርጋ'ቲ ኩሉ ኣብ ጓላ ዝንጸባረቕ ዝነበረ ዘይምቾእ ኩነታት ኣብኣ'ውን ነበረ፡፡ ስለ ዝኾነ ድማ ብዝከኣላ'ኳ ንእምነት ከትእብዳ ትጽዕር እንተ ነበረት፡ ንብዓታስ ቀጸሊ'ዩ ንውሽጢ ዝዘሪ ኔሩ፡፡

ሓደ ምሽት እምነት ምምጻእ ወላዲኣ ከተመዓዱ ኣምስያ ዝለመደቶ ፉጻ ኣቡኣ ዝሰምዐት መሲልዋ ንገበላ ወጸት'ሞ፡ እቲ ድምጺ ዝርሕቕ ዘሎ መሲልዋ "ኣቦ-ኣቦ" ኢላ እንዳ ጸወተት ከይተረድኣ ኣስታት 100 ሜትር ኣቢላ ካብ ቤታ ተፈንተተት፡፡ ኣጋጣሚ መርር ውሒሎም ኣማሲኦም ንዓዲ ዝኣትዉ ዝነበሩ ወፋር ጎፍ በልዋ'ሞ "ወይለይ 'ዛ ቆልዓ ደቂ ሕድርትና ይወስደኣ ኣለዋ" ኢሎም ስለ ዝሓሰቡ ብኽunታት እምነት ስንበዱን ተዳናገጹን፡፡ ኣብታ መዓልቲ 'ቲኣ ዘይተኣደነ ዝናብ ስለ ዝሃረም፡ መሬት ብማይ ዘቐቢቡ፡ ራህያታትን ኣጓንእን ከም ኣሳፍራ ጠስሚ መሊኡ፡ እንቑርዖባት ድማ ኣብ ፈቐድኡ ኮይነን 'ጓ...ዕ ጓ...ዕ' እንዳ በላ መዝሙር ከፈተን ነቲ

ሃዋሁ ክብድብድ ከም ዝብል ጌረንኣ ነበራ። ህድሞ እንዳ
ኣቶ ሃብተ ኣብ ሰሜናዊ ወሰን ናይቲ ዓዲ ዝተደኮነት'ያ።
ብምዕራባዊ ሽነኽ ናይቲ ቤት ድማ ሒል ዝበለ መዳውብቲ
ዘይብሉ በረኸ'ዩ። በዚ ጽምጽም ዝብል ሽነኽ፡ ብፍላይ
ኣብ ግዜ ምሸት ድምጺ ሰብ ጨሪስካ ዘይትሰምዓሉ ከባቢ፡
ጸልማት ምድሪ ንበይና ስም ኣቦኣ ክትደህ ስለ ዝረኸብዋ 'ዮ
እምበኣር፡ 'ቶም ደቂ ዓዲ "ነዛ ቆልዓስ ካብዘን ግናያት ደቂ
ሕደርትና ሓሊፉ ካልእ በዚ ሰዓት'ዚ ክጽውዓ ዝኸእል ከቶ
የለን" ኢሎም ስለ ዝኣመኑ'ዮም፡ ናብ ምሉእ ዓድን ናብ ምሉእ
ጎደቦን ደቂ ሕድርትና ይቀላቐላ ኣለዋ እንዳ በሉ ወረ ከነዝሐ
ዝወርሑ።

ለምለምን ጓላን ናብራ ድሕሪ ኣቦኣን ከይማእመኣን ክልተ
ዓመት ልክዕ ከምዛ ዕስራ ዓመታት ዘሕለፋ ኮይኑ ተሰመዐን ።
ወለዲ ለምለም ብጓሎም ኣይቀሰኑን። "ደጊም'ሲ ናይ ህይወት
መላፍንቲ ዝኾኪ ሰብኣይ እንተ ረኺብኪ ኣይትእበዪ፡ ከምዚ
ኢልካ ኣይንበርን'ዮ። ገና ንእሽቶይ ስለዘሎ ዕድሜኺ ንዓኺ
ተዕርፊ፡ ነዛ ቆልዓ ከኣ ሓብቲ ወይ ሓዊ ተምጽእላ" እንዳ
በሉ፡ ዝቐረብ ዝርሓቖ ቤተ ሰብ ጸቆጢ ገበራ። ለምለም
ግን እንሓንሳብ ነዛ ቆልዓኽ ንመን ከገድፋ እንሓንሳብ ድማ
ድሕሪ ሃብተ ሓወይስ መርዓን ደርዓን ኣይረኣየንን'ዮ እንዳ
በለት፡ ኣብ ፈለማ ንዳግማይ መርዓ ክሳደይ ንኸራ በለት።
ሓደ ንግሆ ለምለም ኣብ ዓንቀጽ ህድሞ ኮይና እኽሊ እንዳ
በቆጸት ከላ ኣዲኣ ወላዲታ ትመጽ'ሞ፡ ተተሓሒዘን ነውሽጢ
ኣተዋ። " ኣንቲ ለምለም ጓለይ ምሒር ፈሪሕናኪ ኢና እምበር
ብኣኺ ነዛ ድቃስ ለይቲ ኢና ስኢንና ዘለና። ንስኺ ካብ ጓልኪ
ትንእሲ ቆልዓ ኢኺ ዘለኺ። ንሕና ድማ ንኽብሪ'ዚ ሓዘን
ክንብል ውሑድ ኣይተዓገስናክን። ግደ ሓቂስ ትዕግስትና
መሊኡ'ኻ ክፈስስ ቁሩብ ተሪፍዎ። ሕጂ ግን ሓደ ካብ መዓርን
ጠስምን ዘይፍለዮ ቤት ዝመጽ ቁም-ነገረኛ በጽሒ ሕተቱለይ

እንዳበለ ኣብዚ ቤትና ይመላለስ 'ኣሎ'ሞ: ንዒ ብማርያም ኢለኪ ሕራይ በልኒ ነዚ ዕድል ኣይተሕልፍዮ "ኢላ ኣብ ብርካ ተደፊኣ ናይ ሓይለቦኣ ለመነታ። ለምለም ምድፋእ ወላዲታ እንዳ ኣሸቆጥቆጣ "ኣንቲ ኣደ እንታይ ጌረኪ 'የ፣ ኣነስ ዝደለኹ ምኹንኩ እምነት ጓልይከ እንታይ ትኹን?" በለት ጉዳይ ሕንጭጌል ጓላ ኣመና እንዳ ኣተሓሳሰባ። "ናይ እምነትስ ናባይ ግደፍዮ ለማለም ጓለይ: ኣነ ክንዲ ኣደን ኣቦን ኮይነ ክናብያ 'የ" ምስ በልታ ኣዲኣ "ሕራይ በሊ ፍቓድኪ ይኹን ተንስኢ ካብቲ ተደፊእክሉ ዘለኹ. ኣንቲ ኣደ" በለት ለምለም ካብኡ ንኔው ክትኣቢ ከም ዝኸብዳ ስለ ዝኣመነት። ለምለም ብጸቒጣ ወለዳ: እንተስ ክጥዕማ እንተስ ክሓስማ ዳግማይ ሓዳር ክትምስርት ተሰማመዐት። እንተ መጻኢ, ናይታ ኣብዛ ዓለም ብዘይ ደሌታ ዝመጸት እምነት ግን ናባይ ኮን የብል ይኸውን፤

እንዳ ሓሙኣ ንለምለም ዋላ'ኳ ኣብ መጀመርታ ዕስራታት ንዝነበረት ሰበይቲ ወዶም ከምኡ ኢላ ከይ ተመርዓወት ግዜኣ ከተሕልፈ ፍትሓዊ ኣይኮነን ኢሎም እንተ ኣመኑ: መጻኢ, ጓል ወዶም ስለ ዘተሓሳሰቦም ግን ለምለም ናብ ካልእ ሰብኣይ ኣትያ ክርእይዋስ ምውሓጥ ኣበዮም። ከምኡ ስለ ዝነበረ ከኣ ሃይለ ጸጋይ ዝተባህለ ኣብ ኣስማራ ዝቐመጥ ቦኽሪ ወዶም ንእንዳ ኣቶ ጸጋይ: ለምለም ናብ ካልእ ሰብኣይ ክትምርዖ ትሽባሸብ ኣላ ኢሎም ምስ ኣውግዕዎ ድቃስ ስኢኑ ቀነዮ። ምስ መጻኢ, ህጻን እምነት ብዝተኣሳሰር ሓሳባት ንላዕልን ንታሕትን ከገማድሕ ድሕሪ ምቅናይ ድማ'ዩ: ንእምነት ናብ ቤቱ ኣምጺኡ ምስ ደቁ ጌሩ ክናብያን ከምህራን ስለ ዝወሰነ ናብ ሓድሽ ዓዲ ዝነቐለ።

ኣቶ ሃይለ ንእምነት ምስኡ ንኣስመራ ክወስዳ ኢሉ ንዓዲ ከም ዝወረደ ንለምለም ምስ ኣውገዓ: ናፍቖት እምብዛ ኣተፍቅሮ ብዓል ቤታ ሃብተ ከይወጸላ ከሎ ኣምዑት ዘይቆጸረት ጓላ ካብኣ ርሒቓ መሊሳ ከይተጸምዋ ስለ ዝሰግኣት'ያ ግዴ: ኣዒንታ ንእለቱ ንብዓት ቋጺርጺር ዘበለ። ሃይለ'ውን ናይ

ነገር ስብአይ ኮይንም ሓቦ ጌሩ'ምበር ውሉድ ምስ ወላዲኡ
ክዓብን ክናበን እቲ ዝበለጸ አማራጺ ከም ዝኾነ ስለ ዝአምን
በቲ ሓደ፡ በቲ ካልእ ወገን ድማ ኩነታት ለምለም ነቲ አብ
ቀረባ እዋን ዝተፈልዮም ሃብተ ሓዉ ስለ ዘዛኸኾሮ፡ ንሰበይቲ
ሓዉ ብንብዓት ከስንያ ተቓረበ። አብ መንጎ ግን ሃይለ ወዲ
ጸጋይ ካብ አስመራ መጺኡ አሎ ዝብል ወረ ዝሰምዓ አንስቲ'ቲ
ዓዲ፡ ትሕዝቶአን ሒዘን መጺአን አብ ገበላ ኮይነን "ሰብ
ቤት አለኹም ዶ፡" ኢለን ስለ ዝተደሃይአም ከምዛ ብኻልአም
ከዕልሉ ዝጸንሑ መሲሎም ፍሽኽ-ሽኽ እንዳ በሉ ናብአን
አበሉ።

ንጽባሒቱ ንግሆ መሬት ከብዲ አድጊ ምስ መሰለ፡ ሃይለ
ንለምለም ጽብቕ ዕድል ተመንዩ ንእምነት ሒዝዋ ናብ አብቲ
ከባቢ አውተቡሳት ዝርከባሉ ቦታ ከተማ ዒላበርዕድ ገስገስ።
ዒላበርዕድ ብቋንቋ ትግረ ኮይኑ፡ ጸዓዱ አሓ ዝስትያሉ
ዝነበራ ዒላ ማለት ከም ዝኾነ ነበርቲ'ቲ ከባቢ ይምስክሩ።
ብዓል ሃይለ ብእዋኑ ጽቡቕ ስለ ዝሰጎሙ ድማ ንሩባ ዓንሰባ
ፋልማዮም ስገር ኢሎማ፡ ንጀራዲን ደናዳይ (ናይ ሎሚ
ጀራዲን ዒላበርዕድ) ጽግዕ ምስ በልዎ ጸሓይ በረቐት። "
ነዛ ጸሓይ'ሲ ተጸዊትናላ ኔርና። እውተቡስ ሒጂ ጎፍ እንተ
ትብለናስ ብእዋኑ አስመራና አቲና መዕረፍና" ኢሎ ምስ ነብሱ
እንዳ አዕለለ ንእምነት ሰሪቖ ጠመታ'ሞ፡ ህጻን እምነት ናበይ
ንኸይድ አለና ኢላ ግዲ ተጨኒቓ አዒንታ ፈረር-ፈረር ተብለን
ነበረት።

ካብ ዓዲ ክብገሱ ከለዉ ሃይለ ንእምነት " እምነት ንላይ
ናብ አስመራ ምሳይ ክትከዲ ኢኺ። አብኡ ከአ ከክንዳኺ
ዝኾኑ ደቀይ ስለ ዘለዉ ምስአም ከትጻወቲ ከትውዕሊ ኢኺ።
ጽቡቕ ክዳውንትን መጻወትን ከአ ከገዝአልኪ ኢየ" ኢሉ ብኢዳ
ሒዝዋ ከነቅል ምስ በለ እምነት ወጪጫ ንገዛ ናብ ክልተ
ከትመቐሎ ቀረበት። ካብ አስመራ ከመጽአ ከሎ ዝተማልአ

ቾቾሮ ካራሜላን ላምፓዲና ዝመስል ወልዕ-ውልዕ አንዳበለ ዝተፈላለዩ ሕብርታት ዘብለጭልጭ መጸወቲ ምስ ሃባ ግን ከይደንጎየት ሰድዐት። እዘን ካራሜላን ላምፓዲናን 'ዚኣተን ንሃይለን ንእምነትን ብንኡስ መጠን ዕርክነት መስሪተናሎም ነበራ።

ጎኒ-ጎኒ ጀራዲን ቪላበርዕድ እንዳ ተጓዕዙ ከልዉ'ውን አብ ደረት'ቲ ሕርሻ ዝነበሩ ሰራሕተኛታት፡ ብመንገዲ ሓወቦአ አቢሎም ንእምነት አራንሽን መንደሪንን ስለ ዝሃብዋ፡ እምነት ንሓወቦአ ሃይለ ዳርጋ ዕላል ብዙሕ አይነፈገቶን። ዕድል ጌሮም ድማ ጽርግያ ቪላበርዕድ- አስመራ ከረግጹን ካብ ከረን ናብ አስመራ ትሕንበብ ዝነበረት አውቶቡስ ከተጓንፎምን ሓደ ኮነ። "ተመስገን አንታ መድኅን አለም አቦይ እንቋዕ አብዚኣ ምስዛ ካብ ገዝአ ወጺአ ዘይትፈልጥ ዕሽል ተሰጢሕና አይወዓልና። አይትገድፈናን ግዲ ትኸውን" ኢሉ ንነብሱ እንዳተዛረባ፡ የማናይ ኢዱ ንላዕሊ ሓፍ ከብሎን አውቶቡስ ጠጠው ኢላ ከትሰቐሎምን ሓደ ኮነ።

ኪኖ'ዚ ጎቦ

ኪኖ'ዚ ሩባ

እነሃለ ሩባ ዓንሰባ።

ዝብል ዜማ ኩቡር ስነ ጥበባዊ ተኽልንኪኤል ገብሩ ብዓቢ መጉልሒ ድምጹ እንዳ አጋውሓት ከአ አውቶቡስ ንባልዋ ሓሊፋ፡ ንጽርግያታት ልቢ ትግራይ ጅምር ከተብሎን እምነት መጀመርትአ ግዲ ኮይንዋ ሽታ በንዚን ጸሊአቶ፡ ከብዳ ዕግርግር በላን ብተምላስ አይንላዕሊ አይንታሕቲ ኮነትን። ብዘይ ብኡ እቲ ከም ሽንቲ ብዕራይ የማን-ጸጋም እንዳ ተዓጸፈ ካብ ባልዋ ክሳብ ድግድግ ዝዝርጋሕ ጽርግያ ልቢ ትግራይ ንጉዕዞ ብመኪና ዝፈቱ ስብ'ውን ከይተረፈ ተምላስ ዘየትሕዝ አይኮነን። ከተምልስ ከላ ዘዝርኣይዋ ብየማን ጸጋማ ዝነብሩ

ተሳፈርቲ ድማ "ዋይ ጓለይ ምስኪነይቲ! ኣዲኣክ ድኣ ኣበይ ኣላ፧ ኣብ መንገዲዶ ተመሓላሊፍኩም ኮይንኩም ኣብ በበይነን መካይን ተሰጊልኩም፧ ንቆልዓስ ኣደ ኢያ ትመልኮ 'ምብር ንኣቦስ ይኸብዶ'ዩ" እንዳ በሉ ክንድኡ ዝዕድሚኣ ህጻን ቆልዓ ብዘይ ኣደ ክትገይሽ ኣይትኽእልን'ያ ኢሎም ስለ ዝገመቱ ግዲ ኮይኖም፡ ንኣቶ ሃይለ ከይተረድኦም ቁስሉ ይትንከፍዎ ነሩ። ከምዘይ ብጻሕ የለን እምነት መዓልታ ተደፊኡ ብተምላስ ሕጭቕ እንዳ በለት ከተማ ኣስመራ ኣተዉ።

መንበሪ ገዛ እንዳ ኣቶ ሃይለ ኣብ ማይተመናይ ኣብ ከባቢ ሆስፒታል ዓይኒ ኢዮ ተደኩኑ ዘሎ። ኣቶ ሃይለ ትምህርቲ ከመሃር ኢሉ ንኣስመራ ምስ መጸ ንዓዲ ክበጽሕ ኢሉ እንተ ዘይኮይኑ ንሓድሽ ዓዲ ዳርጋ ኩብ ደርብዩላ'ዩ ከበሃል ይኸኣል። ትምህርቲ ድሕሪ ምውድኡ ብኡ ንብኡ ጽቡቕ መሃያ ዘለዎ ስራሕ ስለ ዝጀመረ ከይተጸገመ 'ኢዮ መመርዓዊኡን መውጽኢ ብርኩን ገንዘብ ኣዋህሊሉ። ሓሓሊፉ'ውን ንስድርኡ ከም ላምባ፡ ዘይቲ ብልዒ፡ በርበረ፡ ቡንን ሽኮርን ዝኣመሰሉ ኣስቤዛታት ገዚኡ ምስ ንኣስማራ ዝመጹ ደቂ ዓዱ ይልእከሎም ነበረ። ብኡ መጠን ከኣ ወለዱ ኣብ ሃይለ ወዶም ብዙሕ ኣኸብሮትን እምነትን ነበሮም። ከምኡ ስለ ዝነበረ ድማ ኢዮም ንእምነት ባዕለይ ሓላፍነት ወሲደ ከዕብያ'የ ኢሉ ምስ ኣፍኣመሎም ከይወዓሉ ከይሓደሩ ንሰናይ ሓሳባቱ ብሓጎስ ዘጽደቕዎ። ሃይለ ተመሃራይ ከሎ ዝፈልጠን ብዙሓት መማህርቱ ነራዙ ስለ ዝነበራ፡ ሓንቲ ካብኣተን መሪጹ ከምርዖ መደብ ነበሮ። ሓሳቡ ከምኡ ስለ ዝነበረ ከኣ'ዩ፡ ኣብ ፈለማ ኣቶ ጸጋይ ንሃይለ ከምርዕወካ ምስ በሉ ፍሽኽ እንዳ በለ "ደሓን ኣቦ ቁሩብ ይጽንሓልና። ባዕለይ ጓል ካብ ኣስመራ መሪጸ ምስ ወዳእኩ ከሕብረኩም 'የ'ሞ ካብኡ ጉዳይ መርዓና ንገብር" ዝበሎ። ኣቶ ጸጋይ ግን ሓሳባት ወዱ ባህ ስለ ዘይበሎ "እንታ ሃይለ ወደይ ብለባምካ ከለኻስ ብሓደ ኣፈቱ! ኣነ ብደወይ

ከለኹስ ባዕልኻ ጓል ከተምጽእ!፤ ዓገብ'ዚ ወደይ። ኣብዚ ከባቢ ዓድና ብኹልንትንኣ ንዓና እትመስል ጓል ጠሚተ ኣለኹ'ም፡ ኣዕሚቐ ብዛዕብኣ ምስ ኣጣለልኩ ከሕብረካ'የ ዝወደይ ኮርዒዳ። ድሓር ከኣ ንዓይ 'ነቦኻ'ውን ባዕለይ ከምጽኣልካ ከለኹ'ዩ ክብረት ዘለዎ። መውስቦ ቀሊል ከይመስለካ። እዘም ከተማ ዝረኣኹም መንእሰያት'ኣ ጠባያን መልከዓን ፈትየ ኢልኩም ጥራይ ኢኹም ኣብ መፈጸምታ ትበጽሑ" ኢሉ ዘረብኡ ከይዛዘመ ከሎ፡ ብኣንከሮ ከከታተል ዝጸንሐ ሃይለ ኣብ መንን ኣትዩ " እምቢእ ኣንታ ባባ ካብ መልከዓን ጠባያን ንላዕሊ ድኣ እንታይ ካልእ ዝጥለብ ሃልዩ'ም፡ ብዛዕባ ካልእ ከንሕስብ፤" ኢሉ ሕቶ ኣቐረቡ ወላዲኡ እንታይ ዝተፈልየ መልሲ ኣዳልይሉ ኣሎ ንምስማዕ ኣእዛኑ እንዳ ቃነየ።

"ኣብ ርእሲ ጠባያ ከኣ 'ባ ኣተዓባቢኣ፡ ልቦንኣ፡ ሃይማኖታ ዝኣመሰሉ ኣብ ግምት ክኣትዉ ዘለዎም ኣገደስቲ ረቛሒታትን ከብርታትን'ዮም ኣይትዓሹ'ዚ ወደይ" በሎ ነቲ ኣብ ኢዱ ሒዝዎ ዝነበረ መንገፈ ሃመማ ጭራ ንየማነ ጸጋም እንዳ ኣዋሳወስ።

"ኣቦይ መቸስ ብዘይ መኽንያት ኣይትዛረብን እንዲኻ፡ ሕጂ ከኣ መታን ከትሕጎስ ንስኻ መሪጽካ ዝመረቕካለይ'የ ዝምርጸያ" ብምባል ንልቢ ወላዲኡ ኣረስረሰ። ኣቦይ ጸጋይ ከኣ ወዱ ኣብ ፍቓዱ ብምጽንዑ ብልቢ ኣደሰቶ። ከም መብጽዕኡ ድማ ኣቶ ጸጋይ፡ ደሃብ ዝስማ ኩሉ በጽሒ'ቲ ከባቢ ንዓይ-ንዓይ እንዳበለ ዝመናጠሰላ ዝነበረ ግርምትን ሕያወይትን ጓል ሄዋን መሪጹ ቃል ኪዳን ኣእሰሮ።

እምነት ንኣስታት ክልተ ቅነ ዝኣከል እንተስ ኩነታት ከሊማ ተቐያይርዋ እንተስ ዓይነት መግቢ ሓዲስዋ ከብድብድ ኢልዋ ቀነየ። ልክዕ ንምዝራብ ብናፍቖት ወለዳን ናፍቖት መሓዝኣ ህጸን ምስግናን መሬት ከም ኣፍ ዕንቀኡ ጸቢብታ ከበረት። ስድራ ቤት ኣቶ ሃይለ ብምልኣም ካብ ዝዓበየ ከሳብ

ዝነኣስ ብኹነታት ሓዳሽ ኣባል ስድርኣም ሽቘልቅል ኣተዋም። ዝገዝኡ እንተ ገዝኡ፡ ብኹሉ ዓይነታት ጸወታታት ቆልዑ እንተ ፈተኑ፡ ግዶም ምግባር ኣቘበጸት። ናብራ ኣስመራ ፍጹም ሓደሳ። ቀልቀል ንኽትወጽእ ቃልዕ ጎልጎል ዝለመደት እምነት፡ ዓይነ-ምድሪ ምጥቃም ኣፈንፈና። ኣመጋግባ ስለ ዝሓደሳ'ውን መግቢ ምብላዕ ቀምጨጭ ኮነ። ከም ሳዕቤኑ ድማ ነብሳ ሓሽኡ ከሃድምን ከምህምንን ግዜ ኣይወሰደን። በዓልቲ ቤቱ ንኣቶ ሃይለ ወ/ሮ ደሃብ ዘርእዝጊ ኣብ ገዛ ባዕላ ኣብ ሓደ ንእሽቶይ ብጥርሙስ ዝተሰርሓ ብርጭቆ ጸባ እንዳ ሓቘነት ብራሕ ጌራ ከትዕንግላ ፈተነት'ሞ፡ እምነት ምስ ስድራ ቤት እንዳ ሓወቦኣ በብቘሩብ ከትወሃሃድ ጀመረት። እዚ ከኣ ድሕሪ ኩሉ ዓይነት መግብታት ፈቲኖም ምስ ኣበየቶም፡ እስከ ገለ ካብቲ ዝለመድቶ መግቢ ዓድና ከንፍትና ኢላ ዝጀመረቶ ስለ ዝነበረ፡ ብምዕዋታ ዓቢ ፍናን ሩፍታን ፈጠረላ። ከምኡ'ውን ኣቶ ሃይለ ብወገኑ እስከ 'ዛ ቆልዓ'ዚ ጭንቀታ እንተ ሃፈፈላ ኣይፍለጥን'ዩ ኢሉ ብምሕሳብ፡ ናብ መካነ እንስሳታት ቤት ገርግሽ ሓደ ቀዳም ምስ ደቁ ሒዝዋ ከደ'ሞ፡ እምነት ነቶም ኣብ ዓዶም ትርእዮም ዝነበረት ኣህባይን ማናቲለን ምስ ረኣየት ግዲ ናይ ዓዳ ኣዘኻኺሮማ፡ ንፈለማ እዋን ከትስሕቅን ምስ ደቂ ሓወቦኣ ከተዕልልን ጀመረት። ብኡ ኣቢሉ ሽይጣና ተሓሪዱላ ከኣ ናብራ ኣስመራን ናብራ ምስ እንዳ ሓወብኣ ሃይለን ኣሃዱ ኢላ ብጽቡቕ መንፈስ ቀጸለቶ።

ዳርጋ ኣርባዕቲኣም ደቁ ሃይለ ኣብ ናታ ክሊ ዕድመ ስለ ዝነበሩ ሓንሳብ ባሊና፡ ሓንሳብ ሃክቲ ከጸወቱ መሬት ወረሑ ይዓርቦም ነበረ። ብፍላይ ዳናይት ሃይለ ብዕድመ መዘንኣ ስለ ዝነበረት፡ ሓንሳብ ኣሻንጉሊት ከቘንና እንሓንሳብ ከኣ ኣተሓባባእ ከጸወታ ምስሓን ይርስዓ ነበራ። ብጠባየን ኮነ ብመልከዐን ብዘየካ ማንታ እምበር ካብ ዝተፈላለየ ማህጸንየን በቘሉን ዝብለን ሰብ ውሑድ ነበረ። ብሓንሳብ ይጸወታ፡

ብሕንሳብ ይድቅስ፡ ብሕንሳብ ይሕጸባ፡ ብሕንሳብ ይምገባ ኮታስ ኩሉ ብሕንሳብ። እዚ ተርእዮ'ዚ ንኣቶ ሃይለ ዘይተጸበዮ ክስተት ስለ ዝነበረ ክብ ዝበለ ባህታን ቅሳነትን ፈጢረሉ።

ስድራ ቤት እንዳ ሃይለ ኣዝዮም ምቕሉላትን ሓላፍነታውያንን እዮም። ሰብኣይን ሰበይትን ካብ ሓድሕድ ዘይበላለጹ ኣብነታውያን ሰብ ሓዳር'ዮም ዝነበሩ። ዋላ'ኳ ክልቲኦም ቦቕባቖት እንተ ነበሩ፡ ንስድርስ እመት ኣላታ ከም ዝበሃል ናይ ኣቶ ሃይለ ሕልፈ ነበሮ። ብተፈጥሮኡ ኢዱ ቆሪጹ ከሀብ ዘይጸልእ ለዋህ ብስብኣውነቱ ሃብታም ሰብን ነበረ። ንሱ ዘይሕግዞን ኣብ ጸገሙ ዘይወዓለን መቕርብ ይኹን ዓረከ-መሓዛ ኣይነበረን እንተ ተባህለ መቸም ምግናን ኣይኮነን። እዞም ክልተ ሰብ ኪዳን ዳርጋ ፍጹም ከትብሎ እትደፍር ምርድዳእ ነበሮም። ቤቶም ቤተ ፍቕሪ'ያ። ኣብ ስርናይ'ኳ ክርዳድ ከም ዝበሃል ግን እዞም ወሃ ዘበለ ሓዳር ዝመርሑ ዝነበሩ ሰብኣይን ሰበይትን ብጉዳይ ኣተሓሕዛ ገንዘብ ሓሓሊፎም ይጓራፈጡ ነበሩ። ወ/ሮ ደሃብ "ሃይለ ሓወይ ገንዘብ ኣቐምጥ ኩሉ ግዜ ጽቡቕ ስራሕ ኣይስራሕን'ዮ" ክትብል ከላ፡ ሃይለ ድማ "ድሓን ናይ ጽባሕ ኣምላኽ ኣሎ፡ ሎሚ ሰብ ተሸጊሩ እንዳ ረኣኹ ኣስቂጠ ከዕዘብ ሕልናይ ኣይገብረለይን'ዮ" በሃላይ ነበረ። ዝብላዕ ዝስተ ሸሻይ'ውን ኩሉ ግዜ ቤቶም ምስ መልአ'ዩ። ዳርጋ'ቲ ኩሉ ሃብታም ኣስመራ ዝሕዞ ናይ መግቢ ሸሻይ ብዘይ ገለ ጎደል ኣብ ቤቶም ኔሩ። ዝተመርጸ መዓረ ጠስሚ፡ ፍሩታታት፡ ስጋ፡ ዊስክን ሜስን ካብ ከብሕታት ኣቝሕቶምን ፍርጀምን ተሰዊሩ ኣይፈልጥን። ኩሉ ዘዝበለጸን ዝተሓርየን ስለ ዝምገቡን ዝኽደኑን ድማ ካብ ኤውሮጳ ዝመጹ'ምበር ኣብ ኣስመራ ዝቐመጡ ፈዲሞም ኣይመስሉን ነበሩ።

እምነት እምበኣር ኣብ ከምዚ ዝኣመሰለ ምቹት ዝልማዱ ቤት ስለ ዝተጸንበረት ኣዝያ ፈተወቶን ማእምኣን። ኣይ መንፈቕ ኣይ ዓመት ድማ ሓማት ተመን መሰለትን ቅልጡፍ

አካላዊ ዕብየት አንጻባረቖትን፡፡ ሃይለ ኮነ ደሃብ መታን ንእምነት ጓንነት ከይስማዕዓሞ ከይተስተማስል፡ ኩሉ'ቲ ንዳናይት ጓሎም ዝኸድንዋን ዘብልዕዋን ቅንጣብ ከየትረፉ አብ እምነት'ውን የዘውትርዎ ነበሩ፡፡ ኩላቶም ቤቱ ሰቦምን ጓረባብቶምን ከአ ይምጉስዎምን ይምርቖዎምን ነበሩ፡፡ ዳናይት እንተ ተቘኒና እምነት'ውን ልክዕ ከም ናታ፡፡ ዳናይት እንተ ተኸዲና ድማ ንእምነት'ውን ብሕብሩ ኮነ ብዓይነቱ ልክዕ ከም ናታ ተገዚኡላ'ሎ፡፡

እምነት ካልአት ምኽኒዖም ስድራ ቤታ ጨሪሳ ዘንጊዓቶ፡፡ እዚ ዓርጋ ፍጹም ከትብሎ እትኽእል ውህደት እምነት ምስ እንዳ ሓወብአ፡ ንረአይኡ ዘበለ አፈሰሁ፡፡ ካብ ስራሕ ንገዛ አብ ዝአትወሉ ንአብነቱ፡ እምነት ምስ ኩሎም ደቁ ከጸበይዋ ስለ ዝጸንሐ ምስአቶም ከጸወት አብ ካልአይ ዲቐ ዝበለ ስራሕ'ዩ ዘሸመም ዝነበረ፡፡ እንሓንስብ አተሓባባእ፡ እንሓንሳብ ከአ አተሓዛዛልን ጠለይ-ጠለይን ከጸወቱ ሰዓታት የሕልፉ ነበሩ፡፡ ጽውጽዋይን ድግም'የ ድግምን እንተ ጀሚሮም ከአ'ሞ፡ ከይተደረፉ ብኡ አቢሉ'ዩ ድቃስ ዝጠልሞም፡፡ እምነትን ደቁን ንሃይለ ከም መዘንአምን መሓዝአምን'ምበር ወላዲአም ምኽኑስ ረሲያሞ'ዮም ምባል ይቐልል፡፡ ስለ ዝኾነ ከአ ኩሎም 'ቶም ቆልዑ ካብ ዝዓበየ ክሳብ ዝነአሰ ልዑል ርእሰ ምትእምማን ዘውንኑን ካብ ከባቢአም ጸብለል ዝበሉን ነበሩ፡፡

እምነት ትኩርትን በላሕን ቆልዓ ስለ ዝነበረት ናይ ቅድም ትምህርቲ ዕድል ከይረኸብት ክንሳ፡ ትኽ ኢላ ቀዳማይ ከፍሊ ምስ አተወት ድሕሪ ሰለስተ ወርሒ ልዕሊ 'ቶም ንኽልተ ዓመታት መዋእለ ህጻናት ዝተኸታተሉ መማህርታ ጸብለል በለት፡፡ ካብ ትጽቢት ብዙሓት ወጺኡ ድማ ድሮ ካልአይ ከፍለ ዓመት ትምህርቲ ከትጅምር ከላ ምንባብን ምጽሓፍን ከትመልኮ አብ ድርኩኺት በጺሓት፡፡ አብ አርባዕተ መስረታውያን አምራት ቁጽሪ ማለት ምድማር፡

ምጉዳል፡ ምርባሕን ምምቃልን ብመጠን ደረጃ ዕድሚኣ ኣዘዩ ዝምስገንን ዝነኣድን ምዕባለ ኣንጸፈት። ብኹሎም መምህራንን መማህርታን ድማ ኣዝያ ፍትውትን ህብብትን ኮነት።

ኣብ መወድእታ ዓመተ ትምህርቲ ከኣ 97% ገምጋም ነጥቢ ብምምጻእ ካብ ብምልአም ቀዳማይ ክፍሊ ኣብቲ ዓመት'ቲ ዝመሃሩ ዝነበሩ ደቂ ቤት-ትምህርታ በሊጻ ቀዳማይ ሽልማት ዓተረት። ርእሰ መምህር ናይታ እምነት ትመሃረላ ዝነበረት መባእታ ቤት ትምህርቲ ኣብ መዕጸዊ ናይ ዓመተ ትምህርቲ ምስ ጉዳይ እምነት ብዝተሓሓዘ ነዚ ዝስዕብ መደረ ኣቐረበ።

"እነ ኮነ ኩላቶም መማህራና ኣብዚ ሓጺር ግዜ ዘስተብሃልናዮ ነገር እንተ ሃልዩ፡ እምነት ፍሉይ ብልሒ ዘለዋ ቆልዓ'ያ። ከምዚ ናታ ዓይነት ባህርያት ዘንጸባርቐ ዓይነት ቆልዑ ዝበዝሑ ግዜ ናይ ትምህርቲ መጻኢኣም ከም ባና ዝተኾለዐ'ዩ። ብኸምዚ ዘላቶ ኣሳጉማ ናይ ወለዲ ደገፍን ሞራልን እንተ ዘይተነፈግዋ፡ እመኑኒ እምነት ድሕሪ ዝተወሰነ ዓመታት ነፋሪት ሒዛ ኣብዚ ከሊ ኣየርና ከትዘንቢ ከንርእያ ኢና። ተስፋ እገብር ከልቴኹም ኣቦን ኣደን ብኹልንትናኹም ነዛ ትስፍውቲ ተመሃሪት 'ዚኣ ከተተባብዕዋን ዝግባእ ሓገዝ ከትገብሩላን። ክልቲኣም ወለዱ ብኸንከንን ብሓልዮትን ዘዕብዩዋ ቆልዓ ናይ ጽባሕ ንግሆ መጻኢኡ ትስፉ'ውን ብርሁን ከም ዝኸውን ብዝሓለፉ ተማሃሮና ዝተመኮርናዮ ዘተኣማምንን መሰረታውን ረጂሒ'ዩ" ምስ በለ ኩሉ'ቲ ኣብቲ ኣዳራሽ ሆጭ ኢሉ ዝነበረ ዕዱም ብድሙቕ ጨብጨባ ከሳብ ናሕሲ ናይቲ ክፍሊ ከቐደድ ዝደሊ ኣንጎድጎዶ።

ሃይለ ኩሉ ግዜ ንግሆ ሰዓት ሽዱሽተ'ዩ ንስራሕ ዝነቅል ዝነበረ። ሕልፍ ሕልፍ ኢሉ እንተ ዘይኮይኑ ከኣ፡ ዝበዝሕ እዋን'ሲ ቁርሱ ኣብ ስራሕ'ዩ ዝበልዕ ዝነበረ። ምሳሕ ግን ሳሕቲ ዕድመ ወይ ውራይ እንተ ዘይሃልዩ ካብ ገዛ ተኣልዩ ኣይፈልጥን። ግዜ ንሃይለ ወርቂ'ዩ። ኣብ ቆጸራይኹንኣብ ስራሕ

ዶንጉዩ እንተ ተባህለ ቅድሚ ሓሙሽተ ደቓይቕ ይርከብ። ቆጸራ ሓበሻ ትብል ቃል ንሃይለ ኣይንታዮን'ያ። ሰባት ኣብ ቆጸራ ሰላሳ ደቓይቕ ክሳዕ ሰዓት ደንጉዮም ከብቅዑ፡ ከይዱ እንተ ጸኒሕዎም "ሃይለስ ዓቕሊ የብልካን" ከብልዎ ከለዉ ትርጉም ናይ ዓቕሊ ይተሓዋወሶ ነበረ። ዝበዝሑ ኣዕሩኽቱን ንነዊሕ ግዜ ብቖረባ ዝፈልጥዎ ሰባትን ግን " ኣንታ'ዚ ሃይልስ ፈረንጂ 'ኺ'ዩ። ካብዚ ናቱዶ ወደይ ቄሩብ-ቄራቦ ከኸልኣና" እንዳ በሉ ብሓውሲ ጨርቃን ኣምሲሎም ነብሶም ይነቕፉ ነበሩ። ከምቲ ውሩይ ኣሜሪካዊ ጸሓፊ በንጃሚን ፍራንክሊን ዝጠፍአ ግዜ ብፍጹም ኣይምለስን'ዩ ዝበሎ፡ ሃይለ'ውን ዝሓለፈ ግዜ ስለ ዘይምለስ ግዜኡ ዘኽብርን ንዕዮኡ ኣብ ሰዓቱን ዕለቱን ዘጸፍፍ ሰብ ውዒሉ ሓዲሩ ምዕዋቱ ኣይተርፎን'ዩ ዝብል ዘይዕጸፍ መሰረታዊ መትከል ነበሮ። ግዜኡ ጥራይ ዘይኮነ ዘኽብር፡ ስርሑ ብጽፈትን ብተገዳስነትን ስለ ዘሰላስል ምስ ሃይለ ከስርሕ ዘይደልን ብሃይለ ዘይቀንእን መሳርሕቱ ኔሩ እንተ ተባህለ ሓሶት ጥራይ'ዩ ከኸውን ዝኽእል። ኣምሳይኡ ከኣ ሃይለ ጸጋይ ሓፉርን ከቡርን ሰብ ነበረ።

ሓደ ሓሙስ ንግሆ ወይዘሮ ደሃብ ኣስቤዛ ከትገብር ንመርካቶ ከይዳ ኣራፊዳ ዘድልያ ነገራት ሾማሚታ ምስ ተመልሰት፡ ጸብሒ ስጋ ምስ ድንሽ ሓዋዊሳ ሰሪሓ ናይ ፋዱስ ቡን ብእዋኑ ቀራረበት። ምቕላው ቡን ኣብ ቤት እንዳ ሃይለ ኣብ ሰዓታት ምሳሕ ልምድቲ'ያ። መብዛሕትኡ ግዜ ሃይለ ተፈዲሱ ከባቢ ሰዓት ዓሰርተ ክልተን ርብዕን ድሕሪ ቀትሪ ንገዛ ስለ ዝበጽሕ፡ ነታ ቡን ዋላ'ኳ ከሳብ ባራካ ኣይስተያ ከሳብ ካልኣይቲ ንኽስትያ ግን እኹል ግዜ ኔርዎ'ዩ። ሾው መዓልቲ ኣወል ቡን ብእዋኑ ፋዱስን ዓሰርተን ፈሊሓ ነበረት። ሃይለ ግን ሎምስ ዘይኣመሉ ገና ንገዛ ኣይኣተወን ዘሎ። ቀዳመይቲ ቡን ኣብ ምዝሓል ገጻ'ያ። ድሮ ፋዱስን ዕስራን ሓሊፋስ ፋዱስን ፈረቓን ከኸውን ተቓሪቡ ነበረ። ወይዘሮ ደሃብ ነቲ ጓህሪ በቲ

ኣብ ኢዳ ዝነበረ መንቀርቀር ከይጠፍእ እንዳ ኣተዓራረየት "ሃይለ ድኣ እንታይ ኢዩ ዘይከም ቀደሙ ደንጉዩ፤ ስራሕዶ ኾን ድኣ ጽዒቕዎ ውዒሉ ኮይኑ። እዛ ቡነይኣ በረድ ኮይና ብውዕይታ እንተ ዘርከበላስ እምበር ድኻሙ መፋኾስትሉ ኔራ'ያ" ከትብል ጀመረት ናይ ቡና ምዝሓል'ውን እንዳ ኣተሓሳሰባ።

ፋዱስን ፈረጃን ሓሊፉ ርብዒ ጎደል ንሰዓት ሓደ ድሕሪ ቀትሪ ቀረበ። ሕጂ'ውን ሃይለ ኣይኣተወን። ደሃብን ቡናን ትጽቢት ከፍኣን። "ኣትን ቆልዑ ዳናይት-እምነት ንዕን 'ስከ ደቀይ ብሩኻት ኣቦኽን ይመጽእ ኣንተሎ ኣብዚ ዓንቅጽ ናይ ካንሸሎና ጐንኽን ኣማዓድዋ" በለት ወይዘሮ ደሃብ ጨርቂ ናይ ሳሎን እንዳ ኣተዓራረየት። "ዘይኣመሉ ድኣ እንታይ ኮይኑ'ዚ ስብኣይ፤ ናይ ደሓን ጥራይ ከኣ ይግበሮ። ወይ ከይሰማዕክዎዶ ዕድሜ ከም ዘለዎ ሓቢሩኒ ኔሩ ኮይኑ፤ ም'ኹን ኣይነገረንን። ልበይ ከሳብ ክንድዚ ክድፈን ኣይክእልን'ዩ። ነጊሩኒ ኔሩ እንተ ዝኸውን'ሲ ንግሆ ተንሲአ ሰላም መዓልቲ ውዓል ከብሎ ከለኹ ትዝ ምበለኒ ኔሩ። ድሓርከ ማዕረ ክንድዚ ናይ ምርሳዕ ጸገም መዓስ ኣለኒ" ሽቖልቀል እንዳ በለት ምስ ነብሳ ሕቶን መልስን ኣቀባበለት። ሰዓት ሓደ ሓሊፉ ንስራሕ ካብ ገዛ ዝብገሰሉ ሰዓት ክልተ ድሕሪ ቀትሪ ቀረበ። ሃይለ ዘይከም ቀደሙ ክምሳሕ ንቤቱ ኣይኣተወን። ወይዘሮ ደሃብ ከይቀሰነት ብዓቕሊ ንናይ ምሽት በዓል ቤታ ካብ ስራሕ ንገዛ ዝኣትወሉ ሰዓታት ኣቘመተት።

ከምቲ ልሙድ ሰዓት ሸውዓተ ናይ ምሽት ሃይለ ካብ ስራሕ ንገዛኡ ዝበጽሓሉ ግዜ'ዩ። ሰዓት ሸውዓተ'ውን ከምተን ናይ ቀትሪ ሰዓታት ብስራት ኣይነበራን። ደቒቕ ብደቒቕ ሰዓት ብሰዓት እንዳ ተተከአ ድማ ልከዕ ፍርቂ ለይቲ ኣኸለ። ሽቖሎት ወይዘሮ ደሃብን ደቃን ጥርዚ በጽሐ። ሓደ ንሃይለ ትኽ ትንፋስ ዓርኩን መሳርሕቱን ከብሮም ዝስሙ ኣብ ቀሓውታ

ምቕማጡ ስለ ዝነበረ፡ ደሃይ በዓል ቤታ ንምሕታት ወይዘሮ ደሃብ አብ እንዳ ጎሮቤት ከይዳ ተሌፎን አደውሉኒ ኢላ ለይቲ ምድሪ ናብ እንዳ ከብሮም ደወለት። አብቲ ግዜ'ቲ ተባላሽያ ኔራ ኮይና'ምበር፡ ተሌፎን'ሲ አብ ቤታ'ውን ኔራታ'ያ። ተሌፎን እንዳ ከብሮም ጸዊዓ ጸዊዓ ተዓጽወት። ከም አንደገና ፈተነት። ሕጂ'ውን ልዓት ተሌፎን አልዒሉ "ሄሎው" ዝብላ ሰብ አይረኸበትን። ወይዘሮ ደሃብ በቲ ኩነታት አዝያ ስለ ዝተሸበረት ንሓንቲ ጎሮቤታ አሰንይኒ ኢላ፡ ሰኸራማትን ግዳም ሓደርን ከይፈርሓ ከውታ ለይቲ ንቀሓውታ ናብ እንዳ ከብሮም ነቐላ። ብዓልቲ ቤቱ ንኸብሮም ምስ ሓዋ ኮይና ከፈተተን። ሰበይቲ ከብሮም'ውን ብግዲኣ ደሃይ በዓል ቤታ ጠፊእዋ ሽቑልቀል አቲዋ ጸንሓታ።

ደሃብ ተሌፎን ከትድውል ከላ፡ ደሃይ ሰብአያ ከትደሊ ካብ ገዛ ወጺአ ስለ ዝነበረት ከተልዕላ አይከአለትን። በዓልቲ ቤቱ ንኸብሮም'ውን በዓል ደሃብ ቀዲመንኣ 'ምብር ንማይተመናይ ከይዳ ደሃይ ከትገብር ተብጊሳ ምንባራ ንደሃብ ነገራታ። ድሕር'ዚ ወይዘሮ ደሃብ ትብሎን ትገብሮን ጨነቓ። ከልቲኦም አዕሩኽ ካብ ኮነ ደሃይ ዘይብሎምሲ፡ ምናልባት ዶኾን ንሳሕል ናብ ሰውራ ኤርትራ ተተሓሒዞም ከይዶም ይኾኑ ብምባል ከኣ ብኸፈሉ ነብሳ ከተተሃዳእእ ፈተነት። ግን ፍጹም ምርግጋእ አበየት። ሃይለ ብፍጹም ንዓይ ከይሓበረኒ ናብ ሰውራ ከኸይድ አይከእልን'ዩ ኢላ ስለ ዝገምገመት ከኣ ካልእ ከህልዎ ይኸእል'ዩ ዝበለቶ ቦታታት ጸብጸበት። ናብ ኩሉ መደበራት ፖሊስን ሆስፒታላትን'ውን በጽሐት። አብ ኩሉ ሃይለ ትመስከር ኮይኑ ነገሩ።

"እዞም ሓፋሽ ወድባት ዝሰርሑ'ኺ አሳራሕኣም ረቂቕን ዋላ'ውን ናይ ቀረባ ቤተ ሰቦም እንታይ ከም ዝሰርሑ አይፈልጥን'ዩ። ምናልባት ድኣ በዓል ቤትኪ ናብ ሓፋሽ ውድባት ከቲበም ኔሮም ከይኮኑ'ሞ፡ ንሳቶም አርሒቖም

ልኢኾም ከይኮኑ" በለታ እታ ኣሰንያታ ምሉእ ለይቲ ምስኣ
ብእግራ ኣብ ጎደናታት ኣስመራ ሸፋሕ ክትብል ዝሓደረት
ጎሮቤታ፡ ንደሃብ ቀልጢፋ ተስፋ ክትቆርጽ ከምዘይብላን
ከሳብ ክንድኡ ክትሻቐል ከም ዘይግብኣን እንዳ መዓደታ፡ "
ኣፍኪ ይስዓር እስከ ኣንቲ ጥዑም ኣፉ! እስከ እግዚኣብሄር
ከምዚ ንስኺ ትብልዮ ዘለኺ ይግበረለይ፡ እምበር ንሃይለስ ኣነ
ዝፈልጦ ዝኾነ ፖለቲካዊ ውዳበ የብሉን" መለስትላ ወይዘሮ
ደሃብ ንኹሉ ሻቐሎታ ዓባቢጣ። ሰዓታት ብመዓልቲታት
ክትካእ ጀመረ። ኩሉ ሃይለ ክኸዶን ክኣትወሉን ዝተገመተ
ከተማጣትን ዓድታትን ተፈተሸ። ደሃይ ሃይለ ግን ሽታ ማይ
ድኣ ኮነ። ስድራ ቤቱ ካብ ዝዓበየ ከሳብ ዝነኣሰ ኣብ ጓህን
ራዕድን ኣተዉ። ፖሊስ ከተማ ኣስመራ'ውን ብወገኑ ተፍትሽን
ኮለላን'ኳ እንተ ኣካየደ፡ ዘፍረዮ ቄም ነገር ግን ኣይነበረን።

ወይዘሮ ደሃብን እታ ጎሮቤታን ቀሓውታ እንዳ ከብሮም
በጺሓን ንገገዝእን ኣብ ዝምለሳሉ ዝነበራ ህሞት፡ ኣጋጣሚ ሸዉ
ግዜ መንግስቲ ሰዓታት እቶ-እቶ ኣዊጁ ስለ ዝነበረ፡ ሆስፒታል
ሓሊበት ሕልፍ ምስ በላ "ንስኻትከን በዚ ሰዓት'ዚ ኣብ ከተማ
ዘውን ትብላ ስለያ ናይ ጸላኢ ኢኸን" ተባሂለን ንኣርባዕተ
መዓልቲታት ኣሰርወን። ከሳብ ኣካላተን ደም ዝሰርብ ከኣ
ቀጥቀጡወን። ካብ ገዛ ከብገሳ ከለዋ፡ ነቲ ግዝያዊ ኣዋጅ ግብ
ኣቢለን ረስዕኣ። ብመጠኑ ዕድል ጌረን ካብ ማይተመናይ
ንቀሓውታ ከኸዳ ከለዋ ኣይተረኽባን። ንወይዘሮ ደሃብ ድርብ
መከራ ኮነ። "እዋይ ኣነ ቅርስስቲ! ንዓኺ ከኣ ለኪመኪዶ ኣንቲ
መሓዛይ ብርኸቲ" እንዳ በለት መሬት ወጊሓ ከሳዕ ትዓርብ
ብንብዓት ትሕለብ ነበረት። ቤተ ሰበን ተቐላጢፎም ንጽባሒቱ
ተኣሲረን ከም ዘለዋ ምስ ፈለጡ እኸለ-ማይን ከዳውንትን
ከብጽሑለን ጀመሩ። ገለ ካብቶም ከርእየውን ዝመጹ ዝነበሩ
ሰባት ድማ "ኣንትን ንስኻትከን ሲ'ኳ ጽባሕ ንግሆ ትፍተሓ።
ናይ ሃይለ እንዶ ግዳ መእተዊኡ ጠፊኡና 'ሎ" ከብልወን

ከለዉ። ንወይዘሮ ደሃብ ኣብ ጥቓ ሓዊ ዘሎ ቆልዓ ኣይተብኪ
ኮይንዋ ብብኽያት ንእሱራት ልዋም ከልኣት። ኣብ ገዛ ቆልዑ
ንበይኖም ገዲፈን ኣለዋ ዝብል ልሙና ምስ በዝሓምን ዝኾነ
ብፖለቲካ ዘጠርጥረን ጭብጢ። ምስ ሰኣኑለን ኣብ ራብዓይ
መዓልተን ካብ ማእሰርቲ ለቒቐወን።

ድሕሪ ከባቢ ሓደ ሰሙን ኣቢሉ ይኸውን ዳናይት ንግሆ
ብብዕግግታ ገጻ ከይተሓጸበትን ቁልዓ ከይነገፈትን፡ ካንሸሎ
እንዳ ኮስተረት ከላ ምስቲ ትእከቦ ዝነበረት ገፍጥ-መፈጥ
ሓንቲ ጭራም ጸዕዳ ወረቐት ዘራጊቶ ኔው ነጀው እንዳ 'በለ
ከንከላብታ ተዓዘበት። ከም ምርኣይ'ኣ ኣቐዲማ'ውን ከትርእያ
ጸኒሓ'ያ። ኣይተገደስትላን ጥራይ ድኣ። ሃንደበት ግን ንፋስ
እንዳ ኣንሸራሸራ ናብቲ ጥቓኣ ቀረበት'ሞ፡ ንኣድህቦኣ ዘሰርቐ
ድሙቕን ፍርዪን ዝበለ ኣርእስቲ ተሰሚርሉ ረኣየት- 'ተገዲስካ
ኣንብበኒ' ዝበለ ዝተጻሕፈ። ብኡ ኣቢልካ ንዘላኣለም ቅባጸት
ዘይብልካ ኣይትጥፋእ ግዲ ኢልዎ ፈጣሪ'ምበር፡ እታ ጭራም
ወረቐት'ሲ ካብ ኣብ ኢድ ዳናይት ከትበጽሕ ንፋስ ጌርዋ
ፈቐድኡ ከትኮልል ይቐልል ኔሩ። ደሃይ ስኢንኩም ሕምሶ-
ርምሶ ግዲ ኣይትኹኑ ኢልዎ ነቶም ስድራ ግን እታ ወረቐት
ንዳናይት ከም ሕሱም ሕስይስይ ኣብዚሓትላ። ዳናይት
ብታህዋኽ ነታ ወረቐት ከተንብባ ጀመረት። ንትሕዝቶኣ
ጀሚራ ከይዛዘመታ ከላ፡ ኣብ መንጎ እንዳ ወጨጨት ናብቲ
ኣዲኣ ዝነበረቶ ክሽን ጎየየት። ንወይዘሮ ደሃብ ኣውያት ጓላ ልባ
ምልሕ ኣበላ።

"ዳናይት እንታይ ኢኺ ጫንኪ፣ ናይ ምንታይ ኢዮኸ እዚ
ደብዳቤ ሒዝክዮ ዘለኺ፧" እንዳ በለት ከኣ ኩነታት መወጨጪ
ጓላ ከትፈልጥ ሕቶታት ደራረበትላ። ልባ ድማ ብስንባደ ነጢራ
ከትወጽ ተቓረበት። ዳናይት ምሒር ብብኽያት ትንኽነኸ ስለ
ዝነበረት፡ ወይዘሮ ደሃብ ባዕላ ምንባብ ተተሓሓዘቶ። እታ
ወረቐት ካብ ከብሮም ዓርኪ ሃይለ ናብ ስድራ ቤት ሃይለ

ዝተጻሕፈ መልእኽቲ ሒዛ ነበረት። ክብሮም ኣብ መልእኽቱ ንዓርኩ ገንዘብ ተለቂሑሉ ከም ዝነበረን ከመልስሉ ስለ ዘይከኣለ ግን ተጓራፊጦም ከም ዝነብሩን፥ ኣብ መወዳእትኡ ከኣ ሃይለ ኣዝዩ ስለ ዘጨነቆ ንወተሃደራት ገንዘብ ኣብሊዑ ንዝፈትዋ ሃይለ ዓርኩ ከም ዘቖተሎን፥ ኣብ ንሱን ናይ ቀጠታ ቀተልቱን ጥራይ ዝፈልጦ ኣብ ኣዝዩ ሚስጥራዊ ቦታ ደብዮም ከም ዝገደፍዎን ተናስሐ።

ድሕሪ ቅትለት ሃይለ ኢዱ ናብ ፖሊስ ኣስመራ ከረከብ'ኳ ሓሲቡ እንተ ነበረ፥ ጸኔሑ ግን "ካብ ንወተሃደራት ጸላኢ ኢደይ ዝህብ'ሲ ንሜዳ ኤርትራ ከይደ፥ ንህዝባዊ ግንባር ሰብ ቀቲለ ኣለኹ ክብሎም'ሞ ዝገብሩ ከገብሩኒ" ኢሉ ከም ዝወሰነን ንሳሕል ናብ ገድሊ ኤርትራ ከም ዝኸደን ኢላ ድሕሪ ምዝንታው፥ እታ ወረቐት ስርሓ ወድአት። ካብ ቀዳማዶስ ዳሕረዋዮ ገደደ'ዮ ቁንቁኝኡ ። ድሕሪ'ዚ ስድራ ሃይለ፥ ንሃይለ ቀበጽዎን ሓዘኖም ብወግዒ ኣወጁን።

ኣብ መንጎ ውዑይ ሓዘን ከለዉ ሓደ ንግሆ ኣቶ ጸጋይ ንደሃብ ሰበይቲ ወዱ ጸዊዑ ብዛዕባ ተስካር እንታይን ከመይን ከገብሩ ከምዘለዎም ን'ኽላዘቡ፥ በቲ ፍዮሪታት ዝነበሮ ጸጋማይ ጸግዒ ናይቲ ቀጽሪ ገዝኦም ካብቲ እኩብ ሰብ ኣግልል ኣበላ። "ደሃብ ጓለይ እሞ ሕጂ ዝኾነ ኮይኑ'ዩ ። ነዚ ብሩኽ ሃይለ ወደይ መድሃኒ ኣለም ኣቦይ ኣብ የማናይ ኢዱ ይቀበሎ። ንሕና ከኣ ናይ ሰብ ስለ ዘይተርፍ ቅናትና ሽጥ ከነብል 'ንሕተተሉ እዋን'ዩ። ናብዚ ንበይንኺ ኣብሓቱው ኣቢለ ጸዊዐኪ ዘለኹ ድማ ብዛዕባ ተስካር ክንገብሮ ዘለና ምድላዋት ክንላዘበሉ ስለ ዝደለኹ'የ" በላ፥ ነቲ ኣብ ዓይኑ ዝዓልብ ዝነበረ ናይ ንግሆ ጸርጊ ጸሓይ ጸጋማይ ጉምቦ ኢዱ ኣብ ግንባሩ ጌሩ እንዳ ጋረደ።

ደሃብ ካዕቦ ድሕሪ ምስትንፋስ "ኣቦ ከምቲ ዝበልካዮ እዚ ከቡር በዓል ቤተይ ኣብ ምድሪ ከሎ ሰናይን ጥዑምን ሰብ ኢዩ ኔሩ'ሞ፥ እግዚኣቢሄር ኣብታ ናይ ዘለኣለም ገነቱ ይጸንብሮ።

ብዛዕባ ተስኻር እንተ ኮይኑ ግን ኣነ ገፋሕፋሕ ዘብል የብለይን፡ ናብ ቤተ ክርስትያን እተን ዝግባኣኒ ናይ ነብሰ-ፍትሓት ምባእ ከብጽሕ 'የ። ካብኡ ሓሊፉ ግን ብዘይካ ሃብና እንኪ ዘይፈልጡ ኣምዑት ዘይቆጸሩ ህጻናት ሒዘ ስለ ዘለኹ፡ እተን ቁሩብ ቁራ ዘላዋኒ ገንዘብ ንቘሩብ ግዜ'ኣ መታተዩ ዝኾነና ኣስቤዛታት ከገዝኣለን 'የ" በለቶ ሓሙኣ ንርእይቶ ኣንታይ ዓይነት ግብረ መልሲ ከም ዝህብ ንምፍላጥ ዓይኑ ዓይኑ እንዳ ኣቋመተት።

"ሃብሮም 'ዛ ጓልይ ሓየት! ብቘደሙ ንስኺ ብርኸትን ጓል 'ዞም ብሩኻት ስድራን እንዲኺ። ዘይ መጽሓፍ ቅዱስ'ሲ ነዚ ዝበልክዮ ሓሳብ'ዩ ዘራጉድ። ህዝብና ግን ብልምዲ ነሓድሕዱ ከወዳደር ከብልን ንሰብ ከሕጉስ ከብልን ልዕሊ ዓቐሙ ውራይ ይገብር'ሞ፡ ኣብ ዘይተደልየ ዕዳን ባእስን ይጥሕል። ግደ ሓቂ ብጸሎትን ምህለላን ጌርና ንእግዚኣብሄር ምስቶም ቅዱሳናቱ ከሰርያ ከንልምን'ዩ ዝግበኣና" በላ ብትብዓታን ብልሃን ስለ ዝተመሰጠ። ኣቶ ጸጋይን ደሃብን ብዘይካ ኣቦን ጓልን ሓሙን ሰበይቲ ወድን ከትብሎም ኣሻጋሪ'ዩ። መልክዖምን ደም ስግኣምን 'ኺ ነንበይኑ እንተኾነ፡ ኣብ ዝገብርዎን ዝሓስብዎን ንጥፈታት ግን ልክዕ ከም ውህደት ማይን ጸባን'ዮም።

ድሌት ካልኣት ቤተ ሰብን ኣዕሩኽቲ ሃይለን ግን ምስ ናይ ኣቶ ጸጋይን ናይ ደሃብን ዝሰማማዕ ኮይኑ ኣይጸንሐን። ዳርጋ ኩሎም 'ቶም ዘመድ ወድን ጓልን ከም'ኡ'ውን ኣዕሩኽቱ ንሃይለን ዝኣክል ሕሩድ ከቘረብን እኻ ማይ ከፈስስን ጠለቡ። "ከምዚ ድኣ ተራእዩ ዘይፈልጥ። ሰብከ እንታይ ከብለና!፡ ኣንታ 'ዛ ደሃብ 'ባ ሰብ ኣይኮነትን! ደም ኣንቄዕና መስዋእቲ ከየቘረብናስ፡ ሓንቲ ጤል ንቤተ ክርስትያን ኣብጺሕናስ ነዚ ህዝቢ ሓዘና ዓጺና ከንብሎ፡ እዝስ ኣይዘረባን'ዩ" እንዳበሉ ንኣቦይ ጸጋይን ንደሃብን ደጊሞም ነቲ ሓሳብ ከም ዘየልዕልዎ ጌሮም ሸደድዎም። ቅጽል ኣቢሎም ድማ "ስምዒ ደሃብ ንስኺ እተን ኣለዋኒ ትብልየን ዘለኺ ይውሓዳ ይብዝሓ ቀርብየን'ሞ፡

ኩሉ'ቲ ካልእ ዝተረፈ ባዕልና አለናዮ" በልዋ ከም ሓውሲ ንድር ኢሎም። እቶ ጾጋይ ካብቲ ብቝርበትን ዕንጪይትን ዝተሰነ ወንበሩ ብድድ ኢሉ "ንሕና'ኻ ዋላ ሓንቲ በጌዕ ሓሪድና ብዓቅምና ድማ አውሒድ አቢልና ስዋን እንጀራን አዳሊና ነዘም ካህናት ከነብጽሕ'ሞ፡ ካብኡ ተረፍ እንተ ተረኸበ ከአ ነዘም ቆልዑ መጠወሪ ከኾኖም ኢልና ኢና ሓሲብና ኔርና። ዝበዛሕኩም እንተ ዘይደገፍኩሞ ግና ንሕና ምሳኻትኩም ዘጸልእ ከንገብር አይንደልን ኢና። እዚ ወደሓንኩም ከቡራት አሕዋትን ፈተውትን" በሎም። አብ መወዳእትኡ ከአ ፈረስ ዝጋልብ ዳስ ተሰሪሑ: ልዕሊ ዓቅን እኽለ ማይ ፈሲሱ ስድራ ቤት መዋቲ ብወግዒ ሓዘኖም ዓጸዉ።

ሓዘን ናይ ሃይለ ዓሰርተ ክልተ ምስ አሕለፈ ስድራ ከብሮም ንስድራ ቤት መዋቲ ብሰንኪ ወድና ሕማቕ ረኺብኩም ኢኹም'ሞ: እንታይ አሎ ንኸሕሶ ከብሉ ንስድራ ሃይለ ከድብሱን ከጸናንዑን ልኡኻቶም ሰዲዶም ንሓዘንተኛታት ብጭውነት ቀረብዎም። ንሳቶም'ውን ብግዲአም ዋላ ድአ ከንዲ ናይ ቀንዲ ስድራ ቤት መዋቲ አይኹን እምበር፡ ብሞት ሃይለ መሪር ሓዘን ተሰሚዑዎም ነበረ። ምኽንያቱ ንሃይለ አዴናን አቦናን ዘይወለዱልና ሓውና ኢሎም ስለ ዝሓስብዎ ዝነበሩን፡ ካብ ከብሮም አብ ልዕሊ ሃይለ ማዕረ ከንድኡ ዝአክል ጭካነ ስለ ዘይተጸበዮን። "ሽሕ ግዜ ይበድሎ: ከብሮም ንሃይለ አማኒኡን አኽባሪኡን ከሳብ ከንድዚ ካብ ጨኬከነሉስ ትርጉም ዕርከነት አብዚ ዓለም'ዚ ብላሽ ኢዩ ማለት" እንዳበሉ ከአ ነቲ ዘጋጠመ ገበን ፍጹም ምእማኑን ምቕባሉን ሰአኑ። እቶም ልኡኻት ካብ ሽነኸ እንዳ አቦን ካብ ሽነኸ እንዳ አደን ኮይኖም ማዮም ዝሰተዩ ዓበይቲ ዓድን ከስምዑ ይኸእሉ'ዮም ተባሂሎም ዝእመነሎም ወረጃታትን ምሁራትን ነበሩ። ሓወቦኡ ንኸብሮም ዝኾና ብዕድመ ዝሽምገለ አቦ ከአ ንጉዳይ መምጺእአም ብኸምዚ ዝስዕብ ዘረባ ጀመር።

"ከመዓላትኩም ከቡራት ስድራና። ንስኹም ካባና ሕሩመይ ኢላ ከምዚ ዓይነት በደል ኣምበይ ምተገብኣኩምን። ክብሮም ናይ ብሓቂ ሕማቕ መዓልቲ ውዒሉ። ኣይተረድኣን'ምበር ንሃይለ እንተ ቀተለ ንሓዉ ኢዩ ዝቖተለ። ሕጂ ከኣ ከዉን ኣይምለስ ጓሀሪ ኣይኩለስ ከም ዝበልዎ ኣቦታትና ንመልሶ ነገር'ኳ እንተ ዘይብልና፡ ዝበልኩም ከትብሉና ግን ፍቓድኩም ከንመልእ ሎሚ መዓልቲ ኣብ ማእከልኩም ተረኺብና ኣለና" ኢሉ ዘረብኡ ዛዘሞ'ሞ፡ እቲ ነቲ መደብ ዝመርሕ ዝነበረ ኣብ ከሲ ሓምሳታት ዝዕድሚኡ ኣላይ መደብ፡ ካልእ ካብ ስድራ ቤት ከብሮም ዝዛረብ እንተሎ ዕድል ከፈተ።

ኩሎም ግን ብሓባር ምስ ዝተዘርበ ዘረባ ከም ዝሳማሞዑን ካልእ ዝምላእ ዘረባ ስለ ዘይብሎም እቲ ዕድል ምዝራብ ንስድራ ሃይለ ከወሃቦምን ነቲ መራሒ መደብ ሓበርዎ። ኣቦይ ጸጋይ ድሕሪ ምስ ደሃብን ምስ ካልኦት ኣባላት ስድራ ቤቶምን ኣዕሚቖ ምዝታይ " ኩቡራት ኣሕዋት፡ ካህናትን ዓበይቲ ዓድን ከምዚ ትርእይዎ ዘለኹም ንፈትዎ ወድና ስኢና ኣለና። ካብ ክብሮም ኣብ ልዕሊ ሃይለ ከምዚ ከጋጥም ንዓና'ውን ኣርሚሙ'ና'ዩ ዘሎ። ሃይለ ወደይ ጽላል ሓዳሩን ወለዱን'ዩ ኔሩ። ንሃይለ ዘይፈቱን ዘይፈልጥን'ሞ መዓስ ኣሎ። ከብሮም ሕማቕ መዓልቲ ውዒሉ ነዞም ዕሸላት ኣዘኺቲሙ ። መባእስትኻ ጥዑይ ይግበረልካ ከም ዝተባሀለ ግን፡ መባእስትና ሕያዋት ኮይኖም ጸኒሓኩም። እዚ ንገዛእ ርእሱ ዓቢ ዕድል ኢዩ። ብዓቢኡ ወድኹም ንሓደ ካብ ቀንድን መሰረታውን 'ኣይትቐተል' ዝብል ትእዛዝ እግዚኣብሄር ኣፍሪሱ ስለዘሎ፡ ኣብ መዝገብ ረሲኣን ምእታው ኣይተርፎን'ዩ። ብዝኾነ ባዕሉ'ቲ ንጉስ ኩሉ ዓለም ፍርዱ ይሃቦ። ንዝበደሉ ሕደገሎም መታን በደልካ ከሕደገልካ'ዩ ዝብል'ቲ ቅዱስ ቃል'ሞ፡ ኣቀራርባኹምን ልቦናኹምን ንዓና እኹል ታርፍ ኢዩ። ሕጂ ድማ ከም'ቲ ኣቐዲሙ ዝተባሀለ ኣምላኽ ናቱ ፍርዲ ስለ ዘለዎ

ብወገና ምሒርናኩም ኣለና" ኢሉ ልቢ ሰብን እግዚኣብሄርን ዘረስርስ ውርዘይ ዘረባ ኣስምዐ። "እዝግሄር ይሃበልና- እዝግሄር ይሃበልና" እንዳ በሉ ድማ ኩሎም 'ቶም ኣብቲ ዳስ ተኣኪቦም ዝነበሩ ሰባት ርእሶም ንቅድሚትን ንድሕሪትን እንዳ ኣንቃሳቒሉ በቲ ናይ ኣቦይ ጻጋይ ዘረባ ዕጉባትን ሕጉሳትን ምዃኖም ገለጹ። እዞም ክልተ ኣብነታውያን ስድራ ቤታት እምበኣር ብንብዙሓት ሰባት ኣርኣያ ክኾውን ዝኸእል ምዕሩግን ሰለማውን ኣገባብ ደሞም ኣደቓቖሱ።

ኣቦይ ጻጋይ ኣብነታዊ ሓረስታይ ሓድሽ ዓዲ'ዩ ኔሩ። ብግዜ ሓጋይ ገርሁቄ ብኣጉሉ ዝድኩዕ፣ ዝድልድል፣ ዝጸግእን ዝነቅልን፣ ብግዜ ጽድያን ከረምትን ከኣ ብእዋኑ ዘርኡ ዝዘርእ፣ ዝጽህን ዝገስን ሀርኩት ሓረስታይ'ዩ። ኣቦይ ጻጋይ መልከዑ ቅይሕ ኢሉ፣ ማእከላይ ቁመት ዝተዓደለ፣ ጸጉሪ ርእሱ ብስቤት ሻሽ ዝመሰለ፣ ንጡፍን ዋጭዉ ነብሲ ዝውንን'የ። ብዘይካ'ዚ ኣቶ ጻጋይ ኣብ ስርሑ እሙን፣ ግዜ ዘኸብር፣ ትጉህ፣ ተላኢኹ ልእኹ ብጽፈት ዘብጽሕ፣ ሽምጊሉ ሓዳር ዘትከል ከቡርን ሕፉርን ሰብ ስለ ዝነበረ፣ ተኣፋፊ ስራሕ እንተ ተረኺቡ መታን ከስልጠሎም ኣመሓደርቲ ናይቲ ዓዲ ንኣቦይ ጻጋይ'ዮም ዝልእኩ ዝነበሩ። ብሰንኪ ኣብ ተነቃፌ ጉዳያት ህዝቢ ምስታፉ ብዙሕ ሽግር ኣሕሊፉ'የ። ሓደ እዋን ኬደረ ናይቲ ዓዲ ንኣቶ ጻጋይ ናብ ቤት-ጽሕፈት ምምሕዳር ጸውዑ'ሞ፣ እቲ ኣማሓዳሪ ናይቲ ዓዲ ድማ ንኣቶ ጻጋይ ሓንቲ ኣገዳሲት ምስጢራዊት ደብዳበ ናይ ህዝባዊ ግንባር ናብ ኣብ ለበንከው ዝተባህለ ቁሽት ናይ ደርሰነይ ዝበሃል ዓዲ ዝርከብ ንእሽቶ ቤት-ጽሕፈት'ቲ ውድብ ንጽባሒቱ ተቓላጢፉ ከብጽሓ ሓበሮ።

ደርሰነይ ካብ ሓድሽ ዓዲ ብሽነኸ ደቡብ ካብ ዓዲ ተከሌዛን ከኣ ብሽነኸ ምዕራብ ኣስታት 30-40 ኪ.ሜ ርሒቓ እትርከብ ዓዲ ኮይና፣ ብስርዓት ደርግ ሓንቲ ካብተን ብንእሽቶ ሳሕል ዝፍለጋን ከም ውጽኢቱ ድማ ገባራይ ህዝባ ብዙሕ

መግረፍትን ማሕረድትን ዝረአየ፡ ንናጽነት ኤርትራ ከም ኩሉ ኤርትራዊ ነብሱን ንዋቱን ብምልኡ ዘበርከተ ሓርበኛ ህዝቢ ይነብራ። ለበንከው ከአ ዝተበታተነ ደንበታት ዝርከባ ቁሸት ኮይና፡ ኣብ ሰሜናዊ ምዕራብ ደርሰነይ ተደኩና ትርከብ። ደምበ ጸባን ደምበ መዓረ ጠስምን ክንሳ ለበንከው ዝብል ስያመ ተዋሂብዋ። ለበን-ከው ካብ ዓረብን ትግርኛን ዝተዳቐለ ቃል ኮይኑ ጸባ የለን ይትርጎም። መዓስ፡ ስለምንታይን ብመንን ከምኡ ዓይነት ስም ተጠሚቓ ግን እዝጊ ዋንኡ።

ኣቦይ ጸጋይ ደርሆ ነቆ ምግስጋስ ካብ ቀደሙ የዘውትር'ዩ። ብንኡስካ ዝወለድካዮን ኣንጊህካ ዝኸድካዮን እንዳ ሓደሩ የሕጉሱኻ ዝብል ዘይልወጥ እምነቶ ነበሮ። ሕብረተሰብና ብዙሓት ባህላውን ልምዳውን መለኸዊታት ግዜ፡ ከብደትን ንውሓትን ይጥቀም'ዩ። ግዜ ንምልካዕ ንኣብነት ድነ/ጸላሎት ናይ ኣግራብ/ኣእማን፡ ኣንፈት ከዋኽብቲ፡ ደረጃ ድምቀት ጸሓይን ምንቃው ናይ ተባዕታይ ደርሆ ኣብ ግዜ ወጋሕታን ዝኣመሰሉ ዝውቱራት'ዮም። ልምዳዊ ኣጠቓቕማ ግዜ ሓደ ካብቲ ጉድለታቱ ዘይልከዐነቱ'ዩ። ኣብታ ንለበንከው ደብዳብ ከብጽሕ ዝተላእከላ መዓልቲ ንኣብነት፤ ኣቶ ጸጋይ ደርሆ ነቕዩ ኢሉ ሰዓት ክልተ ናይ ለይቲ ተባራቢሩ ኣብ ዘይመደቦ ሰዓት፡ ብድሙቕ ብርሃን ወርሒ ተዓጂቡ ጉዕዞኡ ጀመረ። ዝበዝሕ እዋን ኣብ ወጋሕታ ክንሱ ዝንቁ፡ ሽዑ ለይቲ ግን እቲ ፈርጣዕ ቀይሕ ደርሆኣም ዘይኣመሉ ኣብ ዘይ ሰዓቱ ነቀወ።

ካብ ዓዱ ምስ ወጸ ኣቶ ጸጋይ ብማእከል ፍርኩቱ ሓሊፉ፡ ንደምብ ሃብተጌን ሰንጢቑ፡ ንብርያና ንጸጋም ገዲፉ፡ ንቦከሸምኖቖ ብጸጋማ ተገዝጒዙ ሓሊፉ ዓቐብ ደይቡ፡ ንለበንከው ከሓልፍ ኣብ ግራት ገብራት ዝተባህለ መቐልቀሊ ለበንከው ምስ በጽሐ፡ ወተሃደራት ደርግ ኣብኡ ዓሪዶም ጸኒሐም ኣብ ዝነበሮ ደው ንኽብል ኣዘዝዎ። እቲ ተረኛ ዋርድያ "ማን ነህ ኣንተ፤ ባለሀበት ቁም!" መን ኢኻ ንስኻ

ኣብ ዘለኻዮ ጠጠው በል ማለቱ'ዩ– ኢሉ ምስ ኣጉባዕበዐ፡ ኣቶ ጸጋይ ኣዝዩ ምስጢራዊ ወረቓቕቲ ህዝባዊ ግንባር ሒዙ ስለ ዝነበረ፡ እቶም ወተሃደራት ጸላኢ፡ እንተ ሒዞሞ፡ ንነብሱን ንብጾቱን ከልከም ከም ዝኸእል ስለ ዝተረድኦ "ንጹል ቀሺ፡ ወዲ ዓሊ፡ ኣንታ ብጹት ያላ ተገዲምካ ህጀም" ድሕሪ ምባል ነቲ ዋርድያ ተኩሱ ጉድኣት ኣውረደሉ'ሞ፡ በቲ ጥቓኡ ዝነበረ ደናጉላ ተሸኩዑ በጥ በለ። ንመፈራርሒ ድኣ ይፍከር ኔሩ እምበር ኣብ ጥቓኡስ ብዘይካ ኣግራብ ከሊዓውን ቆንጠባራን ካልእ ኣይነበረን። ኣቶ ጸጋይ ንመድሕን ነብሱ ተባሂሉ ኣፈናዊ ወተሃደራዊ ስልጠና ንስለስተ መዓልትታት ቀሲሙ ኔሩ'ዩ። ቶኽሲ ምስ ሰምዑ እቶም ፈቖድኡ ተበቲኖም ረም ኢሎም ደቂሶም ዝጸንሑ ወተሃደራት ዕጥቆም ዓጢጢቖም ንኣቦይ ጸጋይ ክሕዝዎ ተጓየዩ። ኣቦይ ጸጋይ ግን በታ ካብቲ ኣመሓዳሪ ዝተዋህባ ሽጉጥ ነቲ ኣብ ሓለዋ ዝጸንሐ ወተሃደር ምስ ኣቝሰሎ፡ ምስ ሽሾ ሰራዊት ገጢሙ ከምዘይ ኣዋጽአ ስለ ዝተገንዘበ፡ ካብታ መጀመርታ ዝተሓብአላ ቦታ ወጺኡ ህድማ ተተሓሒዙ። እቶም ወተሃደራት ከኣ ንክልተ ኪሎ ሜተራት ዝኸውን ገዮምን ፈትሾምን ምስ ሰኣንዎ ከሳብ መሬት ኣዐርዩ ዝወግሕ ናብ ሰፈሮም ተመሊሶም ሓለወኣም ኣጸዐጽዑ።

ሰዓት ሸሞንተ ናይ ንግሆ ምስ ኮነ ኣሰር እንዳ ኣሰሩ ንኣቦይ ጸጋይ ክፍትሽዎ ጀመሩ። እቲ ኣሰር ድማ ንድሕሪት ከሳብ'ቲ ረጊጽዎ ዝመጸ ዓዲ ቦክሽምኖቕ ምስ ኣእተዎም ማለውቲ ስለ ዝረገጸ ካብኡ ንኔው ኣንፈቱ ጠፍኦም። ዋዮ ድኣ ንሽድኡ ናይ ካልእ ሽዳ ታሕተዋይ ከፋሉ ቀዲዱ ንኣንጸር ኣንፈት ጠውዩ ረቂዑ ስለ ዝነበረ ነቶም ወተሃደራት ኣደናጊርዎም'ምበር፡ ኣቦይ ጸጋይ'ሲ ኣብቲ ወጋሕታ እቶም ወተሃደራት ብድሕሪኡ የንይዶ ከም ዝነበሩ ምስ ተገንዘበ፡ መታን ከሽከያም ንድሕሪት ናብቲ ሰፈሮም ገጹ'ዩ ተመሊሱ ሃዲሙ። ንስልያዊ ጥቓሚ ተባሂሉ ሰባት ነቲ መርገጺ ከፋል ናይ ሽድኣም ካብ

ካልእ ሽዳ ብዝተወስደ ታሕተዋይ ክፋል፡ መኣዝኑ ቀይሩም የልግብሉ'ሞ፡ ኣሰር ኣብ 'ትእስረሉ ግዜ ዝኸድካሉ መንገዲ ዝመጻእካሉ፡ ዝመጻእካሉ ከኣ ዝኸድካሉ ስለ ዝመስል፡ ነቲ ዝስልየካ ዘሎ ጸላኢኻ ንስኻ ንምብራቕ ክትከይድ ከለኻ ንምሳሌ፡ ማዕረ'ቲ ዝመጻእካሉ ነቲ ነገርካ ደልዩ ዝስዕበካ ሰብ ንምዕራብ ኣህዲዱ የጓዕዞ። ኣብቲ ወጋሕታ፡ ወርሒ ኣብ ሰፈራ ኣትያ፡ መሬት ከኣ ጸልሚቱ ስለ ዝነበረ ኣቶ ጸጋይ ነቶም ወተሃደራት የሽክያም ኣለኹ ጥራይ ኢሉ፡ ብንጹር ናበይ የብል ኣሎ ከይተረድኦ ኣብ ትሕቲ'ቲ 'ቶም ወተሃደራት ኣዕሪፎምሉ ዝነበሩ ኣኻውሕ ዝርከብ በዓቲ ኣትዩ ተሓብአ።

ኣቦይ ጸጋይ ኣብቲ በዓቲ ተዓቑብሉ ኣብ ዝነበረ እዋን፡ እቶም ወተሃደራት ጉስማጥን ኣብ እስቃጥላ ዝተዓሸገ ስጋን እንዳ ተመገቡ፡ ገሊኦም ብዛዕባ ናፍቖት ስድርኣምን ሓዳሮምን፡ ገሊኦም ብጽንዓትን ሚስጥራውነትን ህዝቢ ኤርትራ፡ ገሊኦም ከኣ ብዛዕባ ናፍቖት ደቂ ኣንስትዮ ኣብ ነሓድሕዶም ጉጅም ከብሉ ይውዕሉ ነበሩ። ብዘይካ'ዚ እቶም ሰራዊት ኣብ ቃልዕ ኣየር ኣብ ልዕሊ'ቲ ኣቶ ጸጋይ ተሓቢእሉ ዝነበረ በዓቲ ቀልቀሎምን ሽንቶምን ይደፍኡ ስለ ዝነበሩ፡ ኩሉ'ኻ እንተ ዘይተባህለ ደርጋ ርብዒ ካብኡ ልሒኹ ናብ ኣቦይ ጸጋይ ይዝዕግ ነበረ። ዓቕሊ እንተ ጌርካን ብህይወት እንተ ተሪፍካን ኩሉ ነገር ይሓልፍን ይብጻሕን'ዩ ኢሉ ስለ ዝኣመነ ግን ከም ዘይሓለፍ የለን ንኹሉ ስኑ ነኺሱ ሰገሮ። ሰለስተ ለይትን መዓልትን ኣብቲ በዓቲ ብሽንትን ብቐልቀልን ከቍማጣዕ ድሕሪ ምጽናሕ፡ ሓደ ምሸት እቶም ወተሃደራት ንእሽቶ ድግስ ጌሮም ከውነሱን ከጫፍሩን ከለዉ ጎርበብ-ጎርበብ እንዳ በለ ሞሊቑ ንዓዱ ብሰላም ተመለሰ።

እቶም ወተሃደራት ኣሰር ኣሲሮም ንቦከሸምኖቔ ምስ ኣተዉ ነበይ ጸጋይ ኣብ ነፍስ-ወከፍ ቤት ጎርጓሮም-ጎራጉሮም ሰኣንዎ'ሞ፡ ሓደ ተወላዲ'ቲ ከባቢ ዓድታት ዝኾነ ዋዶ-ገባ

(ብፍታዉ ካብ ህዝባዊ ግንባር ናብ ስርዓት ደርግ ዘስተለመ ሰብ)ነቲ ሐላፊ ናይቶም ሰራዊት ከምዚ በሎ "እዚ ሽፍታ ኣታሊልና ናብ ደርሰነይ እትበሃል ጎሮቤት ዓዲ ከይዱ ክኸውን ኣለዎ። እታ ዓዲ 'ቲኣ ንእሽቶ ሳሕል ስለ ዝኾነት ብዙሓት ሸፋቱ ካብኣ እንዳ ነቐሉ ንኣብየታዊ መንግስትና እሾኽ ኮይኖም ኣለዉ"። እቲ ኢትዮጵያዊ በዓል ስልጣን ከኣ ነቲ ዝጸንሓ ጽልኢ ኣብ ልዕሊ ህዝቢ ደርሰነይ፡ ናይቲ ዎዶ-ገባ ተወሳኺ ነዳዲ ስለ ዝጨፍንጋሉ ንህዝቢ ደርሰነይ ብዓይነቱ ልክዕ ከም ናይ ህዝቢ ሽዕብ ጌሩ ከጽንቶም ንሰሙኑ ቆጺራ ሐዘ። ከም መደቡ ከኣ መዓልቲ ጸብጺቡ ወተሃደራቱ ኣኸቲቱ ኩሎም ደቒ'ቲ ዓዲ ማሕረስ ዝወዓለ ካብ ማሕረስ፡ ዕዳጋ ዝወዓለ ካብ ዕዳጋ፡ ኣብ መንስ ዝወዓለ ካብ ጉስነቱ፡ ገሹ ዝቐነየ ካብ መገሻኡ ከሳብ ዝተኣኻኸብ ንዘዝመጸ እንዳ ሐዙ ኣብ ቅርዓት'ቲ ዓዲ ኣኪቦም ከርደንዎም። ዕድል ጌሮም ኣምላኽ ብኾንቱ ኣይትጥፍኡ ስለ ዝበሎም ነቶም ህዝቢ ግን፡ ሰራዊት ህዝባዊ ግንባር ብሬድዮ ርከብ ተደዊልሎም ንዓሰርተ ሰዓታት ተጓዒዞም ምድሪ ዓይኒ ሕዝ ከብል ከሎ ኣርኪቦም ቶኽሲ ከፊቶም ህዝቦም ኣድሓኑ።

ድሕሪ ምዕጻው ሓዘን ኣይሰሙን ኣይወርሒ ስድራቤት ኣቶ ሃይለ ብማሕበራውን ብቑጠባውን መዳያት ከትዋጠር ጀሙረት። ነብሱ ይምሓሮ ኣቶ ሃይለ ዝምስገን ኣታዊ'ኳ እንተ ነበሮ፡ ዓቐኑ ዝሓለፈ ልግስን ሓሻሽነትን ዘመንቀሊኡ ንሕማቕ ግዜ ዝቖርቀር ገንዘብ ኣይነበረን። ወይዘሮ ደሃብ እምበኣር ንገለ ኣዋርሕ ዝሸፍን መሻርፍ ንምግዛእ ገንዘብ ዘለቃሓ ሰብ ሃሰው ኣብ ምባል ኣተወት። ኣብ ፈለማ'ኳ ዘዝሓተተቶ ሰብ የብለይን ይብላ እንተ ነበረ፡ ድሓር ግን ሓደ ርሕቕ ኢሉ ምስ ኣቶ ሃይለ ዝምድና ዝነበሮ በዓል ጸጋ ሰብኣይ ኣብ ዝረኸብከሉ ምለስለይ ኢሉ ናይ ክልተ ቅነ ዝኣክል ገንዘብ ኣለቃሓ። "ካብ ሰብ ዝደሊ ከም ሰእኒ ይበሊ ከብሉ 'ዞም ቀዳሞት ኣቦታትናስ ለካ ብዘይ መኽንያት ኣይነበረን ማለት'የ" እንዳ

በለት ብውሽጣ ምስ ነብሳ ዘርርብ ጀመረት ወይዘሮ ደሃብ። እቶም ኣብ ግዜ ተስካር ንወይዘሮ ደሃብ ኣለናልኪ ዝበሉ ዝነበሩ ቤተ-ሰብን ፈተውትን፡ ሕጅስ ገጾም ጠውዮም ድኣ ምኽድ ጀመሩ። ኣብ ርእሲ'ቲ ቁጠባዊ ጸገም፡ ቆልዑ ብፍላይ ዳናይትን እምነትን ብናፍቖት ተሓሚሶም ትርኢ ስለ ዝነበረት ተደራቢ ስነ ኣእምራዊ ነውጺ ፈጠረላ። እምነትን ዳናይትን ዘይከም 'ቶም ካልኦት ቆልዑ ምስ እሽንጉሊት ምጽዋት ኮነ ምስ ካልኦት ቆልዑ ተጸንቢርካ ምጽዋት ጨሪሰን ኣቘረጻ። ምናዳ ምናዳ እምነት ተደራራቢ ክስተት ግዲ ኮይንዋ ዝያዳ ኩሎም ሓሓሊፋ ዝን ምባልን ኣብ ሓሳብ ክትሽመምን ትረአ ነበረት። ምፍላይ ናይ ሓወቦኣ ሃይለ ካልኣይ ዝኸትምና ኮይኑ ተሰመዓ።

ድሕሪ ሞት ኣቦኻ ግደ ናባኻ ከም ዝበየል ወይዘሮ ደሃብ ዘይለምደቶ ጸሓይ ከትውቃዕ ጀመረት። ጥዑምን ሕንቁቕን ናብራ ዝለመደት ነብሳ ኣብ መጀመርታ ብዙሕ ቀጨውጨው በላ። ሓቂ እሓይሽ እንታይ ከም ትሰርሕን ኣየናይ ስራሕ ዝያዳ ትርፊ ኣታዊ ይርከቦን እንዶ ኣይነበራን። ድሓር ግን ምስ መሓዝኣ እትኾና ጎሮቤታ ድሕሪ ምልዛብ ገዛ-ገዛ እንዳኸደት ስራሕ ቁኖ ጀመረት። ገሊአን ካብ ሰዓት ቆጸረአን ሰዓትን ፈረጃን ዶንጉየን ይርከባ። ገሊአን ድማ ኣብቲ ከትቆነሉ ዝተወዓዓለቶ ገዛ ምስ በጽሐት ሎሚ ኣይጠዓመንን'ሞ መዓልቲ ቀይርልና ይብልኣ ስለ ዝነበራ፡ ነቲ ስራሕ ብዙሕ ከይስጎመት ከትጸልኣ ጀመረት። ካብ ኮፍ ኢልካ ምውዓል ዝኸፍእ ነገር የለን ኢላ ስለ ዝሓሰብት ትወፍር ኔራ'ምበር፡ ኣታዊ'ውን ብዙሕ ዘጠቅም ኣይነበረን። ነገር እንጀራ ሕሱም ኮይንዋ ግን ከምኡ ኢላ ዘይፈትወቶ ስራሕ ከትቅጽል ድሕሪ ምጽናሕ። ኣብ ፋብሪካ እንዳ ዓለባ ስራሕ ተቖጽረት። ኣብዚ ስራሕ ትጅምረሉን ስራሕ ትውድኣሉን ሰዓታት ፍሉጥ ብምንባሩ ንደቃ ኣለይ መለይ ትብለሉ ፍሉጥ ግዜ ድኣ ትረክብ ኔራ'ምበር ኣታዊኣ ገና ካብ

ኢድ ናብ ኣፍ’ዩ፡፡ ነብሶምን ከዳኖምን መስመስ እንዳበለ ሰብ ዘዛርቡ ዝነበሩ ስድራ’ምበኣር ኩሉ ’ንትንኣም ተደዊኑ ክልተ ሳዕ ተራእዩ፡፡

መኮነን ኣብ ኢትዮጵያ ዝነብር ዝነበረ ምንኣስ ሓው ንኣቶ ሃይለ’ዩ፡፡ ስድራ እንዳ ኣቦይ ጸጋይ ኣርባዕተ ውሉዳት’ዮም ጌርማ፡ ኣቶ ሃይለ ቦኸሪ ወዶም ንእንዳ ኣቦይ ጸጋይ ኮይኑ፡ ድሕሪ ሃይለ ምሕረት፡ ድሕሪ ምሕረት መኮነን ድሕሪ መኮነን ከኣ ሓሳስ ልደ ሃብተ ብቐደም ተኸትል ካብ ዝዓበየ ከሳብ ዝነኣስ ኢዮም፡፡ ምሕረት ኣብ ደብረሲና ተመርዕያ ሓዳራ እትመርሕ እንኮ ሓብቶም ንበዓል ኣቶ ሃይለ ኢያ፡፡ መኮነን ቀይሕ ኮይኑ፡ ነዊሕን ምልሙል ተኸለ-ሰብነት ዝተዓደለ፡ ኣፍንጭኡ ድፍንዕ ዝበለ፡ ጽጉሩ ዕጽቆ ዝበለ’ኳ እንተኾነ ብዝሒ ስለ ዝነበሮ ግርማ ይህቦ’ዩ፡፡ ኩሉ ኣፍልቡን ዳናጉኡን ከኣ ጸጉሪ ሹፍ ኢሉ ምስ ከደኖ’ዩ፡፡ በሊሕን ጸዐራምን’ኳ እንተ ኾነ፡ ቄመኛ፡ ህልኸኛን ቀባጽን’ውን ነበረ፡፡ መኮነን ንኢትዮጵያ ካብ ዝስደድ ሓያለይ ዓመታት ኣቐጺሩ ነበረ፡፡ ኣብ ስርዓት ደርግ ተኸቲሙ ከኣ ከሳብ ሓለቃ ሹሕ (ሹህ ኣለቃ) ዝኣክል መዓርግ ዝተቐበለ ሓደ ካብ እሙናት ኣገልገልቲ ስርዓት ለተና ኮሎነል መንግስቱ ሃይለማርያም ነበረ፡፡ ካብ ዓዲ ካብ ዝወጽእ ድ� ንሓድሽ ዓዲ ንሓንቲ መዓልቲ’ውን ትኸን ተቖልቂሉ ኣይፈልጥን፡፡ ሹህ ኣለቃ መኮነን ምስ ሓንቲ ምርጥነሽ ዝስማ ጓል ወሎ ዝኾነት ኢትዮጵያዊት ተመርዕዩ ኣብ ኣዲስ ኣበባ ሓዳር መስሪቱ ነበረ፡፡

ሹህ ኣለቃ መኮነን’ምብኣር ናይ ሓዉ ሃይለ ምስ ተረድአ ከልቅስ ኢሉ ካብ ኣዲስ ኣበባ ንኣስመራ ኣተወ፡፡ ኣስመራ ምስ መጸ፡ ኣቡኡ ኣብ እንዳ ሓዉ ሃይለ ጸንሑ፡፡ ሰላምታ ተለዋዊጦም ምስሓም ድሕሪ ምብላዕ፡ ኣቶ ጸጋይ ንወዱ መኮነን ክስዕቦ ምልከት ጌሩ ናብቲ ሓደ ከፍሊ መሪሕም ወጹ፡፡ "መኮነን ወደይ መጀመርታ እንቋዕ ብሰላም ኣስመራ

አተኸ። እንቋዕ ድማ ኣነ ንዓዲ ከይተመለስኩ ኮነ ምምጻእካ። ስማዕ መኮነን ወደይ ትርእዮ ከም ዘለኻ በዚ ናይ ሓውኻ ጽቡቕ ኣይረኸብናን። እዚ ፈጣሪ ንዓይ ከይገብረለይ፦ ኣነ እንዳ ሰማዕኩን እንዳ ረኣኹን ንኸልቲኣም ኣሕዋትካ ኣብ ሓጺር ግዜ ስኢነዮም። እዞም ብሩኻትን ምቕሉላትን ሃይለ ሓውኻን ምስ በዓልቲ ቤቱ ደሃብን ድሕሪ ሃብቲ፦ ንእምነት ጓሉ ክሳብ ሕጂ ልከሰ ከም ውላዶም ጌሮም ክንዲ ኣቦን ክንዲ ኣደን ኮይኖም ሓብሒቦማ'ዮም'ሞ፦ ንጓኸዶ ለበዋ ኣድሊካ ኮይኑ፦ ኣነስ እዛ ቆልዓ ነዛ መርዓት ኣብ ርእሲ ደቃ ሰኸም ከይትኾና ምሳኻ ንኣዲስ ኣበባ እንተ ትማልኣ ምበልኩ'ዚ ወደይ" በሎ ካብቲ ኣብ ቅድሚኡ ዝነበረ ዋንጫ ስዋ ምዑግ እንዳ 'በለ። "ደሃብ ከኣ ነዞም ደቃ እንተ ከኢላቶም ኣምላኽ እንታይ ዘይሃበና ክንብል። ምስኪነይቲ ንባዕላስ መዓስ ንደገ ወጺኣ ትፈልጥ ኮይና። ግና ምስ ወረደካ ዝግበር የለን" መልአ ኣቶ ጸጋይ ጉዳይ እምነት ጥራይ ዘይኮነ መጺኢ በዓል ዳናይት'ውን ከም ዘተሓሳሰቦ ስክፍትኡ እንዳ ገለጸ።

"ድሓን ኣቦ ከምዚ ዝበልካዮ ከገብር 'የ። ንዓኻ ብዙሕ ዘሰከፍ የብልካን። ንኹሉ ባዕለይ ኣለኹዎ" መለሰ ሽህ ኣለቃ መኮነን ኳሌታ ናይቲ ወተሃደራዊ ካምቻኡ እንዳ 'ስተኻኸለ። ሽህ ኣለቃ መኮነን ካብ ኢትዮጵያ ንኣስመራ ከመጽእ ከሎ ኣልቄሱ ብኣግኡ ንኣዲስ ኣበባ ጋእ ከብል'ምበር ንእምነት ሒዝዋ ምስኡ ንኣዲስ ኣበባ ከኸይድ'ሲ ፈጺሙ ኣብ ርእሱ ኣይነበረን። ኣቶ ጸጋይ ጸኼጡ ምስ ተላበዎ፦ ሽህ ኣለቃ ሞኮነን ከይፈተወ ዘረባ ወላዲኡ ረዚንዎ ንእምነት ምስኡ ከወስዳ ቃል ኣተወ። ብልቡ ድማ "እዚ ሰብኣይ እንታይ ገበርከዎ'ዩ ሰኸም ዘሰክመኒ" በለ። ጸኒሑ ቱኸረትን መንፈዓትን እምነት ምስ ተዓዘበ ግን ተካል እንተ ወዓለት ንወይዘሮ ምርጥነሽ ቆልዑት ተጸውተላ፦ እንተ ከኢላ ከኣ ኣጓሑት ትሓጽበላን ገዛ ተጸራርየላን ኢሉ ስለ ዝሓሰበ ንወላዲኡ እንቋዕ 'ባ ኣይ

አበኸዎ በለ። ብዛዕባ መጻኢ ደቂ ሃይለ ሓዉ ምስ ወይዘሮ ደሃብ ይኹን ምስ አቶ ጸጋይ ንቃዕ'ውን ትኹን አይተዛረብን። በዚ ምኽንያት ከአ ወይዘሮ ደሃብ "ደቂ ሃይለ ማለትስ ደቂ መኮነን ማልትዶ አይኮነን ደቀይ!። መኮነን'ሲ እንታይ ይገብር አለኹን አብ መጻኢ እንታይ ከገብርን 'የ'ሲ ከውክስን ከሕግዘንን አይከእልን" እንዳ በለት ስቅታ ሽህ አለቃ መኮነን ካብ መጠን ንላዕሊ አርመማ።

እምነት ምስ ሓወበአ ሽህ አለቃ መኮነን ንኣዲስ አበባ ከትነቅል ምኽኒና ምስ ተነግራ አብ ዝነበረታ ተወሰኸታ ኮይንዋ ጋን ተስርሓት። ምስ ዳናይት ተተጠማሚተን ከምዛ ብዓንተብኡ ውዕል ዝገበራ ተሳንየን ብሓንሳብ ፌቖ ምባል ጀመራ። ንወይዘሮ ደሃብ ብቑምሻ አንዳ ወጠጣ ምሉእ ምሸት ከእድማን ከዕገርግራን አምሰያ። ወይዘሮ ደሃብ ከአ ምስአተን ትዳናገጽ'ኺ አንተ ነበርት፥ ኩነታት ካብ ዓቕማ ንላዕሊ ስለ ዝኾነ ግን ትገብረለን ነገር አይነበርን። ናይ ሽህ አለቃ መኮነንን ናይ እምነትን በረራ ንጽባሒቱ ሰዓት ሰለስተ ድሕሪ ቀትሪ ስለ ዝነበረ፥ ዳናይትን እምነትን ህይወት ድሕሪ ምፍልላይ አጨኒቖወን አብ አጋ ወጋሕታ ንአስታት ክልተ ሰዓት ጥራይ ሰለም አበላ። ናይ ነገር ቆልዑ ግን መዛኑአንን ደቂ ገዛውተንን አብቲ ከባቢ ገዝአም ዝነበረ ጎደና ኮይነን ባሊና ከጻወታ ስለ ዝሰምዕአን፥ ንሳተን'ውን እኸሊ ከይቀመሳ ከሳብ ናይ መበገስ ሰዓታት ዝአከለ ሽበጠን መሊሰን ምስአተን ከጻወታ ናብተን ዝጻወታ ዝነበራ ቆልዑ ተጸንበራ።

ወይዘሮ ደሃብ እዘን ክልተ ቆልዑ ንደገ ከወጻ ምስ ረአየትን "ዳኑ ጓለይ እምነትን ሓወቦኺ መኮነንን ድሕሪ ሰዓትን ፈረቓን ካብዚ ገዛና ንመዕርፎ ነፈርቲ ከነቖሉ ስለ ዝኾኑ፥ ካብዚ አፍደገ'ዚ ገዛና ተንከስ ኢልክን አይትሕለፋ" በለታ ንዳናይት ሓውሲ አትርር አቢላ። "ሕራይ ማማየይ። አብዚ አፍደገ ገዛና ምስ 'ዘን ጎርባብትና ቆልዑ ከንጻወት ከንጸንሕ ኢና'ሞ አብዚ

ኮይንኩ እንተ ተዳሂኻና ብቐጽበት ምጽአ ከንብል ኢና"
መለሰትላ ዳናይት ንኣዲኣ ህውኽ-ህውኽ እንዳ በለት መታን
ቀልጢፋ ምስተን ቆልዕት ከትጽንበር።

ዳናይትን እምነትን ናብ ደገ ምስ ወጻ ብሓርፋፍ ገምጋም
ከባቢ ዓሰርተ ዝኾና ቆልዑት ገሊአን ባሊና ገሊአን ድማ
ኣተሓዛዛል ከጸወታ ኣብ ክልተ ጉጅለ ተኻፊፈለን ጸንሐአን ።
በዓል ዳናይት ድማ ምስተን ባሊና ዝጸወታ ዝነበራ ተሓዊሰን
ጸወታአን ጀመራ። ኣብ መንጎ ጸወትአን ጸሓይ ስለ ዝበርተዓተን
ሓንቲ ቅድሚኣ ምስኣተን ኣዘውቲራ ዘይትጸወትን ምስ በዓል
ዳናይት ናብ ገዛ ዘይትበጸጻሕን ጓል'ቲ ከባቢ ቆልዓ "ንኺድ
ንገዛና ተለቪዥን ንርኣ" ስለ ዝበለተን ተተሓሒዘን ናብ ገዛ'ታ
ቆልዓ ኣምርሓ። ኣብኡ ድማ ተለቪዥን ወሊዐን ፊልም ናይ
ቶምን ጀሪን ይዕዘባ ነበራ። ሰዓት በረራ ናይ በዓል እምነት
ስለ ዝተቓረበ ወይዘሮ ደሃብ "ዳናይት:እምነት ኣትን ቆልዑ"
ኢላ እንተ ተዳሃየት ቆልዑ ከም ውዕለን ንገዛ ኣይመጻን። ንደገ
ወጺአ እንተ ጸወወት'ውን ዝምልሰላ ኣይረኸበትን። ኣብ ፈቐዶ
ከኣትውኣ ይኸእላ ኢየን ናይ ዝበለቶ ናይ ቀረባ መሓዙተን
ገዛውቲ እንዳ ኬሕኮሓት እንተ ፈተሸት'ውን ወይከ ቆልዑ
ትመስከር ኮነ። ሰዓት መበገስ ድማ እንዳ ተቓረበ ይኸይድ
ነበረ።

ንመዕርፊ ነፈርቲ ኣስመራ ከብጽሓም ዝተወዓዓልያ በዓል
ታክሲ ድማ ነዛ ቆልዓ ከሳብ ትረኽብዋ: ነዛ መኪና ነዳዲ
ከውስኸላ ኢየ ኢሉ ምስ ወጸ ንሱ'ውን ብግዲኡ ብኡ ኣቢሉ
ሸርብ በለ። መኮነን ሓንሳብ ሰቡ ከም ዘውደአ ሓዘንትኛ
ክልተ ኣእዳዉ ንድሕሪት ኣጣሚሩ: እንሓንሳብ ከአ ኣእዳዉ
ናብዝን ናብትን እንዳ ነጸገ ኣምሓርኛ ሓዋዊሱ የዕዘምዝምን
የማርርን ነበረ። "እንታይ ዓይነት ደናቑር ህዝቢ'ዮም 'ዚኦም
ጉዕዞ ነፋሪት ዘይርድኦም! ነፋሪትዶ ከምዚ ናይ ታክሲ
መሲልዎም ኢድካ ዊጥ ኣንዳ በልካ ፈቐድኡ ጠጠው ኣቢልካ

ትስቀላ!፤" ሰዓት በረራ አብ ምእካሉ ናይ እምነትን ናይ በዓል ታክሲን ምስዋር ንሽህ አለቃ መኮነን አስደመሞ። ሸህ አለቃ እምነት ምስ ተሳእነት ገዲፍዋ'ኬ ክብገስ ተቓሪቡ እንተ ነበረ: በዓል ታክሲ አቐዲሙ ገንዘቡ ምስ ተኸፍለ ንመኪና ነዳዲ ክገብረላ'የ ኢሉ መኮነን ዘይተጸብዮ አብ ሰዓቱ ስለ ዘይተመልሰ ግን ምስ ክልቲኦም ሀልኽ ሒዝዎ ሓደ አፈቱ ምጽባይ ይሕሽኒ ዝብል ውሳነ ወሰደ። ልክዕ ሰዓት ክልተን ፈረቓን ድሕሪ ቀትሪ ምስ ኮነ: እዚ ማለት ድማ ነፋሪት ንኸትበርር ፍርቂ ሰዓት ጥራይ ምስ ተረፋ በዓል ታክስን እምነትን ከምዛ ብሓደ ዝጸንሑ: ከሃድን ከም ዝጸንሐ ከልቢ እንዳ ላህልሁ: ንገዛ እንዳ ሃይለ አብ ናይ ፍርቂ ደቒቕ ዘይ አከል ፍልልይ ህሩግ በሉ። "አንታ ንስኻኻ ድኣ አበይ ጸኒሕካ ክትበሃል ኢኻ: ናይዘን ቆልዑ እንተ ጸላእናስ ንስኻ ድማ ብዓቢኻ ከምኡ ትገብር፤ ቁሩብ ሕልና የብልካን'ዚ ዓርከይ" በሎ ሸህ አለቃ መኮነን ነቲ በዓል ታክሲ ብነድሪ ክልተ አእዳዉ አብ የማናይን ጸጋማይን ሸምጡ አመርኩሱ። "እቅሬታ እቅሬታ ሸህ አለቃ ሓወይ: አጋጣሚ እዘን አብዚ ከባቢ ዘለዋ ነቑጣታት ነዳዲ ተዓጽየን ስለ ዝጸንሕንስ አብቲ ከባቢ ፍያት ስለ ዝኸድኩ ኢየ ተዳናጉየ። ዕድል ጌረ ከማን ድሕሪ ክንደይ ኮለል አብኡ ዝረኸብኩ" መለሰሉ በዓል ታክሲ ከም ዕትብ ኢሉ ሓቅነት ዘለዎ ንኸምስል።

ግደ ሓቒ እቲ በዓል ታክሲ ሓፋሽ ወድባት ስለ ዝነበረ ንሽህ አለቃ መኮነን ኤርትራዊ ከሎ ንስርዓት ደርግ ከገልግል ምስ ረአዮ ቅጭ ስለ ዘምጸአሉ: ከሓስም ኢሉ ብመደብ ምስ መኮነን ተወዓዒሉ ክንሱ ሰባት ኩንትራት ጽዒኑ ንጎዳይፍ'ዩ ከይዱ ኔሩ። ብውሽጡ ድማ "ሌባ ከዳዕ! ከምቲ ንህዝብና አሕርር ተብልዎ ዘልኹም ሕርር ድኣ በል" እንዳ በለ ብዝአለሞ ንእሽቶ ውዲት ይንየት ነበረ። ሸህ አለቃ መኮነን አብ ጥፉእ አይትዛረብ ክፉእ ኮይንዋ ካልእ ዘረባ ከይወሰኸ አንፈቱ ናብ

በዓል እምነት ጠወየ። "ሕራይ ንስኸንከ አንትን ቆልዑ አበይ ጸኒሕከን፧" በለን ነተን ድሮ በደለን ረሲዐን አብ ካልእ ጸወትአን አምሪሐን ዝነበራ ደቁ አሕዋቱ።

እምነት ትቐድም አቢላ "ምስ ሓንቲ በቲ ርሑቕ ገዘውታ ቆልዓ ተለቪዥን ከንርኢ ጸኒሕና" በለቶ የማነይቲ ዓይና ብኢዳ ጌራ እንዳ ሓሰየት። "ተለቪዥን ድኣ አብዚ ገዛ አለከን እንዶ! ዶስ ናቶም ተለቪዥን አብዚ ናትኩም ዘይርከብ ናይ ቆልዑ ፊልም ተምጽእ ኮይና ኢያ!" በለን ሸህ አለቃ መኮነን ዝሕስዋ ዘለዋ ስለ ዝመሰሎ። "ኖ ኖ። ናይ ገዛና ድኣ ማማ አብ ውዑይ ሓዘን ስለ ዘለና ቲቪ አይንውልዓን ኢና ኢላ ዓጽያታ'ያ ዘላ" መለሰትሉ ዳናይት ብዘይ ምኽንያት ከም ዘይኮና ከምኡ ዝብላ ዘለዋ ንምንጻር። ርእሱ እንዳ ነቕነቐ ድማ ኮፍ መበሊ ስሒቡ ጥቓ'ቲ ዓቢ በርሚል-ማይ አእጋሩ አመሳቒሉ ኩድጭ በለ።

ሸህ አለቃ መኮነንን እምነትን ንሸዕኡ ካብ በረርኣም ቦኸሩ። ሸህ አለቃ መኮነን ንጽባሒቱ አንጊሁ ብዝቐልጠፈ ትኬት ከገዝእ ናብ ወኪል ጉዕዞ አምርሐ። ሕማቕ አጋጣሚ ኮይኑ ግን እታ ካብ አስመራ ናብ አዲስ አበባ አብ ዝሓጸረ ግዜ ከትበርር መደብ ተታሒዙላ ዝነበረት ነፋሪት ድሕሪ ሓሙሽተ መዓልትታት ነበረ። ካልእ አማራጺ አብቲ ህሞት'ቲ ስለ ዘይነበር ድማ ትኬት ቆሪጹ አብ ሆቴል ከድቅስ ድሕሪ ምቛናይ፡ አብ መዓልቲ በረራ ናብ እንዳ ሓዉ መጸ። ካብ ስሩዕ በረርኡ ብምብኳሩ ድሮ እቲ ምስ ሓለቓ ስታፍ ምክልኻል ኢትዮጵያ ብደረጅኡ ዓብን አገዳስን ዝኾነ አኼባ አምሊጥዎ'ዩ።

እዚ አኼባ ንዝናን ተአማምነትን መኮነን ገዚፍ ጽልዋን ሳዕቤንን ስለ ዝነበሮ ሸህ አለቃ መኮነን ብዘይ መጠን ዓቒሉ ጸቢብዎ ተናዊጹ ነበረ። ብውሽጡ ከአ ምስ እምነትን ምስ በዓል ታክስን ካብ ልቡ ተራገመ። ከልብን መዓልትን ከይጸዋዕካዮም ይመጹ ከም ዝበሃል ግን ሰዓት በረርኣም አብ ግዜኣ ከተፍ በለት። ንእምነት አብ መኪና ዕግርግር ስለ ዘብላን

ስለ ዘምልሳን ጉዕዞ ብነፋሪት'ውን ከይትጸልአ ኢላ ወይዘሮ ደሃብ ናይ ተምላስ ሃዮሲን ዝበሃል ከኒና አቐዲማ ገዚአትላ'ኻ እንተ ነበርት። አብ ገዛ ስለ ዝተረስዐ እምነት ከይወሰደቶ ነቐለት። እምነት ንጉዕዞ አብ ነፋሪት ዘይከም ናይ አውቶቡስ ፈተወቶን መመሊስኪ ጉዕዞ ቀጽሊ መጸን።

እታ ብንኡሽተአ ከላ በቲ ከባቢ ሓድሽ ዓዲ ዓዶም ተጓዳኢ ተተኮስቲ ጥራይ 'ትድርቢ ትመስላ ዝነበረት ነፋሪትስ ሕያወይቲ ኮይና። ሰብ ካብን ናብን ከተመላልስ ጸንሓታ። "ም'ኳን ሸመን'የ ዘራኽበን'ምበር ቅርጸን ስረሐን'ሲ ፈጺሙ ነንበይኑ'የ። ንም'ኳኑ ነፋሪት ክንድዚ ትዓቢ ከላ ከመይ ኢላ ኢያ ሰማይ-ሰማይ ከም ንስሪ ትውንጨፍ" እንዳ በለት ከአ ቀጠታዊ መልሲ ዘይትረኽበሉ ሕቶታት ተልዕል ነበረት። እምብዛ ከአ ተገረመትን ከትፈልጣ ተሃንጠየትን። ንሓወቦአ ከትውከሶ'ኻ ትንዕ-ትንዕ ትብል እንተ ነበረት፡ ኩሉ 'ንትንኡ ዘይቅረብ መሲሉ ስለ ዝነበረ ግን ከበዳ'ሞ አፋ አከበት። አቐዲሙ ሹህ አለቃ መኮነን ን'እምነት ብድምጹን ብገጽን ፍጹም ድሄልዋ ጸንሓ። አብ ርእሲ'ዚ "ሰራም ቆልዓ ብሰንክኺ ካብ ቆጸራይ ቦኺረን መጻኢየይ አብ ምልክት ሕቶ አትዩ አሎን" እንዳ በለ ን'እምነት የጕጥጠላ ነበረ። መስኪነይቲ ህጻን እምነት ግን አይልባ አይእዝና ሓወብአ ብዛዕባ እንታይ የማርር አሎ ብዙሕ አይተሰወጣን። ገጹ ሕርቃን ይንበቦ ስለ ዝነበረ ግን ንዓአ ሱቕ ን'ኸትብል እኹል ታርፍ ነበረ።

ወይዘሮ ደሃብ ን'እምነትን ንሓወቦአን ከተፋንዎም ከላ፡ ን'ሹህ አለቃ ከምዚ ከትብል ተላበወቶ "መኮነን ሓወይ እዛ ቆልዓ ቆልዓ ሓደራ'ያ። አነ ብ'ቑጠባ ከይድግመኒ'ሞ አብዚ ምሳና ከይትጠምን ከይትቆራብዕን ስለ ዝተሰከፍኩ'የ'ምበር፡ ስጋ ቀሺ ኢላ አይምሃብኩኻን። የግዳስ ንስኻ'ውን አቦአ ስለ ዝኾንካ ምስኻ እንተልያ ይጥዕማ'ምበር አይሓስማን'ዩ። ጥራይ ከትናፍቐ ከላ ናብዚ ናብ አስመራ ሒዝካልና ምጽእ

በል'ሞ፣ ምስ 'ዞም ቆልዑ ከሪማ ድማ መስከረም ትምህርቲ ከጅምር ከሎ ናባኹም ነብላ። ትምህርቲ ከትነፍዕ ጉዳም'ያ። ሓፋርን ኣብ ፈለግ ምስ ዝኾነ ቀልጢፋ ሕውስ ስለ ዘይትብልን ባዕልኻ ድኣ ደሃያ ግበር ከሳብ ኣዐርያ ትወሃሃድ። ምኽሪ'ኺ ካባይ ኣየድልየካን'ዩ ኔሩ ግን ንእምነት ስለ ዝፈትዋ'የ ከምኡ ዝብል ዘለኹ" ኢላ ናይ ርህሩህን ሓላፍነታውን ወላዲ ምኽሪ ፈይ ኣበለትሉ። ሽህ ኣለቃ'ውን ብኣፉ ድኣ'ዩ ዘይተዛረበ'ምበር ርእሱ እንዳ ነቕነቐስ ነቲ ወይዘሮ ደሃብ ትሀቦ ዝነበረት ለበዋ ይሰምዖ ምህላዉ የረጋግጸላ ነበረ። ወይዘሮ ደሃብን እምነትን ብስጋ'የን ዝፈላለያ'ምበር ብመንፍስ'ሲ ኣደን ጓልን 'የን።

ሽህ ኣለቃ መኮነን ኣዲስ ኣበባ ምስ ኣተወ ብዘይ ውዓል ሕደር ናብ ናይ ቀጠታ ሓላፊኡ ተሌፎን ደወለ። ነገር ደሓን ከም ዘየለ ድማ ብዓንትብኡ ተረድኣ። ብተሌፎን ንጽባሒቱ ኣንጊሁ ናብ ናይ ላዕለዋይ ሓላፊ ጸጠታ ኢትዮጵያ ቤት ጽሕፈት ከኸይድ ተሓበሮ'ሞ ዕጥቁ ዓጢጢጁ፣ ኮታ ኩሉ ወደሃደራዊ ኣገባባት ኣማሊኡ ኢዱ ቆራዕራዕ እንዳ 'በለ ናብቲ ተጸዊዑሉ ዝነበረ ተፈራሒ ቤት ጽሕፈት ከደ። ኣብኡ ከጽበይዎ ዝጸንሑ ሓለፍቲ ድማ ስሑው ሰላምታ ድሕሪ ምልጋስ፣ ኣብቲ ኣብ ፈቶም ዝነበረ ብሉሕ ጥራይ ዝተሰርሐ ነዊሕ መደገፊ ሕቆ ዝውንን መንበር ከቐመጥ ብኢዶም ኣመልከትሉ። ተተባራርዮም ድማ ዝተጠናነገ መስቀላዊ ሕቶታት ኣዝነብሉ። ዋላ'ኳ ንኹሉ ዘልዐልዋ ዝነበሩ ሕቶታት ብንጹርን ብርእስ ተኣማምነትን ይምልሶ እንተ ነበረ፣ መደንነይኡ ምኽንያት ምስ ሻዕብያ ኣሕዋቱ 'ዩ ከራኸብ ቀንዩ መጺኡ ዘሎ ኢሎም ስለ ዝተጠራጠሩ፣ንሓደ ዓመት መመላእታ ዝኣክል ኣብ ትሕቲ ጽኑዕ ሓለዋ ኮይኑ ክዓዬ ፈረድዎ። ሽህ ኣለቃ መኮነን ሓፍ ፈጢቑ ከብል ደለየ። ጠጥዕሙ ምብላዕ ዘለመደት ከብዱን ደም ዝጸገብት ኢዱን ግን ኣይፋልካን ዘይዓመት ድኣ ድቅስ ኢልካ ትንስእ እንድያ ኢለን ስለ ዝወጠጥኦ፣ ንዓመት

መመላእታ በትሪ አብ ከሳዱ ተንጠጥዩ ከሎ ክሰርሕ መረጸ። እቶም ወተሃደራውያን መራሕቲ ንሽህ አልቃ መኮነን ሓንቲ ናይ መወዳእታ ስምዓታ ዝተጻሕፉ ወረቐት'ውን ካብቲ ቤት ጽሕፈት ከወጽእ ከሎ አብ ኢዱ ሒቦም ኔሮም'ዮም። ስርሑ ብዝግባእ ስለ ዝሰርሐን ዘይ ከም'ቲ ዝገመትዎ እሙን ንስርሑ ኮይኑ ስለ ዝጸንሐን ግን ስሙ አብቲ ቤት ጽሕፈት ዳግማይ ናብ ንቡር ተመልሰን መመሊሱ ገበለን። ናብ ንቡር ስርሑ ይመለስ እምበር፡ እቲ ቅድሚ ምቐጽሩ ብመንግስቲ አብ መንበሪ ቤቱ ተመዲብሉ ዝነበረ ወተሃደራዊ ዋርድያ ሽዑ ከም አካል መቐጻዕቲ ምስ አሕደግዎ ብኡ አቢሎም ንሓዋሩ ጠለምዎ።

ምዕራፍ 2

ህይወት ኣብ ኢትዮጵያ

ሽህ ኣለቃ መኮነን ንበዓልቲ ቤቱ ወይዘሮ ምርጥነሽ፡ ንእምነት ሐንቲ ጽግምቲ ክልቲኣም ስድርኣ ብህይወት ዘለዉን ጓል ሐድሽ ዓዲ ዓደም ምኽናን ኣላለያ። "ሰሚዕኪ ምርጽቲ ሐብተይ እዛ ቆልዓ ንሕጇ እንተ ሐመቖት ቆልዓ ተጸውተልኪ ምስ ኣኸለት ድማ ስራሕ ገዛ ባዕላ ከትዓመልኪ'ያ። ደቂ ዓድና ብናኣሽትኣን ጥቁዋትን ትኩራትን 'የን" በላ ንበዓልቲ እንድኡ ከም ሐውሲ ጭርቃን ኣምሲሉ። ሽህ ኣለቃ መኮነን ንምርጥነሽ ከቃባጥረላ እንድሕር ደልዩ ምርጽቲ'ዩ ዝብላ ዝነበረ። ምርጥነሽ ከኣ ትቖብል ኣቢላ "ሕራይ ገበርካ ሞኬ ሐወይ ንስኻ ድኣ መኸበር ሐዳሩ እንዲኻ። ኩሉ ግዜ ንዓኻ ምስ ሐዝኩ ኩርዕቲ'የ። ዓባይ ጓል ድኣ ስኢንካ፤ ማለተይ'ሲ እዛ ቆልዓ 'ዚኣ ከሳብ ትዓብስ ብዙሕ ከምቲ ዝደልዮ ጌራ ከትሰርሐለይ ኣይትኸእልን'ያ" ብምባል ተወከሰቶ ንእምነት ንሕጅስ ኣይትኾነን'ያ ኢላ ስለ ዝደምደመት።

ሽህ ኣለቃ መኮነን ኣብቲ ኮፍ ኢልዎ ዝነበረ መንበር ምዕይዕይ እንዳ በለ "ኣይፋሉን ሃይለ ሐወይ ከምዚ ትፈልጥዮ ስኩፍ እንድዩ። ዓዲ ምስ ከደስ ጽግምቲ ምስ ረኣያ'ዩ ናብ ኣስመራ

ባዕሉ ከዕብያ ተማሊእዋ። ካብ ኣምላኽ ዓስቢ እንተ ረኸብኩ
ኢሎ'ዩ ያኢ ንሱስ ከዕብያ ወሲኑ። ሕጂ ድማ ከምዚ ትፈልጥዮ
በቲ በቲ ንደሃብ ተዋሳኺ ጸር ኣይትኹናን፣ በቲ ካልእ ከኣ
ኣነኣኢስኪ ርኢኸያ ግዲ ኮይንኪ'ምበር እኽልቲ 'ኺ'ያ።
ኣቒሑት ምሕጻብን ቆልዑ ምጽዋትን ምኽኣል ኣይትስእንን'ያ"
በላ ምርጥነሽ ተውሳኺ ሕቶታት ከይትሓቶ እንዳ ሰግአ።
እምነት ስለ ዝሰምዓቶም ነገራቱ ገሪምዋ ግልብጥ ኢላ
ጠመተቶም'ሞ "ትምህርቲ ጀሚራ ስለ ዝነበረት ቀቁሩብ
ኣምሓርኛ ትርዳእ'ያ" በላ ንብዓልቲ ቤቱ ብኣምሓርኛ ጌሩ
ንእምነት ብዙሕ ግምት ከይሃብ። "እምነት ኪዲ ኣብቲ
ውሽጢ ገዛ ኣቲኺ ናይ ገዛ ክዳንኪ ቀይሪ" ኢልዋ ንእምነት
ተቐላጢፋ ናብ ዓይኒ ምድሪ ገጹ ኣምርሓ ነቲ ሃዋሁ ብኻልእ
ኣርእስቲ ክትክአ ስለ ዝመረጸ። "ማማ ማማ እምነት ምሳና
ድያ ክትድቕስ" ኢላ ሓተተት ሓንቲ ካብተን ማማያት ደቂ
ሽህ ኣለቃ መኮነን'ሞ፣ "ኖ ኖ እዛ ጓለይ ምሳኽን ኣይኮነትን
ንበይና'ያ ክትድቕስ። እንታይ ሕማም ኣለዋ ኣበይ ንፈልጣ"
ኢላ መለሰትላ ወይዘሮ ምርጥነሽ ንህጻን ጓላ፣ ንእምነት ስለ
ዝጸየነታ። ወይዘሮ ምርጥነሽ ፍርይ ዝበለ ኣዒንቲ ዘለዋ፣
ኮርዳድ ጸጋራ፣ ረጓድ ፈንድስ ገንድስ እንዳ በለት እትኸይድ፣
ዘይመስተውዓሊት፣ በለጸኛ፣ ናብ ሕጸሪ ዝዛዘወ ቁመት
እትዓደለትን ባህሊ ትግርኛ እትፈቱን ተወላዲት ብሄረ
ኣምሓራ'ያ ኔራ።

ምሉእ ዘይጉዱል ፍቕሪ፣ ምቅብጣርን ምውቕ ኣተዓባብያ
ቄልዕነትን ከተስተማቕር ዝጸንሐት እምነት'ምበኣር ንኸርፋሕ
ናብራ ኣሃዱ ኢላ ፈለመቶ። መደቀሲ ኣብ ሓንቲ ክሽነ
ክትብላ'ውን ተሕፍረካ ብዚንን ዝተሰነዐት፣ ኣብ ግዜ ዛሕሊ
ቀዝሒ እተመንጨ ኣብ ግዜ ምቕት ከኣ ሃፈጽታ እትተፍእ
ኣቐሑ ክትክዝነላ'ውን ዘይተብሀገካ ንእሽቶ ገዛ ብኣጉሉ
ተፈልየትላ። ዝነበረላ ቋንቋ ኣምሓርኛ ካብ ማይ መስተዩ

ዘይሓልፉ ስለ ዝነበራ፡ ኣብቲ ፈለማ ግዜ ዝደለየቶ ካብ ምግላጽን ምዝራብን ብዘይ ምግናን ተኣገመት። እዚ ኣብ ርእሲ'ቲ ዘይፍሕሹው ኣቀባብላ እንዳ ሓወበላ ስለ ዝነበረ ብኩሉ ነገራቱ ኣዋላኣ። ዓለም ኣብ ሓጺር እዋን ሲኣል ኮይና ተሰመዓታ። ዝቐረበላ ዝነበረ ዓይነት መግቢ ብትሕዝትኡ ጎደሎ፡ ብጣዕሙ ድማ ድሕሪ ቀዳማይ፡ ካልኣይ፡ ሳልሳይ ኩላሶ ምስ በልካ ፍጹ ዝብለካ ነበረ። ዝበዝሕ እዋን ወይ ተረፍ ጽጋቦም ወይ'ውን ኣዝዩ ዝተቓጠነ ስልሲ ምስ እንጀራ ወይ ቅጫ ተፈትፊቱ ይወሃባ። ከም ሳዕቤን ናይዚ ድማ እቲ ተምባእባእ ዝብል ዝነበረ ተኽለ ሰውነታ ከዓኑን ዘይንሱ ከመስልን ግዜ ኣይወሰደን።

እምነት ኩሉ ነገር ተሓዋወሳ። ከትሕንቅቅን ብሓልዮት ወለዳ ከትናበየሉን ዝግብኣ ዝነበረ ዕድመ ህይወታ ብኣጋኡ፡ ኣቦኡ ዘፍለጠ ከልበትበት ኣተዎ። "እሞ ማማ ደሃብ'ሲ ንሽህ ኣለቃ መኮነን ሓወቦኺ'ዮ ሕጂ ድማ ኣብ ኣዲስ ኣበባ ከመይ ዝበለ ናብራ ስለ ዘለዎን፡ ንዓኺ ከኣ ከም ጓል ሓዉ መጠን ከምዛ ናትና ወይ ካብ ናትና ንላዕሊ ጌሩ ክሕብሕበክን ኣብ ዝብጸሕ ከብጸሓክን'ዩ። ኣጆኺ ብባባኺ መኮነን ዋላ ክንዲ ፍረ ኣድሪ'ውን ትኹን ስኽፍ ኣይበልኪ ዝበለትንስ ኣልዕል ኣቢላ መታን ኣነ ምስ ሽህ ኣለቃ መኮነን ንኢትዮጵያ ምኻድ ከይኣብያ ኢላ'ያ" እንዳ በለት ኣብ ባዕላዊ መደምደምታ በጽሐት። "ወይ ጉድ ማማ ደሃብ እዛ ቦቕባቕ ፈታዊት ሰብ ከኣ'ምበኣር ትጭከንን ትሕሱን'ያ!!" እንዳ በለት ድማ ነታ ካብ ወይዘሮ ለምለም ንታሕቲ ኣንኢሳ ዘይትርእያ ዝነበረት ወይዘሮ ደሃብ፡ ብውሽጣ ከትሓምያን ከትጠራጠረላን ጀመረት።

ኣጋጢምዋ ዝነበረ ቅልውላው ንእተዘንትወሉ ሰብ ስለ ዘይነበራ ከኣ፡ እናሻዕ ኣብ ርእሳ ዝመጽዋ ዝነበሩ ሕቶታት መልሲ ትስእነሎም'ሞ ካልኦት ሕቶታት ይወልዱ ነበሩ። ብፍላይ'ታ "ሃይለ ሓወይ ካብ ዓዲ ጽግምቲ ቆልዓ ስለ ዝረኣያ'ዩ

ባዕሉ ሓላፍነት ወሲዱ ከዕብያ ንኣስመራ ኣምጺእዋ” እትብል ቃል ድቃስ ከልኣታ። “ኣነስ ምስ እንዳ ሃይለ ናይ ደም ዝምድና የብለይን ማለት ድዩ፤ ንለምለመይ ድኣ ሕጇ በየናይ መንገዲ ከረኸባ እኸእል፤ እዛ ኣደይሲ ከትሓስም። ሃይለ ሓወበይ ዘይኮነ ክንሱ ዓይና እንዳ ረኣየት ንዳና ደርብያትኒ” ኣንዳ በለት ከሳ ገና ብህጸና ናይ መንነት ቅልውላው ሓዛ። ምስ ደቂ ሽህ ኣለቃ መኮነን ኣብ ትጸወተሉ ኮነ ብሓባር ኣብ ትህልወሉ ህሞት ‘ሓወበይ ሃይለ ወይ ዳናይት ጓል ሓወበይ ሃይለ’ ዝብል ቃል ከም ገለ ኢሉ እንተ መሊቛዋ፤ እቶም ቆልዑ “ወይ ‘ዛ ዓሻ ሃይለ ድኣ ንዳና'ዩ ሓወበና። ዋላ ንዓኣ'ኳ እዩ ሓወበኣ መሲልዋ መስኪነይቲ” እንዳ በሉ ሰሓቅ ሓዊሶም የቃጭጨላ ነበሩ። ንእምነት'ምበአር ካብ ብምቝት እትነብረሉ ዝነበርት ቤት እንዳ ሓወበኣ ሃይለ፤ ዝመጸቶ ቤት ሽህ ኣለቃ መኮነን ኮር ተገልበጥ ኮይኑ ጸንሓ።

ድሮ እምነት ኢትዮጵያ ካብ እትኣቱ ካልኣይ ወርሒ ኣሕሊፋ ኣላ። ኣምሓርኛ ኣብ ምስማዕን ምርዳእን ካብቲ ናይ ፈለማ ዝነበረቶ ብተዛማዲ ኣብ ዝሓሽ ደረጃ ኣላ። ምዝራብ ግን ኣዝዩ የጽግማ ኣሎ። እቶም ቆልዑ ደቂ ሽህ ኣለቃ መኮነን፤ ኩሉ ሰብ ኣብዛ ዓለም ዘሎ ኣምሓርኛ ጥራይ ዝ ዝጫንቋኡ ስለ ዝመስሎም ዝነበረ'ን፤ ንመጀምርታ ግዜ ንእምነት ጥራይ ኣምሓርኛ ዘይትኸእል ጓል ሄዋን ስለ ዝረኣዮን ኣዝዩ ደንጸዎም። ንእምነት ከኣ ሓንቲ በሃም ከም ናይ ጥዑይ ሰብ ኣእምሮ ዘይብላ ጌሮም ኣብ ሓንጎሎም ኣስረጽዋ። እምነት ኣብ ኣዲስ ኣበባ ከልተ ወርሒ ኣብ ዝገበረትሉ ወይዘሮ ምርጥነሽ ናይ ሽውዓተ ወርሒ ሓራስ'ያ ጸነሓታ። ንድኻን ኣስቤዛ ክትገብርን ኣብ እንዳ ጎሮቤት ከይዳ ከተዕልልን እንተ ደልያ ነታ ናጽላ ጓል ንእምነት ሓልውያ ኢላ ትዕዘዛ ነበረት።

ኣብ መጀመርታ'ኳ እምነት ብዙሕ ዘይርድኣን ቆልዓ ከትሕዝ ዓቕሚ ዘይብላን ኮይኑ ይስመዓ ስለ ዝነበረ፤ ኣብ

እምነት ብዙሕ ትተኣማመን ኣይነበረትን። ቱኸረታን ጥቅውንኣን ምስ ግዜ ምስ በርሃላ ግን ብዘይካ ምስ እምነት ምስ ካልእ ሰብ ቆልዓ ዝግደፍ ኮይኑ ኣይስመዓን። ንእሽቶይ ጌጋ ካብ እምነት እንተረኺባ ግን ምሕረት ዝበሃል ኣይነበራን። ካን እምነት ፍጽምቲ ፍጥረት ኮይና ክትጸንሓ ጥራይ ትደሊ። እልቢ ዘይነበሮም ንእምነት ዘይግብኡ መግረፍትን በደልን ከኣ ትፍጽም ነበረት። ዝበዝሕ እዋን ነታ ማማይ ዝብላዕ መግብን ዝስተ ጸባን ንእምነት ኣብልዕያ ኣስትያ ኢላታ ትዘውር'ሞ፡ ናይ ነገር ኣጋጣሚ ኣብ መሬት እንተ ተደፊኡ ንእምነት ዓይና ሕውዝውዝ ክሳብ ዝብላ ተጨልግማ ነበረት። ንባዕላ ዘይደረቐትን፡ እንታይ'ዩ ቅኑዕ እንታይ'ዩኸ ሕማቕ ገና ዘይመለኸት ዘላ ሕንቅቕቲ እምነት መጽፋዕትን መግናሕትን ኮነ ቀለባ። ክትዘለሉን ጌጋታት እንዳ ፈጸመት መሳልል ህይወት ክትመሃረሉን ዝግበኣ ዕድመ፡ ቆልዓ ክትረሩን ገዛ ክትሕሉን ብብጊሓቱ ኣብ ቤት ተሓየረት። ምስ ጸሓይ ዝረኣኣያላ ሰዓት፡ እምነት ንዱኳን ወይ ንእንዳ ጎሮቤት እንተ ተላኢኻ ጥራይ ኮነ። ልኡኻ ብኣግኡ ወይ ከም ዝተኣዘዘቶ እንተ ዘይፈጺማ ከኣ ትዋረዶን ትሸደዶን ዝነበረት ብዘይ ቀለዓለም ንጸላኢና ይኹን'ዩ ዘብል።

ናይ ክረምቲ ዕርፍቲ ተዛዚሙ ወርሒ መስከረም ግዚኣ ኣኺሉ ኣተወት። ወርሒ መስከረም ኣብ ኢትዮጵያ ሓንቲ ካብ ዓበይቲ በዓላት እተእንግድ ኣዋርሕ'ያ። ናይ ግእዝ ሓድሽ ዓመትን በዓላት ሃንሰ-መስቀልን ኣብ 'ዛ ወርሒ 'ዚኣ'ዮም ዝጽንበሉ። መስከረም ትምህርቲ ዝጅምረላ ወርሒ'ውን'ያ። ስለዝኾነ ድማ ህዝቢ ኢትዮጵያ ነዘን በዓላት ክጽንብልን ንተመሃሮ ደቁ ኣብ ሓድሽ ዓመተ ንትምህርቲ ከዳልውን ላዕልን ታሕትን እንዳ በለ ጽዑቕ ንጥፈታት ዘሳላስለላ ወርሒ'ያ። ደቂ ሽህ ኣለቃ መኮነን እንታይ ዓይነት ናውቲ ትምህርትን ድቪዛታትን ቃሕ ይብሎምን ኣየናይ ክግዝኣሎም ከም

ዝጠልቡን፡ ነሓድሕዶምን ምስ ጎሮባብቲ ቆልዑ መማሃርቶም
ኢ.ሂን ምሂን ከብሉ ከለዉ እምነት ዋላ'ኳ ከምቲ ናታቶም
ድሌታታ ኣይትግለጽ። ይሕመቕ ይጸብቕ ኣቛሑት ትምህርት
ከግዝኣላ ግን ኣብ ትጽቢት'ያ ኔራ።

ሓደ ቀዳም ንግሆ ሸህ ኣለቃ መኮነን ንእምነት ገዲፉ
ነቶም ብዕድመ ንትምህርቲ ዝኣኸሉ ደቁ ሒዝዎም ንሹቕ
ከይዱ፡ ኩሉ ዘድልዮም ኣቛሑት ትምህርቲ ገዚኡእሎም ምስ
መጸ ኣብ መደቀሲኣ ተዓጽያ ምሉእ መዓልቲ ኣዒንታ ክሳብ
ዝቛርቁር ከትነብዕ ኣምሰየት። ኣማሲኡ ወይዘሮ ምርጥነሽ
ተደረሪ ኢላ'ኳ እንተ ጸውዐታ፡ እምነት ገዛ ሽጉራ ኣጽቀጠት።
ድሕር'ዚ እዋን እምነት ናብ ሰብ ዘይኮነት፡ ናብ ኣራዊት መሮር
ዝኾነ ባህሪ ዘለዎም ስድራ ኣትያ ከም ዘላ ሕርሕራይ ጌሩ
ተሰወጣ። ትምህርቲ ተጃሚሩ ደቂ ሸህ ኣለቃ መኮነን ትምህርቲ
ወውዒሎም ክኣትዉ ጀመሩ። እምነት ግን ቆልዓ ከተጸውትን
ኣቛሑት ገዛ ከትሓጽብን'ያ ጸሓይ ተዐርባ ኔራ። እቶም ደቂ
ሓወቦኣ ከመሃሩ ወውዒሎም፡ ኣየናይ መምህር ተመዲብሎን
ኣየኖት ተመሃሮ ደቂ ከፍሎም ኣለዉን ተተቛባቢሎም ክነጋገሩ
ከለዉ እምነት ብቕንኢ ፍሕስ ትብል ነበረት። ካብዚ ንደሓር
ዓመት መጸት ኩሉ ትምህርቲ ዝምልከቶ ቆልዓ ንምጅማር
ትምህርቲ ኣብ ወርሒ መስከረም ተሃንጥዩ ከቕምት ከሎ፡
ንእምነት ግን ትቛንኣሉን ትቛንዘዉሉን እዋን ነበረ። ምስ
ትምህርቲ እንዳ ተፋቐራ ብዓንተብኡ ከይፈተዋ ደሓን ኩኒ
ተበሃሃላ። ካብ ነብሳ ሓሊፋ፡ ንስድርኣን ንህዝባን ከገልግል
ዝኽእል ዝነበረ ቢሊሕ ኣእምሮ ሕሱም ጎኒፍዎ ኣብ ኩሉ
ከይበጽሐ ብገንኡ ተቐጽዩ ተረፈ።

ኣብ ርእሲ'ቲ ሸህ ኣለቃ መኮነን ብተዘዋዋሪ ብመንገዲ
ብወይዘሮ ምርጥነሽን ብደቁን ዘውርደላ ዝነበረ ኣደራዕ፡
ብቛጠታ'ውን ካብ ምንክልባታን ምስጻያን ኣየብኮረን።
እቲ ካብ ጥዑያት ስድራ ከትወጽእ ከላ ዘይተኣደነ ተስፋን

ትጽቢታትን ጌራትሉ ዝመጸት ሰብ ብጭጉራሽ ንሰይጣን ወዲ ሓወብኡ ኮይኑ ጸንሐ። ንደቁ ናብ ዝደለይዎ መዛናግዒ ቦታታት ሰንበት-ሰንበት ከወስዶም ከሎ፡ እምነት ግን ከምዛ ካብ ሰብ ዘይተፈጥረትን ምዝናይ ዘይምልከታን ኣብ ገዛ ረጥሪጦማ ይኸዱ ነበሩ። ጥዑም ከይተባህለ ጥዑም ሓሊፉ ከም ዝበሃል ኣብ ዓዲ ምስ ስድርኣ ከላን ኣብ ኣስመራ ምስ እንዳ ሓወቦኣ ሃይለ ኣብ ዝነበረትሉን፡ ከምዛ ጕል በጃኽን ዘዝበለጸ ናብራ ዓለም ተሕልፍ ዝነበረት እምነት፡ ሕጅስ ከም ዝናብ ምድረ-በዳ ንፈውሲ ማሕላ'ውን ትኹን ሰኣነቶ። "ኣነስ ኣንታይ ኮን በዲለ'የ እዚ ኩሉ ኣደራዕ ዝወርደኒ ዘሎ" እንዳ በለት ንገዛእ ርእሳ ብሕቶ ደጋጊማ ተዋጥራ።

ካብ መዓልትታት ሓደ መዓልቲ ሽህ ኣለቃ መኮነን ንእምነት ሽጋራ ከተምጽኣሉ ሜረት ዓይኒ ሕዝ ከተብል ከላ፡ ሽዕኡ ኣብ ጅብኡ ሽሩፍ ስለ ዘይነበሮ ሚእቲ ብር ኣውጺኡ ለኣኻ'ሞ፡ ኣጋጣሚ ኣብቲ ኣንጎሎ ናይቲ ድኳን ተላኢኻትሉ ዝነበረት ድኳን በጋሚደታት ጸኒሓም ነቲ ገንዘብ መንጢሎማ ይስወሩ። እምነት ድማ እንዳ በኸየት ጥራሕ ኢዳ ንገዛ ተመሊሳ እቲ ዘጋጠማ ንሽህ ኣለቃ ምስ ነገረቶ "ኣንቲ ፈዛዝ ጨምላቒ! ተጥንቂቒኪ ዘይትኸዲ" ኢሉ በቲ ክንዲ ገላዕታ ዝኸውን ወተሃደራዊ ጸሊም ጫምኡ ኣብ ከባቢ ብልዕታ ሃረማ'ሞ፡ ንእምነት ሽንቲ ኣብ ስሪኣ መሎቓ። እቶም ክዕዘብዎም ዝጸንሑ ደቁን መሓዙቶም ቆልዑን ድማ ትዋሕ ኢሎም ኣፍም ከቐደድ ከሳብ ዝደሊ ካዕካዕ ኢሎም ሰሓቑ። ካብዚ ንደሓር ኩሉ ግዜ 'ቶም ቆልዑ ንእምነት "ሽያኒት ኣብ ስሪኣ" እንዳ በሉ 'ሳቘይዋን መሕለፍ መንገዲ ከልእዋን።

እምነት ማዕረ'ቲ ትሃልኮን ትግዝኣን ዝመጣጠን ዓይነት መግቢ ከትረከብስ ይትረፍ እቲ ተርፍ-መረፍ ናይቶም ስድራ እንተ ረኺባቶ'ውን መን ከምኣ ዝኾነሉ እዋናት'ውን ውሑድ ኣይነበረን። ከም ግቡእ ኣብ ከምዚ ናይ እምነት ኣብ ዕብየት

ንዝርከቡ ቆልዑ ዝተመጣጠነ መኣዛዊ መግብታት ክረኽቡ
ዓለም-ለኻዊ መስሎም'ዩ። አማሪጻ ቀይሕን ጸሊምን ትምገብ
ዝነበረት ከብዲ ሎምስ ልማዳ ስኢና ጎራዕ-ራዕ ክትብል
ትሓድር ኣላ። እምነት ካብ ትፈትዎ ዓይነት መግብታት
ርግኣን ጠስምን ዝተሓወሰ ቅጫ ፍትፍት'የ። ብፍላይ ርቖቅ
ዝበለ ውዑይ እንተ ኮይኑ ከጸልላ'ዩ ዝደሊ ዝነበረ። ቅድሚ
እምነት ኣብ ገዛ እንዳ ኣቶ ሃይለ ምምጽኣ፡ ዳናይት ዝተቐልወ
እንቋቝሑ'ምበር ንቅጫ ፍትፍት'ሲ ብዙሕ ኣይትግደሰሉን'ያ
ኔራ። እንተ ድሕሪ እምነት ኣስመራ ምእታዋ ግን፡ እምነት
ዝበላታ ኩላ ንዓኣ'ውን ትጠልባ ስለ ዝነበረት ንቅጫ ፍትፍት
ከም ቀዳማይ ምርጫኣ ገበረቶ። ወይዘሮ ደሃብ እዘን ምጭኌዋት
ቆልዑ ዝፈትውኣ ቁርሲ ስለ እትርዳእ ዳርጋ ሰለስተ ግዜ ኣብ
ሰሙን ፈታፊታ ድላየን ተቐርሰን ነበረት።

ካብ ዕለታት ሓደ ንግሆ ነፍስ ወከፍ ኣባል ስድራ ሽሀ
ኣለቃ መኮነን ውዑይ ቅጫ ፍትፍት ቆሪሳ ከብዳ መመሊኣ
ነናብ ዋኒና ኣምረሐት። እምነት ግን ከም ልማዳ ሻሂ ምስ ባኒ
ኣካፍያ በልዐት። እቶም ስድራ ክቘርሱ ከለዉ ስለ ዝረኣየቶምን
ባዕላ'ውን ኣቝሑት ቁርሲ ትቐራርብ ስለ ዝነበረትን ኣፉ ማይ
መዓገ። ተመሃራይ ናብ ትምህርቱ፡ ስራሕተኛ ድማ ናብ ስርሑ
ምስ ተፋነወ፡ እምነት ምስታ ዓል ኣርባዕተ ዓመት ዓል ሓወቦኣ
መኮነን ንበይነን ጥራይ ኣብ ገዛ ተረፋ። ከምቲ 'ቶም ስድራ
ዝበልዕዎ ክትቆርስ ካብ መጠን ንላዕሊ ደስ ኢልዋ ስለ ዝነበረ
ድማ ነታ ቆልዓ "ንማማ ወይ ንባባ ከይትነግሪ፡ እንድሕር
ዘይትነግሪ ኮይንኪ ከኣ ኣተዓማማት ክንጸወት ኢና" ኢላ ቃል
ኣእትያ ከምታ ኣብ ኣስመራ ከላ ትበልዓ ዝነበረት ፍትፍት'ኳ
ኣይትኹን እምበር፡ ኣይሕንኩሮ ኣይ ቅጫ እትመስል ሓዲግ-
መዲግ ቅጫ ስንኪታ ዝወጠነቶ ገበረት።

ድሌት ሕሱም ኮይንዋ'ምበር ቅድሚኣ ስንኪታ
ኣይትፈልጥን ኢያ። ካልእ ናይ ክሽነ ነገር'ውን ኣስር ኣይነበራን።

ኩሉ ግዜ ወይዘሮ ደሃብ ኣብ ክሽነ ከትዓዪ ከላ በዛ ቀምሻ ምስ ዳናይት ኮይነን ሕልኽልኽ ከብላ ስለ ዘርፍዳ ዝነበራ ግን፡ ንኣሰራርሓ ቅጫ ብሓርፋፍ ፈሊጠንኦ ነበራ። ምስ ቆልዓን ኣይትምከር ምስ ከልብን ኣይትተሓባእ ከም ዝተባህለ፡ እታ ቆልዓ እዚ ኩሉ ቅጫ ፍትፍት ከትድስቆ ኣራሬዳን ኣተሓባባእ ከትጸወት ውዒላን፡ ኣዲኣ ኣብ እንዳ ሓብታ ጸኒሓ ንገዛ ምስ መጸት እግራ ከይኣተወ ከሎ፡ ኩሉ እቲ ምስ እምነት ዝገበረኣ እርይ ቁጽር ኣቢላ ኣዘንተወትላ። ወይዘሮ ምርጥነሽ መርድኣ ከም ዝሰምዐት ትብሎን ትገብሮን ጠፍኣ። ስጋ ከም ዝረኣየ ዝብኢ. ንእምነት ንሂራ መጺኣ ከትጥሕራ ጥራይ ደለየት። ኣብቲ መኽዚኖ ወሲዳ ድማ እምነት ከሳብ ሃለዋታ ከተጥፍእ እትቃረብ በርበረ ጌራ ዓጠነታ። "ካልእ ግዜ ከምዚ ናይ ሎሚ እንተ ደጊምኪ ብህይወት ኣይከትቅጽልን ኢኺ ኣንቲ ስዲ ስነ ስርዓት ዘይብላ" እንዳ በለት ድማ ካልእ ግዜ ከምኡ ዓይነት ፈተነ ከይትሓስቦ ከተርዕዳ ፈተነት።

ሽግር እምነት መወዳእታ ኣይነበሮን። ዕድመ እንዳ ወሰኸት ኣብ ትኸደሉ ዝነበረት እዋን ሽግር እምነት'ውን ብኡ መጠን ይዛይድ ነበረ። ኣብ ርእሲ'ቲ ዝነበረ ቆልዓ ምሓዝ፡ ኣቛሑት ምሕጸብን ገዛ ምልዕዓልን፡ ብሒቖ ምልዋስን ምልፋውን ድሒሮም ዝተዋህብዋ ገለ ካብቶም ኣድከምቲ ዘቤታዊ ዕዮታት ነበሩ። ቅጫ ይኹን እንጀራ ግን ሰንኪታ ኣይትፈልጥን። ዝተገማመዐት ቅጫ ሓደ ግዜ ጥራይ-እታ በርበረ ዝተዓጥነትላ መዓልቲ። ወይዘሮ ምርጥነሽ ንኸትስንከት ዲል ስለ ዘይትህባ ዝነበረት፡ እምነት ግዜ ብዝኸደ ንምስንካት እንጀራ ይኹን ቅጫ ከም ከቢድን ዘይ ምልከታን ጌራ ሰኣለቶ። ናይ ምስንካት ይኹን ናይ ምኽሻን መግቢ ነብሰ ተኣማምነታ ኣብ መሬት ረፉዕ በለ። ንእምነት'ሲ ምልዕዓልን ምውጋን ገዛ ድኣ ፍጹም ኣረብሪቦማ ነበሩ። ሕጂ ሕጂ ከምቲ ዝበለጸ ጌራ ኣለዓዒላቶ ትጸንሕ'ሞ፡ ድሕሪ ከልተ ሰዓት ናብቲ ዝነበሮ

ፋሕ-ፋሕ ኢሉ ይጸንሓ፡፡ እቲ ገዛ ገዛ ሓላፊ ስለ ዝኾነ ከላ ካብ ኣጋይሽ ኣዕሪፉ ኣይፈልጥን'ዩ፡፡ ክንዲ ዝኾነ ድማ ኩሉ ግዜ ጸፊፉን ተወጋጊኑን ከጸንሕ ወይዘሮ ምርጥነሽ ትእዛዝ ምስ ኣመሓላለፈት'ያ፡፡ ኣነጸጽፋ ዓራትን ኣወጋግና ሳሎንን'ውን ልክዕ ከም ናይ ሆቴላት እንተ ዘይመሲሉ፡ ወይዘሮ ምርጥነሽ ንኩሉ ፋሕ ብትን ተእትወሎ'ሞ፡ ንምስኪነይቲ እምነት ከም ብሓድሽ ዓይኒ ዝማርኽ ጌራ ከተለዓዕሎ ትእዛዝ ትህባ፡፡

እምነት ንኹሉ ስራሕ ገዛ'ኺ ትጸልኣ እንተ ነበረት፡ ስራሕ ምልዋስን ምልፋውን ግን እምብዛ የሰልቻዋ ነበረ፡፡ ሓደ ረፋድ ወይዘሮ ምርጥነሽ ንእምነት ከሳብ ምሽት ካብ ገዛ ወጺኣ ከም ትውዕል ነጊራታ ቅድሚ ምብጋሳ "እቲ ቆልዓ ንስንበት መኮነን ኩቡራት ኣጋይሽ ናብዚ ገዝና ዓዲሙ ስለ ዘሎ፡ ንሽዕኡ ምሳሕ ዝኾነና ኣብዝሕ ኣቢልኪ ካብዚ ሕሩጭ ጣፍ ለዊስኪ ጽንሕኒ" ኢላ ተላብያታ ናብ ዝመደብቶ ቦታ ተመርቀፈት፡፡ ሕማቕ ዕድል ኮይኑ ቅድሚኡ ብዙሕ ዘይትርስዕ እምነት፡ ኣብ ሽዕኡ በጺሓስ ፈጺማ ድኣ ግብ ኣቢላ ረስዐቶ፡፡ ምሽት ሕሩጭ ከይተለውስ ምስ ጸንሓ፡ ወይዘሮ ምርጥነሽ ከምዛ ሕያወይቲ ንኹሉ ሕርቃና ኣብ ውሽጢ ጌራ ሓንቲ ቃል'ውን ትኹን ከየምሎቘት፡ ሰላሕ ኢላ ሓሊፋ ኣብ ዓራታ ደቀሰት፡፡ እምነት ድማ ብውሽጢ "ኣንታ ኣምላኸ ናይ ጥዕና ድዩ ድኣ'ዚ፡ ኣንታ እዛ ሰበይቲ ግዲ ልቢ ሰኹዓ ኢያ" እንዳ በለት ወይዘሮ ምርጥነሽ ዘይኣመላ ገልታዕታዕ ዘይምባላ እምብዛ ኣገረማ፡፡ ንግሆ'ውን ቄርሶም በላሊያም ጸሓይ የዐርያ ከሳብ ትመርር ወይዘሮ ምርጥነሽ ልኡም ጠባይ ዘለዋ ሰበይቲ ትመስል ነበረት፡፡

ከባቢ ሰዓት ዓሰርተ ሓደ ቅድሚ ቀትሪ ምስ በጽሐ ግን፡ ተደጉሉ ዝሓደረን ዘርፈደን ሃልሃልታ ሕርቃን ወይዘሮ ምርጥነሽ ንደገ በሎኸ ዝብላሉ ሰዓታት በጽሐ፡፡ ንእምነት ብድሕሪ ገዛ በቲ ሰብ ዘይርእዮን ሰብ ዘይሓልፈሉን ኣብቲ

ቃልዕ ሃር-ሃር ዝብል ጽሓይ ዝዓልቦ ቦታ ኣምበርኪኻ፡ ጸባ
ሳልሳይ ዓለም ኣሕፊሳ በጽቢጻ ብርእሳ ጀሚራ ንእምነት ኣብ
ኩሉ ዝባና ኣፍስስትላ፡፡ ምሉእ መዓልቲ ድማ ቄጽሪ ዘይብሎም
ሃመማ ኣውደኣመት ረኺቦም ከዛነዩላ ወዓሉ፡፡ ኣዒንቲ እምነት
ከኣ ምሉእ መዓልቲ ከትበኪ ስለ ዘሕለፈቶ ቆርቀኍሩን ሰሊሉን
ነበረ፡፡

እንዳ ሺህ ኣለቃ መኮነን ኣብ ቀዳም ስንበት እንዳ መጸት፡
መግቢ ትሰርሕን ክዳውንቲ ተስታርርን ኢትዮጵያዊት
ሰራሕተኛ ነበረቶም፡፡ እዚታት ዓይነት ስራሕ ደረጀኡ
ከብ ዝበለ ስለ ዝኾነ፡ ብመዐየሪ ወይዘሮ ምርጥነሽ እምነት
ንኸትሰርሓ ኣይተፈጥረን፡፡ እታ ሎኸመኛ ሰራሕተኛ ካብቲ
ዝኸሸነቶ መመሪጻ ከትስጉዶ ከላ፡ ምስኪነይቲ እምነት
ግን ኣፋ ማይ እንዳ መዓጸ፡ ነቲ እታ ሰራሕተኛ ዘጋዕጋዓቶ
ዘይተኣደነ ድስቲ-ኩስኩስቲ ከትፍሕፍሕ ኣእዳዋ ይትጉር
ነበረ፡፡ ብተወሳኺ፡ እታ ሰራሕተኛ መታን ብወ/ሮ ምርጥነሽ
ከትውደስን ምሕዝነታ ከተደልድልን፡ እንሓንሳብ ኣቝሑት
ኣየጽረየቶን እንሓንሳብ ከኣ ብኬርታት ሰይራቶ ኢላ እንዳ
ወስለተት ንእምነት ሰምብር ኣደዳ መቐጸዕቲ ትገብራ ነበረት፡፡
ኣንጭዋ ደምበስ ነንጭዋ ገዛ ተውጽኣ ዝብልዎስ ከምዚ'ዩ፡፡

እምነት ከትሓጽብ፡ ዝተሓጽበ ነናብ ቦትኡ ወይ'ውን
ንምሳሕ ዝኸውን ኣቝሑት ከትቅርብ ከላ ዋግኡ ቄሩብ
ከብር ዝበለ ብያትታት፡ብኬርታት ወይ ስርሓት ካይላ ዝኾነ
ጸሕልታት መሊቘዋ እንተ ተሰሩ፡ መግቢ ተኣጊዳ ጸማ ከም
ትውዕል ትኸውን ነበረት፡፡ ገዛ ከትውልውል ከላ ከይተረደኣ
ከቡር ዝዋግኡ ምንጸፋትን ካልእ ናይ ገዛ ስልማታትን እንተ
ኣበላሽያ'ውን ከምኡ፡፡ እቲ ምስባር እቝሑት ኮነ ምብልሻው
ምንጸፋት ንግሆ ቅድሚ ቁርሲ እንተ ኣጋጢሙ ከኣ ከብደቱ
ተራእዮ፡ ከልቲኡ ቁርስን ምሳሕን ከትዘልል ከም ዘለዋ እቲ
ብወይዘሮ ምርጥነሽ ዝምራሕ ፍሉይ ቤት ፍርዲ ዕለታዊ

ብይኑ የሕልፍ።

ከድምና እምነት መቸም ካብ ግዜ ናብ ግዜ እንዳ ከበደን እንዳ ጸዓቖን ኢዮ ዝኸይድ ዝነበረ። ናይ ምቅናስ ተስፋን ኣንፈትን'ውን ኣይነበሮን። ኣብቲ መጀመርታ ኣዲስ ኣበባ ከትኣቱ ከላ ቆልዑ ትሕዝን ወሓዳት ኣቝሑት ከም ብያትታትን ማንካታትን ጥራይ ትሕጽብ ነበረት። ምስ ጎበዘት ግን ክንዲ ናይ ውራይ ዝምብዝሑ ኣቝሑት ገዛ ዳርጋ ሰለስተ ግዜ ኣብ መዓልቲ'ያ ክትሓጽብ ተሕልፎ። እንዳ ሸህ ኣለቃ መኮነን ሰብ ጸጋ ከም ምኽኖም መጠን ከላ ንበበይኑ ዝዓይነቱ መግብን መስተን ዝኸውን ማእለያ ዘይብሎም ብያትታት፡ ድስትታትን ብኬርታትን'ዮም ኣብ መመገቢ ጣውላ ዛሕ ዘብልዎ። እዚ ኩሉ መመገቢ ብያትታት፡ መኸሸኒ ድስትታትን ጻሕልታትን'ምበኣር ንምጽራዮ ን'እምነት'ዩ ሪጋ ሒዙ ዝጸንሓ ዝነበረ። ብዘይካ'ዚ ቄራብ ጉብዝ ምስ በለት ኣብ ርእሲ'ቲ ዝነበራ ኣድካሚ ዕዮ ሕጽቦ፡ ከዳውንቲ'ውን ተደረባ። ስድራ ቤት ሸህ ኣለቃ መኮነን ጸዕዳ ዝሕብሩ ከዳውንቲ ምኽዳን ስለ ዘዘውትሩ ኣብ ዝሓጸረ ግዜ ስለ ዝቖያይሩን ን'እምነት ናይ ዝሓለፈ ሕጽቦ ድኻም ከይወጸላ ከሎ፡ ድሕሩ ዝረስሓ ከዳውንቲ ድሮ ኩምራ ኮይኑ 'ሎ። ኣብ ልዕሊ'ዚ እቶም ስድራ ጥረ ስጋ ምብላዕ የዘውትሩ ስለ ዝነበሩ፡ ምናዳ ምናዳ እቶም ቆልዑት ብረኸሲ ሓቢ ዝተላዕለ ውጽኣት ተደጋጊሙ ስለ ዝገብረሎም፡ ቀልቀል ዝተጸያየቐ ከዳውንቲ ከተጽሪ ሞኽ ኢላ ነበረት። ሕጽቦ ከዳውንቲ ከትበሃል ከላ ዝያዳ ሕማም መርዘን ዝገብረላ ዝነበረ ግን ዝዓበየ ዝነኣሰ ኣባል'ቲ ስድራ ሙታንቲኦም ኣብቲ ዘንቢል መጠርነፊ ረሳሕ ከዳውንቲ ሰው ኣቢሎምላ ይኸዱ ስለ ዝነበሩ'ዩ። ምሕጸብ ሙታንቲ ብፍላይ ናይቶም ዓቕሚ ኣዳም ሄዋንን ዘበጽሑ ኣባላት ስድራ ስግድግድ የብላን ተምላስ ከምጽኣላ ይቐርብን ነበረ። ቅርሱስ ዝዕድላ እምነት ኣብ እንዳ ዘምኡ ን'ሸህ ኣለቃ መኮነን

ኣብ ትኸደሉ ዝነበረት እዋን'ውን ተመሳሳሊ መከራ የጋጥማ።
እታ ሓብታ ንወይዘሮ ምርጥነሽ'ውን ካብ ናይ ሓብታ ዘይፍለ፡
በለጸኛ ባህሪ ነበራ።

ከም'ቲ ህቡብ እንግሊዛዊ ገጣማይ ጆፍሪ ቻሰር ማዕበልን
ግዜን ንዝጽበይዎ የብሎምን ዝበሎ፡ ግዜ ውርጥብና
እምነት'ውን መኻሪትን ሓብሓቢትን ኣደ፡ ዓባይ ሓብቲ ትኹን
እምንቲ መሓዛ ከይረኸበት ከላ ከተፍ በለ። ባህሪ ስርሑ ስለ
ዘይገድፍ እምነት ኣብ ኣካላታ ብዙሕ ለውጥታት ከቀላቐል
ተዓዘበት። እንታይ ዝመስል ምቅርራባት ከትገብረሉ ይግብኣ
ኔሩ ግን ዋላ ሓንቲ ኣፋፍኖት ኣይነበራን። ኣብቲ ዝነበረቶ ዕድመ
ምስ በጽሐት ሓንቲ ጓል ኣንስተይቲ፡ እተማዕበለዎም ሓደሽቲ
ባህርያትን ኣካላዊ ለውጥታትን ኣዝዮም ስለ ዝሕድስዋ ቅድመ
ምድላዋት እንተ ዘይጌራትሎም ከስንብድዋን ከሰክፍዋን
ንቡር'ዩ። ውጽዕቲ እምነት ድማ ኣይ ተመሃሪት ኮይና ካብ
መምህራና ከትመሃር፡ ኣይ ደገ ወጻኢት ኮይና ካብ ዓርከ መሓዛ
ከትቀስሞ፡ ኣይ ኣዲኣ ምስኣ ሃልያ ከትምዕዳን ከተለብማን
ካብ ኩሉ ሓዲግ መዲግ ተረፈት። ከም ውጽኢቱ ድማ ናይ
መጀመረታ ወርሓዊ ጽግያታ ጓል ከባቢ ዓሰርተ ሓሙሽተ
ዓመት ምስ ኮነት ምስ ኣጋጠመ፡ ብዙሕ ኣጨነቓን ኣሸገራን።
ብቓንዛ ሕቘን ርእስን ነዛ ጠጠው ምባል ሰኣነት። ብዘይካ
ብጽኑዕ ሕማም ተታሒዛ ምህላዋ'ምበር፡ ባህርያዊን ብቐጻሊ
ኣብ ወርሒ-ወርሒ ዝደጋገም ከሳእታ ኣዴታታ ተታሒዛ
ምህላዋ ስለ ዘይተረዳኣን ከላ ሕለምና ከይዳ መርመራት
ከትገብር ትንዕ ትንዕ በለት። "እንዳ ሽህ ኣለቃ መኮነን ሓሚመ
እንተ ኢለዮም ስለ ዘይግደሱለይ፡ ካብዚ ዘለኽዋ እንተ ገዲዱኒ
ጥራይ ውሰዱኒ ኢለ ከፍትኖም" ኢላ ንንግዚኡ ስና ነኺሳ ጸገማ
ኣብ ውሽጣ ገበረቶ። ናይ መጀመርታ ወርሓዊ ጽግያት ከመጸ
ከሎ መንዲል ንጽህና ይኹን ወይ ካልእ ንኸምኡ ዝኸውን
ጽሩይ ጨርቂ ስለ ዘይቀረበት ድማ ደቂሳ ከላ ደም ንኸዳን

ኣንሶላን ኣጨሌቀዎ፡፡ ንግሆ ኣጋጣሚ ንሳ ከየስተብሃለትሉ ወይዘሮ ምርጥነሽን እተን ዓበይቲ ደቃን ረኣየኦ'ሞ፡ ብስሓቅ ከሳብ ጐሮርኣን ክርኣ ዝቖርብ ክርትም በላ፡፡ "ኣንቲ በትኪ ነብስኺ ክተቆጻጸሪ ኣይትኽእልን ዲኺ፡" ኢለንኣ ድማ ነቲ ደም ተጸይቆ ዝነበረ ኣንሶላታት ማይን በረኪናን ጌራ ኣሊኻቶ ከትውዕል ኣዚዘንኣ ነናብ ስርሐን ተመርቀፋ፡፡ ረጀ ቢቶ ስለ ዘይተግዝኣላ ዝነበረ ድማ እተን እንዳ ሓደራ ዝዓብያ ዝነበራ ኣጥባታ ብምጉባዝ፡ ብፍላይ ኣብ ትንቀሳቐስሉ ህሞት ብስከፍታ እንተ ዝከኣል ከምዚ ናይ እንስሳ በርባዕተ መሓውራ ከትረግጽ ኣይምጸልኣትን፡፡

ሓደ እዋን ሽህ ኣለቃ መኮነንን በዓልቲ ቤቱን ወዲ ሓዎ ንምርጥነሽ ይምርዖ ስለ ዝነበረ፡ ንሓደ ሰሙን ዝኸውን ናብ ባህርዳር ዝበሃል ከተማ ናይ ኢትዮጵያ መገሻ ሓንጸጹ፡፡ ከተማ ባህርዳር ኣብ ከባቢ ቀላይ ጣናን ሰማያዊ ፈለግ ናይልን ዘላ ከተማ ኮይና፡ ካብ ርእሰ ከተማ ኣዲስ ኣበባ ኣስታት 600 ኪሎ ሜተራት ንሸንኽ ሰሜናዊ ምዕራብ ተደኩና እትርከብ ፍልጥቲ ናይ በጸሕቲ መስሕብ'ያ፡፡ ባህርዳር ርእሰ ከተማ ዞባ ኣምሓራ'ውን'ያ፡፡ ክልቲኣም ሰብ ሓዳር መገሻ ምስ መደቡ ብቘንያቱ ንመገሻ ዝኾኖም ኩሉ ዘድልዮም ዘበለ ንብረትን ከዳውንትን ከጥርኑፉ ቀነዩ፡፡ ኣብቲ መርዓ የማዕርገና'ዩ ዝበልዎ ከክልተ ቅያር ከዳውንትን ምስ ንቤተ ሰብን ዋናታት ውራይን ዝኸውን ጥልፍታትን ዘርያታትን ኣብ ባልጃታት ተዓሺጉ ድሉው ኮነ፡፡ ወይዘሮ ምርጥነሽ ልክዕ ከምዚ ኣዴታትና ኣንስቲ ትግርኛ ዝቘነንኣ፡ ኣዝዩ ማራኺ ኣልባሶ ተቘኒና፡ ሒና ኣብ ኣርባዕተ መሓውራ ተሓኒና ኣብ ሕጽኖት ዘወርሐት ምርዓት መሲላ ነበረት፡፡ ብቘና በዓልቲ ቤቱ ዝዓገበ ሽህ ኣለቃ መኮነን ድማ "ኣንቲ ምርጽቲ ወለላ፡ ምርጽቲ'ኣ ኢ.ኺ ከም'ስምኪ፡፡ በሊ ሎምስ ኣየፍለጥኩን ካልኦት ሰብኡት ኣብኡ ከየትርፉኺ" በላ ብየማናይ ኢዱ ኣብ መንኩባ እንዳ ጠፍጠፈ፡፡ " ናይ ብልብኻ

ዲኻ ጽቡቕ ኣሎ እዚ ቄናይ ዋልስ ከተሕጉሰኒ ኢልካ ኢኻ፣ እም ዓቢደ ኣለኹ በለኒ ከምኡ ጌረ ካልኣት ሰብኡት ዝጥምት እንተ ኮይነ ድኣ። መኔ ሓወይ መቸስ ዘረባ ኣይጽልኣካንዩ። ተጸሊለ ጥራይ ከኸውን ኣለኒ'ምበር ንስኻ ከለኻኒ ከንዲ ኩሉስ ካልእ ሰብኣይ ከስደዓኒ ዘይሕለም'ዩ!" መለስትሉ ወይዘሮ ምርጥነሽ ቄናይን ጽባቖይን'ሲ ንዓኻ ድኣ ኣሚነይ ብዘስምዕ ኣንስታዊ ኣካላዊ ቋንቋ ሓዋዊሳ። " ይኣምነለይ ምርጽቲ ሓብተይ። በሊ 'ስከ እቲ ወርቅኺ ከኣ ከይትርስዕዮ ሕጂ ተዘኪሩ ከሎ ኣብቲ ቦርሳ ናይ ኢድኪ ዋላ ግበርዮ" ኢልዋ ከዳውንቱ ናብ ምቕያር ኣምርሐ።

ወይዘሮ ምርጥነሽ ወርቃ ኣብቲ ኩሉ ግዜ እተቐምጦ ብጎኒ መደቀሲኣም ዝርከብ ዓቢ ኮመዲኖ፣ ተሰሓቢ ብመፍትሕ ከፈታ ሃሰው እንተ በለት ሀላወ ወርቃ ነዴኺ ማይ ውረድላ ኮነ። ምስ በዓል ቤታ ኮይኖም ከልተ-ሰለስተ ሳዕ ነቲ ካልእ ኣብቲ ተሰሓቢ ዝነበረ ንብረት ኣውጺኣም እንተፈተሹ፣ ብዘይካ'ቲ ናይ ሽህ ኣለቃ መኮነን ናይ ስራሕ ወረቓቕትን ናይ ምርጥነሽ ካልኣት ዝተፈላለዩ ስልማታትን፣ እቲ ሰማንያን ሓሙሽተን ግራም ዝኸብደቱ፣ ኣብ ግዜ ዓበይቲ ውራያት ጥራይ እትኸደኖ ዕስራን ኣርባዕተን ካረት ዝዓይነቱ ወርቅስ ህጣም ኣጥፍአ።

ሰብኣይን ሰበይትን ዝሕዝዎን ዝዘረብዎን ዘይፈልጡ ዕቡዳት ተለወጡ። ከልቲኣም ብውሽጦም መን ከወስደ ይኸእል ይኸውን ኢሎም ከሓስቡ ድሕሪ ምጽናሕ ከኣ " እዛ ላህማም ካብ ኣስመራ ዘምጻእካያ ስራሕተኛ'ያ ትኸውን ንወርቀይ ተጸዊታትሎ። ብዘይከኣ ካልእ ከስርቆ ዝኸእል ሰብ ኮቾ የለን። ሎሚ ቅነ ኩሉ ኣጋውናኣ ደስ ኣይበለንን ቀንዩ" በለት ወይዘሮ ምርጥነሽ እንቀዓ-እንቀዓ እንዳ 'ስተንፈሰት። ናዝሬት እታ ዓባይ ጓሎም ንእንዳ ሽህ ኣለቃ መኮነን ትቑብል ኣቢላ " እወ ማማ ሰራቒ ናይዚ ወርቅኺ ካብ እምነት ሓሊፉ

ካልእ ሰብ ብፍጹም ከኸውን አይክእልን'የ። ምኽንያቱ ቅድሚ ሰለስተ ቅነ አቢሉ ይኸውን እዚ ቤት ጽምውምው ኢሉ ከሎ እምነት በይና ካብዚ መደቀሲኹም ክትወጽእ ከላ ርእየያ ኔረ። ገዛ ከትወጋግን ወይ ከትወላውል ዝጸንሐት ድማ አይትመስልን'ያ" በለት ሓንሳብ ናብ አቦላ እንሓንሳብ ከአ ናብ አዲአ እንዳ ጠመተት። "አይበልኩኸን ዶ! ናብ ፖሊስ ደውል ሕጂ ሕጂ መኮነን ሓወይ ነዛ ቀጣፈት ከዳሚት ከነእስራ አለና። ልዕሊ ዋጋ ነብሳ ዝኸውን ወርቁ ሰሪቛ ደቂሳ ከትሕድር አይኮነትን። ካብታ ዘእተወተን ከትወልደን'ያ" በለቶ ንበዓል ቤታ ነቲ ብሕርቃን ፋሕ ፋሕ ዝብል ዝነበረ አእምሮኣ ከተህድእ እንዳ ተጋደለት። ናዝሬት ቦኽሪ ጓሎም ኮይና፥ ቀያሕ፡ ጠፍናቕን ድፍጭጭ ዝበለ አፍንጫ ዘለዋ፡ ቆማት፡ ረጉድ ከንፈራ፡ ተጣባቢት፡ ቀናእን ሓማይት ሰብን'ያ። ፖሊስ ድማ ደወል ምስ ተቐበሉ ንጥርጥርቲ ገበነኛ ንምትሓዝ ተብተብ እንዳ በሉ አብ ቤት ሽህ አለቃ መኮነን ጸጋይ ጥብ በሉ። "እበይ አላ እታ ገበነኛ ትብልዋ ዘለኹም፧" ኢሎም ሓተቱ ምናልባት ተጠርጢራ ዘላ ሰብ ዘይተጸብይዎ መጥቃዕቲ ከይትፍንወሎም፡ የማነ ጸጋሞም እንዳ አቋመቱ።

ብድሕር'ዚ ንእምነት ብሞቚሕ አሲሮም ናብቲ ከትዳጎነሉ ዝመደብዎ ቤት ማእሰርቲ ከብኪቦማ ተንዘሩ። አብ ዘበን ገበል ዝሃበካ ተቐበል'ዩ። ወይዘሮ ምርጥነሽ ምስ በዓል ቤታ ካብቲ ንኣዋርሕ ዝመደብዎ መገሻ ስለ ዝበኾፉ፡ ቅርጽ በሉ። እታ ገበነኛ ኢሎም ዝጠቆምዋ ከርተተኛ እምነት ፍጹም አየደንገጸቶምን። እምነት ብወገና ብዙሕ ዝበሃል'ኳ እንተ ነበራ፡ ምስ ወዲ-አዝማቺ መን ተማጒቲ ኮይንዋ አፋ ዓቢሳ ዝኣዘዝዋ ፈጸመት።

ሓላፊ ናይቲ ቤት ማእሰርቲ ንሽህ አለቃ መኮነን ምስ ስራሕ መንግስቲ ብዝተኣሳሰር ጉዳያት ብቐረባ ስለ ዝፈልጦ፡ ንዓርኩ ንምሕጓስ ንእምነት ንግሆን ምሸትን "እዘን ወርቂ ካብታ

ዘለዉኣ ኣምጽእየን። ንሳተን ዘለዉኣ ኪይሓበርክና ካብዚኣ ቤት ማሕቡስ ፈልከት ኢልኪ ኣይትንቀሳቐስን ኢኺ" እንዳ በለ ከም ሕሱም ኣሳቐያ። መርመርቲ ከምርምሩ፡ ገረፍቲ ከገርፉ እምነት ዘፈጸምክዎ ገቦን የብለይን፡ ዋላ ህይወተይ ኣሕልፍዋ ከትብሎም ሱሳ መዓልትታት ከምዛ ሱሳ ዓመታት ተኣሲራ ኣሕለፈቶ። ስድራ ቤት እንዳ ሹህ ኣለቃ መኮነን ስታሪቶምን ሓብሓቢቶምን እምነት ካብ ቤቶም ስለ ዘርሓቐዋ፡ ገዝኣም ብርስሓት ጋዕጊዑ ኣዋርሕ ኣቖጸረ።

እምነት ካብ ዝተኣስረትሉ ዕለት ድሕሪ ከባቢ ክልተ ወርሒ ኣቢሉ ይኸውን፡ ወይዘሮ ምርጥነሽ ምስ ናዝሬት ጓላ ገዛ ክነግፉ ጀመራ። ኣጋጣሚ ነቲ ወርቂ ዝቐመጠሉ ዝነበረ ኮመዲኖ ካብቲ ኣብ ጸግዒ መንደቕ ተጸጊዑሉ ዝነበረ ቦትኡ ኣንቀሳቒሰን ነቲ ትሬቶ (ተሰሓቢ) ኣመላሊቐን ይነጋግፍኣ ነበራ። መታን ምንጋፉን ምጽራዩን ከጥዕመን ነቲ ኮመዲኖ ካብቲ መንደቕ የዐርየን ምስ ሰሓብኣ፡ እቲ ንእምነት ጠንቂ መእሰሪኣ ኮይኑ ዝነበረ ክቡር ወርቂ ብድሕሪት ወዲቐ ረኣየኣ። ኣበየናይ ግዜ ድኣ ንጹር ኣይኹን እምበር ሓዲኣም ካብ ሹህ ኣለቃ መኮነን ወይ ወይዘሮ ምርጥነሽ ወረቓቕቲ ከውጽኡ ከብሉ ከይተርድኣም ነቲ ወርቂ ንድሕሪት ናብቲ መንደቕ ሸነኽ ስለ ዝደፍእዎ'ዩ ኣብ ባይታ ከወድቕ ከኢሉ። እቲ ምንታይ'ሲ ብዘይከኣም ነቲ ተሰሓቢ ዝትንክፎ ሰብ ኣይነበረን። ኣደን ጓልን ክልቲኣን ነሓድሕደን ተጠማሚተን ብሕፍረት ቀዘዝ በላ። ብፍላይ ናዝሬት ኣልዐል ኣቢላ ብዘፈጸመቶ ሓስት ውርደት ይስመዓ ብምንባሩ፡ ፍኹስት ኣብ ገጻ በርሃው ኢሉ ይንበብ ነበረ። ከኢላታት ስነ ኣእምሮ ከም ዝብልዎ ገጽ መስትያት ኣእምሮና'ያ። ምኽንያቱ ዋላ'ኳ ወዲ ሰብ ብኣፉ ካብ ሓቂ ዝረሓቐ ከዛረብ እንተ ፈተነ፡ ገጹ ግን ከሓሱ ዓቕሚ የብሉን። ሓጎስ ይኹን ሓዘን፡ ስሓቕ ይኹን ብኽያት ኣብ ገጽና ሓቀኛ ምስሉ'ሎ።

ወይዘሮ ምርጥነሽ ንሽህ አለቃ መኮነን እቲ ወርቂ አብ ገዛ ወዲቔ ከም ዝረኸብኣ ምስ ነገረቶ፡ ብጉዳይ እምነት ብዙሕ ቅሬታ አይተሰምዓን፡፡ "ጽብቕ'ምበር፡፡ ከምዚ ዓይነት ወርቂ ከጠፍኣካስ ዓቢ ክሳራ ም'ኾነ ኔሩ፡፡ ዋላ ድኣ ንዓኻትክን ከም'ኡ አይበልክን እምበር አነስ ለይትን መዓልትን በዘን ወርቂ 'ዚአን ከሓስብ ልዋም'የ ስኢነ ቀንየ፡፡ ነዛ ውርደተኛ ቆልዓ በላ ጽባሕ ከይደ ባዕለይ ከምጽኣ እየ" ኢልዋ ናብ ሰዓቱ እንዳ ጠመተ ናብ መኪናኡ ተሰቕለ፡፡ ዘይተጸንዐን አሕፋርን ስጉምትታቶምን ግን ብውሽጡ ይሓቕዮ ነበረ፡፡ ከም'ቲ ንምርጥነሽ ዘበላ ድማ አንጊሁ ናብቲ ቤት ማእሰርቲ አምርሐ'ሞ፡ ን'ሓለፍቲ'ቲ ቤት ማሕዩር " ብወገንኩም ከሳብ ሕጂ ዝኾነ ምስ ናይዚ ጠፊኡ ዘሎ ወርቅና ዝተሓሓዝ ገበን እንድሕር ዘይረኸብኩም'ላ፡ መታን ን'አምላኽ ከጥዕም ን'ሕና ብወገና ም'ሕረት ከንገብረልና ወሲና አለና፡፡ ወርቅና ብዝጠፍኣ ይጥፋእ ኢልና ቀቢጽናዮ ኢና፡፡ ሕጂ ነዛ ቆልዓ ንገዛ ሒዘያ ክኸይድ ዝከኣል እንተ ኮይኑ ፍቓድ ከመልእ'የ መጺአ" በሎም ከም ሓውሲ ትሕት ኢሉ፡፡

ተሳዒርና ከይብሉስ ይግባይ ይብሉ ድዩ ዝበሃል!፡ እታ ብጸዕዳ ኢዳ ገዲፋ ብጸሊ.ም ኢዳ ትግዝአም ዝነበረት እምነት ን'ኽልተ ወርሒ ዝኣክል ምስ ተፈልየቶም፡ ዘለመድዋ ቀበጥበጥ ጎዲልዎም አብ ገዛ መታን ከተሳስዮም'ን አለይ መለይ ከትብሎምን ስድራ ምሉእ ናፈቖማ'ዮም ኔሮም፡፡ ን'እምነት ግን ከም ዝተጋገዩ ዝኾነ ምልክት ከርእይዋ አይደለዩን፡፡ ውሽጦምን ደጊአምን ዝብሎ ነንበይኑ ድኣ ነበረ፡፡ ስለ ዝኾነ ድማ እምነት ካብ ማእሰርታ ተፈቲሓ ንገዛ ምስ መጸት አብ ክንዲ ሕማቕ መዓልቲ ውዒልና በዲልናኪ ኢና'ሞ እቕሬታ ግበርላና ዝብልዋ፡ ወይዘሮ ምርጥነሽ ትቕድድም አቢላ "በሊ እምነት ደስ አይበልኪ፡፡ ን'ስኺ.'ኣ ከተጉሒኒ እንዲኺ ሓሲብኪ ኔርኪ፡ ግን ሳላ'ዚ ክንዲ ኩሉ ዝኾነ በዓል ቤተይ ካብቲ ናይ ቅድም ወርቀይ ዝበልጽ ተገዚኡለይ አሎ፡፡ ን'ዓኺ

ባህ ኣይበልኪ፡ ንሞኬ ሓወይ ከኣ ጽኑዕ የርግጸ ነቲ ዝፈትዎ ወርቀይ ስለ ዝተከኣ። እንሆለ ርኣዮ” ኢላ ኣብ ቅድሚ እምነት ጫሕ ኣቢላ ቀረበቶ።

ተወሳኺ’ታ እምነት እቲ ዝተቘረበ ወርቂ፡ ናይ ቀደም ድዩ ናይ ሕጂ ትፈልጦ ነገር ኣይነበራን። ብጌጋኻ ምንሳሕን ይቅሬታ ምሕታትን እቲ ቀዳማይ ብልጭኡ፡ ነቲ በዳሊ ምኽኑ ፈላጣት ደጋጊሞም ይዛረቡ’ዮም። ብጌጋኻ ምእማንን ጌጋኻ ምእራምን ኣብ ቀጸሊ ርእስ ተእማምነት ከህልወካ ይሕግዘካ። ብሰባት ከም ‘ትኸበርን ‘ትእመንን’ውን ይገብረካ። ብዓቢኡ ከኣ ውዒሉ ሓዲሩ ንዘጉሃየ ኣጉህዩ፡ ንዘጠፍአ ኣጥፊኡ ዘይቅላዕ ሓሶት ስለ ዘየለ፡ እቲ ዝበለጸ ኣብ እዋኑ ስሕተትካ ምእራም’ዩ። ልዕሉ ዝተጠቕሰ ሓቅታት ኣብ ዓለም እንከለና እንረኽቦ ረብሓ’ዩ። ብዓቢኡ ከኣ ቅዱሳን መጻሕፍትና ድሕሪ ህይወት ኣብዛ ዓለም ’ዚኣ ናብ እስተ ነመራ ከይንድርበ፡ ሎሚ ሓሶትን ስርቅን ቶባእ ከንብል’ዮም ዝመኸሩና።

ንጽህቲ እምነት እምበኣር ብዘይ ወዓለቶ ገበን ስርቂ ምስ ቤት ማሕቡስ ተላልያ ወጸት። ከንድኡ ዝኣክል ወርቂ ሰሪቓ ብዘተራቘቐ ኣገባብ ከትሸጠን ከትልውጦን’ሲ ይትረፍ፡ ዕዳጋ ወርቂ እንታይ ከም ዝመስል ነዛ ንዓይና ርእያቶ ኣይትፈልጥን ነበረት። ንዓዕላ’ውን ዝኾነ ይኹን ዓይነት ሰልማት ኣብ ነብሳ ኣቕሪባ ኣይትፈልጥን። ስለ እትጸልኣ ኮይና ዘይኮነት ግን ድኽነት ሓሱም ዓትዒቱ ስለ ዝሓዛ’ያ። እተን ብሀጸና እንከላ ኣብ ኣስመራ ዝተሰቘረተን ኣእዛና’ውን እንተኾና፡ ምስ ምንዋሕ ግዜ ስጋ መሊአን ስለ ዝተዓበሳ ነበረ’ያ ነበር ኮይነን ’የን። ጸጉሪ ርእሳ’ውን እንተኾነ ንኣዲስ ኣበባ ካብ ትመጽእ ዝኾነት መሻጢት ተንኪፋቶ ኣይትፈልጥን’ያ።

ድዉይ ተጣባባይ ከም ዝበልዎ ዓብይቲ ወለድና፡ በዓል ወይዘር ምርጥነሽ ልኻይ ንባዕለን ኢለን ይሽምትኣ። ሓንቲ ግዜ ምስ ተጠቕማሉ ከኣ፡ ተለኺናዮ ኣብ ንወጸሉ ግዜ

ይጭኗንወና'ሎ እንዳ በላ ዝበዝሕ ግዜ ይጉሕፍእ'ሞ፡ እምነት ድማ ሰብ አብ ዘይብሉ አዋን አጻናትያ ካብቲ ጉሓፍ አልዒላ አብ ረብሓአ ተውዕሎ ነበረት።

እቲ ብተፈጥርኡ ጸጉሪ ህንዲ ዝመስል ዘውያ ጸጉራ ድማ ንእሽቶይ ልኻይ ጌራትሉ እንተውዒላ መመሊሱ ቀባእባእ ይብል ነበረ። ናዝሬትን አዲአን ወርትግ ብመልክዕን ጸጉሪ ርእሲ እምነትን ብቐንኤ ምስ ተፋሕሳ 'የን። ልኻይ ለኻያቶ ውዒላ ንምሽቱ ብማይን ሳሙናን ጌራ ሓጸዲባ በተን ዝበዝሑ ሰብ ንመጠርነፊ ገንዘብ ዝጥቀመለን ላስቲግ (ራበር ባንድ) ጌራ ተትሕዞ ነበረት። ፈኮ ዝበሃል ብዜካ አብ አስመራ ብህጻና እንከላ እንተ ዘይኮይኑ፡ አብ አዲስ አበባ ካብ እትአቱ ርእያቶ አይትፈልጥን'ያ።

አውደአመትን ውራያትን መጸ ወይዘሮ ምርጥነሽ ምስ ደቃ ናብ እንዳ መሻጢትን እንዳ ቆናነትን ከከይደን ከጸባበቓን ከኮሓሓላን ከለዋ፡ እታ ኩሉ ጹቡቕ ነገር ዝተሓረማ እምነት ግን ተረፍ ሕጽቦ አጨሕትን ምልዓዓል ገዛን ንእሽቶይ ግዜ እንተረኺባ፡ ምስቲ ንኽልተ ሰባት'ኳ ከሽግር ዝኽእል ዘይተአደነ ጸጉራ ባዕላ ሓኹ ከትብል ተምሲ። ንእምነት ኊኽ ካብ ዝሓርኣላ ሓጺር እዋን አይኮነን።

አብዛ እንነብረላ ዘለና ናይ ወዲ ሰብ ፕላኔት ይዕበ ይንአስ፡ ይብዛሕ ይውሓድ፡ ይቐልጥፍ ይደንጉ ዳርጋ ኩሉ ነገር ሕማቐን ጹቡቕን አለዋ። ንሱ ስለ ዝኾነ ከአ እቲ ስሙ'ኳ ዘይጥዑም ቤት ማእሰርቲ'ውን እንተኾነ ናቱ ጹቡቕ ነገር አለዋ። ንገሌና ብጽጋብን ብብድዐን ተሰንጢቖና አብ ልዕሊ ሰባት ዓመጽን ሃስያን እንተ አውሪድካ፡ ተአሪምካን ተመሓይሽካን ንንዛኻ ትምለስ። ከምዚ ናይ እምነት አብዛ ዓለም 'ዚአ እትፈልጦ ቁራብ፡ ካብ መንበሪ ገዛኻ ከአ ተንከስ ኢልካ ንደገ ዘይትንቀሳቐስ፡ መዓልቲ መጸት አብ ምልዕዓል ገዛ ጸሓይ ንርእሳ ኢላ 'ትዓርበካ እንተ ኮይንካ ድማ እዛ ዓለም

'ዚኣ ብዙሕ ጽቡቕን ሕማቕን ጌራ ከም ትኸይድ ትግንዘብ። ብኣሽሕት ዝቘጸሩ ካብ ናትካ ዝብእስ ህይወት ዘሕልፉ ከም ዘለዉ'ውን ትርዳእ። ገለ ዘብከዩኻ፡ ገለ ዘስሕቑኻ፡ ገለ ድማ ዝምህሩኻን ንመጻኢ ዘማእዝኑኻን ሰባት ኣብ ቤት ማእሰርቲ የጋጥሙኻ'ዮም። እምነት ዝዓበየ ዝኸሰበቶ ነገር እንተ ኔሩ'ምብኣር ምስ ሰብ ምልላይን ምፍላጣን'ዩ።

ኣጋጣሚ እታ ብጎና እትድቅስ ዝነበረት እሰርቲ፡ መምህር ናይ ሓደ መባእታ ቤት ትምህርቲ ስለ ዝነበረት ንእምነት ናይ ምጽሓፍን ምንባብን ክእለታ ኣበራበረቶ። ኣብ መንጎ ድኣ ሽህ ኣለቃ መኮነን ምሕረት ጌርናላ ኣለና ኢሉ ንእምነት ካብቲ ቤት ማእሰቲ ኣውጺእዋ'ምበር፡ ንእምነት'ሲ ምስናይ ሽግራቱ ኣብቲ ቤት ማሕቡስ ምሓሻ ኔሩ። ወጭ ተገልበጥካዮ ወጭ'ኻ እንተ ኾነ፡ ምርጫ ኔሩ እንተ ዝኸውን እምነት ካብ ናብ ገዛ እንዳ ሽህ ኣለቃ መኮነን ምምላስ፡ ኣብቲ ቤት ማእሰርቲ ክትቅመጥ መቐደመቶ ኔራ። ምኽንያቱ ተኣሲራ ኣብ ዝነበረትሉ እዋን ካብ ተመኩርኣም ልቦና ዘካፍልዋ፡ ብነብሶም ተዋዘይቲ ኮይኖም ዘስሕቕዋ፡ ቀለም ዘቖስምዋ ሰባት መዓልታዊ የጋንፍዋ ስለ ዝነበሩ፡ ነቲ ነዘን ወርቂ መእተዊኣን ከይነገርክና ኣይንሓድገክን ኢና እንዳ ተባህላት ትግረፄ ዝነበረት ብመጠኑ የረሳስዓ ነበረ። ተለሸኹን ኣብ ዝደለየቶን ኣብ ዝጠዓማን ዘይትርእየሉ፡ ወግሐ ጸብሐ ትግነሓሉን ትዋረደሉን፡ ምስ ኣባላት ስድራ'ቲ ገዛ ዘይትዘናጋዕሉን ዘይትሕወስሉን፡ ብዘይካ ብባትሪ ትስርሕ ሞተር ዘልዋ ማሽን እምበር፡ ከም ሰብ ትደከም ኣላ ዘይትበሃሉ ቤት'ሞ በየናይ ስነ ሞጎት'ያ ክትሃርፆ። ናይ እምነት ባርነትን ዘቤታዊ ጊላነትን ዘካተተ'ዩ ኔሩ።

እምነት ኣብ ገዛ እንዳ ሽህ ሃለቃ ትሃሉ ኣብ ኣንዳ ዘምኡ፡ ንኽትዘናጋዕ ኮነ ንኽተዕርፍ ከምዛ ከም ናታቶም ስጋ ዘይለበስት ነዛ ንዓይኑ ቁሊሕ ዝብላ ሰብ ኣይነበረን። ናብ መናፈሲ ቦታታት ተኣኻኺቦም ከኸዱ ከለዉ እምነት

ኣብ ገዛ'ያ ትተርፍ። ቤተ ክርስትያን ስድራ ምሉእ ክኸዱ ከልዉ'ውን እምነት ኣብ ገዛ'ያ ትጸንሕ። መታን እምነት ግዚኣ ብድሕሪኣም ኣብ ተለቪዥን ምርኣይ ከይተሓልፎ ተባሂሉ ድማ ዘይተኣደነ ናይ ገዝ ዕዮ ስሪያምላ ይወጹ ነብሩ። እንዳ ሓብታ ንወይዘሮ ምርጥነሽ ንእስ ዝበለ ውራይ ወይ ጥምቀት መሳሊ ከህልዎም ከሎ እንተኾነ'ውን ዕዱማት ዘበልዑሉ ኣቑሑት ከተጽርን፡ ፋሕ ፋሕ ዝበለ ንብረት ገዛ ከትወጋግን እንተ ዘይኮይኑ፡ ካብቲ ወኻዕካዕን ጸወታን'ሲ ግልልቲ ድኣ ነበረት። ሓብታ ንወይዘሮ ምርጥነሽ ካብ ሓብታ ዝሸይጠነት፡ ሰብኣውነትን ፍርሓተ እግዚኣቢሄር ዘይነበራን ሰበይቲ'ያ። ንእምነት ካብ ናይ ወይዘሮ ምርጥነሽ ብዝብእስ ትገዝኣን ከም ሕሱም ተንከላብታን። ንእምነት ሰብ ፍጥርቲ'ያ'ሞ፡ ዝበላዕ እኽልን ዝስተ ፈሳስን ከድልያ ይኽእል'ዩ ዘይብሉ። ካሳብ ሕቖኣ ከልኹሰስ ዝቖርብ ዘግ ከተብላ ትውዕል። መን ምኻንካ ከነግረካስ ዘመድ መን ምኻንካ ቅድም ንገረኒ እንተበልናዮስ የኸፍኣልናዶ ይኸውን!፤ ስለዚ'ያ እምበኣር እምነት ናብቲ ገዛ ከትከዲ ከትሕግዝያ ከትበሃል ከላ፡ እቲ ገዛ ምስ ዋንኡ ዝባላዕ ኮይኑ ስለ ዝስመዓ ገጻ ጨፍግዲዳ፡ ዕረ እንዳ ጠዓማ ነቲ ትእዛዝ ትቕበሎ ዝነበረት።

ሓደ እዋን ወይዘሮ ምርጥነሽ ነታ ሓሳስ ልደ ንሎም ሓራስ ነበረት። ናይ ጓል ጥምቀት ስለ ዝኾነ ካብ ትሓርስ ኣስታት ሓምሳ መዓልትታት ኣሕሊፋ፡ ንኸትጥመቕ ገና ናብ ሓደ ወርሒ ዝጸጋጋዕ ግዜ ተሪፍዋ ነበረ። እቲ መዓልቲ ቀዳም'ዩ ኔሩ። ኩሉ ግዜ ቀዳም ስንበት ሽህ ኣለቃ መኮነን ዘዕርፈሉን ምስ ስድርኡ ግዜ ዘሕልፈሉን መዓልትታት'ዩ። ብፍላይ ቀዳም ምስ ኣዕርኽቱ ንኸተማ ከይዱ፡ ምስ ኣዕሩኽቱ ንደገ እንተ ዘይወጺኡ ከላ ኣብ ገዛ ኮይኑ መስተ ከሰቲ ዘምስየሉ ምሸት'ዩ። ዝበዝሕ ኣዋን ኣብ ገዛ ኣብ ዝኾነሉ፡ ብዓልቲ ቤቱ'ኸ ተሳትዮ እንተ ነበረት ከትሓርስ ከትሕርስ ከላ ግን

መስተ ምስታይ ኣይብርሃን'ዩ። ሸዉ ምሽት'ምበኣር ኣብ ቤቱ ኮይኑ'ዩ መስተ ንበይኑ ከዕርቕ ኣምሰዩ። ከም ዝፍለጥ ናይ እምነት መደቀሲ ካብቲ ቪልኣም ፍንትት ኢሉ ኣብቲ ካንሸሎ ዝተደኮነ ኮይኑ፡ ምስ ናይ በዓል ናዝሬት መደቀሲ ብሸንኽ ፈንስትራ ዝተቓራረበ'ዩ። ከባቢ ሰዓት ሓደን ፈረቓን ከውታ ለይቲ " እንተዋይ ኢኻ፡ መን ኢኻ ... ናዝሬት ... ናዝሬት ... ሰራቒ ኣብዚ ገዛ ኣትዮ ኣሎ ርድኡኒ" ዝብል ናይ ምጥራዕ ድምጺ ሰሚዓ፡ ናዝሬት ካብ ጥዑም ድቃሳ ብር ኢላ በቲ ናብ መደቀሲ እምነት ዝቐረብ ፈንስትራ ቅልቅል እንተ በለት ንኸትኣምኖ ዘጸግማ ሓቂ ጎነፋ።

ወላዲኣ ሸህ ኣለቃ መኮነን ሙታንቲ ጥራይ ጌሩ ጥራሕ ነብሱ ካብ ኣፍደገ መደቀሲ እምነት ሽለብ ገለብ እንዳ በለ ናብ መደቀሲኡ ገጹ ከምርሕ ረኣየቶ። ናዝሬት ንእስቱ ጥበብ ፍሓሶ ንወላዲኣ መታን ከትስትር "ደዉ በል ኣንታ ሌባ ... ሰራቒ'ዩ እወ ሓቕኺ እምነት ሓብተይ ሕጂ ዘሊሉ በዚ መንደቕ ናይ ካንሸሎ ወጺኡ። ቁሩብ ጽንሕኒ ንበዓል ባባን ማማን ከተንስአም 'የ" ድሕሪ ምባል "ባባ ሰራቒ ኣብዚ ገዛ ኣትዮ ጸኒሑ ሕጂ ሕጂ ግን በዚ መንደቕ ናይ ካንሸሎ ዘሊሉ ሃዲሙ" በለት ነገራቱ እምብዛ እንዳ ደንጸዋን እቲ ሓቂ ካልእ ምኻኑ ፈሊጣቶ ከላን። ሸህ ኣልቃ መኮነን ድሮ ከዳውንቱ ለባቢሱ ከምዛ ገባር ጽቡቕ "ኣበይ ኣሎ፧ መጻእኩ ሕራይ። ዕምሩዶ ሓጺራ ኮይና ኣብ ገዛ መኮነን ዝኣቱ ሰራቒ" ኢሉ እንዳ ፈከረ፡ ዙጥ-ዙጥ እንዳበለ ካብ ውሽጢ ገዛ ንደገ ወጸ።

"ኣብዚ ጎሮቤትና ገዛ ዝሓለፈ ሰንበት ሰራቒ ለይቲ ምድሪ ኣትዮ ኩሉ ንብረቶም ጉሕጉሕ ኣቢልዎም ከይዱ። ካብ ሕጂ ንኼው ከልቢ ወይ ዋርድያ ከድልያና'ዩ በጃኺ" በላ መታን ከይፍለጥ ክንዲ ጎቦ ዝኸውን ሓሶት ደራዲሩ። ብውሽጡ ግና ብብልሒ ናዝሬት ጓሉ ኣዝዮ ተደሲቱ ነበረ። በዚ ድማ ናዝሬት መታን ሓዳር ወለዳ ፈርከሽከሽ ከይብል ነቲ ነውራምን

ኣጸያፍን ብሽህ ኣለቃ መኮነን ኣብ ልዕሊ ምስኪነይቲ እምነት ከፍጸም ተመዲቡ ዝነበረ፡ ናይ ምግሳስ ውዲት ስቲራ ትኸይድ ነበረት። ይዋኣያ እምነት ግን በቲ ናዝሬት እቲ ሰራቒ ሃዲሙ ንደገ ወጺኡ ዝበለታ፡ እቲ ኣብ መደቀሲኣ ኣትዩ ዝነበረ ሰብ ናይ ብሓቒ ካብ ደገ ዝመጸ ሰራቒ ጥራይ ጌራ ተረዳአቶ። ወይዘሮ ምርጥነሽ ቆልዓ ቀጨውጨው ስለ ዝበላ ምድቃስ ኣብያታ ኣምሰያ፡ ዶንጉያ ቀም ስለ ዘበለት፡ እዚ ኩሉ ከፍጸም ኣብ ከቢድ ድቃስ ጸኒሓ ዳርጋ ነገር ኣብ ምዝሓሉ'ያ ኣርኪባ። በዓል ቤታ ንእምነት ከጋሰሳ ከም ዝፈተነ'ምበኣር ዋላ ሓንቲ ርድኢት ኣይነበራን። ወይዘሮ ምርጥነሽ ልክዕ ከም እምነት እቲ ለይቲ ምድሪ ጥውም ድቃሶም ዝዘረገ ሰብ፡ ከም ተራ ካልእ ሰብ ከፈግር ጥራይ ናብ ቤቶም ዝሰሎኸ ጌራ ተረደአቶ።

እቲ መርሓ ናይቲ እምነት እትድቅሰሉ ብዚንጎ ዝተረቅዐ ገዛ፡ ዋላ ፍኹስ ዝበለ ንፋስ ክኸፍቶ ዝኽእል ንማለቱ ጥራይ ዝቖመ ሰንኮፍ ማዕጾ ነበረ። ስለዚ ኢዩ ከኣ ሽህ ኣለቃ መኮነን ብቐሊሉ ብውሽጢ ከፋቲ ከይተጸበየ፡ ናብቲ መደቀሲ ናይ እምነት ማዕጾ ንደገ ስሒብ ኣቢሉ ምስ ኣተወ፡ ነታ እንኮ ኣብቲ ቤት መሓዛ እምነት ዝኾነት 'ሓጎሳ' ዝስማን ጉራ ምራ ዝሕብራን ድሙ ኣብ ጭርኣ ረገጻ'ሞ፡ ወያ ሓጎሳ ነብሳ ከተድሕን ክትብል ናይ ክልቲኡ ኣእዳዋ ኣጽፋር ኣብ ጠራጊቱ ሸኸለቶ። ሽህ ኣለቃ መኮነን ብስንባደ "ዱም ዱም ኣኣዳውኪ እቐረጽ" እንዳ በለ ንላዕሊ ዘለለ'ሞ፡ እቲ ሓጺር ዝናሕሱ ዚንን ኣብ መንበስበስትኡ ሕርሕራይ ጌሩ ኣላተሞ። ርእሱ እንዳ ደረዘ ድማ ንደገ ወጸ። ንእምነት ከኣ ብርቱዕ ውጫጨ ናይ ሓጎሳን ገልደውደው ናይቲ ዚንጎን ካብ ከቢድ ድቃሳ ብስንባደ ኣበራበራ።

እምነት ቀዳማይ ክፍሊ ጥራይ ዛዚማ ካልእ ደረጃ ትምህርቲ ከይወሰኸት ከላ ድሮ ዓሰርተ ክልተ ዓመታት ሓሊፉ 'ሎ። ካብ ዳናይትን ኣስመራን ካብ ትፈላለ'ውን ክንድኡ

መሪር ዓመታት አሕሊፉ 'ላ። ወይዘሮ ደሃብ ንባዕላ ተዋሪዳ ንደቃ ውራይ ትምህርቶም ጥራሕ ክገብሩ ከም ዘለዎም ስለ ዝጸዓረት፣ ኩሎም ደቃ ዓቢኦም ንእሽትኦም አብ ትምህርቲ ዝነኣድ ስጉምቲ ሰጎሙ። ወይዘሮ ደሃብ ዋላ ድኣ ንባዕላ ቀለም አይትቐስም እምበር ጥቓሚ ትምህርትስ ዳርጋ ከምቶም ዝተማህሩ ሰባት ጌራ ትርድኣ ነበረት። ወዮ ድኣ ስድርኣ ጥሪት ከትሕልዊ ኢኺ፣ ጳልከ ተማሂራ አይተማሂራ እንታይ ፍረ ከተምጽእ ኢያ ኢሎም አታሪቛማ'ምበር፣ ገለ ውሑዳት ደቂ ዓዶም ንዒላበርዕድ ንትምህርቲ ክኸዱ ከለው ብዙሕ ግዜ ከመሃር አለኒ ኢላ ምስ ስድርኣ ተቛርያ ኔራ'ያ።

ሓደ እዋን ስድራኣ ትምህርቲ ምኻድ ምስ አቐበጽዋ፣ ንሳን ሳንድኣን ሀጣራታት ደርሁ ከካብ ገዛኣን ብዘይ ፍቓድ ስድርኣን ንግሆ ምድሪ አልዒለን ንዒላበርዕድ ወረዳ። ደርሁተን ሸይጠን ድማ ገዛ ከራይ አብ ምድላይ አተዋ። ኩሎም 'ቶም አካረይቲ ገዛ ብኸምዚ ገዛ ከትካረያ አይትኽእላን ኢኽን ኢሎም ስለ ዝሰሓቐወን ግን፣ ንሰለስተ ለይቲ ጥራይ ምስ ሰብ አብ ዒላበርዕድ ሓዲረን ሕፍረት እንዳ ተሰመዐን ንዓደን ተመልሳ። ስድርኣን ድማ ፈቖድኡ ጎደቦ ዓድታት ከጣይቐ ቀንዮም ብምምጻእ ደቆም ሩፍታ ተሰመያም። ድሕሪ 'ዛ ፈተነ 'ዚኣ ከኣ ወይዘሮ ደሃብ ትምህርቲ ምምሃር ዝበሃል ሓሳብ ሓግሒጋ በንቐረቶ። እቲ ንሳ ዝኸሰረቶ ዕድል ንደቃ ከየጋጥሞም ግን ወትሩ ከትቃለስ ምኽና ንነብሳ ካብ ጥንቲ ጥቕምቲ አእሚንቶ ነበረት። ስለ ዝኾነ ከኣ ዳናይት ናይ ዓሰርተ ክልተ ከፍሊ ሃገራዊ መልቀቒ ፈተና ጽቡቕ ነጥቢ አምጺኣ ብዛዕባ ማሕበራዊ አነባብብራ ደቂ-ሰብ (ሶሾሎጂ) ከተጽንዕ ወሲና ነበረት። ምስ ወላዲታ ወይዘሮ ደሃብ ድሕሪ ምልዛብ ድማ ንአዲስ አበባ ምስ እንዳ ሓወቦኣ መኮነን ከይና ናይ ላዕለዋይ ደረጃ ትምህርታ ከትከታተል ተሰማሚዐን ንሽህ አለቃ መኮነን ደወላሉ። ሽህ አለቃ መኮነን ድማ ዳናይት ናብ

አዲስ አበባ ክትመጽእ'ኻ እንተ ዘይደገፍ፡ ዘረባ ሰበይቲ ሓዉ ከየዕብር ክብል ግን ንዳናይት ክትመጽእ ፈቒደላ። ዳናይት ብተሓጓስ ከም ብተይ ምዕንዳር ጥራይ ተረፋ። በቲ ሓደ ወገን እቲ 'ትሓልሞ ዝነበረት ዓይነት ትምህርቲ ክትመሃሮ ስለ ዝኾነት፡ በቲ ካልእ ወገን ድማ ምስታ ንነዊሕ ዝተፈልየታ ብናፍቖት በዛ ዓይና ክትነጥር ተቓሪባ ዝነበረት መሓዝአን ጓል ሓወቦኣ መዓራን ክትራኸብ ምኽንያ ስለ ዝተረደኣት አብ ዝኸደቶ ፍሽኽ-ፍሽኽ ጥራይ አብዝሓት።

ውጽዕቲ እምነት ግን ዳናይት ካብ አስመራ ናብ አዲስ አበባ ትመጽእ ምንባራ ዋላ ሓንቲ አፍልጦ አይነበራን። ንዳናይት ዘሳፈረት ነፋሪት ጉዕዞኣ ዛዚማ አብ ሰዓታ አብ አህጉራዊ መዕርፎ ነፈርቲ ቦሌ ደበኽ በለት። ሸህ አለቃ መኮነን ዳናይት ናብ አዲስ አበባ 'ትአትወሉ ሰዓት አብ ግምት አእትዩ፡ ካብ ስርሑ ናይ መንግስቲ መኪና ልኢኹ ንዳናይት ናብ መንበሪ ቤቱ ከም ትሓልፍ ገበረ። ዳናይት አብ እንዳ ሓወቦኣ ሸህ አለቃ መኮነን ብሰላም በጽሐት። እምነት ኣጋጣሚ ሽራንዳ ክትኩስትር ጸኒሓ ማዕጾ ካንሸሎ ተኸፈቱ ስለ ዝጸንሓ ዳናይት ብማዕጾ ካንሸሎ ኣትያ "እምነት እምነት" ኢላ ክልተ ግዜ ዓው ኢላ ምስ ተደሃየት ነቲ ክትኩስትረሉ ዝጸንሐት እስከባ ንድሕሪት ገጻ ሰው አቢላ ብጉያ መጺኣ ምስ ዳናይት ተጠማጢመን ተሓጓቖፋ። ካብ ክልቴን ፍቑራት ዝወረደ ናይ ተሓጓስ ንብዓት ንመዓንጉርተን አጠልቅይዋ ነበረ። ወይዘሮ ምርጥነሽን ደቃን በቲ ማዕጾ ኮይኖም ቀው ኢሎም እንዳ ተዓዘቡ "ምስኪነይቲ ናይ ብሓቂ ጓል ሓወቦኣ 'ኻ'ዩ መሲልዋ" እንዳ በሉ የሕሽኽሹኹ ነበሩ።

ዳናይት ፋልማያ ንኣዲስ አበባ ዝመጸትሉ ክልቲአን ሰንጎትን ኣሕዋትን ምሉእ ለይቲ ነቲ ሓደ ኣርእስቲ ክልዕላ ነቲ ካልእ ከውርዳ፡ ዕላል መቐርወን ወጋሕ ፈታሕ አብልኣ። ምስ ፍቑሪ ኩሉ እኹል'ዩ ከም ዝበሃል እታ ንእምነት

ንበይኖ'ውን ከም ዝደለየቶ ንየማነ ጸጋም ዘይተጋልበጣ
ብሓጺን እተሰርሐት ዓራት ዘቐዘቐ ንኽልቲኣን ግርም ጌራ
ኣኸለተን። ነቲ ምቁር ዕላለን ንግሆን ቀትርን'ውን ቀጸልኣ።
ኣብ ገጽ እምነት፡ ዳናይት እግራ ኣዲስ ኣበባ ካብ ዘንበረትላ
ዕለት ጀሚሩ ቅድሚኡ ተራእዩ ዘይፈልጥ ፍስሃ ኩልዕ ኢሉ
ደሚቑ ይርአ ነበረ።

ሽህ ኣለቃ መኮነንን ስድራ ቤቱን ግን በቲ ሓድሽ ከስተት
ሕጉሳት ኣይነበሩን። ብፍላይ ብፍላይ ሽህ ኣለቃ ብኸመይ
ከራሓሕቓን ከም ዘለዎ ኣብ ዓቢ ውዲት ተሸሚሙ ይውዕልን
ይሓድርን ነበረ። መወዳእትኡ ድማ ንዳናይት ከይተዳናየ
ገዛ ከካረየላ መደብ ሓንጺጹ። ገበሮ ድማ። ዳናይት ግን በቲ
እቶም ስድራ ኣብ ልዕሊ እትፈትዋ እምነት ዘለዎም ክፉእ
ኣተሓሕዛን፡ በቲ ካብ ኣስመራ ንዓአ ምስኡ ኣብ ገዝኡ ጌሩ
ከምህራ ንወላዲታ ወይዘሮ ደሃብ ዝተመባጽዓላ'ሞ፡ ኣይ
ሰሙን ኣይ ወርሒ ዘፍርስ ዘሎ ውዕሎ ገና ብጋሽኣ ከላ
መዚናቶን ቅሒራን ነበረት። ሓወቦኣ ሽህ ኣለቃ መኮነን
መታን ንትምህርታ ብዝግባእ ከትከታተል ኢሉ ገዛ ከራይ
ንበይና ተኽርዩላ ከምዘሎ ምስ ሓበራ፡ ዳናይት ጨጨንፉ
ንውሽጢ ጌራ "ጽቡቕ ሓሳብ እምበር ሓወቦይ" በለቶ ሕጉስቲ
እንዳ መሰለት። ዳናይት ናብቲ ሽህ ኣለቃ መኮነን ዝሓዘላ
ገዛ ምስ ገዓዘት እቲ ከባቢ ጸጥ ትኡ ስለ ዘስጋኣን ንበይና
ኮይና ጽምዋ ስለ ዝበርተዓን ንዝኾነ ሰብ ከይሓበረት፡ ኣብቲ
ናይ ዩኒቨርስቲ ተማሃሮ ዝድቅሱ ህንጻ (ሆስቴል) ምስ
መማህርታ ከትድቅስ ጀመረት። ነቶም ዋናታት'ቲ ተኽርያትሉ
ዝነበረት ቤት እንትርፎ ድሕሪ ቀሩብ ግዜ ከምለስ'የ ካልእ
ዘረባ ስለ ዘየምሎቖትሎም፡ ናብይ ኣቢላን መዓስ ተመሊሳ
ክራያ ትኽፍሎምን ኣይፈልጡን ነበሩ።

ዳናይት ብኹነታት እምነት ድቃስ ስኣነት። ጉዳይ እምነት
ጥራይ ንኣእምሮኣ ስለ ዝጎብአ ከኣ ንትምህርቲ ኢላ ኣብ

ትኸደሉ ኣካላ ጥራይ'ምበር ሓንጎላስ ጠቕሊሉ ቦኺሩ ይውዕል ነበረ። እምነት'ውን ብግዲኣ ዳናይት ካብ እትመጽእ ንዓመታት ዋግዋነ ኮይንዋ ዝነበረ ሓቂ ስለ ዝበርሃላ ለይትን ቀትርን ትኸወስ ነበረት። ዳናይት ናይ ብሓቂ ጓል ሓወቦኣ ምኻና ስለምንታይ እንዳ ሓወቦኣ መኮነን ብኸምኡ ኣስካሕካሒ ኣተሓሕዛ ይሕዝዋ ከም ዘለው ከም ዘይርድኣን ገሊጻትላ ስለ ዝነበረት፡ ነገራቱ ተዋጃበራን ፍጹም ደንጸዋን። ከትኩስትር ወይ ኣጮሑ ከትሓጽብ ጸነሓ ኣብ መንጎ-መንጎ ስርሓ ግድፍ ኣቢላ፡ ክልተ ኣእዳዋ ኣብ ሽምጣ ጌራ "ስለምንታይ'ዚ ኩሉ መዓት ንዓይ፤ ወረ እንታይ ስለ ዝኣበስኩ!፤" እንዳ በለት ነቲ መልሲ ከቕርበላ ዘይክእል ኣእምሮኣ ከም ሕሱም ተጨንቆ ነበረት።

ዳናይት ካብ ገዛ እንዳ ሓወቦኣ ናብቲ ገዛ ከራይ ከትግዕዝ ከላ፡ ንእምነት ዝገበረት ጌራ ካብ ገዛ እንዳ ሽህ ኣለቃ መኮነን ኣዋጺኣ ናብ ኣስመራ ከትመልሳ ምኻና ተመባጺዓትላ ስለ ዝነበረት፡ እምነት ተስፋ ኣሕዲራ ነበረት። ንዳናይት ብሰንኪ እንዳ ሓወቦኣ ከይመዓትዋ ግን ከቢድ ስግኣት ነበራ። ዳናይት መብጽዓኣ ኣየዕበረትን። ካብ ትምህርታ ንግዚኡ ኣቋሪጻ፡ ንዓመታ ከትምለስ ካብቲ ቤት ትምህርቲ ፍቓድ ሓቲታ ስለ ዘሰለጣ ተቓላጢፋ ንእምነት ካብ እንዳ ሓወቦኣ እተህድመሉ ሜላታት ሃሰው ኣብ ምባል ኣድሃበት። ሕስብ ድሕሪ ምቕናይ ከኣ ክልቲኣን ካብ ዝፈላለያ ድሕሪ ከባቢ ወርሒ ኣቢሉ ይኸውን ከምዛ ናይ ወተሃደራዊ ስለያ፡ ጸላም ከም መኽወሊ ተጠቒማ ከውታ ለይቲ ሰላሕ-ሰላሕ እንዳ በለት ናብ መደቀሲ እምነት በጽሐት። እምነት ምምጻእ ዳናይት ናብ ገዝኣ'ኳ እንተ ዘይፈለጠት፡ ግድላትን መሳናኽላትን ህይወታ ዓዚዝዋ ሓሳባት ከተሰላስል ድቃስ ከይወስዳ ስለ ዝጸንሓት ዳናይት ምስ ኣሕኮሐት፡ ማዕጾ ከፈታ ተቓላጢፋ ንዳናይት ንውሽጢ ገዛ ኣእተወታ። መጀመርታ ርእይ ምስ ኣበላታ

ግን ስለ ዘይተጸበይታን እዋን ዘይብሉ ላይቲ ምድሪ ስለ
ዝኾናን ብስንባደ ልባ ነጢራ ከይትወጽእ ፈርሐት። ስንባደ
ግን ተጠማጢሟን ካብ ምስዕዓም ዓዲ አየውዓለንን። "አንቲ
ዳኑ አነ ድኣ ቀቢጸኪ እንድየ ቀንየ። ህልም ኢልኪ እንዲኺ
ብኡ አቢልኪ ጠፊእኪ" በለት እምነት ንዳናይት ናይ ወርሒ
ምፍልላይ ዓመታት ኮይኑ ስለ ዝተሰመዓ። "እምንቲ ሓብተይ
አርባዕተ ቅነ ጥራይ እንድየ ጌረ ዘለኹ። ስለ ዝናፈቐክስ በቃ
አባይ ከተውርድዮ። ግደ ሓቂ ከአ ምጥዓም ኢዮ አብዪኒ
ቀንዩ'ምበር ክንድኡ ግዜ ከወስድ ኢለ አነ'ውን አይመደብኩዎን
ኔረ። ከምቲ ዝሓበርኩኺ ነቶም ቤት ትምህርቲ ማማ ተጸሊእዋ
ስለ ዘሎ ንዓመት ዝኸውን ዕርፍቲ ሃቡኒ ምስ በልኩዎም፣ አብ
መጀመርታ ጽቡቕ አይተሰመያምን። ንኹስቶ ሓተትዮ ንእገለ
'ባ ተወከስዮ እንዳ በሉ፣ ካብ ሓደ ቤት ጽሕፈት ናብ ካልእ
ቤት ጽሕፈት'ዮም ከቃባበሉለይ ቀንዮም። ኤእ አዴኻ ከም
ዝለአኸትካ ዘይኮነስ ዕዳጋ ከም ዝጸንሓካ ድዩ ዝበሃል ሓቀይ?"
ቀስ ኢላ ሰሓቐት'ሞ፣ እምነት ድማ አብ መንጎ ስሓቓ ንዳናይት
ኩልፍ አቢላ "እሞ ሕጇ ኸ?" ኢላ ሓተተታ ንዓኣ ከትብል
ዳናይት ትምህርታ አብ ሓደጋ ከይተእቱ እንዳ ተስከፈት።

"ተመስገን አምላኸ። አማሲሉ ድኣ እቲ ሓላፊ ቤተ ምዝገባ
ናይቲ ዩኒቨርስቲ ምስቲ ናቶም ፕረሲደንት ድሕሪ ምምይያጥ
ንዓመታ ከምዚ እዋን ሀ ኢለ ክጅምር ፈቒዱለይ አሎ" በላታ
በዘይ መኽንያት ከም ዘይኮነት ጠፊኣ ኔራ ንምብራህ። እምነት
ከአ ትቕብል አቢላ "አንቲ ዳኑ ዓይነይ ምእንቲ ንዓይ ከትብልስ
ንማማ ደሃብ ነዛ አደ ኩላትና ከተሕምምያ፣ ማማ ደሃብ'ሲ
ዋላ ንዋዛ ከትሓምም የብላን። ርአየን እስከ ብዓል ምርጥነሽ
ዓይኒ ሓሲኻ ዘይብለን እንታይ ክገብራና ይውዕላ አለዋ።
ከመይ ገዲፍክያ ናብዚ ከትመጺ ከለኺ ኸ፣ ሎምስ አረጋ
ትኸውን ማማ ደሃብ ለዋህ ፍጥረት" በላታ እምነት ንዳናይት
ስንባደን ስሓቕን ደባሊጫ፣ ማማ ሓሚማ አላ'ሞ ንዓኣ ክኣልያ

ንዓመት መመላእታ ንቤት ትምህርታ ፍቓድ ሃቡኒ ብምባል ከም ዘሰንበዳ ንምግላጽ። ቀጺላ ድማ እምነት "ዳኑ ሓብተይ አነ ትርእየኒ አለኺ ብስንኪ ሕሉማት ካብ ዝፈትዎ ትምህርቲ ተነጺለ ሓዲግ መዳግ ተሪፈ። ንስኺ ድማ ተጠንቀቒ ንዓይ ክትብሊ ካብ ትምህርትኺ ትማዛበሊ ከይትህልዊ። ናይ ናትክስ ባዕሉ ምፈለጠ ከአ፡ ካብ ኩሉ ካብ ኩሉ ነዛ ንባዕላ ተዋሪዳን ዘይምሱል መሲላን አብዚ ዘብጸሐትኪ ለዋህ አደ ኢዳ ከይትሰብርያ" በለት እምነት ዳናይት ትምህርታ ብኡ አቢሉ ከይሳናኽላ ምሕር ስለ ዝሰግአት። "ድሓን እምንቲ። ግዲ የብልክን። ኩሉ ነገር ከም ዝሓይሽ ጌረ'የ አለኹ። በዚ ናተይ ጉዳይ ዘሰክፍ የብልክን። ንስኺ አብ መንጋጋ ሓራግጽ ከለኺ ንዓይ ትምህርቲ አይወሓጠለይን'ዩ። ሃዲአ ከመሃር እንድሕር ኮይነ መጀመርታ ንስኺ ካብዚ ባርነት'ዚ ናጻ ከትኮኒ አለኪ። ሕጂ ተቓላጢፍና ካብዚ ገሃነብ እሳት ዝኾነ ቤት ሸተት ኢልና ከንጠፍእ ጥራይ'ዮ ዘለና" ድሕሪ ምባል ዳናይት ንእምነት ካብ መሰናኽላት እንዳ ሸህ አለቃ መኮነን ከመይ ጌረን ከሃድማ ከም ዘለውን ጥራይ ከተድህብ ከም ዘለዋ ሓበረታ። እምነት ድማ " እወ ሓቅኺ አንቲ ዳኑ መዓረይ። ዘይ ንስኺ ብኹነታተይ ተሻቒልኪ ድሕሪ ግዜ ተጣዒስኪ አብ ዘይትምለሰ ከይትወድቂ ስለ ዝፈራሕኩልኪ ኢየ እምበር፡ ሎሚ ካብዘም አትማን እንዳ ሸህ አለቃ መኮነን እንተ አገላጊልከኒ ድአ ንእግዚአቢሄር እንታይ ዘይሃበኒ ከብል" ድሕሪ ምባላ፡ ንሳ'ውን ብኸመይ ዘዕውተን ናይ ህድማ ስርሓት ከገብራ ከም ዘለውን አብ ናይ ምስልሳል ሓሳባት ተሸመት።

ተሎ ተሎ ኢለን ንብረተን ጠርኒፈን ድማ ነቐላ። እምነት ካብ አብ ቀረብኣ ዝርከብ ድኳናት ሓሊፋ ካልእ ቦታ ስለ ዘይትፈልጥ፡ ዳናይት'ውን ብወገና ን ኸተማ አዲስ አበባ ገና ሓዳስ ስለ ዝነበረት፡ ዝመልቋሉ መንገዲ ብደቂቕ ዘይተጸንዐ ነበረ። ከሃድማሉ ሓሲበናሉ ዝነበራ እዋን ዲቕ ዝበለ ጸልማት፡

ንሳተን ናይቲ ከባቢ ንጹር ስእሊ ዘይብለን፡ ዘምልጣሉ ዘለዋ ቤት አዝዩ ጽኑዕ ብምንባሩ ንመደባትን ከብደት አብ ርእሲ ክብደት ወሰኸሉ። ሰብ ብድሌቱ እንተ አንቂዱ ዝእግሞ ብዙሕ ስለ ዘየለ ግን፡ ዝመጸ ይምጽእ ንበገስ ጥራይ ተበሃሃላ። ከምኡ ከአ ገበራ። ካብ ገዛ እንዳ ሺህ አለቃ መኮነን ንሽነኽ ደቡብ ገጽን ሓያለይ ምስ ተጓዓዛ፡ ዘይተጸበየአ ንመንገደን ዘሳናኽል ናይ ሕርሻ ዓቢ ትሪኮላታ ጎነፈን። ብየማን እንተ ፈተና እቲ ትሪኮላታ ምውዳእ አበየን። ብጸጋም'ውን ልክዕ ከምኡ። እቲ ትሪኮላታ አብ ገሬሕ ቦታ ተዘርጊሑ ስለ ዝነበረ መሕለፊ ስአና። ንድሕሪት ንቅድሚት እንዳ ተመላለሳ ንገለ አርበዓን ሓሙሽተን ደቃይቕ ዝኸውን ሓንቲ ከየፍረያ ዕንክሊል በላ።

አብ መወዳእትኡ ንድሕሪት በቲ አቐዲመን ዝመጻአ ንሽነኽ ሰሜን ናይቲ ትሪኮላታ ገጽን አበላ'ሞ፡ ዕስለ አኸላባት ካብ ሓደ ሽነኽ ናብቲ ካልእ አንፈት ናይቲ መካበብያ ሰሶሊኾም ከሓልፉ ተዓዘባ። በቲ እቶም አኸላባት ዝሓልፍሉ ዝነበሩ ጌረን ከአ ክዳነን ጨጉረን እንዳ ተመንጨጬ ጉዕዝአን ናብ አውቶቡሳት ብቓረባ ክረኽባሉ ዝኸእላ ቦታ ገጽን ተሓንበባ። ድሕሪ አድካሚ ናይ እግሪ ጉዕዞ ድማ ናብቲ ናይ አውቶቡስ መዕረፊ ጠበሽ በላ። "ተመስገን አምላኸይ! ካብ ገጽ ሺህ አለቃ መኮነን እዚ ሳጥናኤልን በዓልቲ እንድኡ ምርጥነሽ እዛ ሃላይን ዝርሕቀሉ ዕለትን ሰዓትን ናይ ብሓቂ አኺለን!" በለት እምነት አብ ባይታ ተደፌአ መሬት እንዳ ጠፍጠፈት። "እዚ ኩሉ ከአ ብሳላኺ'የ ዳኑ ዓባይ ሰብ። ጓል 'ዞም ብሩኻት ስድራ እንዲኺ ካባኺ ድአ ጸጽቡቛ ኢዮ ከምንጨ እምበር፡ ከፉእ ነገር በየን ከይቀርበኪ!" እንዳ በለት አጸጽያ ካብ አዲስ አበባ ምውጽአ ከየራጋገጸት ሓጎሳ ምቁጽጻር ስአነቶ። ናብተን ናብ አስመራ ዝወስዳ አውቶቡሳት ቅድሚ ምስቃለን ነቲ መንቀሳቐሲ ወረቓቕቲ ናይ እምነት አብ ቦርሳአን ሃስስ እንተበላ፡ አብኡ ዘየለ ጸንሐን።

ብስንባደ ልበን መሊጿ አብ መሬት ዘፈጥ ክብላ ቁሩብ ተረፈን። ዳናይት ዘለዋ ሐቦን ትብዓትን ጸናቒቓ "ገጥ በሊ እጀኺ እምነት ሐብተይ። ሕጇ ተቓላጢፍና ንገዛ ተመሊስና ከነምጽአ አለና። ካብ ዝሐስብናዮ ቦኺርና ማለት ዘበት። እሞ ጓል ሃይለ አይኮንኩን ሎምስ ካብ መደበይ እንተ ተሪፈ! ተሓጺብካ አብ ጭቃ ኢዮ ከኸውን እንድሕር ሎሚ ካብ አዲስ አበባ ዘይወጺእና" እንዳ በለት ፈከረት ዳናይት መታን ንእምነት ተስፋ ከተስንቓን ንባዕላ መመሊሳ ሐቦ ክትስንቕ እንዳ ተቓለሰትን። እምነት'ውን ብሞራል ዳናይት ተታባቢዓ "አጀና ሕራይ ዳኑ ሐብተይ። ንስኺ'ኳ ከምዚ እንዳ በልኪ። አነ ድአ ንአምላኸይን ንዓኸን ሒዘ እንታይ ከይጎድለኒ። ሐቅኺ አለኺ ሎሚ ዝገበርና ጌራን አስመራና ከንሐድር አለና" ብምባል ንሳ'ውን ካብ ዳናይት ንላዕሊ ተቢዓ ነቒላ ከምዘላ አረጋገጸትላ።

መታን አብ መንገዲ ግዜ ከይወስዳ'ሞ አብ መንጎ ምድሪ እንተ በሪሁ፡ መኮነን ከይሕዘን ስለ ዝሰግአ ካብተን አብ ጉዕዞ ንመግበን ከኾነአን አቐሚጠንአን ዝነበራ ገንዘብ ጌረን ታክሲ ተኻርየን ንድሕሪት ናብ ገዛ እንዳ ሽህ አለቃ መኮንን ተመርቀፋ። ንዋና ታክሲ ኩነታተን ስለ ዘዕለልኣ ከምለሳ ከለዋ፡ ነዘን ክልተ ሽጉራት አዋልድ ብነጹ ከመልሰን ምኻኑ አቐዲሙ ቃል አትዩለን ብሐሙሻይ መርሻ ነዚ መንገዲ ከም ማይ ስተዮ። መታን አብ ገዛ እንዳ ሽህ መኮነን መኪና ሒዞ እንተ ቀሪቡ፡ በዓል ዳናይት ከይከሽሐ ስለ ዝሰግአ፡ አብ አስታት ሰለስተ ሚእቲ ሚትሮ ርሕቀት ካብ ገዛ እንዳ ሐወበአን ምስ በጽሑ ንበዓል ታክሲ "አብዚ አውርደና ዝሐወይ" በለአ። በዓል ታክሲ ድማ ንበዓል እምነት አብቲ ዝደለየአ ቦታ አውሪድወን ከም ቃሉ መኪንኡ ዓሺጉ አብ ምጽባይ አተወ። አብ አፍደገ'ቲ ቪላ ምስ በጽሐ ዳናይት አካላዊ ምንቅስቓስ ስምብረ ስለ እተዘውትርን ካብ እምነት'ውን ብአካላዊ መዳይ

93

ዝደልደለት ስለ ዝነበረትን፡ ንውሽጢ ገዛ አትያ ነቲ ወረቓቕቲ ከተምጽአ ተሰማምዓ።

እምነት ምናልባት መኮነን ሓደ መዓልቲ መጺኡ ነቲ መንቀሳቐሲኣ ናብ ዘይተፈልጠ ቦታ ከይስውሮ ወይ'ውን ቀዳዲዱ ከይጉሕፎ ስለ ዝሰግአት አብ ረጒድ ፕላስቲክ ዓሺጋ አብ ውሽጢ'ቲ ብመሽማዕ ዝተሰርሐ በለፎን መደቀሲኣ ሓቢአቶ ነበረት። እምነት እምበኣር ንዳናይት ብታሕቲ ኮይና ሓንጊራ ናብቲ ጥርዚ'ቲ መንደቕ ናይ ካንሸሎ ከም ትሓኩር ገበረታ። መታን ጫማኣ መሊሳ እንተ ሓኹራ ድምጺ ከይገብር'ሞ ከይትስማዕ ስለ ዝፈርሐት፡ ጫማኣ ምስ እምነት አብ ታሕቲ ገዲፋቶ ካብቲ ጥርዚ'ቲ ነዊሕ መንደቕ ተጠንቂቓ ሸተት ኢላ ወሪዳ በብሓደ እንዳ ረገጸት፡ ስላሕ ኢላ ነተን ወረቓቕቲ ካብቲ ቦሎፎን አውሪዳ፡ ዳግማይ በቲ መንደቕ ዘሊላ ንደገ ክትወጽእ ተበገሰት።

ብማዕጾ ናይ ካንሸሎ ከይትወጽእ፡ እቲ ዓቢ ማዕጾ ግዲ መሪቱ ኔሩ ኮይኑ ከኽፈትን ሕጭቕ-ዓጠጥ እንዳ በለ አውያት ስለ ዝገብር አቐዲመን ምስ እምነት ኮይነን ካብ ምርጫ መምለሲ አልየንኣ ነበራ። ስለዚ በቲ ዝአተወቶ ነዊሕ መንደቕ ድኣ ከትዘልል ተዳለወት። እቲ ካንሸሎ ሓመድን እምንን ተረግሪጉ ስለ ዝመልአ ብውሽጢ ገዛ ሽነኽ እቲ መንደቕ ብተዛማዲ ሓጺር'ዩ። ስለዚ ዳናይት ከትምለስ ከላ አብ ምሕኳሩ አይተሸገረትን። ሓንጋሪ ከይተጸበየት አብ ልዕሊ መንደቕ ሓኾረት። ዕድል አይገበረትን ግን ነቲ ወረቓቕቲ ናብ እምነት ድሕሪ ምድርባይ፡ ዘሊላ ከትወርድ ዝሓሰበት ከይ 'ቆለበትሉ ዝጸንሐት ዳሕረዋይ ጫፍ ዓንቃሪቦ ናይ መሕረዲ ጨላ-በጌዕ ናይቲ ቤት ብመንደቕ ካንሸሎ ሰንጢቖ ንደገ ወጺኡ ስለ ዝነበረ፡ ብካምቻ ምስ ረጃ ቢቶኣ ዓትዒቱ ሒዙ አብ አየር አንሳፈፋ። ከውታ ለይቲ ድማ ብአውያት ንመሬት አብ ክልተ መቐለታ። አኸላባት'ቲ ከባቢ ድማ እንታይ መጺኡና

ኢሎም ግዲ ሰንቢዶም፡ ካብ ናታ ብዝብርትዐ ብዋጭዋጭታ ኣዐሚሮም ኣሰነይዋ። እምነት'ውን ሰንቢዳ ምስ ጓል ሓወቦኣ መዕረ ማዕሪኣ ኣእወየት።

እንዳ ሽህ ኣለቃ መኮነን ኩሎም ጎሮባብትን ድማ ሰብ ከድሕኑ ተጓይዮም ኣብ ቦታ ሓደጋ በጽሑ። ዳናይት ከም ምሕቃቅ ምውዳእ ዝኣበየት ደርሆ ኣብ ህዋ ተንጠልጢላ፡ እምነት ድማ ናብቲ ሻለው ዝበለ መንደቅ እንዳ ኣንቃዕረረትን ኣኣዳዋ ቆራዕራዕ እንዳ በለትን ትገብሮ ጠፊኣ ከትክወስ ከላ ደበኽ በልወን። እቶም ጎሮባብቲ ተቓላጢፎም ንዳናይት ካብቲ ተሓይራትሉ ዝነበርት ሓጺን ኣናጊፎም ኣብ መሬት ኣውረድዋ። ሽህ ኣለቃ ግን ኩነታት ደንጺዋ ብውሽጡ ካብኡ ወዲቓ ድኣ ዘይትስበር ነበረት ይብል ነበረ። ኩነታት ምስ ተረጋግኣ ኩሎም 'ቶም ህይወት ከድሕኑ ዝመጹ ጎሮባብቲ ነናብ ቤቶም ተፋነዉ። እምነትን ዳናይትን'ውን ምስኣም እንተ ዝማልኣወን ኣይምጸልኣን ኔረን። እንታይ ይድበየን ከም ዘሎ መቸስ ድሮ ከይተነግረን ከሎ ተገንዚበንስ ኣለዋ። "ንዓይ ንኣንጭዋስ ኣብ ሎቖታ፣ ንዓይ ኣሽኪሮኒ ዘምልጥ ሰብ የለን። ምናልባት ዝሓስብ እንተ ተረኺቡ ከኣ፡ ኣዚሩ-ኣዚሩ ናብ ኢደይ ስሒቡ ዝመልስ ብኣምላኽ ዝተዋህበኒ ማግኔት ኣለኒ" ኢሉ ካልእ ግዜ ከሃድጋ ከይሓስባ መታን መፈራርሒ ከኹውን ይኹእል'ዩ ዝበሎ ፈኹራ ደርበየልን ከናፍሩ እንዳ ረማጠጠ ሓወብኣን መኮነን።

"እወ'ታ ካብዚ ገጽኩም ከንርሕቐ ደሊና። ከንደይ ግዜ ድኣ ከተዳናጉሩን ከም መጽዓኛ ከትገዝኡንን ከትነብሩ። ኣምላኽ ኣሎ ምሳይ ከኣ ከትብለኒ ኣንታ ኣርዮስ! ኣምላኽ'ሲ 'ባ ወደይ ውዒሉ ሓዲሩ ናይ ኢድካ ኣይከልኣካን ይኹውን" ኢላ ኩሉ ከቘንዘዋ ይኹእል'ዩ ዝበለቶ ዘለፋታት ኣፉ-ኣፉ ኣዝነበትሉ እምነት ካብ ዝነበርከዖ ዝኸፍአ ኣንታይ ከይመጸኒ'ዩ ኢላ ብምሕሳብ። ሽህ ኣለቃ መኮነን "ካብ መዓስ ድኣሉ እዚ ኩሉ

ድፍረት ከ፡" ድሕሪ ምባል በቲ ስተታ ዝመስል ጉምቦ ኢዱ ጌሩ ከሳብ ቀስተ-ደበናዊ ሕብርታት ዝረኣያ ገልደማ'ሞ፡ ኣብ መሬት ራዕ ኢላ ወደቐት። ሐመዳ ነጊፋ ድማ ንቃዕ ከየምሎቖት ለመም እንዳ በለት ናብቲ ካንሸሎ ኣተወት። ሐደ መዓልቲ ድሕር'ቲ ፍጻም ሽህ ኣለቃ መኮነን ንዳናይት ህጹጽ ትኬት ናይ ኣየር ኣቕሪጹ ንኣስመራ ኣፋነዋ። ዝመጸትሉ ዕላማ ዕጅብ ኣይበሎን። እምነትን ዳናይትን ሕጂ'ውን ተፈላለያ። ከምዝን ወዲ ከምዝን ምስ ረኣየ'ዮም ዝኹኑ መሰልቲ 'ንሰፍላላዶ ድኣ ከይኮነላ' ዝበሉ። ዳናይት ሐሳብ ልጋ ስለ ዘይገበረት ብጓሂ ሕርር በለት። ልዕሊ ኩሉ ከኣ ሃዲምኪ ክትከዲ ሐሲብኪ ኢሎም ንእምነት ከሰሃልዋ'ዮም ኢላ ስለ ዝሐሰበት፡ እምብዛ ንነብሳ ኣጨነቐት። ናብ ኣስመራ ከኣ ኣይበጸሐ በጽሐት።

ድሕሪ ዳናይት ተስፋ እምነት ብዝብኣስ ከጽልምት ጀመረ። ምድረ ስማይ እኩት በላ። መን ምኳናን ስለምንታይ ከምኡ ዓይነት ኣደራዕ ይወርዳ ኔሩን ዝብል ሐሳባት ተተመሊሱ ዝገደደ ብስጭት ኣምጽኣላ። ከምቲ ዳናይት ዝበለታ ሽህ ኣለቃ መኮነን ናይ ብሐቂ ሐወቦኣ እንተ ኾይኑ፡ ስለምንታይ ንጓል ሐዉ ከም ጊላ ብኣረሜናዊ ኣተሐሐዛ የንብራ ከም ዝነበረ ንምፍላጥ ለይትን ቀትርን ኣብ ዝተሐላለኸ በይንኣዊ ምጉት ሸመመ። ብቐጸሊ ድማ "እንታ ኣነስ እንታይ ከገብር'የ ናብዛ ዓለም 'ዚኣ መጺአ፡ ስብከ ወደይ ንውርደት ተባሂሉዶ ይፍጠር'ዩ፡ እሞ ድማ ዝኣበሶ ኣበሳ ዘይብሉ፡ ከምዚ ናተይ'ኸ እንድዒ ከኣ እግዚኣቢሄር ይፈልጥ እምበር ከንደየናይ ዝበደሎ በደል ዘይብሉ ኣብ ዘይወዳእ ማሕዩር ከይህሉ። ዋ ኣምላኸ ምድርን ሰማይን፡ ንዓኻ ኩሉ ይከኣለካ'ዩ'ሞ በጃኻ ካብዚ ደልሃመት'ዚ ዝናገፉሉ መዓልቲ ጸውዓለይ። እንተ ወሐደ እንተ ወሐደ ገጽ'ታ ወሊዳትኒ እትበሃል ለምለም ኣደይ ዝርእየሉ እዋን ኣብቅዓኒ" እንዳ በለት ናብ ፈጣሪ ጸሎትን ምህለላን ተብጽሕ ነበረት። ካብ ገዛ እንዳ ሐወቦኣ ሃጽ ኢልኪ

ጥፍኢ ዝብል ሓሳብ'ኳ ኣብ ኣእምሮኣ ይመላለሳ እንተ ነበረ፡ ገንዘብን ኣፍልጦን ስለ ዘይነበራ ግን መመሊሳ ተስፋ ኣብ ምጭራጽ ኣተወት። ከም ቀደማ ኮይና ነቲ ዝለመደቶ ዕዮ ከድምና ምስልሳሉ ሰኣነት።

ዓራት ከይተነጽፈ፡ ገዛ ከይተወልወለ፡ ኣቝሑት ሓደ ኣብ ርእሲ'ቲ ዝጸንሐ እንዳ ተዳራረበ ሃመማ ከዝምብይሉ የራፍዱ ነበሩ። ጸርፍን ዘለፋን ምርጥነሽ ይውሕዝ፡ ሕንጋደን ጸማም እዝኒ ምሃብን እምነት ይቕጽል። ንሰብ ብዘይ ድሌቱ ከትገዝኦ ከቢድ'ዩ። ሰባት ዘይፈትውዋ ከቢድ ስራሕ ብኸልተ ምኽንያት ጥራይ'ዮም ከዓይዋ ዝኸእሉ-ወይ ተገዲዶም ወይ ከኣ ብተዘዋዋሪ ዝረብሑሉ እንተ ኾይኖም። ረብሓ ነገራዊ ወይ'ውን መንፈሳዊ ከኸውን ይኸእል'ዩ። ተገዲድካ እትስራ ስራሕ ዕምሩ ሓጺር'ዩ። እንተ ነውሓ ድማ ውጽኢታዊ ኣይኮነን። እምነት ከኣ ብኣስገዳድ ስለ ዝኾና'ያ ንእንዳ ሽህ ኣለቃ መኮነን ብቐጠታ ይኹን ብተዘዋዋሪ ድሕሪ ደጊም መግዛእት'ኹም ከኽትም ኣለዋ ከትብሎም ዝጀመረት።

እምነት ሕስረትን መከራን ላድያትሉ'ያ። ሰብ ጓል ሰብ ስለ ዝኾነት ግን ለውጢ ኣብ ህይወታ ከትደሊ ንቡር'ዩ። ካብ 'ዞም ገዛ ወጺኣ ነብሳ ሓራ እትገብረሉ መንገዲ የድልያ ነበረ። እንዳ ሽህ ኣለቃ መኮነን ከኣ ሰብኣዮም ሰበይቶም ኣንጸር'ዚ ሓሳብ'ዚ ተዓጥቁ። ድሕሪ'ቲ ምስ ዳናይት ዝመደብኣ ህድማ፡ እምነትን ምርጥነሽን ኣብ ምትህልላኽ ተጸምዳ።

"ጓል ሃይለ ብሓሶት ልብኺ ጠውያትኪ ከም ዝኸደት ድኣ መዓስ ጠፊኡኒ። ኩሉ ኣጋውኗኺ'ኳ ይርእዮ ኣለኹ ኣንቲ ዓስታኺ!" እንዳ በለት ወይዘር ምርጥነሽ ንእምነት ወግሒ ጸብሒ ተንጥጠላ ነበረት። ሽህ ኣለቃ መኮነን ብግዲኡ ዓሰርተ ግዜ እንዳ መጸ የፈራርሓን ብጸርፊ ይሰሃላን ነበረ። እምነት ዝበዝሐ ግዜ ንጸርፊ ከም ደርፊ ርእያ ተሓልፎ'ኳ እንተ ነበረት፡ ስለ ዝበዝሐ ግን ምጽሩ ከትስእን ጀመረት። እቲ እንኮ

ከትገብሮ እትኽእል ዝነበረት ድማ ኣብ መደቀሲኣ ተዓጽያ ምንኽናኽን ምንባዕንዩ።

ብፍላይ ዳናይት ካብ ኣስመራ ናብ ኣዲስ ኣበባ ካብ ትመጽእ ንጌው ንኣብ ህጻንነታ ዝነበራ ኣረዳድኣ ዝቘሳቘስ ሓድሽ ሓበሬታ ስለ ዝረኸበት፣ ኣብ ስምዒታ ብዙሕ ለውጥታት ተኸስተ። ህዋሳታ ብዛዕባ ሕሉፍ ህይወታን ንሓደ ኣባል ስድራ በቲ ካልእ ኣባል ስድራ እንዳ ተከአ የዕልላ ስለ ዝነበረ ግዱ ኮይና። እምነት ብቘጸሊ ናይ ህጻንነታ ህይወት እንዳ ዘከረት ምስ ውሽጣ ተዕልል ነበረት። ምስልን ባህርያትን ኣቦኣን ኣዲኣን ከምኡ'ውን እንዳ ሓወቦኣ ሃይለ እናሻዕ ይመላለስዋ ነበሩ። ሓደ ግዜ ንኣብነት ክልቲኣን ሳንዶት ከምዚ ከብላ ኣዕሊለን ነበራ።

እምነት፣ ሓደ እዋን ኣብ ከፍላ ወርሒ ለካቲት ምስ ሕሉፍ ህይወተይ ከላዘብ ኣምሰኹ። ትምህርተይ ብሲቪላዊ ምህንድስና መዲአ ዘወናውን ኣታዊ ኣብ ዝኸፈለሉ ኩባንያ ተቘጺረ ኣዕጋቢ ስራሕ ጀሚረ ስለ ዝነበረኩ ንኽልቲኣም ወለደይ ምስ ምንኣሰይ ዝኾኑ ክልተ ኣሕዋተይ ከምኡ'ውን ሓወቦይ ሃይለ ምስ ምሉኣት ስድራቤቱ፣ ኣብ ገማግም ቀይሕ ባሕሪ ከዛውሮም ወሰድኩዎም። እቲ መዛናግዒ ማእከል በብዓቐምኻን ከከም ጠለብካን እትዛነዩሉ መሳለጥያታት ስለ ዝነበሮ፣ ኩላትና ኣባላት 'ዘን ክልተ ስድራ ቤታት ኣዝዩ ባህ ዘብል ናይ ፍስሃ ግዜ ነሕልፍ ነበርና። ንዓይ ድማ ኩላትኩም ስለቲ ውዕለተይ ኣመስጊንኩም ምጽጋብ ሰኣንኩም። ሾው ኣብ ዙረት ከለና፣ ኣካያዲ ስራሕ ናይቲ መዛናግዒ ማእከል ንዓይ ንብሕተይ ረኺቡ ኣዛራረበኒ'ሞ፣ ኣነ ብዘመናዊ ኣገባብ ዝተነድፈ መርዑትን ካልኣት ኩቡራት ኣጋይሽን ጥራይ ዝግልገልሉ ዓቢ መዕረፍ ኣጋይሽ ኣብ ማእከል ማይ ዝተደኮነ ኮይኑ ግን ከኣ ናብቲ ደንደስ ባሕሪ ዝቘረበ፣ ከስርሓሉ ናይ ስምምዕ ውዕል ከተምና። እቲ ብዓይነቱ ኣብ ኤርትራ ናይ

መጀመርታ ዝኾነ ህንጻ ድማ ተሰርሐ። ንስመይን ንዝናይን ድማ አብ ሐጺር ግዜ ሰማይ አዕረኾ። አብ ዙረትና እንሐንሳብ ንሕምብስ፡ እንሐንሳብ ብጀላቡ ንዛወር፡ እንሐንሳብ ዓሳታት ንገፍፍ፡ እንሐሳብ ሾሊሾል አብ ሑጻ ባሕሪ ንጻወት፡ እንሐሳብ ከአ ሙዚቃ ወሊዕና ክንልህ ሰለስተ ሰሙን ዳርጋ ከም ሰለስተ መዓልቲታት ኮይነን ተሰመዓና። አመና ስለ ዝፈተናዮ ምምናዉ ሰአና። ንስኸን አነን ከምቲ 'ትፈልጥዮ እንተ ተራኺብና ውራይና 'ና ንርስዕ። ክንጻወትን አለካ-በለካ ክንብልን ዕስራን አርባዕተን ሰዓታት ይሐጽረና ነበረ። ምሳና ካልአት ሰባት ዘለዉ አይመስላናን። አነ ን'ኹሎም ካልአት አብቲ ዙረት ዝነበሩ አባላት ስድራና'ኳ ብቐረባ እርእዮምን ምስአቶም እጸወትን እንተ ነበርኩ፡ አቦይን ሐወቦይ ሃይልን ግን ብማዕዶ ርእይ አቢሎምና ዝስወሩ ኮይኑ ይስመዓኒ ነበረ።

ምስሎም ከም ሐዉሲ ጽላሎት ዘይጭበጥ ይኾነኒ። ከሐቘፍም ኢላ ጎየ ናብቲ ዝጸንሐዎ ቦታ ክኸይድ አብ ዝፍትነሉ ግዜ ድማ አእጋራይ ቅፍድ ኢለን ምስጓም ይኣብያኒ። አብ መወዳእትኡ ባባ...ባ...ባ እንዳ በልኩ ዓዉ ኢላ ከጽውዕ አፈይ ክፍት ከብሎን ካብ ድቃሰይ ከበራበርን ሐደ ኮነ። ብስም አብ ወወልድ ወመንፈስ ቅዱስ! በልኩ። ሐቂ ብዘይ ምኽኑ አዝየ ተባሳጪኹ። ፋሕፋሕ ኢሉ ዝጸንሐ ጸጉሪ ርእሰይ አተዓራርየ ብመንዲል ጌረ ሸፈነ፡ ነቲ ሰንቢደ ብር ምስ በልኩ በቲነዮ ዝነበርኩ ሐርፋፍን ተሪርን ኮቦርታ ከም እንደገና ተጎልቢበ ከአ አብዛ ትርእያ ዘለኺ አብ ምሽት ቀዝሒ አብ ቀትሪ ሸልቁ ዝኾነት ቤት ዑኽልል ኢለ ዘይጠዑም ደቃስ ቀጸልኩ። አብ አስመራ ከለኹ እታ ንማማ ደሃብ ቆናኒታ ዝነበረት ሕልሚ አንጸር'ዮ ዝትርጎም ክትብል ስለ ዝሰማዕክዋስ አዝየ ፈሪሐ ኔረ። ሕልሚ ስለምንታይ ድዩ ዘጋጥም ዳኑ ሐብተይ!

ዳናይት፡ ንሕቶኺ ድኣ ብሕቶ ጀሚረዮ'ምበር፡ እታ ቆናኒት ብንጹር እንታይ ድያ ኢላታ ንማማ፡

እምነት፡ ንሳ ድኣ ዝሓልምካዮ ናይ ሓጎስ እንተ ኮይኑ ሓዘን ከም ዘጋጥመካ፡ ሕልምኻ ናይ ጓህን ጭንቀትን እንተ ኮይኑ ግና ዘሕጉስ አጋጣሚ ከጋንፈካ ማለት'ዩ ዝትርጎም ትብላ ኔራ።

ዳናይት፡ ገለ ሰባት ሕልሚ ንፈትሕ ኢና ኢሎም ዘይብሱልን ዘይሓላፍነታውን ሓበሬታ ንኻልኦት ሰባት ብምሃብ አደዳ ጭንቀትን ዘይከውንነታዊ ትጽቢታትን ዝገብሩ ከም ዘለዉ ሰሚዐ አለኹ። መምህርና ከም ዝበለና እንተ ኮይኑ፡ ስለምንታይ ንሓልም ከሳዕ ሕጂ'ኳ ደምዳሚ መልሲ እንተ ዘይተረኸቦ ዝበዝሓ ሕልምታት ድግምጋም ናይ አብ ግዜ ቀትሪ ነቐሕና ከለና እንሓስቦን እንምነዮን ብዝኸሪ እነሳላስለሉ ፍጻሜ'ዩ። ንምሳሌ፡ ተንሲእና ከለና ሙዚቃ ምጽዋት፡ ተአኪብካ ምዝንጋዕ ደስ ዝበለና እንተ ኮይኑ እንሓልሞ ሕልምታት ነዚ ዘንጸባርቅ ከኸውን ይኸእል። ምስ ናይ መምህረይ አምር ከአ እሰማማዕ 'የ። አነ ብወገነይ አብ ጭዐው ዝበለ ገጠር ዝነብር ሰብ ላዛኛ እንዳ በልዐ ዝሓለመ ወይ ከአ አብ ከተማ ምሉእ ህይወቱ እንዳ ተቐመጠ አበጊዕ ጠፊአናንስ ወኸፉ ከበልዕኦን ብሕልሚ ተራእይኒ ዝብል ሰብ ሰሚዐ አይፈልጥን።

እምነት፡ የቐንየለይ ዳኑ መዓረይ! ዘይተማህረ ነየድሕን፡ ዘይተወቐረ ነየጥሕን ዝተባህለ መዓስ ብዘይ ምኽንያት ኔሩ።

ዳናይትን እምነትን ናይ አስመራ ሞሊቆካ ምኽድ ስርሐተን ምስ ፈሸለን፡ ንእምነት ዓቢ ጽፍዊት ነበረ። ተባዓጨወትን ነብሳ ደርበየትን። ህይወታ ንመከራን ንውርደትን እምበር ንኽትሕጎሰላን ከተፍርን ከም ዘይተፈጥረት ቆጸረታ። አብዛ ዓለም ብህይወት ሃልያ አይሃልያ አብ ኩሉ እትዋስኦ ነገር ፍረ ከህልዋ ስለ ዘይከእል፡ አብዛ ምድሪ 'ዚአ ዕድመ ምውሳኽ ስቅያት ምድላብ ጥራይ እምበር፡ ክልእ ዝሓሸ ፋይዳ ከምጽእ ስለ ዘይኮነኩ ኢላ ንነብሳ ስለ ዝሰበኸታ ኩሉ ከከፍኡ

ወጠነት። ሓደ ረፉድ ክዳውንቲ ክትሓጽብ አራፈዳ ከከይጸረየ
ብኡን ፈረቖኡን ጌራ ቀልጢፋ ወዲአ ጸጥሓቶ።

አብዚ ግዜ'ዚ ንእንዳ ሸህ አለቃ መኮነን ጽቡቕ ጌርካ
ጽቡቕ አይገበርካን መለሳ ስለ ዝሰአነትሉ፡ ዋላ'ቲ ሕልንአ
ገዲድዋ ትዓዮ ዝነበረት ጽቡቕ ነገር ምስቶም ስድራ ሀልኸ ስለ
ዝሓዛ ካብ ተጸብቖ ተባላሸዋ በዝሐ። አብቲ ንግሆ'ቲ ወይዘሮ
ምርጥነሽ ብንጉሁኡ ጎሮቤቶምን መሓዝአን እትኾና ሰበይቲ
መጺአታ ስለ ዝነበረት፡ ምስ ጎሮቤታ አብ ውሽጢ ቤት ኮይነን
ንሓድሕደን ይቋነና ነበራ። እምነት ንበዓል ናዝሬትን ንነአሸቱ
እሕዋታን ነብሰይ ክሕጸብ'የ ኢላቶም ናብቲ ከውል ኢሉ
ዝተሰርሐ ባኞ አተወት።

አብ መንጎ ወይዘሮ ምርጥነሽ ንእምነት ንድኳን ከትልእካ
ስለ ዝደለየት፡ ቁነካ አቑሪጻ ፍርቁ ርእሳ ቁኑን ፍርቁ ድማ ፍቱሕ
ከሎ ስርሔል ከትመስል ካብ ውሽጢ ገዛ ናብቲ ካንሸሎ ወጸት።
ንደቃ እታ ሰራሕተኛ አበይ ከም ዝኸደት ምስ ሓተተቶም ነብሳ
ትሕጸብ ከምዘላ ሓበርዋ'ሞ፡ ከሳብ እምነት እትውድእ ከትጽበ
ፈተነት። እምነት ምውጻእ ደንጎየት። ወይዘሮ ምርጥነሽ ድማ
ጸጉራ ቁኑኡ ስለ ዘይተወደአ ንመሓዝአ ቀንፋህዘው ከይተብላ
ተሰከፈት። ብትጽቢት ዓቕላ ስለ ዝጸንቀቐት ከአ "አንታ እዛ
ተጓር ሰራሕተኛ ናይ ክንደይ ወርሒ ርስሓት ድዩ ዘለዋ!
ምኹን 'ዚአ አበይ ተሓጺባ ክትፈልጥ ኢላ! ሓደ መዓልቲ'ኳ
ብርስሓት ንዓና'ውን ከተሕምመና'ያ" እንዳ በለት ዓጽምኸ
ዝሰብር ዘይእርኑብን ንእምነት ዘይውክልን ዘረባ ትዛረብ
ነበረት። ንናዝሬት ጸውዕያ ኢላታ እምነት አይመልሰትን።
"እሞ ካብ ዘይመለሰትልከስ ንዓኺ ከትንዕቀኪ ጀሚራ አላ
ማለት'ዩ። አነ ባዕለይ ከጽውዓ'የ ድሓን ግደፍያ" ኢላ ጸርጸር
እንዳ በለት ካብ ኮፍ ኢላትሉ ዝጸንሐት መንበር ብድድ በለት።

ናዝሬት ከአ ብግዲአ "እንታይ ፈሊጠላ ኢልከኺ ኢኺ
እንቲ ማማ። እዚአ ፈዛዝ 'ዚአ ድአ እንታይ ከትንዕቕ ንባዕላ

ንዕቆቲ። ደሓን ግን ንስኺ እስከ ፈትኒ ካብዛ ዳናይት እትመጽእ አትሒዛ'ኺ እምነት ከም ቀደማ የላን። እንታይ ዓይነት ሽይጣናዊ ምኽሪ'ያ ከተማኽራ ቀንያ ክርድኣኒ አይክእልን'ዩ ንዓይ" ምቅይያር ጠባያት እምነት ድሕሪ ምምጽእ ዳናይት ናብ አዲስ አበባ ብዙሕ ከም ዝሓደሰ ንኸተረድእ ዝበለቶ'ዩ። ወይዘሮ ምርጥነሽ ንካንሻሎ ምስ ከደት ግዜ ስለ ዝበልዐት። እታ ጎርቤት'ውን ምኽንያት መደንነዬ መሓዝአ ከትፈልጥ ናብ ካንሻሎ ተጸንበረተን። "ስራሕተኛታት ገዛ አብዚ ግዜ'ዚ ጠባየን ቀጢ ን'ዩ። አነ'ኻ ንዓትን ዝጠልብኣ መሃያን ሓለፋታትን ምስቲ አብ ገዛ ዘበርክትኣ ዘይወዳደር ምኻኑ ምስ ፈለጥኩ። ንበዓል ቤተይ ድሕሪ ሎሚ ገጽ ስራሕተኛ ዝበሃል ከይተርእየኒ ኢለዮ 'የ። ምኻን እንዳ ሽህ አላቃ መኮነን'ሲ ዕድለኛታት ኢኹም። ነዛ ስራሕተኛ እትኸፍልዎ ደሞዝ የላን። ንሽህ አላቃ ድኣ ንኤርትራ ከኸይድ ከሎ ካብኡ ሓንቲ ምእዝዝቲ ስራሕተኛ ተማልአለይ ከብሎ አለኒ" እንዳ በለት ከም እምነት መሃያ ዘይትኸፍል ስራሕተኛ እንተ ረኺባ ዓይና ከም ዘይትሓሲ ሓሳባ አካፈለት። መሪር መግዛእትን ከልበትበትን እምነት አይተሰቆራን ነበረ። ዓርኪ ሰባር ነቓዕ ድዩ ዝተባህለ!።

ወይዘሮ ምርጥነሽ ብማዕዶ ኮይና ጸዊዓ ዝምልሰላ ሰብ ምስ ስአነት። ናብቲ መሕጸቢ ሰብነት ከይዳ ማዕዶ አብ ምኹሕኻሕ አተወት። ሕጂ'ውን መልሲ አይረኸበትን። ማዕዶ ዝኸፍታ'ውን አይነበረን። "አንቲ ናብይ አቢላ፡ ከይረአናያ ወጺአ'ያ። ምኻን ከይትሰርሕ አጽቂጣ ትህሉ። ወይ ከአ እዚኣ'ኻ አይትእመንን'ያ ከምዘን ደቂ ሕድርትና በቲ ጸቢብ ማዕዶ ናይ ፈንስትራ ነጢራ ሃዲማ ከይትኸውን" ኢላ ዘረብኣ ከይዛዘመት። ትሑት ናይ ቃንዛ ድምጺ ብውሽጢ ባጭ ሰምዐት። "እምነት እምነት አንቲ ጓል ደሓን ዲኺ ከፈትዮ 'ስከ'ዚ ማዕዶ" ኢላ'ኻ ወይዘሮ ምርጥነሽ ድምጺ አበሪኻ እንተ

ተዳሃየት፡ ንማዕጾ ዝኸፍት ተግባር ኮነ ድምጺ ካብ ውሽጢ
ኣይረኸበትን።

እዚ ምስ ረኣየት እታ ምስ ወይዘሮ ምርጥነሽ ከትቋነን
ዝጸንሐት መሓዝኣ፡ ንበዓል ቤታ ካብ ገዛ ጸዊዓ ኣምጽኣቶ።
ንሱ ድማ ነቲ ማዕጾ ብሓይሊ ፈግ ኣቢሉ ከፈቶ'ም፡ እምነት
ጀሎን ናይ በረኪና ኣብ የማናይ ኢዳ ኣፍኩሳ ጨቢጣ እንዳ
ለዘየትን እንዳ ዓፈረትን ኣብቲ ባስካ ናይ መሕጸብ ሰብነት
ሰፋሕ ኢላ ረኣያ። ተቐላጢፋ ኣምቡላንስ ጸዊዑ ድማ
ንሕክምና ወሰዳ። ንሕክምና ምስ ከዱ ጽጹይ ሓበሬታ ብዛዕባ
ግዳይ ንምእካብ ሓደ ካብቶም ሓካይም ንምርጥነሽ ኣብ ከፍሉ
ጸዊዑ ኣዘራሪባ። ንሳ ከኣ ከምዚ በለቶ "በረኪና'ያ ስትያ። እቲ
ዝስተየትሉ ጀሎን ናይ በረኪና ዳርጋ ስለስተ ርብዑ መሊኡ'የ
ኔሩ። ኣምላኽ ግዲ ኣማኺሩኒ፡ ትማሊ ኣንሶላታት ክልቅልቅ
ስለ ዝደለኹ እቲ ዝነበረ በረኪና መታን ከይውሕደኒ ኢለ ማይ
ወሲኽ ኣቃጢነዮ ጸኒሐ። ብሓጺሩ ዝበዝሐ ትሕዝትኡ ማይ'የ
ኔሩ" በለቶ ናብታ እምነት ዝስተየትላ ጸዕዳ መትሓዚ በረኪና
እንዳ ጠመተት። "ጽቡቅ ሓበሬታ'ዩ። የቘንይልና ስለቲ ጽፉፍ
ሓበሬታኺ። ንሕጂ ዝምልከት ኩሉ መርመራታት ጌርናላ
ኣለና። ተጀሊሐ ስለ ዝጸንሐ ኣብ ኣካላት እምነት ሕጂ ዝርአ
ሃስያ ኣየስዓበን ዘሎ። ምናልባት ሕጂ ነቲ ፈሳሲ ምስ ስተየቶ
ዕግርግርን ተምላስን ስለ ዝበርተዓ ተዳኺማ ኣላ። ንሱ ዝግ
ምስ በላ ናብ ንቡር ከትምለስ'ያ። እምነት ዕድለኛ'ያ እምበር፡
ሰባት ንበረኪና ብሓፈሱ ከሎ እንድሕር ስትዮም ዘይሓዊ
ዕንወት ኣካላትን ሞትን ከስዕብ ይኽእል'የ። ምቡሕንግን
ምብሳዕን ቀጸላታት ቆርበትናን ካልኣት ተነቀፍቲ ህዋሳትናን
ስለ ዘስዕብ፡ በረኪና ሓደ ካብቶም ንህይወት ደቂ-ሰብ ጎዳእቲ
ዝኾኑ ዘቤታዊ ፈሳሲ'የ። ስለዚ ብዝተኻእለና ካብ ቆልዑን
ዝተጨነቑ ሰባትን ኣርሒቅና ከንቐምጦ ይግብኣና" ኢሉ እቲ
ሓኪም ንወይዘሮ ምርጥነሽ ምዒዱ ኣፋነዋ።

ምርጥነሽ ብወገና "የቘንየለይ፡ ክብረት ይሃበለይ ዶክቶር። ኣብ ትሕቲ ፈጣሪ ብሓገዝኩም ህይወታ ድሕና 'ላ 'ዛ ቆልዓ" በለቶ ነቲ ኣብ ኣብ መሬት ገፈፍ እንዳ በለ ዘሸግራ ዝነበረ ነጸልኣ ኣተዓራርያ እንዳ ተወንዘፈት። ወኻርያስ ሕያወይቲ ከትመስል ዝዋውዕ ትኣስር ድዮ ዝተባህላ!" ወይዘሮ ምርጥነሽ ኣንተስ ካብ ልባ እንተስ ካብ ከሳዳ ንላዕሊ ነቲ ተረኛ ሓኪም፡ መታን እምነት ናብ ንቡር ጥዕንኣ ኣብ ዝሓጸረ ግዜ ክትምለስ ኩሉ ዝከኣላ ከም ትገብረላ ጠጥዕሙ ቃላት ዳሕዲሓትሉ ከደት። እምነት በብቝሩብ ደሓን ክትከውን ስለ ዝጀመረት ኣማሲኣን ካብቲ ሆስፒታል ንቤተን ተፋነዋ።

እምነት ዋላ'ኳ ካብ ነብሰ ቅትለት ብበረኪና እንተ ደሓነት "ሕማቕ መዓልቲ ውዒለ፡ ተመስገንካ ፈጣሪ ብህይወት ዘጽናሕካኒ" ኣይበለትን። ነዛ ዘይትትካእ ህይወታ ከብሪ ከልኣታ። ካብ ግዜ ናብ ግዜ መመሊሳ ዓቕላ ኣጽበበት። ምድሪ ብብርሃኑ፡ መሓውራ ጌና ብጭልቅዉ ልባ ብጓህን ብኸቱር ናፍቖትን ከስል መሰለ። ብዘይካ ከመይ ጌርካ ነዛ ሓንሳብ ምስ ሓለፈት ዘይተረካቢት ትንፋሳ ተቓብጸ'ምበር፡ ካልእ ጥዑይ ሓሳብ ዋላ ንማለቱ ቅልቅል ምባል ኣበያ። ዕዮ ገዛ ከም ቀደማ ኮይና ካብ ምዕያይ ሓንገደት። ዘይከም ቀደም ኣብዚ ግዜ'ዚ እንዳ ሓወቦኣ ዝጸረፉ እንተጸረፉን ናይ ዘለዎም ክድህልዋ እንተ ፈተኑን እምነት ከብዳ መንደርጋሕ መሊኣቶ'ያ። ምስ እንዳ ሓወቦኣ ኣብ ጥርዚ ዝዓረገ ጽልእን ምትፍናን በጽሐት። ኣብዚ ግዜ'ዚ ኣብ ትባሳጨውሉን ተንጸርጸርሉን ህሞት፡ ፈሊጣ ነቲ ወይዘሮ ምርጥነሽ ትፈትዎን ንኩብራት ኣጋይሽ ጥራይ መቘረቢ ትጥቀመሉን ዝነበረት ብኬርታት፡ ብያትታትን ስርሓት ከይላ ጸሕልታትን ምስ መንደቕ እንዳ ኣላገዐት ሓሽም-ሽም ተብሎ ነበረት። ኣብዚ ሰዓት'ዚ ዋላ መግቢ ንሓዋሩ እንተ ሓረምዋ ቅጭጭ ኣይምበላን። ምእንቲ ርእሱ'ውን ሸውሃታ ተረጊጡ መግቢ ምብላዕ ኣጽሊኣዋ'ዩ ቀንዩ።

ካብቲ እምነት በረኪና ዝሰተየትሉ ዕለት ሰለስተ ኣዋርሕ ኣቢሉ ይገብር፡ ሽህ ኣለቃ መኮነን ብእዎኑ ካብ ስራሕ ኣትዩ ካብ ገዝኣም ኣብ ሓደ ክልተ-ሰለስተ ኣንጎሎ ተጠዊኻ ዝተደኮነ ገዛ ናይ ሓማውቲ ምሳሕ ተዓዲሙ ስለ ዝነበረ ነብሱ ተሓጸጺቡ፡ ባድልኡ ቀያይሩ ናብ ዝተዓደሙሉ ናይ ምሳሕ ግብጃ ኣምርሐ። ነቲ ናይ ስራሕ ድቪዝኡ ምስ ምሉእ ዕጥቁ ኣብቲ ናቑን ናይ በዓልቲ ቤቱን ናይ ብሕቶም ክፍሊ ቀያይሩ ገዲፍዎ ነበረ።

እምነት ብቕንያቱ ሓወበስ ኣብ ግዜ ናይ ምሳሕ ዕርፍቱ ይኹን ኣብ ግዜ ለይቲ ወተሃደራዊ ንብረቱ ኣበይ የቐምጦ ብቱኽረት ከተጸናቱ ቀነየት። ኣብ ኩሉ'ቲ ዝሓለፈ እዋናት ግን ከምቲ መዲባቶ ዝነበረት ንኸይትፍጽም ዝተፈላለየ ማሕለኻታት የጋጥማ ነበረ። ኣብዛ መኮነን ናይ ሓማዋቲ ምሳሕ ዝተዓደመላ መዓልቲ ወይዘሮ ምርጥነሽ ናብ ሓብታ ዜራ ነበረት። ናዝሬት ድማ ንንእሽቶ ሓብታ ኣብቲ ውሽጢ ካንሽልኦም ዝነበረት ጽላል ገረብ ኒም ኮይና ጸጉራ ትምሽጥ ነበረት። እምነት ግን ኣብ ውሽጢ መደቀሲ ክፍልታት ከተጸራሪ ስለ ዝጸንሓት ንሽህ ኣለቃ መኮነን ካብን ናብን ገዛ ክኣቱን ከወጽእን ከሎ ከምዛ ዘይረኣየቶ ተሓቢኣ ተሓልፈ ነበረት።

ሽህ ኣለቃ መኮነን ክሕጸብን ነብሱ ከኮሓሓልን ቅሩብ ግዜ ስለ ዝበልዐ፡ ዘይከም ካልእ ግዜ ሽጉጡ ኣብቲ ረጉድ ናይ ሓጺን ኮመዲኖኣ ኣእትዩ ኣይዓጸዋን። መታን ቆልዑት ጠንቀምቀም ከብሉ ኣብ ኣሕዋቶም ይኹን ኣብ ካልኣት ሰባት ጉድኣት ከየውርዱ ስለ ዝሰግእ፡ ነታ ሽጉጥ ካብ መንግስቲ ትቐብል ምስ ኣበላ ኣትሒዙ ናይ ወርቂ መቐመጢ ዝመስል ብሓጺን ዝተሰርሐ ኣዝዩ ረጉድ ማእከላይ ዓቐን ዘለዎ ኮሞዲኖ'የ ገዚኡላ። ኣብኡ ከኣ ኩሉ ግዜ ብመፍትሕ ሽጒጥዋ ይድቅስ ወይ ናይ ሓጸር እዋን ምንቅስቃስ የዘውትር ነበረ።

ሸዑ መዓልቲ ግን ሽህ ኣለቃ መኮነን ከዳኑ ኣብ ምቅይያር ከሎ ናዝሬት ጓሉ ብካንሸሎ መጺኣ "ባባ ባባ እዚ ጎረቤትና ሰብኣይ ኣብ ኣፍደገ ገዛና ኮይኑ ይጽበየካ'የ ዘለኹ ደንጉኻኒ ይብለካ 'ሎ" ስለ ዝበለቶ እቲ ናይ ስራሕ ከዳውንቱ ምስ ኩሉ ዕጥቁ ኣብታ ጥቓ ዓራቶም ዝነበረት ንእሸቶ መንበር ድርብይ ኣቢልዎ ናብ ዕድሚኡ ተበቆጸ። ከተጻናቱ ዝጸንሓት እምነት ድማ ንእለታ ከይዳ ነታ ሽጉጥ ኣብ ከሳዳ ተኸለታ። ነቲ ብጎኒ ዝነበረ መላጉማት'ኳ ፈጥ-ፈጥ እንዳ በለት እንተ ጸቖጠቶ። እንተስ ትበልዕዮ እንጀራ ኣለኪ ኢልዋ እንተስ ነቲ ልክዕ መላጉም ብግቡእ ዘይትጥዉቆ ኔራ ኮይና ዋያ ሽጉጥ'ሲ ትም ሕትም በለት። እምነት ከትሸበርን ገበታ ረሃጽ ከተዛርን ጀመረት። ኣብ ከምዚ ኣዋጣሪ ህሞት እንከላ ሽህ ኣለቃ መኮነን ንሰብ ውራይ ከትከውን ዝገዝኣ ዊስኪ ኣብ ገዛ ስለ ዝረሰዓ፡ ንገገዙ ተመሊሱ ምስ ናዝሬት ጓሉ ብዛዕባ እንታይ ደልዩ ቀልጢፉ ከም ዝተመልሰ ከዛረብ ስምዐቶ'ሞ፡ ናይ ነገር ራዕዲ ነታ ሽጉጥ መመሊሳ ጠወቖታ።

ሽህ ኣለቃ መኮነን ናብ ውሽጢ ገዛ እተዉ ከብልን ንእምነት ሽጉጥ ሒዛ ከርእያን ሐደ ኮኖ'ሞ " ግደፊ፡ ኣቖምጥያ" እንደበለ ናብ እምነት ገጹ ከጎይን እታ ሽጉጥ ኣሕ-ኣሕ ኢላ ከልተ ጠያይት ብኣድራጋ ካብ ካዝንኣ ከትፍኑን ሐደ ኮነ። እምነት ድማ ኣብ መሬት ስጥሕ ኢላ ወደቖት። ብየማናይ ሽነኸ ኣዝናን ላዕለዋይ ከፋል ከሳዳን ከኣ ደም ከዛሪ ይርኣ። በዓል ናዝሬት ንእዝንኻ ዝቖድድ ኣዋያት ዳሕድሐኣ። ሽህ ኣለቃ ብግዲኡ ስለ ዝተዳህለ ነታ ሽጉጥ ካብ እምነት ብሐይሊ ድሕሪ ምምንዝዑ፡ ከልተ ኢዱ ኣብ ርእሱ ጌሩ ኣብ ዘለዎ ተዓዘመ። ኩሎም ጎረባብቲ ቶኸሲ ሰሚዖም ተኣከቡ። "ሽህ ኣለቃ ድኣ ምስ መንዩ ኩናት ከፈቱ፡" እንዳ በሉ ድማ ንሐድሕዶም ሕቶታት እንዳ ተቓባበሉ ናብቲ ኣዋያትን ቶኸስን ዝተሰምዖ ቤት በጽሑ። እምነት ከሳብ'ዚ ህሞት'ዚ ኣብ መሬት ተደርብያ

ነበረት። ወይዘሮ ምርጥነሽ'ውን ካብ ዜራቶ ዝወዓለት ኣብቲ ግዜ ዕግርግር ተመልሰት'ሞ፡ ተቓላጢፋ ናብ ቀዳምይ ረድኤት ስልኪ ሃረመት።

ኩሎም 'ቶም ኣብቲ ፍጻመ ዝተረኸቡ "ከመይ ዝበለት ትዕግስተኛን ትሕትን ቆልዓ 'ባ ብኣሊፍ ንኾንቱ ጠፊኣ" እንዳበሉ ኣብ ምቝዛን ከለዉ፡ "ዓሕ ሎሚ ከኣ ብህይወት ተሪፋ!" ዝብል ናይ ህልውና ድምጺ ብስራት ሰምዑ። ኩላተን 'ተን ጎረባብቲ ኣንስቲ ከኣ "ተመስገን ኣንታ መድሃኒ ኣለም ኣቦይ። ኣንቲ እምነት ጓለይ እንቋዕ እባ ብህይወት ተረፍኪ። ርሕስቲ ወላዲት ግዲ ኣልያትኪ!። ወይለ 'ዴኺ ሞት ድኣ መዓስ ካልኣይቲ ኣለዋ ኮይኑ። ብህይወት እንተ 'ለኸስ ንኹሉ ኣኣብ ግዚኡን ሰዓቱን ከተርከብሉ ኢኺ 'ዛ ጓለይ። ጸላኢኣ ይጨነቖክ እንታይ ረኺብዋ ኢያ ኣብ ሽዊት ዕድሚኣ ማዕረ ክንድዚ ትጭነቕ፧" በላ ኣብ ነንሕድሕደን ቀንዲ ጸላእቲ እምነት እንዳ ሽህ ኣልቃ መኮነን ምኽዮም ስለ ዘይተግንዘብኣ። ፈጣሪ ንእምነት ነዛ ዓለም ክንድ'ቲ ዝግባኣ ገና ኣይረገጽክያን ኣለኺ ግዲ ኢልዋ፡ ሓንቲ ካብተን ዝተተኮሳ ጠያይት ዝኾነ ጉድኣት ከየ 'ስዓበት ናብ ህዋ ክትሕንበብ ከላ፡ እታ ካልኣይቲ ግን ብየማናይ ሽንኽ ወተጋ ላዕለዋይ ክፋል ቆርበት ጥራይ በሲዓ ስለ ዝሓለፈት ብዘይካ'ቲ ኣሰንባዲ ብዝሒ ዝነበሮ መድመይቲ ካልእ ዝጥቀስ ጉድኣት ኣየስዓበትላን። ንእምነት እምበኣር ከብደት መውጋእቲ ዘይኮነ ፍርሒ'ዩ ኣብ ሃለፍታ ኣእትይዋ።

ድሕር'ዚ ናይ ሽጉጥ ፍጻመ ኩሉ ዝፈለጠ ሰብ ሰንበደን ብጉዳይ እምነት ቡን ከሰቲ ጀመረን። ሽህ ኣልቃ መኮነንን ወይዘሮ ምርጥነሽን'ውን እምብዛ ተሸቘረሩን ብመጠኑ ነብሶም ከሓኩ ጀመሩን። ንኻልኣይ ግዜ ካብ ነብሰ ቅትለት ንስከላ ተምልጥ ስለ ዝነበረት ድማ፡ ውሽጦም ብምሒር ስከፍታ ይቓናጥዎም ነበረ። ሳልሳይ ዋላ'ውን ራብዓይ ፈተነ ቅትለት ምናልባሽ ከይትደግም'ሞ፡ ንዕኣም ወይ ንደቆም

ምስኣ ከይትልከሞም ስለ ዝሰግኡ ብፍርሒ ኣብ ትሕቲ ጽፍሮም ከሰፍሩ ቀረቡ። በቲ ሓደ መዳይ'ውን ንምንታይ ናብ ተደጋጋሚ ነብሳ ከተቃብጽ ትህንደድ ኣላ ዝብል ገበናዊ መዘዝ ከይ መጸም ብውሽጦም ብፍርሒ ተሓማሚሶም ቀነዩ። እምነት ምናልባት ኣብ ቤቶም ከላ ህይወታ እንተ ኣጥፊኣ ከስዕቦም ዝኸእል ሰበብን፣ ናብራ ገዘኦም ድሕሪ እምነት ይኸእልዎዶ ኣይከእልዎን ዝብል ምጉት፣ ኣብ መንጎ ስድራ ላዕልን ታሕትን ከብሉ ድሕሪ ምውራሕ ድማ ምስ እምነት ከፈላለዩ መረጹ። ካብ ህጸንነታ ኣትሒዛ ቤተ-ሰባዊ ጊላነት ተላቢሳ ከትሕብሕቦምን ከተሕንቅቆምን ንዝጸንሐት እምነት ካብ ቤቶም ከርሕቆዋ ወሰኑ። ንዓታቶም መዘዝ ከይትፈጥረሎም እምበር፣ መጻኢ ህይወት ንጽህቲ እምነት'ሲ ዓጅብዎም ኣይፈልጥን።

ገሊኦም ጎሮባብትን ካልኦት ነዚ ጉድ ናይ እምነት ዝሰምዑን "ኣንታ ሽህ ኣለቃ መኮነን እዛ ሰራሕተኛ ውሽጣዊ ጸገም ዘለዋ'ያ ትመስል። ወይ ናብቲ ዘምጸእካያ ቦታ ምለሳ ወይ ከኣ ንፖሊስ ብኣግኡ ሓቢርካ ጽናሕ። ስንካም ቆልዓ'ያ ትመስል'ሞ፣ ናብ ዘየድሊ ደልሃመት ከይተእተወካ ተጠንቀቐላ ኢኸ" ይብልዎ ነበሩ። ገለ ኣመዛዚኖም ኣስተውዒሎምን ምኽሮም ዝልግሱ ሰባት ድማ "እዛ ቆልዓ ንሳ ጥራይ እትፈልጦ ሽግር ከህልዋ ስለ ዝኸእል ወይ ብኣቅሽሽቲ ጌርካ ወይ'ውን ናብ ሓከምና ወሲድካ ጸገም ናይ ውሽጣ ምስማዕ እቲ ዝሓሸ ኣማራጺ ምኽነ ኔሩ። ኩሉ ሰብ ነታ ዘይትትካእ ህይወቱ የፍቅራ'ዩ። ስለ ዝኾነ ከኣ መፍትሒ ዝሰኣነሉ ጉዳይ እንተ ዘይ 'ጎኒፍዋ፣ ነታ ብልጽቲ ህይወቱ ንኸንቱ ከጥፍእ ኣይደፋፍእን'ዩ። እንዳ ሽህ ኣለቃ ብወገንኩም እንታይ ሓሲብኩም ከም ዘለኹም ወስ እንተ ተብሉልና ከኣ ጽቡቕ ኔሩ። ምኽንያቱ እቲ ጉዳይ ብዓቢኡ ናትኩም ስለዝኾነ" ብምባል ሰናይ ምኽሮም ፈይ የብሉ ነበሩ። እንዳ ሽህ ኣለቃ መኮነን ግን ስለምንታይ እምነት

ናብ ከምዚ ናይ ተስፋ ምቅራጽ ስጉምቲ በጺሑ እንዳዕዲያም ስለ ዝግንዘብዎ ዝነበሩ ብዙሕ ኣይተሸበሩን። መታን ደስ ከብላስ ጸብሒ ዱባ ጽብሕላ ከም ዝተባህለ፡ መታን ነቶም ሰብ ሰናይ ምኽሪ ኣፉም ንኸዓብሱ "እወ ሓቅኹም ናብ ናይ ስነ ኣእምሮ ሓኪም ኣብዚ ሰሙን'ዚ ምኻድና ኣይተርፍን'የ" ዝብል መዕጸዊ ግብረ መልሲ ይህብዎም ነበሩ።

ሓደ ሰሉስ ከባቢ ፍርቂ መዓቲ ኣቢሉ ይኸውን ሽህ ኣለቃ መኮነን ብስራሕ ጸኒሑ፡ ትኽ ኢሉ ናብቲ ወይዘሮ ምርጥነሽ ጸብሒ ትሰርሓሉ ዝነበረት ክሽነ ኣበለ'ሞ፡ ወይዘሮ ምርጥነሽ በቲ ጸብሒ ከተኹስሉ ዝጸንሐት ካብ ዕንጨይቲ ዝተሰርሐ መኹስ ካብቲ ዝሰርሐቶ ጸብሒ ጣዕሙ ንምግምጋም ብመመልከቲቶ ጸብዕታ ጌራ ክትልሕስ ጸኒሓ፡ ከም ስንበድ ኢላ "ኣንታ ሞኬ ሓወይ ኣሰምቢድካኒ 'ኮ። እንቋዕ ድሓን ኣተኻ። እንታይ ድኣ ሎምስ ዘይኣመልካ ትኽ ኢልካ ናብ ክሽነ ሓሊፍካ፣ ዋይ ሓወይ ጠሚኻ ኢኻ ግዲ" በልቶ ናብ ክሽነ ከዳውንቱ ከይቀያየረ ብምምጽኡ ስለ ዝሓደሳ። "ንሽኺ ከለኺዶ ጥሜት ኣሎ'ዩ ኣንቲ ምርጽቲ ፍጥረት ከም ሽማ። ናይዛ ሳሕሳሕ ቆልዓ'ምበር ድቃስ ከሊኡኒ በጃኺ። መስሓቕ ሸራፋት ከይገበረትና ከላ ንኣስመራ ኣብ ዝሓጸረ ግዜ ክነፋንዋ ኣለና ክብለኪ እንድየ መጺአ" በላ መንከሱ ኣብ የማናይ ኢዱ ኣመርኲሱ። ወይዘሮ ምርጥነሽ ድማ ትቐብል ኣቢላ "ኣንታ ሞኬ ሓወይ እንታይ ኢኻ ኤንካ በዛ ዘይትረብሕ ሰራሕተኛ ማዕረ ክንድዚ ትጭነቐ። ጽባሕ ንግሆ ተንሲአካ ዘይተባርራ። ዋይ ጓል ኣየለ! ኣነ ዳአ ዓጢጡኒ ሞይቱ! ሰራሕተኛ እንተ ኸደት ዘይ ሰራሕተኛ'ያ ትትከኣ። እዚኣ ከኣ ካብዛ ዳናይት ጓል ሃይለ ሓውኻ ትመጽእ ኣትሒዛ ግዲ ምስ ካልኣት ስድራ ቤት ብገንዘብ ተቐጺርኪ ከተሰርሒ ስለ እትኽእልስ ንእንዳ መኮነን ረጥርጥዮም ኢላታ ኮይና፡ ብቕንያቱ'ያ ፈራዕ-ፈራዕ ኣብዚሓ ዘላ" በልቶ ናብቲ ተጸጊዐሉ ዝነበረ መንደቕ እንዳ ቘረበትን ነቲ

ዘውደቖቶ ሓደ ክልተ ቅራፍ ሽጉርትን ድንሽን ንእገረ መንገዳ
እንዳ አልዓለትን።

ወዮ ድአ አብ ከብዲ ጽጉብ የለን ጥሙይ ኮይኑ'ምበር
እምነት'ሲ ምስዛ መዳለዊት ዓለም ብጊሓቱ ተማንያ ትንፋሳ
ከተሕልፍ'ያ ላዕልን ታሕትን ትብል ኔራ። ንጽጋብን ፈራዕ-
ፈራዕን'ሲ ከፉአ ዕድል ተዓዲላ አየርከበትሉን። ንወይዘሮ
ምርጥነሽ ግን እምነት ብደም እትንቀሳቐስ ፍጥርት ምኽና
ግዲ ዘንጊዓ፡ ናይ ካብ ምሕር ምረት ዝተላዕለ ምቑያር ጠባይ
እምነት ልክዕ ከምዚ አባ ጨጎራ ዝተባህለ ሓሶኻ አብ ዝባና
ጽጉሩ ዝነስነሰላ ጸላዕላዕ ኢልዋ ነበረ። እቲ እምነት 'ትመርሓ
ዝነበረት አባሳጫዊ ህይወት ንእንዳ ሽህ አልቃ መኮነን
አይንታዮምን ስለ ዝነበረ፡ ኩሉ ግዜ እምነት ከም አርእስቲ
ከትልዓል ከላ ንዕላሎም ባጫን ሕጨጨን ይውስኹሉ ነበሩ።
ከቡር ማዕረ ነብሱ የኸብረካ ሕሱር ድማ የሕስረካ ማዕረ
ነብሱ'ዩ ነገራቱ።

ሽህ አለቃ መኮነን እምበአር ግዜ ከይበልዐ፡ ሽው መዓልቲ
ናብ ትኬት ነፋሪት ዝሽይጥ ወኪል ጉዕዞ አምርሐ። ሰሊጥዎ
ድማ ንድሕሪ ሰሙን እምነት ንአስመራ ንኽትበርር ሰፈር
ሓዚሉ ተመልሰ። መዓልቲ በረራ ምስ አኸለ ድማ ነቲ ናይ
ስራሕ አውቲስትኡ ንእምነት ናብ መዕርፎ ነፈርቲ ከብጽሓ
ሓበሮ። ነቲ መራሕ መኪንኡ ከላ ንእምነት ከፉንዋ ከሎ
ሓሙሽተ ብር መታን ከህባ፡ ሽህ አለቃ መኮነን ሓሙሽተ
ቅርሺ ካብ ጅብኡ አውጺኡ አብ ኢዱ አዕሞኾ። እምነት
በቲ ኩነታት ዝያዳ ዝኾነ ፍጡር እምብዛ ተደሲታ ነበረት።
ካብ ባርነት እንዳ ሓወቦአ ትናገፈላ ዕለት ብምንባራ ሓጎሳ
መግለጺ አይነበሮን። ፈተን ምምላቑ ምስ ዳናይት ካብ
ዝፈሽለን ንደሓር ምስ እንዳ ሽህ አለቃ መኮነን ተረጋጊጻምን
ተነፋሒሓምን ይኸዱ ነበሩ። ወዮ ድአ ሎሚ ካብኡ አይሕለፉ
ኢላቶም'ምበር ንወይዘሮ ምርጥነሽን ንሽህ አለቃ መኮነን

ከትርኢ ከላስ፡ ኣየር ኮይና ንሳቶም ከይረኣይዋ ከትሓልፍ ኣይትጸልእን'ያ ዝነበረት። ጥራይ ካብ ኢድ እንዳ ሸህ ኣለቃ መኮነን ትላቖቕ እምበር፡ ትኽዶ ዘላ ቦታ ዋላ ገሀነም-እሳት ይኹን ኣብቲ ሰዓት'ቲ ፍጹም ኣይምገደሳን ኔሩ።

መብዛሕትና ደቂ-ሰብ ጥራይ ካብቲ ዘለናዮ ግዝያዊ ሽግር ንናገፍ እምበር፡ ዝስዕብ ኣንፈትና ኣዕናዊ ድዩ ኣልማዒ ቁኽረት ኣይንገበረሉን ኢና። እምነት ግን እንተ ሓመቐ ገጽ እተፍቀሮም ቤተሰባ እትርእየሉ ዕድል ይኽፈተላ ብምንባሩ፡ ናብ ኣስመራ ከትከዲ ምስ ተባህለት ከም ማና ዝነጠባ ጌራ ቆጸረቶ። ጥራይ ኣስመራ ትኽይድ ከም ዘላ'ምበር ኣብ መዕርፎ ነፈርቲ መን ከም ዝጽበያን ውሽጢ ኣስመራ ምስ ኣተወት'ውን ገዛ እንዳ ሓወቦኣ ሃይለ ኣበይ ምኻኑን ዋላ ሓንቲ ኣፍፍኖት ኣይነበራን። ዳናይት ካብ ኣዲስ ኣበባ ንኣስመራ ከትፋኖ ከላ፡ "ኣብ መዕርፎ ነፈርቲ ምስ ወረድኩ ኩንትራት ታክሲ ጌረ ንማይተመናይ ገዛና ከኽይድ 'የ" ከትብል ስለ ዝሰምዓታ፡ ንእምነት ንማይተመናይ ብዘይካ ብኩንትራት ታክሲ ብኻልእ ዝኽየድ ኣይመሰላን። ሸህ ኣለቃ መኮነን'ውን እንተ ኾነ ብዘይካ ብኣውቲስትኡ ጌሩ ንኣስመራ ከም እትኽይድ ካልእ ዝኾነ ተወሳኺ ሓበሬታ ኣየመሓላለፈላን። ንወይዘሮ ደሃብ'ውን ንእምነት ናብ ኣስመራ ይሰዳ ከምዘሎ ኣየውከኣላን።

ምዕራፍ 3

ምምላስ ናብ ኤርትራን ሕልኽላኽቱን

እ ምነት ካብ ኣዲስ ኣበባ ነቒላ ኣስመራ ኣተወት። ዘይከም መገሻ ብኣውቶቡስ ብኣየር ምጉዓዝ ባህታ'ዮ ዝፈጥረላ። ኣብ ኣህጉራዊ መዕርፎ ነፈርቲ ኣስመራ ምስ ወረደት ኩሉ ምስኣ ተሳፈሩ ዝመጹ ገያሻይ ምስ ቤተ ሰቡን ኣዕርኽቱን ተተሓቛቍፉ ከሰዓዓም ምስ ተዓዘበት ብጓሂ ምኽኽ በለት። ካብ ሰብ ከም ዘይተፈጥረት ንቡር ስኣነት። ምስቲ ገይሻቶ ዘይትፈልጦን ኣብ ደገ ወጺኣ ምስ ሰብ ዘይትራኸቦን ተሓዋዊስዋ ከኣ። እንቋዕ ድሓን መጻእኪ ዝብላ ሰብ ምስ ስኣነት ነብሳ ምትሓት ተሰምዓ። ካብን ናብን ዓወንወን ክትብል ጸኒሓ ንሽነኽ ምብራቓ ገጻ ጥውይ እንተ 'በለት፣ ኣብ ፈታ "ታክሲ-ታክሲ" እንዳ በሉ ኣኣዳዎም ናብ ገያሾ እንዳ ኣወሳወሱ ንኽሳፈሩ ዕድመ ዘቕርቡ ሰብኡት ረኣየት'ሞ ናብኦም ኣበለት። ናብ ነፍሲ ወከፎም ኣንዳ ዘረት "ታክሲ ክንደይ'ዩ፧" ኢላ ትውከሶም'ሞ፣ ገሊኦም ዕስራ ብር። ገሊኦም ዕስራን ሓሙሽተን ገሊኦም ድማ ሰላሳ-ኣርበዓ ብር ይብልዋ ነበሩ። "እሞ ሓሙሽተ ቅርሺ ጥራይ'የን ዘለዋኒ" ምስ በለቶም፣ "ሓሙሽተ ብር ጥራይ!፣" ትዋዘዩ ዲኺ ዘለኺ 'ዛ ሓብተይ፣ ታክሲ ተሰቒልኪ ኣይትፍልጥን ዲኺ ቅድሚ ሕጂ፣

ንስኺ. ኣሸካዕላል ኢኺ ትጸወትልና ዘልኺ። ዋጋ ትኬት ነፋሪት
ከፊልኪ እንዳ መጸከስ ንታክሲ ካብዚ ንኽተማ ብሓሙሽተ
ብር ጥራይ ክንስቘለኪ ኢልኪ ትሓስቢ፤ ዋይ ገለ ክንስምዕ
ኢና ሎምስ!" እንዳ በሉ ይስሕቑላን ይግረሙላን ነበሩ። እዘም
እምነት ሓሙሽተ ብር ጥራይ'የ ዝኸፍለኩም ምስ በለቶም
በቒቓ ዝመስሎም ዝነበረ ዋናታት ታክሲ፡ ነታ ልባ ገንጺሎም
እንተ ዝርእይዋስ ክንደይ ኮን ምደንገጹላ ጌሮም ይኾኑ፤

እምነት ተስፋ ቖሪጻ ድሕሪ ምጽናሕ ብሸነኽ ጸጋማ ሓንቲ
ንበይና ፍንትት ኢላ ተዓሽጋ ዝነበረት ታክሲ ረኣየት'ሞ፡
ዕድላ ክትርኢ ናብኣ ከደት። ሓደ ኣብ መፋርቖ ኣርብዓታት
ዝዕድሚኡ ሰብኣይ ኣብ ውሽጢ 'ዛ ታክሲ ተገምሲሱ ጸኒሑ፡
እምነት ናብኡ ገጻ ከትመጽእ ምስ ረኣያ ማዕጾ ከፊቱ ኣእተዋ'ሞ
"ናብይ ኢየ ከብጸሓኪ 'ዛ ሓብተይ፧" ከብል ተወከሳ ሞተረ
እንዳ ኣተንስአ። "ንማይተመናይ'የ ዝኸይድ'ዚ ሓወይ"
መለሰትሉ እምነት ማይተመናይ ኣብ ኣበየናይ ከፋል ናይ
ኣስመራን ክንደይ ኪሎ ሜትር ካብ መዕርፏ ነፈርቲ ኣስመራ
ርሒቓ ከም እትርከብን ኣፍልጦ ዘይብላ ክንሳ፡ ኣይተዛረበን
መኪንኡ ኣልዒሉ ተበገሰ። ናይ ኣስታት ሓደን ፈረቓን ኪሎ
ሜተር ርሒቐት ኣቢሎም ምስ ተጓዕዙ "ፈሊጥከዮ ኣለኺ. ኢኺ
ምሽ ጓል ሓወበይ፤ ካብዚ ንማይተመናይ ሰላሳን ሓሙሽተን
ብር ከኸፍለኪ'የ" በላ ንዝንታሳቖሳ ተሸከርከርቲ ንምዕዛብ
ኣዒንቱ ሰለስተ ሚእትን ሱሳን ዲግሪ እንዳ 'ዘረ። "እም ኣንታ
ብሩኽ ሓወይ ኣነስ ብዘይካ ሓሙሽተ ብር ካልእ ዋላ ሓንቲ ጥር
ትብል የብለይን። በጃኻ ተረደኣለይ ዝሓወይ!" ኢላ ኣጥቢቓ
ተማሕጸነቶ።

"እንታይ ሓሙሽተ ብር ኢልካኺ!፤ ትላገጺ ድኺ
ዘለኺ! መዓስ ኣብ ኣድጊ ጽዒነኪ ኣለኹ ድኣ ሓሙሽተ ብር
ትብልኒ! እዛ ተሰቒልኪያ ዘለኺ'ኳ ገንዘብ'ያ ትበልዕ። ከመይ
ዓይነት በለጸኛ ሰብ'የ ረኺበ ሎሚ ምሽት ወደይ" ኢሉ

ነዲሩ ከዕዘምዘም ዝሰምዐት እምነት ከምዛ ገንዘብ ብቝጠታ
ዝሰረቐቶ ኮይኑ ስለ ዝተሰመዓ ብፍርሒ ሽቘጥቖጥ ኣተዋ።
ወድያት ንሓጺር ግዜ ዝን ኢሉ ድሕሪ ምጽናሕ "ስምዒ 'ዛ
ሓብተይ ከም ዝርኤኪ ዘለኹ ጽገምቲ ኢኺ ትመስሊ። ንስብ
ከኣ ኣብ ጸገሙ ምሕጋዝ ዓስቢ ኣለዎ። ስልዚ ዋላ'ቲ ሓሙሽተ
ቅርሺ ትብልዮ ዝጸናሕኪ ገዲፈልኪ ኣለኹ። ሓጂ ግን ደኺመ
ግዲ ኮይነስ ቁሩብ ከም ፍዝዝ ኢለ ኣለኹ'ሞ፡ ሓንሳብ ኣብዚ
ብሽነኽ ጸጋምና ዘሎ ጎልጎል ኣልይ ኢልና ከነዕርፍ። ድሕሪኡ
ኣብቲ ደሊኸዮ ዘለኺ ቦታ ከብጸሓኪ 'የ። ምስ ተበገስኩ ብዙሕ
ግዜ ኣይከወስደለይን'የ። ከምዚ ትፈልጥያ እዛ ኣስመራና
ጽብቕቲ'ያ'ምበር ንእሽቶ እንድያ" ኢልዋ ናይ እምነት መልሲ
ከይበጽሓ ነታ ታክሲ ናብቲ ዝሓሰቦ ኣንፈት ኣቕነዓ። " ሕራይ
ድሓን ጸገም የለን ኣዐርፍ" በለቶ እምነት ብውሽጣ ናይ ነገር
ጥዕና ጥራይ ይግበሮ ኢላ እንዳ ተጣራጠረት። ሰብኣይ ከምቲ
ዝበሎ ንመኪናኡ ኣብ ሓደ ጽልምት ዝበለ ካብ ጽርግያ ናይ
ኣስታት ሚእቲ ከሳብ ክልተ ሚእቲ ሜትሮ ርሒቑ ዓሸጋ። ካብ
መኪናኡ ወሪዱ ሽጋራ ከትክኽ ድሕሪ ምጽናሕ ድማ ሽጋርኡ
ጥቕጣ ምስ ኣብቀዐት ብእግሩ ጌሩ ሕምትል-ሕምትል ኣቢሉ
ነቲ ተረፍ ኣቕሂሙ፡ ናብቲ እምነት ኮፍ ኢላትሉ ዝነበረት ናይ
ድሕሪት መንበር መጺኡ ምስኣ ጥብቕ ኢሉ ኮፍ በለ። ብዘይ
ፍቓዳ ድማ ኣጥባታን ኣስለፋታን ከተናኸፉ ጀመረ።

እምነት ነገራቱ ኣርሚምዋ ንገለ ደቓይቕ ስቕ ኢላ
ከትዕገሶ ድሕሪ ምጽናሕ፡ ነቲ ብጎና ዝነበረ ማዕጾ መኪና
ፈግ ኣቢላ ከፈታ ኣምበሳ ከም ዝረኣየት ኢራብ ነጢራ ንደገ
ወጸት። እቲ ሰብኣይ ከኣ "ንዒ ገንዘበይ ከፈልኒ" እንዳ በለ
ደድሕሪኣ ኣርከባ። "እዛ ሓሙሽተ ብር ጥራይ'ያ ዘላትኒ'ኻ
ኢለካ የ። ሕጂ ከኣ ናብ ቦታይ ኣብጸሓኒ'ሞ ክኸፍለካ" በለቶ።
"ሓሙሽተ ብር!፤ ኣበይ ኣዲኣ ዘላ ጠማዕ ጓል'ያ ጎነፋትኒ ሎሚ
ምሽት ሓወይ። እም ብሓዲኡ ክትከፍልኒ ኣለኪ" ምስ በላ "

ብሓዲኡ፣ እንታይ'ዩ ብሓዲኡ ማለትከ፤ እዛ ሓሙሽተ ብር
ከህበካ። ከብኡ ሓሊፋ ግን ዋላ ብሕጊ ከሰስኒ'ምበር ጥር
ትብል ገንዘብ የብላይን” ምስ በለቶ ነታ አቖቢላቶ ዝጸንሐት
ሓሙሽተ ብር ናብ ገጻ ደርብዮ ከሳብ ሓው ሓው ዝብላ አብ
ጉንዲ እዝና አገልደዳ። እምነት እንተስ እቲ ነብሳ ብማህረምቲ
ላድዮ እንተስ እንተ አእውየስ ብዝገደደ ከይሰሃለኒ ኢላ ግዲ
ፈሪሓ ጽፍዒታ ጎሲማ፣ ንውሽጢ ሰንበል ገጻ እግራ ናብ
ዝመርሓ ጋለበት። ከባቢ ዓሰርተ ሓደን ፈረኞን ምሽት ስለ
ዝነበረ ድማ ተወር ዝብል ሰብ አይነበረን። ድምጺ ከተማ
አስመራ'ውን ጸጥ አብ ምባሉ ገጹ ነበረ። ነቲ ካብ ባራትን
ማእከል ለይታዊ ትልሂታትን ዝወጽእ ድምጺ ሙዚቃታት
ገዲፍካ፣ እቲ በዓል ታክሲ ሰብአይ ግዲ እታ ዘላደዳ ጽፍዒት
ትአኸላ'ያ ኢሉ ንእምነት ምስ 'ጨልገማ ደድሕሪኣ አየርከባን።
አብ መኪንኡ ተመሊሱ ግን "ጓል 'ዛ ሰበይቲ ተጸዊታትለይ 'ባ"
እንዳ በለ ብትሑት ድምጺ የጉረምረም ነበረ። አይተሳኸዓሉን
እምበር ካብ ገንዘባ እንተ ዘይረኸቦስ፣ ካብ አካላታ ከኽፈል
ኢሉ'ዩ አንቂዱ ኔሩ።

እምነት'ምበአር እዋን ዘይብሉ ንበይና ገልሃብ ገልሃብ
እንዳ በለትን ጠገለ ዘይብሉ አሳጉማ እንዳስጎመትን፣
ብደቡባዊ ሽነኸ ሰንበል አቢላ ንርእስ ከተማና አስመራ ትአቱ
ነበረት። ንእስታት ርብዒ ሰዓት አቢላ ምስ ተጓዕዘት ሕጂ'ውን
ዕድል አይገበረትን ክልተ ሰኺሮም ንሓድሕዶም ዝጸረፉ
ዝነበሩ መንእሰያት ጎፍ በልዋ። ሃንደበት ንእምነት ምስ
ረአዩ ግን ምጽርራፎም ደው አቢሎም "ዋይ ሑርማ ርአያ።
ዋይ ፍሊጸስ አቦይ ኢለ አንታ በየን ነጢባ አብዚ ሰዓት 'ዚ፣
ዋይ ቀባጽ መዓረይ በዚ ሰዓት'ዚ ንበይና ዘውን ትብል።'ዚ
ዓርከይ ጥዕምቲ ድራር ባዕላ ካብ መጸትና ድአ ንገዛና ወሲድና
ንአከላ'ምበር” እንዳ በሉ ጓል አንስተይቲ በቲ ሰዓትን አብቲ
ጽምዋ ቦታን ብምርካቦም ደስትአም ብዘይ ሕብእብእ ገለጹ።

ሓዲአም ሕጽር ኢሉ ረጉድ ደጭዳጭ ኣብ መፋርቕ ሰላሳታት
ዕድም ዝርከብ ሓርናጽ መንእሰይ ነበረ። ኣብ ጥቓ ብርኩ
ዝበጽሕ ኣይ ሓጺር ኣይ ነዊሕ ጅንስ ስረ ምስ ግፍሕ ዝበለ
ሓጺር ኢዱ ማልያ፡ ኣብ ርእሱ ድማ ባርኔጣ ለቢሱ ነበረ።
ንእምነት ድማ ንሱ'ዩ ዝያዳ ከላኸፉን ከድህላን ዝጀመረ።
"ንዒ 'ስከ ኣንቲ ጻል ሕድርትና ከንደይከ ትሸኩሪ ኢኺ።
ኣደይ ማርያም ንዓኺ ብመልክዓ ምስ ሰርሐት፡ ነተን ካልኦት
ኪዳ ብያ ኢያ ኢላተን መስለኒ። በሊ ሕጂ ምሳና ከትሓድሪ
ከትከዲ ኢኺ። ከመይ ዝበለ ንዓኺ ዝኸውን ገሬሕ ዓራት
ኣለና" በላ ሓውሲ ስሓቕ ሓዊሱ በቲ ብመስተ ተቐሊፉ ዝነበረ
መልሓሱ ወልደፍደፍ እንዳ በለ። እምነት ርዒዳ ኣጸብዕታ
ቆራዕ-ራዕ እንዳ በለት ኣብ ዝቐመቶ ጠጠው ኢላ ተዓንደት።
እቲ ብጻዩ መንእሰይ ቆማት ኮይኑ፡ ቀጥ ዝብሎ ስረን ካምቻን
ወድዩ ነበረ። ንሱ ግን ዘይከም ካልኣዩ ብዙሕ ዘምዝኖ ዘረባ
ኣየምለቖን። ጥራይ እቲ ዓርኩ "ምሳና ከትሓድሪ" ምስ በላ
"እወ ሓቁ 'ሎ። ምሳና ሓዲርኪ ጽባሕ ንግሆ ኣንጊህኪ ንገዛኺ
ትኸዪ" በላ። እታ ብሰላማን ብጸጠትኣን እትልለ ከተማ
ኣስመራ፡ ንእምነት'ሲ ኣብ ፈለማ እሾኽ ኮይና ድኣ ጸንሓታ።

ሓዲአም ብጸጋማይ ሓዲአም ብየማናይ ኢዳ ከምዚ
ናይ ጤል ወጢጦማ፡ ናብቲ ከኸድሉ ዝጸንሑ ኣንፈት ገጾም
ነቐሉ። እምነት እምብዛ ተሻቒለትን ዓቒላ ኣጽበበትን።
"ግደፉኒ ኣይትሓዙኒ፡ ኣነ በዚ ኣይኮነን መንገደይ። ምሳኹም
ኣይከይድን 'የ። ኣንታ በጃኹም ግደፉኒ!" እንዳ በለት ንድሕሪት
ገጻ ከትንቶም ፈተነት። ንዕኣም ግን ዕጅብ ኣይበሎምን።
ከንዲ ዝወጨጨት እንተ ወጨጨት ከንዲ ዝገዓረት እንተ
ገዓረት ከምዛ ስጋ ዝረኸበ ዝብኢ. ናብ ትበጽሕዮ የብልከን
ብዘስምዕ ተረጋጊአም ጉዕዝኣም ቀጸሉ። እቲ ዝነበርዋ ቦታ
ውስን ዝበለ ስለ ዝነበረን፡ ሰዓታት ዕረፍትን ድቃስን'ውን ስለ
ዝነበረ እንታይ ዝኾንኩም ኢኹም፡ ግደፉ ዝብል በዓል ሕልና

ሰብ ክሳብ ሕጂ ኣይተረኸበን። እምነት ተስፋ ኣብ ምቝራጽ ገጽ ኣምርሐት። "ኦሮማይ እዚኣቶም ድኣ ከምዛ ከባብ ኩዕሶ ክጸወቱለይ ከሓድሩ'ዮም። ኣንቲ እግዚእተነ ማርያም ጸሎትኪ 'ባ ናብቲ ፍቘር ወድኺ ኣብጽሕለይ" እንዳ በለት ድማ ብውሽጣ ኣብ ጸዑቕ ምህለላ ኣተወት።

ንሳ ንድሕሪት ክትስሕቦም ንሳቶም ንቕድሚት እንዳ ጎስስዋ ሓያለይ መንገዲ ተጓዕዙ። ኣብ መንጎ እቲ ነዊሕ መንእሰይ ሽንቲ ክሽይን ካብ መንገዲ ፍንትት ኢሉ ወጸ'ሞ፣ ኣብ እግሪ ገረብ ተጸጊዑ ሽንቲ ማዮ ከፍስስ ጀመረ። እቲ ደጭዳጭ ብጸዮ ግን ብጸጋምይ ኢዱ ንእምነት ሓዙ። የማናይ ኢዱ ካብ ጁባ ናይ ጃኬቱ ሽጋራ እንዳ ኣውጸአ ነቲ ዝሽይን ዝነበረ ካልኣዩ "ኣንታ ከመይ ዝበሉኻ ገንኢ ኢኻ። ነቲ ቢራ ከምኡ ጌርካ ኣይትገልሎዶ ከብለካ ከየምሰኹ። ቀልጥፈና 'ባ በጃኻ። በዚ ዝሓልፍ ሰብ ከይረኸበና'ሞ ኣብ ሞሲባ ከይትዳኸላና" እንዳ በለ ናይ ታህዋኽ መንፈስ የንጸባርቕ ነበረ። እምነት ኩነታት ኣጽኒዓ ነታ ሓዛታ ዝነበረት ጸጋመይቲ ኢዱ ቀርቀብ ኣቢላ ነኸስታ'ሞ፣ ወዮ ብዘይ ብእኡ ተረቢጹ ዝጸንሐ ወድያት "ዋይ ኢ.ደይ! ሓ.........ይ! ኣንታ ቆርጢማትኒ'ምበር ጓልዛ ወያል ጓል" ብምባል ኢዱ ዘዕ ኣቢሉ መንጠላ። እቲ ክሽይን ዝጸንሐ መንእሰይ ሽንቱ ከይጸንቀቐ ከሎ ዝተነኸሰ ዓርኩ ስለ ዘእወየ፣ ዝተረፈ ሽንቱ ኣብ ስሪኡ ጥብጥብ እንዳ 'በለ ከረድአ ተጓየየ። እምነት ግን እግረይ ኣውጽእኒ ኢላ ነፈጸ ተበቈጸት። ኣየርከብዋን። ወዮም ስኽራማት ኣወዳት ቊሩብ'ኳ ከጎዮ እንተ ሃቀኑ፣ ብመስተ ተሳህኒዮም ስለ ዝነበሩን እቲ ዝተነኸሰ ወዲ በቲ መንከስቲ ናይ እምነት ስለ ዝተቘንዘወን ሓምሳ ሜትሮ ከይወድኡ ጠጠው በሉ። ወስ ፈራሕ ኣይርከብካ ከም ዝበሃል፣ እምነት ነታ ኢዱ ዝብኢ ከም ዝገሃጸ ኣድጊ ብጅል ኣቢላ ሓደገታ። ንመን ኣለዋስ እዚዚ ኣለዎ ከም ዝተባህለ፣ እምነት ካብዚ መዓት 'ዚ'ውን ብዘይ ዝኾነ ጉድኣት ኣምለጠት።

እምነት ካብ ኢድ 'ዞም ከሰሃልዋ ዝወጠኑ ዓመጽቲ ብስሪኣ ምስ መሎቆት፡ ህድማ ተተሓሓዘቶ። መቸስ ደቂ-ሰብ እንተ ፈሪሕና ቅድሚኡ ርኢናዮ ዘይንፈልጥ ጸዓት ኢና 'ነመንጨ። በቲ እምነት ትጋልበሉ ዝነበረት ፍጥነት ምናልባት ኣትለት ዘርእሰናይ ታደስ'ውን ኣይመርከባን ይኸውን። ጉይይ ጸኒሓ፡ ሕጅስ ኣየርክቡንን'ዮም ኢላ ስለ ዝሓሰበት፡ ጉያ ኣቋሪጻ ብፍጥነት ምስጓም ተተሓሓዘቶ። "ተመስገን ኣምላኸይ ሎሚ ለይቲ ካብ ኢድ 'ዞም ኣራዊት ዘድሓንካኒ። ኣምላኸ ጥውም ኩሉ ንኸገብር ዘይጽግሞ፡ ካብዞም ክዳን ለበስ ኣራዊት ዘጋለገልካኒ ምስጋናይ ንዓኻ መስፈሪ የብሉን" እንዳ በለት ነብሳ ከተረጋጋእ ትፍትን'ሞ፡ ብድሕሪት መጺኣም ከየርከብዋ ስግኣት ስለ ዝነበራ ግን ጸጺቒጣ ንድሕሪት ተቋምት ነበረት።

መሬት ደሓን ከም ዘሎ ምስ ኣረጋገጸት ከኣ ጐዕዝኣ ትቐጽል። ጽንሕ ኢላ ንድሕሪት በቲ ዝመጸቶ ግልጽ እንተ በለት ግን ብሸነኸ ጸጋም ኣብ ደረት'ቲ ትሓልፈሉ ዝነበርት ጀርዲን፡ እቲ ቀንዲ ነገራ ደልዩ ዘምሰየ ሓጺር ረጉድ መንእሰይ ጠጠው ኢሉ ረኣየቶ። ንኸልኣይ ግዜ ቁሊሕ ኢላ ናብኡ ከይጠመተት ዳግማይ ህድማ ንቅድሚኣ ኮነ። "ሕጂ እንተ ሓዘኒ ህይወተይ ከሓልፈኒ'ዩ። ስለዚ ናብ ዝዓለብኩ ከዓልብ ንቅድመይ ከውንጨፍ ኣለኒ" ኢላ ምስ ነብሳ ቃል ስለ ዝኣተወት ነብሪ ከም ዝረኣየት ኣድጊ በረኻ ዳግማይ ምግላብ ተተሓሓዘቶ። ምህዳም'ምበር እንታይ ትረግጽን ናበይ ጋጸ ትሃድምን ኣላ ተስተብሃለሉ ስለ ዘይነበረት፡ እንዳ ጎየየት ከላ ኣብ ሓደ ህጉም ኣንሸራቲታ ተነቘተት። ምውዳቓ ከየሰንበዳ ድማ ብቅጽበት ካዕቦ ካብ ምስትንፋስ ተቐጢባ ኣብ ዝወደቖትሉ ስንጭሮ ኩርምይ ኢላ ኮፍ በለት። ከምዚ ኢላ ንኣስታት ኣርበዓን ሓሙሽተን ደቓይቅ ተሓብአት። ኣርኪቡ ዝሓዛ ሰብ ኣይነበረን። "ወይ 'ዞም ርጉማት ጎሓላሉ ብኸልኣ ቦታ ዝኸድኩ መሲልዎም ሃጺጾም ኣለዉ ማለት'ዩ። ኪዱ

ድኣ ዕደ ነሳእኩም!" እንዳ በለት ድማ ካብ ኢድ 'ቶም ዓዋሉ ብምምላጥ ብውሽጣ ትሕጎስ ነበረት።

ድምጺ እንዳ አጸናተወት ቀስ ብቐስ፡ ርእሳ በቲ አትያቱሉ ዝነበረት ደንደስ እንዳ አቐልቀለት ከባቢኣ አጽነዐት። መሬት ድሓን ከም ዘሎ ምስ አረጋገጸት ድማ ካብቲ ጉድጓድ ወጺኣ ናብቲ አብ ከባቢኣ ዝነበረ ገዘውቲ ሰንበል አተወት። አጋጣሚ ድማ ሓንቲ አብ ደገ ከትሸይን ጸኒሓ ናብ ገዝኣ ትምለስ ዝነበረት ሓያወይቲ ሰበይቲ ጎፍ በለታ። "ሰላም 'ዛ ጓለይ። እንታይ ዝኾንኪ ኢኺ፤ ድሓን ዲኺ ድኣ ክንድዚ ትልህልሒ፤ አንቲ ጓለይ ዓቐመይ ዝፈቐዶ ከሕግዘክስ እንታይ'ዩ አጋጢሙኪ እንዶ ንገርኒ፤" ከትብል ኩነታታ ንምፍላጥ ተወከሰታ። እምነት ድማ "ደሓን'የ አሰንቢደኪ ዶ፤ በ...ዚ.በ...ዚ ስኸራማት ሒዘምኒ ጸኒሓም" ኢላ መለሰትላ ነብሳ ከትቆጻጸር እንዳ ፈተነት። "ዋይ ጓለይ አዴኺ ድኣ...! እሞኸ ድኣ ደሓን ዲኺ፤" ሕቶ አስዓበትላ እታ ዝተቐበለታ ሰበይቲ።

"ደሓን'የ አምላኽ አውጺኡኒ 'ሎ። ንዕናይ ድኣ ካብዚ ንተአሰ ከይሕዙኒ ደድሕረይ'ዮም ክጎዩ አምስዮም" በለታ እምነት ገና ስግአት ከም ዘለዋ ንምብራህ። "ደሓን ሕጅስ ዘፈርኪ አይከቐርቡን'ዮም ርግእ ጥራይ በሊ 'ዛ ጓለይ" መለሰትላ እታ ሰበይቲ ንእምነት ንምትህድዳእ። ቀጺላ እታ ሰበይቲ "እንቋዕ ጥራይ ብሰላም መጻእኪ'ምበር አብቲ አዛብእ አስመራ ዝዋፈርሉ ቀንዲ ሰዓታት እንዲኺ ተዛዊርኪ ከኣ" በለታ ንእምነት ዘሀደማ ምኽንያት እትጽበዮ ከም ዝኾነ ንምእንፋት። እምነት ከኣ ከም ግርም ኢላ "አዛብእ አስመራ፤ አዛብእክ አለዉ ድዮም አብዚ ውሽጢ ከተማ፤"'ሞ ንሳቶም'ውን እንቋዕ አይረኸቡኒ ብዘስምዕ አዘራርባ። እታ ሰበይቲ ድማ "አይፋሉን። እቶም ብአርባዕተ መሓውሮም ዝኸዱ አዛብእ መሮር ስባ የለዉን። የግዳስ ወዲ ሰብ እቲ ሰብ ከገብር ዝግብኦ እንተ ዘይጌሩን ሕልና እንተ አጥፊኡን ካብ

በዓል ዝብኢ. ዝፈሊ. የብሉን ንምባል 'የ" በለታ በተን ፍይርይር ዝበላ አስናና ፍሽኽታ አሰንያ፦ "ንስኺ. ዕድለኛ ኮይንኪ፣ እቶም ስድራኺ. ከአ ሕማቕ አይትስምዑ ግዲ ኢልዎም'ምበር ከንደይ ካብዘን ደቅና'የን ጸታዊ ዓመጽ ዝወርደን ሕላፍ ስዓታት ንቢይነን እንተ ተንቃሳቒስን። ምሉእ ለይቲ ደቆምን አንስቶምን ብጥሜት አብ ገዛ ተዓጽዮም ከለዉ፣ ከም ገንኢ. መስተ ከዕርቒ ዝሓድሩ ሰብኡት ውሑዳት አይኮኑን። ብመስተ ዝተሰነፈን ነብሱ ምቑጽጻር ዝሰአነን ከአ ንኻልእ ሰብ ኮነ ንባዕሉ ጉድአት ከስዕብ ናይ *መጀመርታ* ተርእዮ አይኮነን" በለታ ንብድሕሪ ሕጂ ከትጥንቀቕ ከም ዘለዋ ንምዝኽኻር።

ድሕሪኡ እታ ሰበይቲ ንእምነት ምሳይ ከትሓድሪ ኢኺ ኢላ ንገዝአ ሓዛታ ተአለየት። "ንም'ኺኑከ ጓል መን ኢኺ፣ በየን ኢኺ መጺእኪ፧" ኢላ ንእምነት ሓተተታ'ሞ፣ እምነት ድማ "ካብ ርሑቕ'የ መጺአ አደይ መዓረይ። ደሓን ምድሪ ምስ ወግሐ ከዕልለኪ 'የ፣ ሕጂ መታን ዝደቀሱ ሰባት ከይንህውኽ" መለሰትላ እምነት አሕጺር አቢላ። እቲ ምስ ወደቐት ኩሉ አእጋራን አእዳዋን ተጀላሊዑ ቆሲሉ ስለ ዝነበረ፣ ካብቲ ህድማ ዝግ ምስ በለት ብቓንዛ ከመናጭታ ጀመረ። "ንጽባሕ ይኹነልና ሓቅኺ. እንታይከ ሃዊኽኒ'የ አዴኺ። ንዕናይ በሊ ተደረሪ'ሞ ከንድቅስ" ኢላታ ንውሽጢ ገዛ ሓዛታ አተወት። ድራር ቀራሪባ ድማ ንእምነት ነብሳ ከትዕንግል ዓደመታ። "ብልዒ. በሊ 'ዛ ጓለይ። ድራርና ምስ ወዳእናዮ ድአ መጺእኪ'ምበር። ደሓን ግን መቘተሊ. ሓሰኻ ይኹነኪ'ዩ። ናይ አዴኻ ከአ ጥዑም'ዩ" በለታ። "ሓቅኺ. ምስ ናይ አደ ድአ ናይ መንከ ከወዳደር፣ ሕጂ ግን ተደሪረ ጸጊብ ስለ ዘለኹ አይበልዕን 'የ። ስለቲ ኩሉ ለውሃትኪ. ግን ከብረት ይሃበለይ። ጥራይ መገምሰሲ እንተ 'ለኪ. ተሓባበርኒ ኢኺ። ሰዓት ክልተ ናይ ለይቲ እንድዩ ከአ ቀሪቡ። ድራር አብዚ ሰዓት'ዚ እዋኑ አይኮነን። ጽባሕ ንግሆ ነርከበሉ ኢና አበይ ከይከደና" መለሰት እምነት ነቲ ቃንዛ

ናይ ማህረምታ ብስና ነኺሳ ድቃስ ጥራይ ዝያዳ ኩሉ ይረኣያ ከም ዘሎ ንምብራህ። "ሕራይ በሊ ፍቓድኪ ይኹን። ክድቅስ ጥራይ እንተ ኢልክስ ንዒ በዚ ምሳይ ክትድቅሲ ኢኺ" ኢላ ናብቲ መደቀሲኣ ኣመልከተትላ።

ሸው ለይቲ በቲ ሓደ እቲ ዝወደቐቶ ይደምን የቖንዝዋን ስለ ዝነበረ፡ በቲ ካልእ ድማ በዓል ቤታ ነታ ሰበይቲ በብዓይነቱ ቅላጸ ዘለዎ ከሳብ'ቲ ነዊሕ ናሕሲ ናይቲ ገዛ መቓልሕ ዝመልስ ዓው ኢሉ ከሕርንኽ ስለ ዝሓደረን እምነት ነዛ ንማለቱ ሰለም ከይ 'በለት፡ ንሽሙ ጥራይ ኣብቲ ዓራት ተገምሲኣ መሬት ንርእሳ ኢላ ኣውጋሕታ። መሬት ከብዲ ኣድጊ ምስ መሰለት ግን ሰላሕ ኢላ ከይተሰምዐት ካብቲ ገዛ ወጺኣ ናብ ማይተመናይ እትኸደሉ መንገዲ ሃሰው ኣብ ምባል ኣተወት። በቲ ዘጋጠማ መውደቐቲ እቲ ነብሳ ከደሚ ስለ ዝሓደረ ነቲ ኣንሶላታት ናይ 'ቶም ገዛ ኣጠልቂዎ'ዮ። ንእምነት ከኣ'ዚ ኢዮ ነውሪ ከም ዝፈጸመት ኮይኑ ስለ ዝተሰመዓ ተሰኪፋ የቖንየለይ'ኳ ከይበለቶም ስተት ኢላ ካብ ዓራት ወሪዳ ኣንጊሃ ዝተሸርበት።

ካብቲ ዝሓደረቶ ቤት ምስ ወጸት ንእገረ መንገዳ በቲ ንምሽቱ ክትሃድመሉ ዘምሰየት ቦታ ሓለፈት'ሞ፡ እቲ ኣብ ካልኣይ ግዜ ክትሃድም ከላ ምኽንያት ዝነበረን ጠንቂ'ዚ ኩሉ ምውዳቐን ምቑሳልን ዝነበረ፡ ኣብ ደረት ጀርዲን ጠጠው ኢሉ ዝረኣየቶ'ሞ፡ እቲ ምስ ካልኣዩ ኮይኑ ከኸትራ ዘምሰየ ሰኸራም መንእሰይ ዝመሰላ ምስሊ፡ ናይ ብሓቂ ሰብ ኣይነበረን። እቶም ሰብ ጀራዲን ጀርዲኖም ብእንስሳታት መታን ከይድፈር ኢሎም፡ ሰብ መሰል ብጨርቅን ብዕንጨይትን ዝሰነዕዎ መፍርሒ ቶምቦሊኖ (scare crow) ኮይኑ ባርኔጣ ቆቢዕ ኣልቢሶም ስለ ዘቖምዎ፡ ምናዳ ምናዳ ብግዜ ጸላም ልክዕ ሰብ'ዮ ዝመስል። እምነት ንግሆ ሰብ ዘይምኽኑ ምስ ፈለጠት ንበይና ብስሓቅ ቆሰለት። ብተመን ዝተዳህለስ ብልሕጺ ስንበደ'ዮ ነገሩ።

እምነት ብዘይካ'ታ ካብ ዳናይት ዝሰምዐታ ገዛውትና ማይተመናይ'ዩ ዝበሃል እትብል ምልእቲ ዘይኮነት ሓበሬታ፡ ዝኾነ ካልእ ትፈልጦ ኣይነበራን። ማይተመናይ ሰፊሕ ምዃኑ'ውን ኣይተረዳኣን። ኣጋጣሚ ንዝሓልፉ ሰባት ክትውከስ ጸኒሓ፡ ሓንቲ ስርሓት ቶዮታ ዝኾነት ታክሲ ኣብ ጥቕኣ መጺኣ ጠጠው በለት'ሞ፡ ነቲ በዓል ታክሲ ንማይተመናይ ክትከይድ ትደሊ ከም ዘላ ምስ ሓበረቶ "እንድያሞ ሕራይ ተሰቐሊ ዓባይ ሰብ" በላ በዓል ታክሲ ብዳሕረዋይ ማዕጾ ክትኣቱ ከም ዘለዋ ብኢዱ እንዳ ኣመልከተ። "ግን ሓሙሽተ ብር ጥራይ'ያ ዘላትኒ" በለቶ እምነት እዚ ከኣ ሕጂ ዘይ ኣይሰቐለክን 'የ" ክብለኒ'ዩ ኢላ እንዳ ተሰቀቐት። ግን ደሓን ምፍታን ዝስመስልዎ የለን'ሞ፡ ዝበለ ክብለንስ ዘይፍትን ኢላ'ያ ጠይቓቶ። "ሓሙሽተ ብር ጥራይ! ሓሙሽተ ብር ድኣ ኣብዚ ግዜ ዋጋ ዘይብላ። ግን ደሓን ኩሉ ኣጋውላኺ ጋሻ ስለ እትመስሊ ነዚ ዓዲ፡ ተሳፈሪ'ሞ ኣብቲ ወጢንክዮ ዘለኺ ክብጽሓኪ 'የ። ካልእ ግዜ ገንዘብ ምስ ረኺብኪ ኣይትጠልምንን ግዲ ትኾኒ፣" ብምባል ብፍሕሹው ገጽ ሒዝዋ ተበገሰ። ከም ቃሉ ድማ ንቕድም ካብቲ ዝነበርዎ ቦታ ንሸንኽ ምብራቕ ካልእ ተሳፋራይ እንተ ረኺብኩ ኢሉ ንጎዳይፍ ገጹ ደየበ'ሞ፡ ኣብ ዓቢ ጽርግያ ጎዳይፍ-ማእከል ከተማ ኣብ ከባቢ መናበዪ ዘኽታማት ምስ ተጸንበረ ንሰሜን ተዓጺፉ፡ ሲነማ ኣፍሪቃ ረጊጹ፡ ብፍያት ሓሊፉ፡ ንማርያም ግምቢ ንጸጋም ገዲፉ፡ ብቤተ መንግስቲ ተጎዝጒዙ፡ ትኽ ኢሉ ቁልቁለት ከሳብ ባር ትብለጽ ወሪዱ፡ ንእምባጋልያኖ ንጸጋም ገዲፉ፡ ንእንዳ ፋብሪካ ሚዛን ብየማን ገዲፉ ማይ ተመናይ ኣተወ። ንእግረ መንገዱ ድማ ክልተ ሰባት ንማይተመናይ ዝኸዱ ተማለአ። እቲ ሓደ ካብኦም መቕሹሽካ ኢሉ ዳርጋ ዓጽፊ'ቲ ክኸፍሎ ዝግብኦ ዝነበረ መጠን ገንዘብ መጠወሉ።

ኢድ እንተ ኣሕሊፍካ መቸስ ሰናይ ነገር ብዘበለ ኣቢሉ ኣይከጋደፈካን'ዩ። ማይተመናይ ምስ በጽሑ፡ ኣብ ደረት

ጽርግያ እምነት ናይ ሓዘን ቴንዳ ረኣየት'ሞ "ሓንሳብ ኣብዚኣ። ንዓይዶ ኣብዚ መውረድካኒ ዝሓወይ ብሩኽ! የቘንዓለይ! ጸማኽ ድማ ካብ ኣምላኽ ተኸፈሎ!" ኢላ ነታ ሓሙሽተ ቅርሺ ሰው ኣቢላትሉ ወረደት። ንሱ ድማ "ደሓን 'ዛ ሓብተይ ክንዲ ዝኸፈልክኒ ክሓስቦ 'የ። ንኻልእ ሓገዝ እንተ ኮነትክስ ምሳኺ ሓዝያ። የቃንዓልኪ ግዳ። ንሌላ ዝኣክል ግን ሰለሙን'የ ዝበሃል ሸመይ" ኢሉ ነታ ዝሃበቶ ገንዘብ መሊሱላ ተዓዝረ። እምነት ድማ ነቲ በዓል ታክሲ ካብ ልቢ ኣመስጊና የማናይ ኢዳ ንላዕሊ ሓፍ ኣቢላ እንዳ ኣወሳወሰት ተፋነወቶ።

ካብታ ታክሲ ውርድ ምስ በለት ሸው ናብቲ ሓዘን ተኣኪበን ዝኣትዋ ዝነበራ መርዑት ረኸበት'ሞ፡ ከምዛ ምስኣተን ዝመጸት ተለኪማ እንዳ ኣልቀሰት ምስኣተን ንውሽጢ ዳስ ኣተወት። ከምቲ ናታትን ጸዐዳ መሸፈኒ ግን ኣይነበራን። ነቲ ገዝ ኮነ ነቶም ሓዘንተኛታት ኣይትፈልጦምን'ያ። የግዳስ ኣብቲ ዳስ ምስ ኣተኹ ወይ ሓቲተ ንእንዳ ሃይለ ሓወቦይ ዝፈልጥ ይረክብ ወይ ከአ ንግዚኡ ደንጊጸም ምስኣም ዘጽንሐኒ ስድራ ኣይስእንን'የ ኢላ ስለ ዝሓሰበት'ያ። ሃንደበት ነቲ በዓል ታክሲ ኣውርደኒ ኢላቶ። ንመዋቲ ኮነ ንሓዘንተኛታት ስለ ዘይትፈልጦም ንማለቱ ድኣ'ያ ገጻ ተሸፊና'ምበር፡ ንብዓት'ሲ ቁዕ ኣየበለትን። ግደ ሓቂ ዝበዝሕ ሰብ ከምዚ ናታ'ዩ ዝገብር። መታን ሰብ ከይመዝኖ ግን ካብ ውሽጡ ዝንሃየ ከመስል ገጹ ብመንዲል ወይ ጨርቂ ሸፈኑ የልቅስ።

ኣጋጣሚ እተን ምስኣ ናብቲ ገዛ ዝኣተዋ መርዑት፡ ካብ ርሑቕ ስለ ዝመጻ ንእንዳ ኣቶ ሃይለ ኣይፈለጥኣምን። ብየማነ ጸጋም ዝነበሩ ሰባት'ውን ከምኡ። ደሓን ክሳብ ትረኸብዮም ኣብዚ ምሳና ትቐንዪ ዝብላ ሰብ'ውን ኣይተረኸበን። ሓሳባት ንበይና ኣስላስል ጸኒሓ። ካብ ኣብዚ ኮይነ ነናይ ዝመጻ ብኸያትን ኣውያትን ዝሰምዕ'ሲ ኣብ ካልእ ከይደ ከሓተት ይሕሸኒ ኢላ ወሰነት። ከምቲ ሰብ ዝገብሮ ክትወጽእ ከላ ንስድራ ቤት መዋቲ

ክትፋነዎም ተንስአት። "በሉ ሕሰም ኣይትርከቡ!" ኢለቶም ድማ ናብቲ መውጽኢ ኣፍደገ ገጻ ነቐለት። እተን ክሰምዕአ ዝጸንሓ ኣንስቲ ድማ መጀመርታ ንእምነት ጥምት ኣበለአ'ሞ፡ ንሓድሕደን ተጠማሚተን ደኒነን ፍሽኽ-ፍሽኽ በላ። ኣብ ክንዲ 'ሕማቕ ተረኺቡ-ጽንዓት ይሃብኩም' ምባል 'ሕሰም ኣይትርከቡ' ምባላ'ዩ ገሪምወን። ኣብ ከምዚ ዝበለ ማሕበራዊ ንጥፈት ተዋሲአ ኣይትፈልጥን'ያ። 'ሕሰም ኣይተርከቡ' ምባል ዝፈለጠቶ'ውን እግዚኣብሄር ይባርካ። ምስ ስድርኣ ዓብያ ስድርኣ ማሕበራዊ ህይወት ከይምህርዋ ዕድል ኣይገበረትን ኣይረኸበቶን። ሓላፍነት ወሲዶም ከዕብይዋ ዝግብኦም ዝነበረ እንዳ ሓወቦኣ ሽህ ኣለቃ መኮነን ድማ ሕሱማትን ጨቆንትን ኮይኖም ስለ ዝጸንሕዋ፡ ከሳብ'ዚ ሰዓት'ዚ እምነት እትፈልጦን እትመልኮን ምሕጻብ ኣቝሑትን ምልዕዓል ገዛን ጥራይ ነበረ። ደቁ-ሰብ ካብቲ ኣብ ስራዕ ቤት ትምህርቲ እንቀስሞ፡ ዓለም ባዕላ እንዳ ፈተነት እትምህረና ይበልጽን ይበዝሕን። ዓለም ከም መድረኽ ኮይና ከትምህረናን ተመኩሮ ከተቕስመናን ግን ብቕጻሊ ምስ እንዋሳእ'ዩ። ወለድና ንዓለምን ንህይወትን ብዝግባእ ከንላለየንን ከነስተማቕረንን መሪሕ ተራ ኣለዎም። እምነት ነዚ ኩሉ ጸጋ'ዚ ከሲራቶ'ያ።

እምነት ካብቲ እንዳ ሓዘን ወጺኣ ንእንዳ ሃይለ ሓወቦኣ ኣብ ፈቖድኡ ማይተመናይ ከይዳ መታን ከተናዲ ኣብ ድርኹኺት ካንሸሎ ቅልቅል ከትብልን፡ ንዳናይት ጓል ሓወቦኣ ጸዕዳ ነጸላ ተዓጢቓ ፈናጅልን ጀበናን ሒዛ ጽርግያ ሰጊራ ናብቲ እምነት ዝጸንሓቶ እንዳ ሓዘን ከተብልን ጎፍ ተበሃሃላ። ብናህሪ ተሓጆቝፈን ከሰዓዓማ ከበላ፡ ዳናይት ነቲ ኣብ ኢዳ ዝነበረ ጀበናን ፈናጅልን ኣብ መሬት ጸሕ ኣበለቶ። ኩሎም 'ቶም ከዕዘብወን ዝጸንሑ ጎሮባብቲ ድማ "ኣንታ 'ዛ ቆልዓ ኣብዚ ዳስ ኣትያ ዝጸንሐት ጓል መን ድያ! ጓል መን ድኣ ኮይና'ያ ዘይፈለጥናያ!" ከብሉ ጀመሩ። እተን ኣንስቲ ብወገነን

" እንድዒ አበይ'ሞ ፈሊጦናያ፡፡ የግዳስ እንቆዕ ገጽ ንገጽ አራኸበክን 'ዘን ደቀይ፡፡ ንነዊሕ እዋን ዝተፋላለኹን ኢኸን 'ትመስላ ዘለኸን" በለኣን 'ተን አንስቲ ብሓደ ድምጺ፡፡ ነቲ ዝተሰባበረ ናውቲ ቡን ብዙሕ ግዲ ዝገበረሉ ሰብ አይነበረን፡፡ ናይ ነገር አጋጣሚ ኮይኑ 'ቾም አብ ውሽጢ ዳስ ዝነበሩ ዝተወከሰቶም ሰባት ዘይፈልጥዎም ጸኒሐም'ምበር ገዛ እንዳ ሃይለስ ካብ ሓምሳ ሜትሮ አብ ዘይርሕቅ ቦታ፡ ፈት ንፈት ናይቲ እንዳ ሓዘን'ዮ ዝርከብ ኔሩ፡፡ ዳናይት ድማ ቀቅድሚ'ቲ እምነት ካብ ታክሲ ወሪዳ ናብቲ እንዳ ሓዘን ምእታዋ፡ እተን አሳሰይቲ አንስቲ አቐሑት ቡን ውሒዱና'ሞ ካብ ገዛኹም አምጽእልና ስለ ዝበልኣ ንገዝእም ከይዳ ኔራ፡፡

ዳናይትን እምነትን ገዛ ምስ አተዋ ወይዘሮ ደሃብ ገዛ አይጸንሐተንን፡፡ አብቲ ገዛ ሓሩጭ ስለ ዝወደኡ ንስንቆም ዝኾናም ከተጥሕን ከይዳ ነበረት፡፡ እምነት ከሳብ ወይዘሮ ደሃብ ካብ እንዳ ጠሓኒት ትምለስ ዓቕሊ ምግባር ስአነት፡፡ ቀሪባ'ያ ንሕና ናብኡ ክንከይድ ንሳ ናብ'ዚ ከትመጽእ ከይንመሓላለፍ ስለ ዝበለታ ዳናይት'ምበር፡ እምነት እኸለ-ማይ ከይለኸፈት ናብ ወይዘሮ ደሃብ ዝነበረቶ እንዳ ጠሓኒት እኸሊ ከይዳ ከትረኸባ ሓደ ሰለስተ ግዜ ዝኾውን ትንዕ-ትንዕ በለት፡፡ ወይዘሮ ደሃብ ን'እምነት ካልአይቲ ወላዲታ'ያ፡፡ ወረ ሓንሳብ ሓንሳብ'ሲ ሃይለ ሓወቦኣ፡ ወይዘሮ ደሃብ ድማ እተፍቅራ አሞኣ'ምበር ሰበይቲ ሓወቦኣ ም'ኻና ትርስዖ ነበረት፡፡ ወይዘሮ ደሃብ ካብ እንዳ ጥሕና ምስ ተመልሰት እምበአር ልክዕ ከም አደን ጓልን ተጠማጢሙን ተሰዓዓማ፡፡ እታ ህጻን ከላ እትፈልጣ እምነት ሎሚ እኸልቲ ጎርዞ ኮይና'ያ፡፡ እቲ ኩሉ ን'እትፈትዋ ጋሻ ዝቐረብ ሽሻይ ተቐረበ፡፡ ብላዕ ወስተ ኮነ፡፡ ዝፋተዉ ስድራ ተጣራኒፎም ናፍቖቶም ከውጽኡ ክንደይ ሰናይ ኮን'ዩ፡፡ እምነትን ዳናይትን ደጊመን አብ ሓደ ዓራት ን'ኸድቅሳ ዕድል ረኸባ፡፡ አብቲ ሓጺር እዋን ካብ ዝድቅሳሉ ከዕልላ ዘሕለፍኣ

ግዜ ይበዝሕ ነበረ። "እንቋዕ ድኣ ካብ ኢድ 'ዚኣም ናሓላሉ አምለጥኪ እምንቲ ሐብተይ'ምበር፡ ሕጅስ ሞት ከም አዳም" ትብላ ነበረት ዳናይት በቲ ዝተዓዘቦቶ ዘስካሕከሐ ጭካነ እንዳ ሸህ አለቃ መኮነን አብ ልዕሊ እምነት ስለ ዝስከሐት። እምነት ንሰሙን ዝኸውን ግዜ ምስ እንዳ ሓወቦአ አብ አስመራ ድሕሪ ምጽናሕ ደሃይ ወላዲታ ከተጣይቕ ጀመረት።

ወይዘሮ ደሃብ ካብ እምነት ብዛዕባ ወላዲታ ሕቶ ምስ ቀረበላ "አነ'ሞ አበይ ከም ዘላ ብንጹር አይፈልጥን 'የ። አባሓጎኺ ጸጋይ ግን በዚ ጋሽ'ያ ትቕመጥ ዘላ ይብል ኔሩ'ሞ፡ ቅድም ናብ አበሓጎኺ ንኸረን ኪዲ፡ ካብኡ ንሱ ባዕሉ ለመለም አበይ ከም ዘላ ከሕብረኪ'የ። አበሓጎኽስ ምስኪናይ ዘይ ብናፍቖትኪ ተለልዮ'ዩ ዘሎ። ወግሓ ጸብሓ እዛ ጓል ዝፈትዋ ወደይ ከብል ካብዛ ልሳኑ መዓስ ይፈልየኪ ኮይኑ። ስለዚ እምነት ጓለይ ቅድም ቀዳድም ነበሓጎኺ ትርአዪዮ፡ ብኡ አቢልኪ ከአ ናይ ወላዲትኪ አድራሻ ትረኽቢ" በለታ ነቲ ከትስጥሓ አበጊሳቶ ዝጸንሐት ኩምራ ከዳውንቲ አብቲ አብ ጎድና ዝነበረ ጣውላ አቐምጥ እንዳ 'በለት። "አብ ከረን አበይ ሸንኽ ኮን ይኸውን እቲ ናይ አቦሓጎይ ገዛ፧" ሕቶ እምነት ነበረ። " አብ ከረን አብቲ መዕርፎ አውቶቡሳት ምስ ወረድኪ፡ መባእታ ቤት ትምህርቲ ሰላም አበይ'ያ ኢልኪ ሕተቲ። አብ ከባቢ'ቲ ቤት ትምህርቲ ምስ በጻሕኪ እንዳ 'ቦይ ጸጋይ ሰረቖ ደልየ ጥራይ በልዮም፡ ዝኾነ ሰብ ከርእየኪ'ዩ። ነበሓጎኺ ጭሩ ከይተረፈት'ያ ትፈልጦ። ደሓር ከአ ዘይከም'ዚ ናይ አስመራ፡ ከተማ ከረን ንእሽቶ ስለ ዝኾነት ዳርጋ ኩሎም ነበርታ'ዮም ንሓድሕዶም ዝፋለጡ። አብ ከረን ምስ አተኽስ ጠፊእኪ አይትጠፍእን ኢኺ 'ዛ ጓለይ፡ ሕጂ ተመስገን ጥራይ ንበሎ ንፈጣሪ ካብቲ ዝነበርክዮ መዓት ስለ ዘጋለገለኪ። ሕጂ ግን ንመንገዲ ዝኾነኪ ብኡ አቢሉ ከአ ናብ አቦሓጎኺ መእተዊ ገዘ ዝኾነኪ ከምቲ ትፈትውዮ ጌረ ጎን ስገም ክስንክተልኪ 'የ'ሞ፡ ጽባሕ ናይ ንግሆ

ርፍድፍድ ምስ በለ ኣብዘን ስታዮ ኣውቶቡሳት ነስቅለኪ"
ኢላ ኣዕለለታ። በዚ ተራዳዲኣን ከኣ እምነት ንኸረን ነቐለት።
ኣጋጣሚ ድኣ ኣምላኽ ተራኸባ ኢልወን'ምበር ዳናይት'ውን
ትምህርታ ንምቕጻል ንኣድስ ኣበባ ከትምለስ ኣብ ምሽብሻብ'ያ
ኔራ። እቶም ዩኒቨርስቲ ቀልጢፍኪ ተመልሲ ስለ ዝበልዋ
ዓመት ከይመልኣት ኣብ ምምላስ ነበረት። ስለ ዝኾነ ድማ
እምነት ናብ ከረን ገጻ ምስ 'በለት፡ ዳናይት'ውን ድሕሪ ክልተ
መዓልቲ ንኢትዮጵያ ነቐለት። ኣብዚ ግዜ'ዚ ግን ምስ ሓወቦኣ
መኮነን ዝኾነ ርክብ ኣይገበረትን።

እምነት ከረን ምስ ኣተወት ከምቲ ወይዘሮ ደሃብ ዝሓበርታ
ገበረት። ኣብ መባእታ ቤት ትምህርቲ ሰላም ብምብራቓዊ
ኣፍድጊኡ ንዝጸንሓታ ፉልን ንዑኡ ዝመስል ናይ ሸቐጥ
እቘሕትን ኮፍ ኢላ ከትሸቕጥ ንዝጸንሓታ ቆልዓ፡ ገዛ ናይ
ኣቦሓጉኣ ምናልባት ትፈልጦ እንተ ኾነት ሓተተታ'ሞ፡ እታ
ቆልዓ ከይተወላወለት ናብቲ ነታ ንኣቘርደት ከትከይድ ከለኻ
እትስግራ ንእሽቶ ቢንቶ ሱጊራ ብሽነኽ የማን ናይ መስመር
ከረን-ኣቘርደት ዝርከብ ውቁብ ገዛውቲ ሒዛታ ኣምርሐት።
ኣብኡ ምስ በጽሓት ነቲ ገዛ ናይ ኣቦይ ጸጋይ ብምልከት ጌራ
ሓቢራ፡ ድሃይ ንብረታ ከትገብር ኣሻቡ ግልብጥ በለት።
ኣጋጣሚ ማዕጾ ናይ ከንሸሎ ተኸፊቱ ስለ ዝጸንሓ፡ እምነት
"ሰብ ቤት ኣለኹም ዶ፧" እንዳ በለት ኣተወት'ሞ፡ ኣቦይ
ጸጋይ ኣብቲ ካብ ዕንጨይትን ላኻን ዝተሰርሐ ወንበሩ ኮፍ
ኢሉ ጸሓይ ክጽሎ ጸንሓ። ኣቦይ ጸጋይ ኣብዚ ግዜ'ዚ ዕድመ
ደፊኡ'ዩ። ኣብ መጀመርታ ንእምነት ምስ ረኣያ እንታወይቲ
ኖርዞ ኣብ ቤተይ መጺኣትኒ ኢሉ ድንግርግር በለ። "ኣነ
እምነት ጓል ሃብተ ወድኻ 'የ" ምስ በለቶ ግን ነታ ኣብ ካልእ
ግዜ ብዘይ ብኣኣ ዘይንቀሳቐስ ዝነበረ ምርኩሱ ከይዘከረ
ሓፍ ኢሉ ተንሲኡ ኣብ መንገዲ ተቐቢሉ፡ ጓል ወዱ ሓቚፉ
ኣብ ምስዓም ተጸምደ። ኣቦይ ጸጋይ እምብዛ ለዋህን ፈታው

ደቁን'ዩ ዝነበረ። ሃብተ ወዱ ንሓንቲ እምነት ጥራይ መዘከርታ ገዲፉ ካብዛ ዓለም ብጌንኡ ብምፍላዩ ብጓሂ ቅርጽ'ዩ ኢሉ። እታ ዝሓደገሎም ጓሉ ሓንቲ ብሓንታ ድማ ኣብ ብቘሊሉ ከረኸባ ኣብ ዘይከእሰሉ ሃገር'ያ ሰፊራ ጸኒሓ። ከቱር ናፍቖት ስለ ዝጸንሓ'ዩ ድማ ንእምነት ምስ ረኸበ ዳርጋ ንሃብተ ዝረኸበ ኮይኑ ዝተሰመያ።

እምነት ምስ ኣቦሓጓ ሳልስቲ ምስ ገበረት ደሃይ ለምለም ወላዲታ ንኣቶ ጿጋይ ተወከሰቶ። መታን ኣብተን ሰለስተ መዓልቲ ጽቡቕ ጌራ ናይ ኣቦሓጓኣ ናፍቖት ከተስተማቕር ደልያ'ምበር፡ ደሃይ ወላዲታ ከትፈልጥ'ሲ ብዓንተብኡ ተሃንጣያ ነበረት። "ኣንቲ እምንቶ ጓለይ ዘይ ዳርጋ ንስኺ ካብዚ ንኣስመራ ምስ ከድኪ፡ ንሳ ድማ በዚ ጋሽ ምስ ገዓዘት መዓስ ናብዚ ገጻ ኣግቢኣ። ሓያለይ ዓመታት ኣቘጺሩ 'ሎ። ንሳስ ኣበይ ከትቀስን ኢላ ኢልከያ ይወኣያ። ዘወለደዶ ካብ ውልዱ ተፈልዩ ደቀሱ ዝሓድር መሲሉኪ፣ ካብ ቶኾምብያ ንሸነኽ ደቡባዊ ምዕራብ ሃዳሙ ኣብ ዝተባህለ ዓዲ ከም ዘላ ጽቡቕ ጌራ ኣጣሊለ ኣለኹ" በላ ምስቲ ብሽበት ተወሪሩ ዝነበረ ዘው ዝበለ ጭሕሙ እንዳ ተዛነየ። "እሞ ኣቦሓጎይ ጽባሕ ከነቅል'የ ናብቲ ለምለም ዘላቶ ዓዲ። ነዛ ዓይነይ ርእይ ኣቢለያ ከምለሰካ'የ" በለቶ ነቦሓጓ ሕንቕነቕ እንዳ በለት።

"ድሓን 'ዛ ጓለይ ናፍቖቶይ ስለ ዘየውጻእኩ ጥራይ ኣይትደንጉይኒ። ብዙሕ ግን ኣይተሰከፊ ጽቡቕ ጌርኪ ምስኣ ግዜ ኣሕሊፍኪ ተመለሲ። ካብ 'ዝጊ'ሲ'ምበር ወላዲት'ያ። እምበር ኣነ'ኳ ደጊም ከምዚ ትርኣይኒ ኣብራኽ ምእዛዝ ኣብ ምእባዮ'ዩ። ነቲ ምስግና ወዲ ፍስሃየ ድኣ ንእምነት ኣካይዳ ምበልክዎ ኔረ። ረሲዕከዮ ትኸኒ ምስ ምንዋሕ ግዜ'ምበር፡ ህጻናት ከለኹም'ሲ ጉዳም ኢኹም ዝነበርኩም ከትፋተዉ። ወዲ ፍስሃየ 'ቶም ኣብ ዓዲ ጎርቤት ገዛኹም ዝነበሩ ዘኪርክዮዶ 'ለኺ፣" በላ ምናልባት ረሲዓቶ ከይትኸውን እንዳ ተጠራጠረ። "ምስግና ኣሎ ድዮ፡

ከመይ ኣሎ'ም ፣ ኣየረሳዕክዎን። ንዕኡ ድኣ ኣበይ ከትረኽቦ፣ ኣብዚ ዓዲ ድዩ ዝቖመጥ፧" ሕቶታት ሓደ ድሕሪ'ቲ ካልእ ኣዝነበትሉ ንኣቦሓጎአ። "ኣይፋሉን ምቖማጥ'ሲ ኣብ ዓዲ'ዩ ዝቖመጥ። ጀራዲን ስለ ዘልዎ ኣብ ሓድሽ ዓዲ ሰኑይ ሰኑይ ኮሚደረን ዘይቱንን ክሸይጥ ኣብዚ ዕዳጋ ከረን ይመጽእ'ዩ። ኣብ ዝመጸሉ ድማ ከየልገስኒ ኣይከይድን'ዩ። ምሳይ ሓዲሩ፣ ኣረ እንሓንሳብስ ውዒሉ'ዩ ንዓዲ ዝምለስ። ከመይ ቅቡእ ወዲ እመስለኪ! እቶም ሕያዋት ወለዱ ድኣ ዕድል ኣይገበሩን ሾዓ ኢሎም ከይዶም'ምበር" እንዳ በለ ኣብ ልዕሊ ምስግና ዝነበሮ ኣድናቖትን ክብርን ገለጸላ። "ጽቡቕ ኔሩ ኣቦሓጎይ ንዓይ'ውን ኣብቲ ዝኸዶ ዘለኹ መንገዲ ጨና ምኾነኒ ኔሩ። እንዳ 'ቦይ ፍስሃየ ድኣ እንታይ ረኺብዎም፣ ብህይወት የለውን ድዮም፧" ኩነታት ስድርኡ ንምስግና ንምርግጋጽ ህውኽ ኢላ ሓተተቶ ንኣቦሓጎአ።

"የለውን ወይለ 'ቦኺ። እዞም ርጉማት ወተሃደራት ደርግ ዕምሮም ኣሕጽር ኣቢሎሞም ዕምሮም ድኣ ትሕጸር'ምበር" ኢሉ ኣቦይ ጸጋይ ዘረብኡ ከይዛዘመ ከሎ እምነት ገጻ እስር ኣቢላ"ኣብ ምንታዮም ውዒሎም ድኣ ወደይ እዞም መሳኪን ስድራ፧" ከትብል ንኣቦሓጎአ ኮለፈቶ። "ዝኣበስዎስ ዋላ ሓንቲ ኣይነበረን። ዒላበርዕድ ሕጸ ናይ፣ ጻል ሓጡ ን'ቦኺ ፍስሃየ ውዒሎም ንሓድሽ ዓዲ እንዳ ተመለሱ ከለዉ፣ ብኣብ ኩናት ቀንዮም ዝተመልሱ ወተሃደራት ብተመልከተለይ ነዞም ስብ ጸዕዳ ነጸላ መን ኣውደቖም ኢሎም ተወዳዲሮም፣ ሩባ ዓንስባ ሓሊፎም ነቲ ካብ ባጽዕ ክሳብ ብሻ ዝዘርጋሕ መንገዲ ባቡር ሰጊሮም ንጉሽ ጽግዕ ምስ በሉ ን'ኽልቲኣም ብኣድራጋ ጠያይት ኣብ መሬት ሰጢሓሞም። እታ ሕሳስ ልደ ጓሎም ንስኺ'ኳ ስለ ዘይነበርኪ ኣየርከብክላን። ስለዚ ኣይትፈልጥያን ኢኺ ትኾኒ።'ምበር ንሳ ኣብ ዝባን ኣዲኣ ጸኒሓ ክንሳ ካብ ወለዳ ብዝነጠረ ደም ጥራይ ጠልቅያ ዋላ ሓንቲ ከይተተንከፈት

ነቶም ደቂ ጉሽ ውሪሕ-ሪሕ ከትብል ምስ ህይወታ ጸኒሓቶም። ሕነ ቀናት ንጓዕማማት'ዮም ጌረሞ 'ዛ ጓለይ" ብምባል ብኣስተንትኖ ገለጸላ።

"ኣብ ዓዲ ከቝመጥ ከለኹ፦ ከምቲ ትፈልጥዮ እዛ ቅብእቲ ምሕረት ጓለይ እንተስ ባዕላ፦ እንተስ በተን ብሩኻት ደቃ ጌራ ኣይተጸምወንን'ያ ዝነበረት። ንከረን ምስ ገዓዝኩ ግን ዓዲ ስለ ዝረሓቐን ከይፈተዋ እግሪ ኣሕጺረን። ደሓር ከኣ ከንደይ ግዜ ናብዝን ናብትን ከብላ ንመኺና ከቝልባ ኢልከየን። እዚ'ኻ እቲ በዓል ቤታ ብሩኽ ኮይኑ'ምበር ንሳን ደቃን ካብ ንቤቶም ንቤተይ ዝስርሓዋ ይበዝሕ ይኸውን'ዩ። ስእነት ከኣ ኣለዎም ከም ዝደለይዎ ንኸይገሹ ዝዕንቅጾም። ኣምላኽ ድኣ ኣፍደገ ሽሻይ ይኸፈተሎም'ምበር" ኢሉ ኣብ ምሕረት ጓሉ ዘለዎ ኣድናቖት ንእምነት ኣካፈላ። ምሕረት ሓንቲ ጓሉ ንኣቶ ጸጋይ ኮይና፦ ፈታዊት ኣቦኣ'ያ። ብንእሽቶኣ ስለ ዝተመርዓወት ከኣ ውሑዳት ዘይኮኑ ውሉዳት ወሊዳ፦ ብኣግኡ'ያ ንወለዳ ብደቃ ጌራ ከተሕግዞም ጀሚራ። በዓል ቤታ ደብረሲና'ዩ ዓዱ። ምቝማጦም'ውን ኣብ ደብረሲና'ዩ። ካብ ደብረሲና እንዳ ተመላለሰት'ያ እምበኣር ስድርኣ ትጥውር ዝነበረት። ብፍላይ በዓል ምኪኤል-ዓመታዊ በዓል ናይ እንዳ 'ቦይ ጸጋይ ወይ ኣብ ንግደት ኣርባዕተ እንስሳ (ኦርቶዶክሳዊት ቤተ ክርስትያን ሓድሽ ዓዲ) ከኸውን ከሎ፦ ምስ ስድርኣ ንኣስታት ወርሒ ብምጽናሕ ኣይተጸምዎምን ነበረት። ከረምቲ-ከረምቲ ከመጽእ ከሎ ድማ፦ እንተስ በዓል ቤታ ሰዲዳ እንተስ ኣሕሙ-ትሙ-ታ ልኢ-ኻ ግራቶም ተሓርሰሎምን ምህርቶም ተኣከበሎምን ነበረት።

እተን ንኣሽቴ ደቃ ድማ ንእንዳ ኣቦሓጎኣን ኣለይ መለይ ከብላ ዳርጋ ምስኣም'ዮ ናብርኣን። ውሕጅ ሩባ ዓንሰባ መሊኡ ምስጋር እንተ ዘይከልኪልወን፦ ሓንቲ ከትከይድ ሓንቲ ከትምለስ ኣዋፍራ ንህቢ እንዳ ተኸተላ ንእንዳ ኣቦሓጎኣን ከሳብ ዝኣኸለን ዝምርቐወን ብኣኸብሮት ናበዮኣም። ድሕሪ በዓልቲ

ቤቱ ንዓዲ እግዚአብሄራ ምስ ከደት፡ አቶ ጻጋይ ንኸረን ስለ ዝቖየረ፡ ንምሕረትን ንደቃን ካብ ደብረሲና ንኸረን ምምልላስ ዓቐብ ኮነን። አብ ከምዚ ህሞት ምስግና አይሓመቕን ንአቦይ ጻጋይ አየቖረሮን። በቲ ሓደ ወገን ዕዳጋታት አሕምልትን ፍረታትን ካብ ናይ ቪላበርዕድ ዕዳጋ ናይ ከረን ብኸልተ ዕጽሪ ስለ ዝሕሾ፡ በቲ ካልእ ሸነኽ ድማ አቦይ ጻጋይ ንበዓል ምስግና ብንአሽትአም ከለዉ በዓል ውዕለቶም ስለ ዝኾነ ብቕንዕናን ብሓልዮትን ከም ወላዲኡ ጌሩ ተኸታተሎ።

እምነት በቲ ንስድራ ምስግና ዘጋጠመ ፍጻመ ቃዚና ድሕሪ ምጽናሕ "አቦሓጎይ ንምስግና ከጽበዮ ባህ ምበለኒ ኔሩ። ከሳብ ስኑይ ምጽባይ ግን ከነውሓኒ'ዮ። ሕጇ'ኳ ንስኻ ቴንካኒ ኢ'ኸ'ምበር ዘይ ብሓይሊ'የ ሓቦ ጌረ ዘለኹ። ደሓን ንስኻ ጥራይ ሽቐልቀል አይትበል ዝኾና የብለይን። ከምቲ ሓቢርካኒ ዘለኻ ጌረ ከኸይድ'የ አቦሓጎይ መዓረይ" በለቶ ነበሓጎአ ከይተሰከፈ ኢላ ስለ ዝሓስበት። ናፍቖት ወላዲታ ድአ አመዛዚና ከም ዘይትሓስብን ከም ዘይትዕገስን ጌርዋ ኔሩ'ምበር ዘሰንያ ሰብ'ሲ አይምጸልአትን ኔራ። አቦሓጎአ እምነት ቆሪጻ ተበጊሳ ከምዘላ ምስ ፈለጠ "ደሓን በሊ 'ዛ ጓለይ ጸዐዳ ይጽናሕኪ፡ ብሰላም ከአ ትምለስኒ እግበርኪ" ኢሉ መሪቑ አፋነዋ።

እምነት ንጽባሒቱ አንጊሃ ንጋሽ ተበገሰት። አብ አስታት አርበዓ ከሳብ ሓሙሳ ገያሾ ከትሕዝ እትኽእል ዓባይ አውተቡስ ስታዮ'ያ ተሳፈራ። ቄልቄል ጥንቁልሓስ ወሪዶም ንጎላጉል ባርካ ምስ ተተሓሓዝዎ መራሕ መኪና፥

> አብ 'ዛ ዓለም
> አላይተይ
> አደይ'ያ ወላዲተይ።

እትብል ዜማ ናይ ገዲም ድምጻዊ ዑስማን ዓብደልርሒም ተይፕ ወሊዑ ንተሳፈርቱ ከስምያም ጀመረ። ገለ ትትከዝ

ገለ ድማ ናይ ኣደ ኣበርክቶ ኣብ ውሉዳ ከተድንቕ ኩሉ ሰብ በብዘለዎ ጸጥ በለ። ስም ኣደ ከለዓል ከሎ መቸም ንዘይትንክፎ ሰብ የለን። ንኸም በዓል እምነት ዝኣመሰሉ/ላ ናይ ወላዲት ዝግባእ ኣልያን ናብዮትን ዘይረኸቡን ካብ ወላዲቶም ንነዊሕ ዓመታት ዝተፈለዩን፡ ከምኡ'ውን ምስ ወለዶም ብዘይምህላዎም ብዙሕ ሓሳረ መከራ ንዘኻማስዑን፡ ከምዚ ናይ ዘያሚ ኣቦና ዑስማን ዓብደልሒም ዓይነት ዜጋ ሕልፈ ካልእ ሰብ ረዚን መልእኽቲ'ዮም ዝረኸቡሉ። እምነት ኣብ መጀመርታ ነታ ደርፈ ምስ ሰምዐታ ከተስቆርቅርን ከተስተማስልን'ኳ እንተ ጀመረት፡ ጸኒሓ ግን ነብሳ ገንሐት። "ብስም ኣብ ወወልደ ወመንፈስ ቅዱስ! ሰይጣን ኣይትተሓጎስ፡ ሕጂስ ተመስገን ዘይብል'የ ኸ!፤ ካብዚ ኩሉ መዓት ወጺኣ ናብ ኣደይ ሓላለይ እንዳ ከድኩስ እንታይ ጋኔኑ'ዩ ወሪዱኒ ስቕ ኢለ ዘስተማስል" በለት ብውሽጣ ንነብሳ ሓቦ ከትገብር ባዕላ እንዳ መዓደት። ኣውቶቡስ ሓጋዝ ሓሊፋ፡ እንገርነ ረጊጻ ኣቑርደት በጽሐት። ዳርጋ ኩሎም 'ቶም ተሳፈርቲ ንእምነት ሓዊስካ ምንዋሕ ጉዕዞን ምቖትን ተደራሪቡ ኣዳኺምዎም ኣኣብ ኮፍ መበሊኦም ዘፈጥ-ዘፈጥ ኢሎም ነበሩ። ከተማ ኣቑርደት ምስ በጽሑ ግን እቲ ኣውቲስታ መኪኑ ጠጠው ኣቢሉ ሰብ ክጽዕን ማዕዶ ከፈቶ'ሞ፡ "ዓካት ኣለና፡ ጋባ ኣለና ዝብሉ ቆልዑ ሰሊኾም ብምእታው ጨው ጨው ስለ ዝበሉ እምነት ተበራበረት። ኣጋጣሚ እታ ሸው ዝተሳፈረት ገያሻት፡ ብጎኒ ናይ እምነት ጥርሓ ሰፈር ስለ ዝረኣየት ኮፍ በለት'ሞ፡ ምስ እምነት ከምዛ ቀደም ዝፋለጣ ጉጅም እንዳ በላ ጉዕዝኣን ቀጸላ። እምነት ከኣ ካብቲ ዓዲጋቶ ዝጸንሐት ፍረ ጋባ ምስኣ ቆርጠም ከተብል መቘለታ። ብሓፈሽኡ ንእምነት ከብድብድ ኢልዋ ነበረ። ኣውቶቡስ ስዓታ ሓልያ ባረንቱ ደበኽ በለት።

ቶኾምብያ ካብ ባረንቱ ብሽነኽ ደቡባዊ ምዕራብ'ያ 'ትርከብ። ኣብቲ ግዜ'ቲ ካብ ባረንቱ ንቶኾምብያ 'ትኸይድ

አውቶቡስ አይነበረትን። እምነት ካብታ ሒዛቶም ዝመጸት አውቶቡስ ምስ ተራገፈት፡ አጋጣሚ እታ አብ አቛርደት ዝተሳፈረት ጋሻ'ውን ንቶኾምብያ ትኸይድ ስለ ዝነበረት፡ በቲ ማዕዶ ኮይኖም "ኩንትራት መኪና ምስ ኩሉ ንብረትኩም ብሕሱር ዋጋ" ዝብሉ ሰባት ረአያ'ሞ ናብአም ከዳ። እታ ንእስ ዝበለት ሎሪ ዝዓይነታ ናይ ጽዕነት መኪና አብ ምምልአ ስለ ዝነበረት፡ እምነትን ብጸይታን ምስ ተስቆላ ብዙሕ ከይደንዑየ ንተኾምብያ ነቐሉ። አብቲ ግዜ 'ቲ፡ መስመር አቛርደት-ባረንቱ ቕጥራን ስለ ዘይነበሮን፡ካብ ባረንቱ ንቶኾምብያ ክኸዳ ከለዋ ድማ አብ ርእሲ'ቲ ጽርግያ ሓመድ ም'ኟኑ፡ አብታ ሎሪ አብ ላዕሊ ልክዕ ከም ንብረት ተጻዒነን ስለ ዝተጓዕዛ፡ ቶኾምብያ ክበጽሓ ከለዋ ኩሉ ነብሰን ደሮና ተሸፊኑ ከምዛ ሽዕኡ ካብ ሓድሽ ጉድጓዳ ዝወጹ መፋልስ መሲለን ነበራ። አብ ቶኾምብያ ምስ አተዋ፡ እታ ምስአ ዝመጸት ጓል ንእምነት ምሳይ ሓደሪ ስለ ዝበለታ፡ ንሓንቲ ለይቲ ሓዲራ መንገዲ ሃዳሙ እንዳ ሓተተት ተበገሰት። ንቶኾምብያ አዝዩ ምስ መሰየ ስለ ዝበጽሓ፡ ድራር በሊዐን ጥራይ ብዙሕ ከየዕለላ ደቀሳ። ሩባ መረብ ብንግሁኡ ስጊራ ድማ ስቱም-ስቱም እንዳ በለት ጉዕዞአ ቀጸለት። ሩባ መረብ ብአፋፌት ሓውሲ ከተማ ቶኾምብያ'ዩ ዝሓልፍ። አብቲ ግዜ'ቲ ንመረብ መሳገሪ ብቛዕ ድልድል ዝተሃንጸ ስለ ዘይነበረ፡ ነበርቲ ጋሽ ካብን ናብን ሩባ መረብ ን'ኸመላለሱ ዓቢ ብድሆ ነበሮም። እታ እንኮ ዝርካባ ቢንቶ ብዕንጨይቲ ዝተሰርሓት ኮይና፡ ብነበርቲ'ቲ ከባቢ 'ኻንኻ' ተባሂላ እትጽዋዕ አብ ቶኾምብያ ነበረት። እታ መሳገሪት ድልድል ብቛዕ ህንጻዊ መሓውር ስለ ዘይነበራ፡ ሰባት ከሰግሩ ከለዉ ሰሰይ-ሰሰይ እንዳ በለት ራዕዲ ትፈጥረሎም ነበረት። ብፍላይ እቲ ሩባ ካብ ፍርቁ ክሳብ ስለስተ ርብዒ አቢሉ አብ ዝመልአሉ፡ በቲ ድዋዕዋዕ ዝብል ድምጹ ብፍርሒ ናብቲ ውሕጅ ጥብ ከይትብል ኢኻ 'ትሰግእ።

አብቲ ግዜ እምነት ንሃዳሙ 'ትገሽሉ ዝነበርት እዋን ግን አየት'ኳ እንተ ነበረ ዝናብ ቁሩብ ደንጉዩ ብምንባሩ፡ ሩባ መረብ ነቒጹ ነበረ። እምነት ካብ ቶኾምብያ ከትብገስ ከላ ንበይና'ያ ኔራ። አስታት ሓደ ሰዓት አቢላ ምስ ተጓዕዘት ግን ሓራሲት መኪና (ትራክተር) ዝሓዙ ክልተ ሰባት አብ መንገዲ አርከብዋ'ሞ፡ ምስአም ጠጠው ኢላ ተጻዒና ጉዕዝአ ቀጸለት። እምነት ድማ "ከመይ ድሓን እተዉ። ዘይሓስብክዎ ንዓይ'ሲ ጠቒምኩምኒ። እምበር አነስ ነዛ መራር ጸሓይ ንበይነይ አይምኸአልክዎን ኔረ" በለቶም ነቶም ጽቡቕ ዝገበሩላ ሓረስቶት ንእግረ መንገዲ ዘይገመተቶ ሓገዝ ስለ ዘበርከቱላ። ዋላ'ኳ ካብ ብእግርኻ ምጉዓዝ ትበልጽ እንተ ኾነት፡ ትራክተር'ሲ ንመጓዓዝያ ውሕስትን ምችእትን አይኮነትን። ስለ ዝኾነ ድማ እምነት ምስቲ ደሮናን ሓኖጽነጽን ነቲ ጉዕዞ ከትጸልአ ጀመረት። ብዘይ ብእኡ'ውን ርእሳን ሕቖአን ከቖንዝዋ ጀሚሩ ነበረ። ድሕሪ ናይ አስታት ሓደ ሰዓት ጉዕዞ እቶም ትራክተር ዝሓዙ ሰባት ናብታ አብ የማኖም ዝነበረት ዓዲ ከእለዩ ምኻኖም ሓቢሮም፡ ንእምነት ከትወርድ ከም ዘለዋ ነገርዋ። መንገዲ ሃዳሙ በየን ምኻኑ ሓቢሮማ ድማ ተሳናበቱ።

እምነት ነቶም ሰብ ጽቡቕ ግብሪ ሓረስቶት አምስጊና፡ በቲ ንሳቶም ዝሓበርዋ መንገዲ ብእግሪ ጉዕዘአ ደጊማ ተተሓሓዘቶ። ቃንዛ ሕቖአን ርእሳን ግን እንዳ ከበዳ ከኸይድ ጀሚሩ ነበረ።

ካብ ትራክተር ወሪዳ ንሓደ ሰዓት አቢላ ብእግራ ምስ ተጓዕዘት ድኻም እንዳ በርትዓ መጸ። ባህርያት ናይቲ ከባቢ ስለ ዘየጽነዐቶ ከአ ማይ ይኹን መግቢ አብ ኢዳ አይነበራን። ካብ መጀመርታ ሃዳሙ ካብ ተኾምብያ ቀረባን ብዙሕ ሰብ ዝመላለሰሉን ጥራይ ዝብል ግጉይ ስእሊ ሒዛ ነቒለት። አብ ርእሲ ጥዕት፡ ጽምእን ድኻምን ከአ ንሽግራ ዘጋድድ ወርሓዊ ጽግያት ተወሰኾ። ምኽን ናይ እምነት ወርሓዊ ጽግያት አይኮነን ዝበሃል። ክልተ ወርሓዊ፡ ሰለስተ ወርሓዊ

ወይ ሰለስተ ቅናዊ ምባሉ ይሓይሽ። ቆጸራ የብሉን። መዓስ ከም ዝጅምር መዓስ'ዩኸ ዘውድእ ምግማቱ ፍጹም አሸጋሪ ነበረ። ዘይስሩዕ ጥራይ አይኮነን ግን ሽግሩ። ብዙሕ ድማ ይፈሳ። ብቅርጸትን ቃንዛ ሕቆን ከአ ሕምስ'ያ ትብል። ኩሉ ግዜ'ኻ ትዳለዉ እንተ ነበረት፡ ሽዉ ግዜስ ምስ ስድራ ቤታ ትራኸበሉ እዋናት ስለ ዝነበረ ጨሪሳ ግብ አበለቶ። ዋላ ድኣ ትድከምን ትቀንዘን'ምበር ጉዕዞኣ ግን አየቋረጸትን። በቲ ሓንቲ መኪና ጥራይ ከሕልፍ ዝኸእል ጽርግያ እንዳ መረሽት ከላ፡ አብ ደረት'ቲ ጽርግያ ክልተ ንጤለ-ቢጊያም ብመሓንደላ ጌሮም ካብቲ አግራብ ጨጨርጊፎም ዘብልዉን ዝሕልዉን ዝነበሩ ኮተቴ ረኸበት'ሞ፡ ንዓዲ ሃዳሙ ቀሪባ እንተ ኾነት ተወከሰቶም።

ንሳቶም ድማ ቅድሚ ንሃድሙ ምብጻሕ ሓያለይ መንገዲ ከትከይድ ም'ኻና ሓበርዋ። ግን ከአ በልዋ፤ "ግን ከአ ብአቋራጭ መንገዲ አኻሊምኪ እንተ ኼድኪ ቀልጢፍኪ ንዓዲ ከትአትዊ ት'ኸእሊ ኢ'ኺ." ኢሎም ዝሓሽ ዝበልዎ ም'ኸሮም ወስ አበሉላ። እቲ አቋራጭ መንገዲ ዝብልዎ ዘለዉ በየን ከም ዘሎ አርእዮማ ድማ ናብተን ነቲ መሬት ዝርው ኢለን መሊአንኦ ዝነበራ ማላዉቶም ጋእ በሉ። ነቶም ጓሶት ድሕሪ ምምስጋን፡ እምነት ነቲ ቀጢን አቋራጭ መንገዲ ሒዛ ብተስፋ ንሃዳሙ ገጻ ትልኸ ከትብል ጀመረት። ንሓምሳ ደቓይቅ አቢላ ምስ ተጓዕዘት ግን፡ እቲ ሒዛቶ ዝጸንሐት መንገዲ ሃስስን አንፈት ስአነትሉን። ደሓን ዘይ ጸኒሓ ክረኸቦ'የ ኢላ ከትከይድ ጸንሐት'ሞ፡ ጨሪሳ አንፈታ ስሒታ ናብ ዲቕ ዝበለ ዕሙር ጣሻ ተሸርበት። ንላዕሊ ቁሊሕ እንተ በልካ ደበና ዝዓብለሎ ሰማይ፡ ንታሕቲ እንተ ጠመትካ ድማ ሳዕሪ ዝሸፈኖ ዱር ኮና። ዓወንወን አብዘሓት። አብ ርእሲ'ዚ እቲ ሓቦ ጌራ ከኢላቶ ዝጸንሐት ጥሜት፡ ጽምእን ካብ ወርሓዊ ጽግያት ዝነቐለ ድኻምን ቃንዛን ከሰንፋ ቀረበ። አአጋራ'ውን ረምጺ-እምኒ ስለ ዝገበረ ካብኡ ንኔዉ ብእግርኻ

ጉዕዞ ፍጹም በዳሂ ኮና። ጸሓይ ናይ ዕለቱ አገልጉሎታ ወዲአ ሰፈራ ትሕዘሉ ሰዓታት አኺሉ ነበረ። እቲ ከባቢ ብዘይካ ሓሓሊፍካ ድምጺ ጨራሩ ናይ ካልአ ድምጺ አይስምዖን። እምነት ብፍርሒ ተንብአት። ዲቐ ዝበለ ጽምዋ። ጸጸነሓ አብ አዝዮ ንአሽቱ ኩጀታት ደይባ ናይ ርድኡኒ ጸውዒት'ኪ እንተ ገበረት፣ ዝረድአ ሰብ'ሲ ይትረፍ ድምጹ ዝስማዕ'ውን አይተረኸበን።

ደም ብብዝሒ እንዳ ፈሰሰ አጨነጫ። መንዲል ንጽህና'ውን አይነበራን። ሙታንታአን አብ ርእሳ ዝነበረ ጨርቀምርቅን ንኹሉ አጨቅያቶ'ያ። ብራቴልአ ቀዲዳ'ውን ተጠቒመትሉ። ንሱ ከአ ጨቀወ። "ሎሚ ድአ ካብ ድራር አዛብአ አይሓልፍን 'የ" እንዳ በለት ድማ ካብ መጠን ንላዕሊ ተጨነቐት። "ካብ መንጋጋ'ዚ ጨካን መኮነን አምሊጠ እንተ በልኩስ፣ መንጋጋ አዛብአን አናብርን ከጽበየኒ! አንታ ፈጣሪ እንታይ ኮን'የ አቢስ እዚ ኩሉ መቕጻዕቲ ዝወርደኒ ዘሎ!" እንዳ በለት ከአ ካብ ውሽጣ ብምረት አስተንተነት።

እምነት ከትቅንዞን ከትጨነቐን መሬት ዑደታ ወዲአ ምስ ጸሓይ አራኸበታ። ምሒር ድአ መድመይቲ ርሕሚ፣ ቃንዛ፣ ጽምእን ጥሜትን ኩሎም ተደራሪቦም የዳኸምዋ ኔሮም'ምበር፣ እምነት ቀልጢፋ ኢዳ ንኸይትህብ ናይ ዘለዋ ትቓለስ ነበረት። ሽዑስ ድሕሪ ዝኾነ ጸልማት ባና ከም ዘሎ ስለ ዝተገንዘበት፣ ብዝተኻእላ ስና ነኺሳ ንነብሳ ንጽባሕ ርአዩ እንዳ በለት ተተባብዓ ነበረት። መሬት ርፍድፍድ ምስ በለ ካብቲ አጽሊላትሉ ዝነበረት መቘዕ ዝተባህለ አሻኽ ገረብ፣ ላሎብ ዝስሙ ፍረ (አብ ገሊኡ ከባቢታት'ውን ምጥሓ ኢሎም ይጽውዕዎ'ዮም) ጨጨርጊፋ ከትመጹ ጀመረት።

ላሎብ ብባህሪኡ ቹኮራውን መጠግጠግ ስለ ዝብልን ነቲ ዝነበራ ጥሜት'ኪ ቁሩብ እንተ 'ዓገሰላ፣ መሊሱ ድአ ጽምኢ ወሰኻላ። ውሕድ ቀሚሳ ድማ ደርበየቶ። እምነት ከምዚ እንዳ

በለት ኣብ ትሕቲ 'ቲኣ መጨዕ ዝተባህላት ዓይነት ኦም ንሰለስተ ለይትን ንሰለስተ መዓልትን ጸንሐት። ኣብ መበል ራብዓይ መዓልቲ ግን ትንፋሳ'ያ ዘይሓለፍት'ምበር ምስ ዓለም ዳርጋ ደሓን ኩኒ ክበሃሃላ ተቓሪበን ነበራ። ዝነበራ ጸዓት ተጸንቒቛ ኣብ ምስሓግ ኣተወት። እዞም ዓበይቲ ሃመማ ከብቲ ወይ ጤላ በጊዕ እንተ ሞይትን ዝእከቡን ኣኺትን ኣብ ዙርይኣ ክዝምብዩ ጀመሩ።

ኣምላኽ ኣለኺ ዝበላ ነብሲ ግን መድሓኒ ኣይትስእንን'ያ። ኣብ መበል ራብዓይ መዓልቲ ነቲ ከባቢ ጽምዋ ወሪስዎ ከም ዘይቀነየ፡ ድምጺ ጓሶትን ዝሳግማ ከብትን ክስምዓ ጀመረ። ንእመነት'ኳ እቲ ድምጺ ደርጋ ከምዚ ናይ ሕልሚ ኮይኑ'ዩ ዝስመዓ ዝነበረ። ሃለዋታ ኣብ ምጥፋእ ገጽ ተምርሕ ስለ ዝነበርት። ኣብ ራብዓይ መዓልቱ እቲ ናይ ወርሓዊ ጽግያት ደም ናይ ምዝሓልን ምቁራጽን ኣንፈት ሃበ። ስዒድ ዝተባህለ ኣብቲ ግዜ'ቲ ኣብ መጀመርታ ስላሳታት ዕድሚኡ ዝነበረ፡ ጸባ ጸገብ በጽሒ ብጋይት ከብቱ በቲ እምነት ዝነበርቶ ሸነኽ ጥሪፍሪፍ እንዳ በላ ክነፍጸ ስለ ዝረአየን "ኣራዊትዶ ድኣ ብቘትሩ ርእየን ኮይነን፤ እንታይ ኮን'ዩ ዘህድመን ዘሎ፤" ኢሉ ንነብሱ እንዳ ሓተተ ነቲ እተን ኣሓ ዝሃደማሉ ከባቢ ኣድቂቑ ከፍተሽ ወሰነ። እቲ ቦታ ብብዝሒ ዓበይቲ ኣራዊት፡ ኣሙራ ኣውራ'ኳ ድኣ ኣዛብእ ዝንቅሳቘሱሉ ጣሻ'ዩ።

እቶም ኣብቲ ከባቢ ዝንቀሳቘሱ ጓሶት ካብ ሓንቲ ከሳብ ሓሙሽተ ከብቲ ኣብ ወርሒ፡ ከይፈተዉ ሞባእ ንዝብኢ ዝኸፍልሉ እዋናት ኔሩ'ዩ። ንእምነት ግን ትበልያ እንጀራ ግዲ ኔርዋ እዚ ኩሉ ኣብኡ ተሰኒፋ ክትቅኒ ኣየተጸብእዋን። እምበር ብግዜ ስርዓት ደርግ ንሱዳን ብእግሮም ንዝስደዱ ዝነበሩ ዜጋታት ሓደጋ የውርዱ ከም ዝነበሩ ጽንጽንታታት ኔሩ'ዩ። ከምዚ ናይ እምነት ኮይኑ ዓቒሙ ጸንቒቛ ኣብ ኣፈ ሞት ንዝጸንሓም ሰብ ግዳ እንዳ ሰሓቒ መኾምስዐዋ ኔርም

ይኸኑ። ጽላል ፈጣሪ ስለ ዝሓለዋ ጥራይ ድኣ ከትከውን ኣለዋ
ዘየጋጠምዋ።

ስዒድ ንኹሉ'ቲ ዝጠርጠሮ ድሕሪ ምፍታሹ " እዘን
ኣሓስ ዘይ ኣመለን ኣልዕል ኣቢለን'የን ሃዲመን" ናብ ዝብል
መደምደምታ በጽሐ። ቀቢጹ ናብተን ማለውቱ እንደ 'በለ ከሎ
ግን፣ ቃንዛ ናይ ሰብ ብኣዝዮ ትሑት ድምጺ ሰምዐ'ሞ "እምባእ
እንታይ ድኣ እዝነይ ድዩ ናይ ሰብ ድምጺ ዝጥዕም፤ ምኽን
ሰብ ናብዚ ገሩ እንታይ ከገበር ከመጽእ ኣእዛነይ'ዩ ዝኸውን
ሓሲኒ" እንዳ በለ ምስ ነብሱ መደብ ሕቶን መልስን ከፈተ።
ዳግማይ ድምጺ ምስ ሰምዐ ግን ብዓይኑ ከረጋገጽ ኣጽዒቑ
ፈተሸ። ድሕሪ ሓያለይ ኮለላን ተፍትሽን ኣብ እግሪ ሓንቲ
ቖጽላ ስሑው ዝበለ ኣም መቑዕ ዝተገምበወ ሰብ ረኣየ። "ንል
ኣንስተይቲ'ያ ድጣ ትመስል። ንልከ ድኣ ኣብዚ ጭዉ ዝበለ
በረኻ በየን ነጢባ!፤ ወዲ እንተ ዝኸውን'ሲ እንዳ ንሰየ ከሎ
ተጸሊኤዋ ከኸውን ይኸእል'ዩ ትብል" እንዳ በለ ከም እንደገና
ምስ ገዛእ ርእሱ ቃለ መጠየቕ ቀጸለ። ኣብ ባርካን ጋሻን ደቂ
ኣንስትዮ ንዝሳግማ ጥሪት ብልምዲ ኣይንሳያን 'የን።

ስዒድ መጀመርታ እምነት ብህይወታ ከም ዘላ ምስ
ኣረጋገጸ ርእሳ ቁሩብ ድግፍ ኣቢሉ ካብ መሬት ኣበረኸ።
ድሕሪኡ ዝሑል ማይ ካብ ሃወት ቀዲሑ ብፍያቶት በብቑሩብ
ከስትያ መደበ። እምነት'ውን በብቑሩብ ከተንነርድዕ
ጀመረት። ሃወት ንሎቖታ ዝመስል ኮይኑ፣ ካብ ቆርበት ንኣሽቱ
መሓስኣት እተሰርሐ መትሓዚ ማይ ንሶት'ዩ። ንማይ ኣዝሒሉ
ስለ ዝዕቅቦ ድማ፣ ኣብቲ ሃፈጽ ዝብል መሪር ጸሓይ ቀሊል
ዘይኮነ ኣበርከቶ ኣለዎ። ስለ ዝኾነ ከኣ 'ተንቀሳቀሲ ፍርጅ
ንሶት ጋሽ ባርካ' ተባሂሉ ስም እንተ ዝቖየሮ ዝበለጸ ወካሊ
ስም ምረኸበ ኔሩ። ማይ ድሕሪ ምምዓዝ፣ እምነት ቀስ ብቖስ
ዓይና ከትከፍት ጀማመረት። ስዒድ ንገለ ሰዓታት ተጸብዮ
ገዓት ብጸባ ኣለምልም ኣቢሉ ግዒቱ ከቖምሳ ጀመረ። እምነት

ነዘን ገዓት ምስ በልዐተን ላሕታት ዘረባ ከተምሉቖ ተሰምዐት። ጎሮርኣ ተለኺቱ'ዩ ቀንዩ። ከባቢ ስዓት ሓደ ናይ ቀትሪ ምስ ኮነ ድማ ቡርኩታ ቦርኩቱ። ጸባ ሓሊቡ ኣቐበላ'ሞ ነዚ'ውን ቀስ እንዳ በለት ካፈየቶ። ድሕሪ'ዚ ናብ ንቡር ከትምለስ ጀሚራ። ብኸም'ዚ ኣገባብ ስዒድ ከምዚ ቀዳማይ ረዲኣት ዝተማህረ፡ በብቑሩብ ንእምነት ምስታ ቀቢጻታ ዝጸንሐት ዓለም ዳግም ኣራኸባ።

ስሪኣ ብደም ጨቅዩ ሃመማ ዙዝ ይብሉሉ ነበሩ። እቲ ናይ ጽግያታ ደም ስለ ዝመሸመሸ ከኣ ነቲሕ-ነቲሕ ይሽትት ነበረ። ስዒድ ናይ ሓሙሽተ ሊትሮ ማይ ዝመልኣ ጃሎን ስለ ዝነበሮ ንእምነት ከትሕጸብ ትደሊ እንተ ኾይና ተወከሳ። እምነት ድማ በቲ ሓደ ሽነኽ ሓፈራ ኣብ ጽፍራ ከትኣቱ ደለየት። በቲ ሓደ ሽነኽ ድማ እዚ ኣምልኽ'ሲ ከመይ ዝበለ ቅዱስ ሰብ'ዩ ሎሚ መዓልቲ ልኢኹለይ ኢላ ብተሓጎስ ከትፍንጨሕ ደለየት። ንታሕጓሳ ሕፍረት እምብዛ ስለ ዝዓብለሎ ከኣ ከም ምስኪንክን ኢላ "ሕራይ ማይ እንተ 'ለካ ድኣ" ኢላ ድንን በለት። ካብኡ ስዒድ ምስቲ ጃሎን ማይ "እዚ ከኣ ተማልኢዮ ምናልባት ከሕግዘኪ ዝኸእል እንተ ኾነ" ኢሉ ማልይኡ ቀዲዱ ኣብ ኢዳ ኣቐበላ። "ኖ...ኖ፡ ጸገም የለን እዚ ማይ'ኻ እኹል'የ" ኢላ'ኻ ናይ ቀለዓለም እንተ መለሰት፡ ስዒድ ግን ነቲ ማልያ ከድልያ ዝኸእል እንተ ኮይኑ ከይተስከፈት ከትወስዶ ኣተባብዓ። ወሰደቶ ድማ። "ሳሙና ግን ከይትጽበዪ። ከምዛ ትርእያ ኣብዛ በረኻ 'ዚኣ ነብስኻ ወይ ብሓጺ ወይ ብቑጽሊ ፋሕፋሕካ ምኽድ'ያ። ከም'ኡ'የ ናብራና 'ዛ ሓብተይ" ከበለ እንዳ ሰሓቖ ጨረቐላ'ሞ፡ እምነት ድማ "እዚ ሂብካኒ ዘለኻ ማና ከም ዝነጠበኒ ጌረ'የ ዝወስዶ ዝሓወይ ብሩኸ። እኹል ታርፍ'የ ንዓይ ኣብዚ ስዓት 'ዚ። ንዘልኣለም ከቢርካ ንበር!" እንዳ በለት ብዝረኸበቶ ሓገዝ ምስጋንኣ ደረት ከም ዘይብሉ ንስዒድ ኣነጸረትሉ። ኣዝያ ተዳኺማ ስለ ዝነበረት ከኣ፡ ራዕራዕ

እንዳ በለት ነብሳ ተሓጽበት። ተሓጺባ ምስ መጸት ድማ ስዒድ ነቲ አብ መንኩቡ ሰቒልዎ ዝነበረ ኩሽፉ አውሪዱ መታን ዝኾነ መድመይቲ ብስሪኣ ሓሊፉ ብደገ ከይርኣ ንእምነት ከትዕጠቖ ሃባ።

ብድሕር'ዚ ምድሪ ጠለስ ምስ በለ፡ ስዒድ ነቆም አብቲ ከባቢ ዝጸንሑ አዕርኹቱ ጓሶት፡ ነተን ጥሪቱ ከሳብ ንሱ ንዓዲ በጺሑ ዝምለስ ከሕልውወን ሓደራ ሂብዎም፡ ንእምነት ንሃዳሙ ከብጽሓ ተበገሰ። ሪፍ አምጺኡ ድማ ደጊፉ አስቀላ። ሪፍ ጽዕድው ዝበለ ሕብሪ ዘለዎ ዓይነት አድጊ ኮይኑ፡ ሰብ ምስ ተስቀሎ ብፍጥነት ዝምርሽ ናይ መጓዓዝያ እንስሳ ዘቤት'ዩ። አብ ምዕራባዊ መታሕት ኤርትራን ምብራቓዊ ሱዳንን ብትሕዝቶ ርኹባት ዝኾኑ ሰባት ዝጥቀምሉ ፈጣን መጽዓኛ'ዩ። ሪፍ ፈረስ ወይ ስጋር በቒሊ መታሕት ኤርትራ'ዩ እንተ በልናዮ ሰባት ብዝቐለለ ከርድእዎ ዝኽእሉ ይመስለኒ። ዝበዝሕ እዋን ካብ ቦታ ናብ ቦታ ብብዝሒ ዝመላለሱ ወይ ንኡስ መጠን ሽቓጥ ዘዘውትሩ ሰብ ጸጋ'ዮም ዝጥቀምሉ። አብ ኤርትራ ጓሶት ንሪፍ ከጥቀምሉ ብዙሕ ዝውቱር አይኮነን። ስዒድ ግን ብኣሕሉቒ አዝዩ ፍቱውን እሙንን ጓሳ ስለ ዝነበረ፡ መርኣያ ፍትወቶም ብኣስራሕቱ ዝተመጠወሉ'ዩ።

ስዒድ ሓስን'ዩ ዝበሃል። ስዒድ ሱጥ ዝበለ ተኽለ ሰብነት ዝውንን ቆማትን ድልዱልን መንእሰይ ነበረ። አዒንቱ ፍሩይ፡ ሕብሪ ቆርበቱ ናብ ሓውሲ ጸሊም ዝኸደ፡ ጸጉሪ ርእሱ ድማ ጀብጀብ ነበረ። አብ ርእሲ'ዚ ለዋህን ትሑትን ገጽ ባህሪ ስለ ዝነበሮ ንኸትፈትዎ ብዙሕ ግዜ አይወስድን'ዩ። ስዒድ አብ ጉላ ዝተባህለ ከባቢ፡ ቃርዋት አብ እትበሃል ዓዲ'ዩ ተወሊዱ ዓብዩ። ቃርዋት ካብ ሓጋዝ ብሽነኽ ደቡባዊ ምብራቕ ትርከብ። ስዒድ ዓቕሚ አዳም ምስ በጽሐ፡ ስራሕ ከናዲ ንጋሽ ከደ'ሞ፡ አብዚ እምነት ትኽዶ ዘላ ሃዳሙ ዝተባህለ ዓዲ ብሓንቲ ብሃብቲ ጥሪት ፍልጥቲ ዝኾነት ስድራ፡ ናይ ጉስነት ስራሕ

ተቖጽረ። ስዒድ ሓንሳብ ምስ 'ዞም ስድራ ስራሕ ጉስነት ምስ ጀመረ፡ ንሱ ጥዒምዎ። እቶም አስራሕቱ ድማ ስለ ዝፈተተውዎን ዝኣመንዎን፡ ንሱ ከም ስድርኡ ንሳቶም ከአ ከም ወዶም ግርም ጌርም ተለማሚዶም'ዮም። ፍረ ጻማ ጉስነቱ ድማ አብ ነፍስ ወከፍ ዓመት ሓንቲ ምራኽ ይወሃቦ ነበረ። አብቲ ዓዲ ንሓያለይ ዓመታት ስለ ዝተቐመጠ ሃይማነቱ'የ ዘይለወጠ'ምበር፡ ልዕሊ ባህልንን ቋንቋን ብሄረ ትግረ ናይ ብሄረ ትግርኛ'የ ዝመልኽ።

ሪፍ ንእምነት ጽዒኑ ኮዳዕ-ኮዳዕ እንዳ በለ፡ ስዒድ ከአ ጎኒ ጎኖም ዘብ-ዘብ እንዳ በለ መሬት ዓይኒ አብ ምትሓዙ ናብ ዓዲ ሃዳሙ በጽሑ። አብ ጫፍ ናይቲ ዓዲ ምስ በጽሑ እምነት ኩነታታ ደሓን ስለ ዝኾነ ካብቲ ሪፍ ወሪዳ ብእግራ ሰለይ እንዳ በለት ምኻድ ጀመረት። መኣታቱ ስለ ዝነበረ ለምለም ደርሁ ናብ ሰፈረን ኣእትያ አብ ምዕጻወን ከላ፡ ሓንቲ ጎሮቤት መርዓት መጺኣ "ለምለም ለምለም"ቲ ኣለኺ ዶ፡ ስዒድ እዚ ጓሳ እንዳ 'ቦይ መብራሀርቱ ምስ ሓንቲ ጓል ናብዚ ገዛኹም ገጽም ይመጹ ኣለዉ። ንዒ ቀልጥፈ ተቐልቀሊ ኣብዚ መደልደልኩም ከበጽሑ ቀሪቦም ኣለዉ።" ኢላ ንለምለም ሒዛ በቲ አፍደገ ገዛ መጸት። እምነት ለምለም ቅልቅል ምስ በለት "ማማ...ማማ! ኣንቺ በውነት ለምለም ነሽ!!" ብኣምሓርኛ ጌራ ማማ ማማ ለምለም ዲኺ ንስኺ ብሓቂ እንዳ በለት ዓዉ ኢላ ናይ ታሕጓስ ጸውዒት ኣስምዐት። ለምለም ድማ "እምነት ጓለይ በየን ነጢብኪ!" ድሕሪ ምባል መወዳእታ ዘይነበሮ ዕልልታ ደርጓሓት። ተቐማጦ ናይቲ ዓዲ ከአ ሰበይቲ መን ድኣ ሓሪሳ ኮይና ወደይ ኢሎም ክሓቱ ጀመሩ። እቲ ዕልልታ ካብ ሰለስተ ምስ ሓለፈ፡ በል 'ዚኣስ ወዲ'ያ ሓሪሳ ክብሉ ጸኒሓም፡ እቲ ዕልልታ ካብ ሸውዓተ ምስ ዛየደ ግን "እዚኣስ በል ማንታ ኣወዳት'ያ ግዲ ሓሪሳ። ስብኣያስ ንዓመታ ኣስፈሑ ግራት ክሓርስ ኣለዎ" ዝብሉ ተዋዘይቲ'ውን ኣይተሳእኑን። እምነትን ለምለምን ደጋጊመን ክሰዓዓማ ምጽጋብ ሰኣና።

ንኣሽቱ አሕዋታ ብኣደ ዝውለዱን ሰብኣይ ኣዲኣን'ውን በብተራ ሓሓቑፍም ሰዓምዋ። ዳርጋ ብምልኡ ነባሪ'ቲ ዓዲ እንታይ እዋን'ቲ ወረ በጺሕዋ ጽንቅቕ ኢሉ መጺኡ፡ ነቶም ስድራ እንቋዕ 'ሓጎስኩም፡ እንቋዕ ገጽ ውላድኩም ኣርኣየኩም በሎም። ንጽባሒቱ ክንዲ ጣዕዋ ዝኾኑ ክልተ መኻክት ተሓሪዶም ብላዕ ወስተ ኮነ። ዳርጋ ኩሎም ነበርቲ'ቲ ዓዲ ከኣ ተትሕዝትኣም ሒዘም መጺኣም ምስኣም ብሓባር ከሕጎሱን ከዘናጉዑን ወዓሉ። ስዒድ ግን ኣይሓደረ ኣይወዓለ ንወይዘሮ ለምለም እንቋዕ ምስ ጓልኪ ኣራኸበክን ኢልዋ፡ ሸው ንሸዕ'የ ኣብ ሪፉ ተወጢሑ ከብከብ እንዳበለ ናብ ጥሪቱ ተመሊሱ። "እዚኣ ማርያም ትመስል ቆልዓስ ብኣሊፍ ጠፊኣ ኔራ በቃ። ከንደይክ ትጽብቖ'ያ ወደይ። ዋይ ቶኾርሜኒ ኢለ ስውንዋና!" ኢሉ ንምጭጨውትን ግርምትን እምነት ብምድሓኑ ሓበን ከም ዝተሰመዖ ንበይኑ እንዳ 'ዕለለ በቲ ጸልማት መንገዱ ቀጸለ።

መዓልቲ ብመዓልቲ ሰሙን ድማ ብኻልእ ሰሙን እንዳ ተተኻኸአ፡ እምነት ምስ ወላዲታ ካብ ትራኸብ ኣስታት ሰለስተ ኣዋርሕ ሓሊፉ 'ሎ። ዘይ ከም ንኣቦሓጎኣ ዝበለቶ ንኸረን ቀልጢፋ ኣይተመልሰትን። እቲ ተለዊውን ሓሲምዋ ተደዊኑን ዝነበረ መልከዕን ነብስን እምነት ሕጅስ ናብ ንቡር ከምለስ ጀሚሩ 'ሎ። ዳግማይ ዝተፈጥረት ኮይኑ ተሰምዓ። እምነት ምስቶም ስድራ ናይ ልባ'ኺ ከተዕልል ሓዲራ ከትውዕል ዘይትጸልእ እንተ ነበረት፡ መረዳድኢ ቋንቋ ግን ዕንቅፋት ኮና። ለምለም ትግርኛ ከትዛረብ፡ እምነት ትግርኛ ቆቆንጭላ ምስ ኣምሓርኛ ሓዋዊሳ ከትዛረብ ከምቲ ዝድለ ንኸይረዳድኣ ኣሽጊርወን ነበረ። ናፍቖተን ብዘይ ተረፍ ካብ ምዝርዝር ከኣ ጎርቢ ይኾነን ነበረ። ከም በዓል ሃዳሙ ዝኣመሰላ ኣብ ምዕራባዊ ጫፋት ኤርትራ ዝርከባ ዓድታት፡ ብስርዓታት ኢትዮጵያ ብዙሕ ስለ ዘይተመሓደራ እቲ ኣብኡ ዝቆመጥ ህዝቢ ናይ ኣምሓርኛ ኣፋፍኖት የብሉን።

142

እምነት ድሮ ምስ ንጥፈታት ናይቲ ዓድን ከባብን ከትላለን ከትዓዮን ጀማሚራ ነበረት። ኣዲኣ ኣብ ሓደ ከረምቲ ኣስታት ዕስራን ሓሙሽተን ዝሕለባ ኣላ ስለ ዝነበርኣ ዝሕቆን ጸባ መሊኡ'ዩ። እምነት ኣብ ፈለጋ'ኣ ቶፉ ምሕቋን የሰልችዋ እንተ ነበረ፡ ድሕሪ ግዜ ግን ስለ ዝለመደቶ ነዲኣን ንነኣሽቱ ኣሕዋታን ከተበርየን ጀመረት። ጊላይ ሰብኣይ ኣዲኣ ግን ንደቁን ንለመለምን "ን'እምነት'ሲ 'ባ ን'ሓፍ'ኣ። ኣንትን ንስኽን'ኣ ኣይትሓፍራን ኢኽን! ጋሻ'ኣ እያ ዘላ ንስኽን ድኣ ኮይንክን ዘይትድንግጸ'ምበር" እንዳ በለ ይጨርቀለን ነበረ። ጊላይ ኣዝዩ ለዋህን ደላይ ሰብን'ዩ። በዓልቲ ቤቱ ለምለም ካብ ጓላ ብምፍላይ ብዙሕ ትጭነቕ ይርእያ ስለ ዝነበረ፡ እምነት ምስ መጸት ናብዛ ዘእትዋ'ዩ ጠፊእዋ። ን'እምነት ልክዕ ከም ወላዲኣ ኮይኑ ተቐበላን ተኸናኸናን። ብግምት ኣኣብ ሰለስተ ቅነ ስጋ ደርሆ ዝምጥዓሙ ስግኣም ወጣጡ ይሓርደላ ነበረ። ስለ ዝኾነ ከኣ ጊላይ ን'እምነት ከም ሰብኣይ ኣዲኣ ዘይኮነ ከም ወላዲኣ ኮይኑ ተሰመዓ።

እምነት ዋላ'ኣ ነቲ ኣብቲ ዓድን ኣብቲ ከባብን ዝነብር ህዝቢ ኣዝዩ ንሓድሕዱ ሓወይ ሓብተይ እንዳ ተባሃሃለ ብፍቅሪ ዝነብርን ዝተሓጋገዝን ብም'ኡ እንተ ኣድነቀቶን ፈተወቶን፡ በቲ ኣብ ኣተሓሕዛ ጥሪት ዘለዎም ስንኮፍ ኣማሓድራ ግን ኣመና ትግረምን ትድንግጸሎምን ነበረት። መብዛሕትኣን ኣብቲ ዓዲ ዝነብራ ስድራ ቤታት ካብ ዓሰርተታት ከሳብ ኣማኢት ጥሪት ዝውንና 'የን። እቶም ዋናታት ዝነብርዎ ናብራ ግን ናይ ስኡናትን በተኻትን'ዩ። እቶም ገባር ካብ ንነብሶም ዝናብዮን ዝኣልዮን፡ ነተን ጥሪቶም ዝህብወን ከብርን ክንክንን ይዛይድ እንተ በልካ ምግናን ኣይኮነን። ብፍላይ እቶም ጓሶት ዋላ ማይ ጥሚቖ ኮይኑ መሬት መጣዕ እንዳ በለ፡ ነተን ከብቲ ሳዕሪ ከብልዕወን ሰዓት ሰለስተ-ኣርባዕተ ናይ ለይቲ ነቒሎም ንበረኻ ይኸዱ። ለይቲ ምስ ም'ኡ ምስ ኣራዊት መርር እንዳ

ተቓለስካ'ዩ፡፡ ኣላዳ ኣራፈዶም ድማ ንግሆ ርፍድፍድ ምስ በለ ጸባ ክሕለባ ንዓዲ ይመልስወን፡፡ ዝሕለባ ሓላሊቦም፡ ዝጣበዋ ኣጠባብዮም ከኣ ቁርሶም በላሊያም ከም እንደገና ከሳዕ ምሽት ምውዓሎም ንበረኻ ይወፍሩ፡፡ ብግዜ ሓጋይ ከኣ ሳዕሪ ናብ ዘለዎ ከባቢታት ከሳግሙ ተካሎም ይጸግቡ፡፡ እዚ ኩሉ ብኣግኢት ዝቕጸራ ከብተን ጤላ በጊዕን እንዳ ጓሰዮን ነብሶም እንዳ ኣሕለፋለን ግን ከዳኖም ብዕሩቛ፡ ከብዶም ብጥምዩ፡ ጫምኣም ድማ ብቐዳዱ ከሎ፡ ሓደ ሕሱም ኣየት መጺኡ ንርብዐን ወይ ንፍርቀን ልከም ኣቢልወን ይዕዘር፡፡ ከም ብሓድሽ ከኣ ለፋዕ ኢሎም ናብቲ ናይ ቀደም ቁጽረን ይመልስወን፡፡ እቲ ዑደት ከምኡ ኢሉ ከቐጽል ይነብር፡፡ እዚ ኣብ መብዛሕትኣም ኣብ ምዕራባዊ መታሕት ዝነበሩ ሓረስቶት ሃገርና ዝርኣ ጉጉይ ኣጠቓቕማ ጥሪት ከእረም ዝግብኦ ሜላ ኣነባብራ'ዩ፡፡ እምነት ነቶም ሰብ ጥሪት፡ ብዝምልከቶም ከኢላታት ሕርሻ፡ ንስልጡን ኣጠቓቕማን ኣተኣላልያን ጥሪት ዝሕግዝ ኣስተምህሮ ብቐጻሊ እንተ ዝዋሃቦም ሊላይ ምኾነ ባሃሊት'ያ፡፡

እምነት ኣብ መጀመርታ ናብራ ገጠር ማእሚእዋ'ኳ እንተ ነበረ፡ ብዝባንኪ ጀሪካን ተስኪምኪ ማይ ጓርቲ፡ ዝናብ ጢቝ እንዳ በለ ጸህያይ ጸህዱ፡ ለይቲ ምድሪ ኣሓ ከሕለባ ከለዋ ምራኽ ሓዚ ምስ ኮና ናብራ ገጠር ቀጨውጨው ድኣ በላ፡ ዝኾነ ዓይነት መነባብሮ ነናቱ መቐረትን ገልታዕታዕን ኣለዎ፡፡ ኣብ ከተማ እንተ ተቐመጥካ ብኸራይ ገዛን ጸቒጢ ናብራን ትዋጠር፡፡ ኣብ ገጠር እንተ ኮይኑ ናብራኻ ከኣ ብሕጽረት ማሕበራዊ መሰላጥያታት፡ ናብራ ማሕረስን መጓሰን ተማርር፡፡ ዓለም ኣብ ዝኸድካ እንተ ኸድካ ምሉእነት የብላን፡፡ ዓለም እትመልኣልካ ብዝረኸብካዮን ብዘለካን ኣመስጊንካን ተሓጒስካን ምስ ተሓልፊ'ዩ፡፡ ብኣጠቓላሊ እንተ ቀሚርናዮ'ውን ትርጉም ምንባርና ኣብዛ ዓለም 'ዚኣ ምሕጓስ'ዩ፡፡ ላዕልን ታሕትን

ደይብና ወሪድና፡ የማነ ጸጋም ተለኪዕና ኣብ መወዳእታ እንተ ዘይተሓጕስና ምንባርና ብላሽ'ዩ። ኣብ ኩርኻሕ ንእዲ ደቅስ ኣብ ጠምቦቖቦቝ ዝብል ፍርናሽ ተፈንሸር፡ ዝነቐጸ ቅጫ ቋርፍ ላዛኛ ኣኾምስዕ፡ ብኣድጊ ተጓዓዝ ብመኪና ተንሸራሸር ተመስገን ይኣኽለኒ'የ ኢልካ ብዝረኽብካዮ እንተ ዘይዓጊብካ፡ ውዒሉ ሓዲሩ ብገደል ምህታፍካ ኣይተርፈካን'ዩ። ምኽንያቱ ዓለም ምሉእነት ስለ ዘይብላ፡ ብዕራይ እንተለካ ገመልን ፈረስን ትደሊ፡ መኪና እንተ ኣላትካ ድማ ነፋሪት ከተጥሪ ሃነፍ-ነፍ ምባል ስለ ዘይተርፍ። ከምቲ ኣሜሪካዊ ምሁር ስነ-ኣእምሮ በሪ ሽዎርትስ ዝበሎ፡ ኣብ ዓለም ከንሕጎስ እንተ ደሊና ትጽቢታትናን ድሌታትናን ከንቅንሶ ከድልየና'የ። ንዕቤትን ብልጽግናን ሓኾትኮት ከንብል የብልናን፡ ማና ጥራይ ካብ ላዕሊ ከንጠብና ኣእዳውና ዘርጊሕና ከነሳፍሕ ኣለና ንምባል ግን ኣይኮነን። እንታይ ድኣ ኣብ ህይወት ብዝተኸእለ መጠን ኣመዛዚንካን ኣመቓሪሕካን ከትጎዓዝ ዝሓሸ መስመር ምኽኑ መዓልታዊ መዝሙር ለባማትን ፈላጣትን'ዩ። እቲ ምንታይ'ሲ ወዳዲንካ ምኽድ ዝመስልዎ የለን።

ንኣስታት ሰለስተ ወርሒ ምስ ኣዲአ ድሕሪ ምጽናሕ እምነት ንኣሓጎአ ጸጋይ ኣሸበሸብ ከምለስ'የ ኢላ ምስ ናፍቖቱ ስለ ዝገደፈቶን ናብራ ገጠር ቀጨውጨው ከብላ ስለ ዝጀመረን ንኸረን ተበገሰት። ሰሙን ቅድሚ ንኸረን ምብጋሳ ስዒድ ኣጋጣሚ ኩነታታ ከጣይቕ መጺኡ ምስቶም ገዛ ወዓለ። እምነት ሽዕኡ ንኸረን ነቒላ ምህላዋን ድሕሪ ገለ እዋን ግን ንሃዳሙ ከትምለስ ምኽኑን ሓበረቶ። "ኣብ ህይወተይ ንዘንት እለት ዘይርሳዕ ውዕለት ጌርካለይ ኢኻ'ሞ፡ ምስ ተመለስኩ ናይ ግድን ከረኽበካ 'የ" ኢላ ንሽዕኡ ኣመስጊናን ስዒማቶን ፍንትት በለት። ስዒድ ድማ በቲ ዝገበረላ ብዙሕ ከም ዘይንየትን ንሕልንኡ ንምርዋይ ኢሉ ከም ዝሓገዛን ሓበራ። "ንስኺ ትመስሊ ዋሕኖ ስባ እንቋዕ መጻወቲ ኣሞራን ወኻርያን ኣይኮንኪ ጓለይ!

ንዓኸስ ኩሉ ግዜ እንተ ዝሕግዘኪ'ውን ድኻም-ድኻም ኮይኑ
አይምተሰመዓንን ኔሩ" ኢልዋ ብውሽጡ፡ ሪፋ ተወጢሑ
ንበረኽኡ ተመርቀፈ። ሽዑ እምነት በተን አስሓት ዝመስላ
አስናኗን በተን ፍሽኽ ክትብል ከላ ተጠምቢቖን አብ ልዕሊ
ጽባቘአ ጽባቘ ዝውስኻላ ማዓጓ ጉርታን አቢላ ብፍሕሽዉ ገጽ
ዓጀባ "ቻዉ ብደሓን ጽናሕ ስዒድ ሓወይ" ኢላ ተፋነወቶ።

እምነት ተሃን ናፍቖት ወላዲታ ብኸፈል አውጺአን ምስ
ነአሽቱ አሕዋታ ተላልያን ናብ አቦሓጎአ ንኸረን ተመልሰት።
አቦይ ጸጋይ ድማ ጓል ወዱ ካንሸሎ ከይትኹሕኩሕ'ሞ፡
ዝኸፍታ ከይትስእን ኢሉ ንግሆን ምሽትን አፍደገ ከቒምት
ወሪሑ። አማሲኡስ ደበኽ ድአ በለቶ። ብእዋኑ ስለ ዝመጸት
ቡን ከተፍልሓሉ አቘሑት ቡን ዝርከበሉ ቦታ ሓበራ'ሞ፡
እምነት ቡን ምፍላሕ ከም ዘይትኽእል ምስ ሓበረቶ ሓዘነን
ተገረመን። "አንቲ እምንቶ ጓለይ አብዚ ዕድመ'ዚ ድአ ቀርኒ
ዲኺ ክትውስኺ፤ እንዳ መኮነን ቡን ከመይ ጌርካ ከም ትፈልሕ
አይመሃሩኸን ድዮም፧" በላ ነገራቱ ስለ ዘርመሞ።

"አይመሃሩንን አቦሓጎይ" በለቶ ብሕፍረት ንታሕቲ እንዳ
ጠመተት። "እንታይ ክረኽቡ፤ ብሓደ አፈቱ! ድሓን ዘይቀላል'ያ
አነ አብዚ ኮይነ ከሕብረኪ እንድዩ ከትክእልያ ኢኺ አጆኺ።
ተበግሶ እንድሕር ወሲድካ ዋላ ብሃሳስ ለባም ዘይከአል የለን
'ዛ ጓለይ" ኢሉ አተባቢዑ ቡን ከም ተፍልሕ ገበራ። ሕርኺራኸ
ዝበዝሑ ቡን ድማ አፍሊሓ አስተየቶ። ሓደ ከይበልካ ናብ
ክልተ አይብጸሕን'ዩ። አቦይ ጸጋይ ቋንቋ አምሓርኛ ስለ
ዝመልኸ ምስ ጓል ወዱ ናይ ምርድዳእ ሽግር አይነበሮን።
እምነት'ውን አብዚ ሰዓት'ዚ አብ ትግርኛ ጽቡቕ ግስጋስ ጌራ
ኔራ። እምነት እቲ አብ ዓድና አንስቲ ዝዓዓምአ ዕዮታት ከም
ምፍላሕ ቡንን ምስንካት እንጀራን ከትመሃሮ'ኳ ትደሊ እንተ
ነበረት፡ ከሳብ ሎሚ ዘይከአልከዮ ኢሉ ሰብ መታን ከይከዕባ፡
ዋላ ንአዲአን ንአሕዋታን ከይተረፈ መሃራኒ ንኸትብለን ማይ

ንዓቅብ ይኾና ነበረ።

ኣቶ ጸጋይ ንእምነት ታሪኽ ወላዲኣ ሃብተ ብቐጸሊ የዕልላ ነበረ። ብፍላይ ብቐልዐኡ ከሎ ዝገብሮ ዝነበረ የዕልላ'ም ብስሓቅ ፍልሕ ትብል። ምኽንያቱ ሃብተ ቆልዓ ከሎ ውዑይ ስለ ዝነበረ ብዙሕ ዘይትጽቢታዊ ንጥፈታት ይፍጽም ኔሩ'ዩ። ሓደ መዓልቲ ንኣብነት በላ ኣቶ ጸጋይ "እቲ ቀደም ግዜ ኣብ ዓድና ቆርበት ናይ ሰብ ነዲሩ ወይ ረኺሱ እንተ ፋእፈኡ ሳሬት ሸይናትሉ 'ላ ማለት'ዩ ኢና ንብል ዝነበርና። ሃብተ ሆየ ሳሬት እምበኣር ንሰባት ትሸነሎም'ያ ዝብል ኣጉል ሓሳብ ኣብ ርእሱ ቀሪጹ ጸኒሑ። ሓደ እዋን ምስቶም ኣዕሩኽቱ ቆልዑ በቲ ድሕሪ ገዛና ገዛ-ገዛ ክጸወት ከሎ ሸንቲ ኣብ ስሪኡ ስለ ዝመለጾ፣ ነታ ስሪኡ ኣጠስጥስ ኣቢልዋ ንገዛ መጸ። ሸዑ መታን ዓባይኪ ንምንታይ ስሬኻ ትሸነሉ ኢላ ከይትመዓቶ ስለ ዝፈርሐ፣ ተቓዳዲሙ "ኣደ...ኣደ ሎሚ ኣብ ስረይ ሳሬት ሸይናትለይ። ረኣዮ ን'ኹሉ ኣጠልቅያቶ" ምስ በላ ዓባይኪ ክሳብ ትነብዕ ሰሓቐት ንብለኪ። ካብዚ ተበጊሶም በዓል ሃይለ ሓወቦኺ 'ሳሬት' ዝብል ሳጓ ኣጠሚቐሞም ነሩ። ሓደ ምሽት ከኣ ዓባይኪ በቲ ሓደ መጥሓን ኣስፈላ በቲ ካልእ ድማ ሞቑሎ ኣርሲና ንድራርና ዝኸውን ቅጫ ክትካስሰሉ ትታውኖ ነበረት። ኣነ ከኣ ነትን ኣብ ገበላና ገነበራ ኣሓና በቲ ዝነበረ ሓይቂ መታን ከይክርድዳ፣ መጋርያ ኣጉደለን ንውሽጢ ህድሞ ኣትየ፣ ኣብ ምድሪ ቤት ኮይነ ዝተሓርጠ ዒቃ እንዳ ፈዓልኩ መጽዓን ይሰርሕ ነበርኩ። ኣብታ መዓልቲ 'ቲኣ፣ ኣነ ንግሆ ንመርር ከወፍር ከለኹ ሃብተ ኣባ ተማዓላኣለይ ኢሉ ልኢኹኒ ክንሱ ምሽት ረሲዐዮ ጥራሕ ኢደይ ኣተኹ።

ኣባ ካብ ዓይነታት ቋርፍ ሃገርና ኮይኑ ሽኮራዊ ጣዕሚ ይዉንን። ሃብተ ምሳይ ኮርዮ ሓንሳብ እንዳ በኸየ እንሓንሳብ ከኣ ንበይኑ እንዳ ኣግሮምረም ኣብቲ ዓንቀጽ ናይ ህድሞና ኮፍ ኢሉ ነበረ። ኣብቲ ግዜ'ቲ ወዲ ሽዱሽተ ዓመት ኣቢሉ ይኸውን

ኔሩ። ከምቲ ዝበልኩኺ ኣነ ኣብቲ መደብ ኣጎዛ ኣንጺፈ ምሉእ ኣድህቦይ ነቲ መጽዓን ኣብ ምስራሕ ነበረ። ሃብተ ብደገ እንዳ ጎየየ መጺኡ “ኣቦ ኣቦ ካብቲ መጋርያ ንፋስ ናብቲ ዓፋፉን ናይ ገደናና በቲንዎ ሓዊ ክነድድ ጀሚሩ’ሎ በለኒ። ኣነ ብዘይ ልበይ ሕጂ ጠፋእና፡ ሓዊ ርጉም ድኣ እንታይ ክገድፈሉ ኢለ፡ ብጉያ ቅልቅል እንተ በልኩስ ሓዊ ለይቶ ፈቒዱ’ቲ ዓፋፉን ተዘሪን ሚሕ-ሚሕ ይብላ። ንዓይ ሰምቢደ ምስ ረኣየኒ፡ ንሱ ብሰሓቕ ፈሊሑ’ዩ። ሓዊ ለይቶ ዓይነታት ሓሸራ ኮይነን፡ ብግዜ ጸልማት ድኹም ብርሃን ብልጭ-ብልጭ እንዳ በላ ካብ ቦታ ናብ ቦታ ዝንቀሳቐሳ ነፈርቲ ፍጥረታት ‘የን። ኣቦኺ ኩሉ ነገሩ ተረካብ’ዩ ዝነበረ ብንእሽትኡ ከሎ” ክብል ኣዘንተወላ’ሞ መመሊሳ ብሰሓቕ ቀሰለት። “ ሃብተ ወደይ ኣድሃ’ዩ ዝነበረ። ንኹሎም ደቀይ’ኳ ኣዝየ ዘፍቅሮም እንተ ኾንኩ፡ ምስቲ ተዋዛያይ ምኽኑን ሕሳስ ልደ ኮይኑ ምሳና ዝነውሐ ግዜ ምሕላፉን ናይ ሃብተስ ካብ እመት ስድሪ ነበረታ” ኢሉ ብምቕጻል ንምንታይ ምስሊ ሃብተ ካብ ኣእምርኡ ከም ዘይሃስስ ንእምነት ኣብርሃላ።

ሃብተ ፈታው ሓዳሩ ምንባሩን ንለምለምን ንባዕላ ንእምነትን ኣዝዩ ይፈትወን ከም ዝነበረ ክገልጸላ ከሎ፡ እምነት ትንየትን ንወላዲኣ መመሊሳ ትናፍቐን ነበረት። ንሳ ብግዲኣ ናይ ወላዲኣ ፍቕሪ ከሳብ ሎሚ ኣብ ቅድሚ ዓይና ቅጅል ቅጅል ከም ዝብላን፡ ከሳዕ’ዚ ቀረባ ዓመታት’ውን እንተ ኾነ ተመሊሱ ዝመጽእ እምበር ንሓዋሩ ብእኡ ኣቢሉ ከም ዝረሓቐ ከም ዘይመሰላን ነገረቶ’ሞ፡ ኣቦይ ጸጋይ ሰምቢድ ኢሉ “ንጸላኢኺ ድኣ ‘ዛ ጓለይ! ተመሊሱ ዝመጽእ እምበኣር ይመስለኪ ኔሩ፧ መን ዝተመልሰ ድኣ ከመለሰኪ’ሞ !፧” ብምባል ድንጋጸኡ ገለጸላ።

እምነት ንኸተማ ከረን ምሒር ፈተወታ። ኣብዚ ሰዓት’ዚ ትግርኛ ዳርጋ መሊኻቶ’ያ ክበሃል ይከኣል። ትግረ’ውን ቀቁሩብ ክትሰምዕ ጀሚራ ነበረት። ከሊማን ህዱእ መንፈስ

ከተማ ከረን እምብዛ ማእምአ። ናይ ኣጋ ምሸት ክኸውን ከሎ ምስተን ኣብቲ ገዛውቲ ዝቆመጣ ጎራዙ ንሹቕ ከይደን ፉል፡ ርግኦ፡ ጽማቝ ፍሩታታትን ፓስተን ዝኣመስለ ሓሺሽን፡ ኣብ ከባቢታት ፓላሶ ሪፓን ጂራ ፍዮርን ንፋስ ኣዱንያ ወሲደን ንገዘኣን ይምለሳ ነበራ።

ሓደ ምሸት እምነት ከም ኣመላ ኣብ ከተማ ተዛዊራ ንቤታ ምስ ተመልሰት ኣቶ ጻጋይ ምስግና መጺኡ ከም ዝነበረ ሓበራ። እምነት ካብ ኣዲስ ኣበባ ከም ዝመጸት ምስ ነገሮ፡ ምስግና ካብ ልቡ ከም ዝተሓጎሰን፡ ካብ ጋሽ ንኸረን ምስ ተመልሰት ምስ ኣሕዋቱ ተጠርኒፉ መጺኡ ክርእያ ምኽኒኑ ከም ዝሓበሮን ነገራ። እምነት ብግዲኣ ንምስግና ከም መተዓብይታ መጠን ከም ትናፍቖን ከም ትፈትዎን፡ ናይ ቁልዕነት መሓዝኣ ከም ምኽኒኑ መጠን ድማ ልዕሊ ካልኦት ደቂ ኣዶም ከም ትዝክሮን ከትርእዮ ከም ትደልን ብዘይ ሓብእብእ ንኣቦሓጎአ ሓበረቶ። ከም'ቲ ብኣምሆ ዝገለጽኩልኪ፡ እዞም ርጉማት ወተሃደራት ኢትዮጵያ ድሕሪ 'ዞም ደቅና ኣብ ኩናት ኣብከይ ምስ ቀነይዎም፡ ኣንጻ ኣንጻ ንማዕጾ ጌሮም ንበዓል ፍስሃየ ምስ ረሽንዎም፡ ኣነ'የ ነዞም ትርእዮም በዓል ምስግና ከም ሓወቦን ከም ኣኮን ኮይነ ከሳብ 'ዛ ከንዲ ሰብ ዝኣኸሉ ኣለይ መለይ እንዳ በልኩ ኣታትየዮም። ምስግና ከኣ ከም'ቲ ስሙ ምስጉን'ዩ። ንፉዕን ትሑትን መንእሰይ'ውን'ዩ። ልዕሊ ኩሉ ከኣ መኽበሪ ሰብ። ነተን ኣሕዋቱ ጉዳም'ዩ ከፈትወን። ብኽብረት'ዩ ዝሕዘን። ንዓተን ከኣ ኩሉ ግዜ "መን ከም ምስግና ሓወይ" ምስ በላ 'የን። ብሓፈሻ ጓሎም ወዶም ደቂ ፍስሃየ ብሩኻትን ምሩቓትን'ዮም። እነሀልኪ ራእሲ ምስ ጎበዙ ከኣ ኣይሓመቖን ኣብዚ ሰዓት'ዚ ብዘይከኣም መን ኣሎ ንዓይ ኣለይ መለይ ዝብለኒ!" እንዳ በለ ምስግናን ኣሕዋቱን ፍረ ጻምኡ ከም ዘይ ከልእያ ኣዘንተወላ። እምነት ከኣ ኣእዛና ንቅድሚት ኩር ኣቢላ ንዘዘወጸት ቃል ትቘልብ ነበረት። ኣብ ርእሲ'ቲ

ናይ ቁልዕነት ዝነበራ ፍትወት፡ አቦሓጎአ ጸጽብቘ ብዛዕባ ምስግና ምስ አዕለላ ንምስግና ከትርእዮ ተሃወኸት፡፡ መዓልቲ ሰኑይ ናይ ከረንን ካባቢአን ዕዳጋ ስለ ዝእኸለ ድማ፡ ምስግና ዘይቱንን ኮሚደረኡን ሸያይጡ ከምቲ ንአቶ ጻጋይ ዝበሎ ምስ አሕዋቱ ተታሓሒዙ ሕምባሽአም፡ ሽዊት ዕፉን፡ መዓርን ደርሆ ምስ እንቋቚሓኡን ተሰኪሞም ንእምነት ከርእይዋ ናብ ቤት አቶ ጻጋይ ጠበሽ በሉ፡፡ ምስአም ውዒሎም ሓዲሮም ድማ፡ ንኻልእ ግዜ ከምለሱ ምኺኖም መብጽዓ አትዮም ንሓድሽ ዓዲ አንጊሆም ከዱ፡፡ እምነትን ምስግናን ገለ ካብቲ ዝዘከርዎ ናይ ህጻንነቶም እንዳ አዕለሉ ከስሕቑን ወኺዕ ከብሉን አምሰዮ፡፡

ምስግና ጽልም ኢሉ፡ ማእከላይ ቁመት ዘለዎ፡ አፍልቡን ቀላጽሙን ንፍሕፍሕ ዝበለን አብ ዘመናዊ ጅምናዝዮም ብቘጸሊ ስፖርት ዘዘውትር ዘምስሎ ቅርዲ፡ አካላት ዘለዎ፡ ተዋዛያይን ሕያዋይን መንእሰይ'ዩ፡፡ ምስግና አዋልድ አሕዋቱ ደገ ወጺአን ከግዘአ አይፈቱን'ዩ፡፡ ማሕረስን ጉዳይ ጀርዲንን እንተ ዘይሒዝዎ፡ አሕዋቱ ዕንጨይቲ ከምጽአ ኮነ አብ ግራት ከዓያ ከብላ ንፋስን ጸሓይን ከውቅዓ አየፍቅደለንን'ዩ ዝነበረ፡፡ አብ ልዕሊአን ቀዲሕካ ዘይውዳእ ፍቅሪ ነበሮ፡፡ ብተወሳኺ ንሱ ዘይሳተፎ ንጥፈታት ናይ ዓዲ ትከሰስ'ያ፡፡ ህድሞ ንምስራሕ ወፈራ እንተ'ሎ ምስግና አብኡ አሎ፡፡ ናይ ጽጉማት ዓጺድ ወይ ማሕረስ ወፈራ እንተ ተጌሩ'ውን ምስግና አብኡ 'ሎ፡፡ ኮታስ ገይሹ ወይ ዘይጥዓየ እንተ ዘይኮይኑ፡ አብ ኩሉ ንጥፈታት ዓዲ ትረኽቦ ኢኻ፡፡ ምስግና ምስ ዓቢ ዓቢ ምስ ንእሽቶይ ከአ ናይ ንእሽቶይ ባህሪ ዝላበስ ብኹሉ ፍትው'ዩ ኔሩ፡፡ ብመልከኡን ብጠባዩን ተባህጊ ወዲ ስለ ዝነበረ ከአ፡ ጎራዙ ሓድሽ ዓዲ ይኹና ጎራዙ'ቲ ከባቢ ንምስግና ዘይትብህግ አይነበረትን፡፡ ዘይከም ምስ ካልኦት ሰባት፡ ምስ አዋልድ ከቘርብ ከሎ ስለ ዝስከፍን ዝሓፍርን አዋልድ ከረከብ ከሎ ናብ ዓባስ'ዩ ዝቘየር፡፡ ከምኡ ስለ ዝኾነ ከአ ዝዕበየለን ዘሎ ዝመስለን ውሓዳት አይነበራን፡፡

ንሱ ግን ዘይከም ድፍረቱን ስብእነቱን አብ ጓል ከቻርብ ከሎስ ከም 'ዛ አብ ማይ ዝኣተወት አንጭዋ ድአ ህጥሙ የጥፍእ ነበረ። አሕዋቱ ብዙሕ ጊዜ ተመርያ ኢለንኦ ከጸንሕ'የ እንዳ በለ ተኸኸ አቢልወን'ዮ። ሓደ ሓወን ምስ ምኻኑ ተመርዕዩ ከወልደለንን ከዝምደለንን'ኳ እንተ ጸዓራ: ማይ ሓቆኦነን ድአ ይተርፉ ነበራ። ሓንሳብ ከሳብ ንዓይ ትመስል ጎርዞ ዝረከብ ከጽብ'የ ድማ ነበረት ናይ ወትሩ መልሱ።

አቶ ጸጋይ ንእምነት ንኸትምርያ ብቆጸላ ይዛረባን ጸቆጢ ከገብረላን ጀመረ። "እምነቱ ጓላይ ንስኺ ሓንቲ ጓል'ዚ ዝፈትዋ ሃብተ ወደይ ኢኺ። ሃብተ ምሳና ከም ዘሎ መታን ከስመዓኒ ድማ አነ ብህይወት ከለኹ መሲልኪ ውላድኪ ሓቁፍኪ ከርእየኪ እደሊ አለኹ" እንዳ በለ ከወግሕ ከመሲ ደጋገመላ። እምነት ግና ናይ መርዓ ሓሳብ ከም ዘይብላ ደጋጊማ ተነጽረሉ ነበረት።

ካብ ዕለታት ሓደ መዓልቲ: አቦይ ጸጋይ ከምቲ ኩሉ ግዜ ረፋድ-ረፋድ ጸሓይ እንዳ ተጸለወ ዝገብሮ: ነታ 'ናሽናል' ዝዓይነታ ንእሾቶይ ናይ ኢድ ረድዮኡ ወሊዑ ዜና ይከታተል ነበረ። ሸው እምነት ነቲ ከቆርስሉ ዝጸንሑ አቅሑት ዝሕጸብ ሓጺዲባ ዝለዓል አለዓዒላ ኢዳ አብቲ አቦሓጎኣ ተገዘጉዘሉ ዝነበረ መንደቅ አመርኩሳ " አቦሓጎይ ዜና ዲኻ ድአ ትሰምዕ ዘለኻ፤ መቸስ ካብዛ ረድዮ 'ዚኣ ዝበልጽ ዓርኪ የብልካን። በቃ ሃምኻን ቀልብኻን ምስኣ'የ" በለቶ ስሓቅ ሓዊሳ። "ልክዕ አለኺ እምነቱ ጓለይ። እዛ ትርእያ ዘለኺ ብርኽቲ ረድዮ ምስ ኩሉ ዓለም'ያ አፋሊጣትኒ። አብዚኣ ከለኹ ንኣሜሪካን ኤውሮጳን ፈሊጠዮ። ካልኣት ሕብረተ-ሰባት ብኸመይ ይነብሩን: አህዛብ አብ ዓለም እንታይ ዝመስል ሃይማኖትን እምነትን ይኸተሉ ተማሂረ። ኩናትን ዕግርግርን አባና ጥራይ ዘይምኻኑ'ውን ፈሊጠ። ብዓቢኡ ከኣ አብዛ ገዛይ ከለኹ ደሃይ 'ዘም ጀጋኑ በረኻ ዘለው ደቅና አብ እዋኑ እረከብ ኔረ 'ዛ ጓለይ" ኢሉ

ካብ ረድዮ ዘይተአደነ ትምህርትን ሓበሬታን ከም ዝቘስም ብኣብነት ጌሩ ኣረድኣ።

ጽንሕ ኢሉ ኣቦይ ጸጋይ ንእምነት ከምዚ በላ "ዕድመ ጓል ከያዳይ'ዩ እምነቱ ጓለይ። ሕልፍ ምስ በለትኪ ጽባሕ ንግሆ ምጥዓስ ፋይዳ የብሉን። እግዚአቢሄር ሕራይ ይበልኪ ሕራይ በልኒ 'ዛ ጓለይ ሃብሮም" ኢሉ ኣጥቢቑ ለመና። እምነት ዝን ኢላ ድሕሪ ምጽናሕ "ኣነ ከምንኩስ'የ ዝደሊ ኣቦሓጎይ። ተመርዓዊ ኣይተበለኒ" በለቶ እንዳ ተስከፈት።

"ኢሂ ድኣ ከምኡ ኢልኪ 'ዛ ጓለይ። ዓለም መኒንካ ፈጣሪኽ ምስዓብ ጽቡቕ'ኳ እንተ ዀነ፡ ጓል'ቲ ካልኣይ/ቲ ከይደገም ኣብ ሸዊት ዕድሚኡ ዝተኸልፈ ሃብተ ወደይ እንዱ'ሞ ኮይንኪኒ። ኣነስ እባ ኣምላኽ ከይኩርየለይ'ምበር ወሊድኪ ስም'ዚ ወደይ ከተጸውዕለይ ምደለኹ። ንዒ 'ዛ ጓል ኣይፋልከን ምለስሉ'ዚ ዘረባ። ከምኡ ጌርኪ ዕጹው ዕጹው ኣይተብልዮ። ኣበይክ ፈሊጥከዮ ጓለይ ከምኡ ከም ዝግበር፤ ኣብቲ ኣዲስ ኣበባ፧" ኢሉ ንኸትምርያ ሕጂ'ውን ደጋጊሙ ተማሕጸና። "ስለምታይክ ድኣ ብእዋኑ ከምኡ ወሲንኪ። ኣብዚ ዓድናስ ዝበዝሐ ሰብ ምስ ሸምገለ'የ ናብ ኣድባራት ከኸይድ ዝደሊ." በላ ዘረብኡ ብምቕጻል። "ኣቦሓጎይ ኣነ ኣብዛ ዓለም 'ዚኣ ካብ ማህጸነይ ሰብ ኣምጺአ ነዚ ኣነ ዝሓለፍክዎ መከራ ከበጽሓም ዕድል ኣይከፍትን 'የ። ከምዚ ናተይ ክርፋሕ ናብራ ከተሕልፍ ኣብዛ ዓለም 'ዚኣ ትመጽእ እንተ ኼንካ ዘይምውላድ ይሕሸካ" በለቶ ብኽልተ ምዕጉርቲታታ ንብዓት ጀረው እንዳ በለት።

ኣቶ ጸጋይ: ኣንቲ እምነቱ ጓለይ እንታይ ድዩ ኣጓኒፍኪ፤ ናይ ደሓን ዲኺ፤

እምነት: ከይትጉሂ ኢለካ'የ ዘይነገርኩኽ እምበር መኮነን ወድኽ ኣሳቒኒ'የ።

ኣቶ ጸጋይ: እንታይ ክረክብ፤ መኮነን ማለት ሃብተ

ማለትዶ ኣይኮነን፧ እታ በዓልቲ ቤቱ'ያ ትኽውን ደፋፊኣቶ በጃኺ። ብቐደሙ ወለድኻ ዘይመርቑልካ እንታይ ከትጥዒ ኢላ። ድሓር ከኣ ከም 'ዘም ኣሕዋታ ትኽውን ልቢ ዘይብላ። እዘም ወተሃደራት ኣሕዋታ እነሀዉልኪ እንዶ ልቢ የብሎም ቀልቢ ነዚ ንጹህ ህዝብና ደም የንብዕዖን የሽንዖን።

እምነት፤ ኣንታ ኣቦሓጎይ ወደን ከይሓምያስ ሰበይቲ ወደን 'ባ ኣይትግበሮ። ትኽከል ንምዝራብ ሰበይቱ'ኻ ስርኤል 'ንድረ፤ መኮነን እንተ ዘኽብረንን እንተ ዝከላኽሰለይን ኔሩ ግን ንሳ ዲል ኣይምረኸበትን ኔራ።

"መኮነን ወደይ ብጻጋም ካብ ዝትንስእ ነዊሕ እዋን'ዮ ኣቐጺሩ ዘሎ። ምስ ጸላእቲ ኬንካ ኣንጻር ሃገርካን ህዝብኻን ምቅላስ'ሲ መዓስ ናይ ነገር ጥዕና መሲልኪ 'ዛ ጓለይ። ግን እታ ዞላጥ በዓልቲ ቤቱ'ያ ትኽውን ጸቕጢ ትገብረሉ። ኣብ ሓዳር ከኣ ብዙሕ ነገር እንድዮ ዘሎ። ተሸጊሩ ከይፈተወ'ዩ ዝኽውን እምበር ማዕር ከንድ'ዚ ዝኣከል ምፍጣርኪ ከሳብ ትጸልኢ ከብድለኪ!፤ እምነት ጓለይ ኣነ ከም ወላዲ ኺ ከማኽረኪ ዝደሊ እንተሎ፤ ዓለም ብዙሕ መስገደላት'ዩ ዘለዋ። ሽግርን መከራን ከኣ ካብ ሰብ ከጓንፈካ ይኽእል ካብ ተፈጥራዊ ነገራት ከኣ ከበጽሓካ ይኽእል። ኣብ ሓደ እዋን ዝወረደካ ሕሰም ንመዋእል ምሳኻ'ሎ ማለት ኣይኮነን። ደድሕሪ ነፍስ ወከፍ ጸላም ብርሃን ኣሎ። ስለዚ ንጓኺ ኣብ ንእስነትኪ ሕማቕ ኣጋጢሙ ኺ ማለት ንውሉድኪ ከምኡ የጋጥሞም ማለት ኣይኮነን። እግዚኣቢሄር ንስባት ነናቱ ዕድላትን በርን'ዩ ዝኸፍተሉ" በላ ኣቦይ ጻጋይ።

"ካብ በልካስ በል ኣነ ንጓኻ ከጉህየካ ኣይደልን 'የ። ግን ከምርያ እንተ ኮይነ ከምርዓወኪ ዝበለኒ፤ ኣብ ህይወተይ ከኣ ዓቢ ውዕለት ዝገበረ ሰብ ኣሎ'ሞ፤ ምስኡ'የ ከምርያ ዝደሊ" በለቶ ንኣቦሓጎኣ ከም ሓውሲ ብጎቦ ኣዒንታ እንዳ ጠመተቶ። እምነት ምስ ስዒድ ፍቕሪ ይኹን ካልእ ከልቲኣም ዝተኣማመንሉ ውዕል ዘይብሎም ከንሶም፤ ንኣቦሓጎኣ ኣፉ

ከትዓብስ ከትብል በቲ ሓደ ሸነኽ፡ በቲ ካልእ ድማ ከምቲ
ንሳ ብርሀራሂኡን ብጽሕነቱን ተመሲጣ ዝነበረት ስዒድ'ውን
ይፈትወኒ ይኸውን'ዩ ኢላ ስለ ዝገመተት ዝጨበጠቶ ዘይብላ
ከንሳ ንኣቦሕንኣ "ከምርዓወኪ'የ ዝበለኒ ሰብ ኣሎ" ኢላ
ሓበርቶ።

አቦይ ጸጋይ ሕራይ ስለ ዝበለቶ ብታሕጓስ ፍንጭሕ
ከብል ደለየ፡ "ሕራይ'ዚ ጥዑም ዘረባ። እንቋዕ ጥራይ ፍቓደኛ
ኮንኪ። ነቲ ትብልዮ ዘለኺ በጽሒ ጥራይ ኣላሊና'ምበር፡
ሕጇዶ ክልተ ዘረባ ከዛረብ ኮይነ። ንስኺ ትመርጽዮ ከኣ
ብኹሉ ሸነኻቱ ንዓኸን ንኸብሪ'ዚ ገዛና ዝበቅዕ ሰብኣይ ጓል
ኢለ'የ ዝኣምን" በላ አብ ምርጫ እምነት ምሉእ እምነቶ ከም
ዘለዎ ንምግላጽ። "እምበር'ኻ ምስግና ምስ መጻእኪ ኣትሒዘ
ብዙሕ ግዜ ንእምነት ንመርዓ ሕተተለይ ኢሉኒ ኣሎ። ኣነ ግዳ
ሕራይ ኣይበልክዎን። ቅድም ቃልኪ ከሰምዕ ኢለ" በላ ኣስዕብ
ኣቢሉ። ቀጺሉ ድማ "ምስግና ከምዚ ትርእዮ ምልኩዕን፡
ብልሒ ቅድሚ ዕድሚኡ ዝሓስብን መንእሰይ'ዩ" በላ ምናልባት
ንምስግና ሕራይ እንተ በለቶ ካብ ምሕሳብ። እምነት ብወገና
ንምስግና ትፈትዎን ተኸብሮን'ኳ እንተ ነበረት፡ ኣይከም ነቲ
ንህይወታ ዘድሓና ስዒድን ግን። ምስግና ንእምነት ሕተተለይ
ከብልን ኣቦይ ጸጋይ ንእምነት ምስቲ ከትምርዓውዮ መዲብኪ
ዘለኺ ኣላልይኒ ከብላን ነዊሕ ግዜ ሓለፈ። ብቐጻሊ ኣቦሕንኣ
ነቲ ኣርእስቲ ኣብ ዘልዕለላ "ሕራይ ሓንሳብ ተዓገስኒ ኣቦሓጎይ"
እንዳ በለት ንቅድም ፍቅራዊ ተገዳስነት ስዒድ ኣብ ልዕሊኣ
ከተጣልል ላዕልን ታሕትን ኣብ ምባል ድኣ ተጸሚዳ ተሓልፎ
ነበረት።

እምነት ድሕሪ ነዊሕ ግዜ ደሃይ ኣዲኣን ደሃይ ስዒድን
ከትገብር ንሃዳሙ እንተ ተመልሰት፡ ስዒድ ኣብቲ ዓዲ
ኣይጸንሓን። ስዒድ ካብቲ ዓዲ ካብ ዝጠፍእ ሓያለይ እዋን
ኣሕሊፉ ከም ዘሎ ኣርድእዋ። ጒላይን ለመለምን ከኣ ንእምነት

ከምዚ በልዋ "ስዒድ ሓሻካ ንዕኡ ዘይከውን ውሕጅ መጺኡ ለኪምዎ ከይዱ። ስዒድ ከምዚ ዝረአኽዮ ለዋሀን ለጋስን ሰብ'ዩ ዝነበረ። ምስ ኩሉ ተዋሃሂዱን ተሳንዩን ስለ ዝኸይድ ከኣ ካብዚ ዓዲ ዝውለድ እምበር ካብ ካልእ ቦታ መጺኡ ዝተዓስበ'ዩ ኢሉ ዝግምቶ ሰብ ኣይነበረን" ጓሎም በቲ ትሰምያ ዘላ ሓድሽ ዜና ማዕረ ከንደይ ከትህስ ከም ትኽእል እንዳ 'ሰከፈም። "መሳኪን እቶም ስድርኡስ ፈሊጦምዶ ኾን ይኾኑ ኢልከዮም ኢ.ኺ፤ በዚ ጉላ'ዮም ዝቐመጡ ኢሎሞ'ም" ብምባል ዕላሶም መልኡላ። "ቁሩብከ በሉ ከመይ ከመይ ኢሉ ድኣ ከምኡ ኣጋጠመ ይበሃል፤" ሓተተቶም እምነት ክልተ ኣእዳዋ ኣብ ርእሳ ጌራ ብርቡሽ መንፈስ። "ጓሶት ናይ'ዚ ጎደቦ ዓድና ከም ዝበልዎ እንተ ኾይኑ፡ ሓደ ግዜ ኣብቲ ደረት ናይ ሩባ ተከዘ ቀትሪ ምድሪ ምስ ጥሪቱ ኣዒሙ ከሎ፡ ብኢትዮጵያ ዝመጸ ጋሻ ውሕጅ መጺኡ ንዕኡን ንፍርቀን ከብቲ እንዳ ኣቦኺ መብራህቱን ሓጺጺብዎም ከይዱ"'ዩ ዝበሃል። ነዚ ምስ ሰምዐት እምነት ሞት ሕጹይ ኮይኑዋ ብውሽጣ "ኣይ-ኣይ" ኢላ ኣልቀሰት። ድኻስ ደርሆ ትጸድፍ ይብሉ ቀዳሞት መስተውዓልቲ ኣቦታትና፤ ከርተተኛ እምነት እቲ መባልይታን ብርሃን መጸኢ ናብርኣን ከኾውን ሓርያቶ ዝነበረት ስዒድ መጸወቲ ውሕጅ ተከዘ ኮይኑ ኢሎማ። እምነት ምስ ወላዲታ'ኺ ንኣዋርሕ ከትጸንሕ መዲባቶ ካብ ከረን እንተ መጸት፡ ድሕሪ'ዚ መርድእ ናይ ስዒድ ግን እቲ ዓዲ ጸላኢኣ ኮይኑ ተራእያ። ዓሰርተ መዓልቲ ዝኸውን ጥራይ ጸኒሓ ከኣ ንኸረን ስንዚዋ ተመለሰት። ንኸረን ምስ ተመልሰት ኣቦሓጎኣ ጉዳይ መርዓ ኣልዒሉ መመሊሱ ቅሳነት ከልኣ። " እቲ ንመርዓ መሪጸዮ ኣለኹ ዝበልከኒ ወዲ መዓስ ድዩ ስድርኡ ዝሰድድ፤" እንዳ በለ ብሕቶ ደጋጊሙ ዓቕላ ኣጽበባላ።

ቅድሚ ስዒድ ህጣም ምጥፍኡ፡ ዋላ ድኣ ብቻል ዝተሰነየ ኣይኹን'ምበር ብኣካላዊ ቋንቋስ ንሓድሕዶም ከም ዝደላለዩ

አንፈት የንጻባርቈ ነበሩ። 'የፍቅረኪ 'የ፡ ኣነ'ውን ካባኽ ንላዕሊ ዝጥምቶ ጎበዝ የብላይን' ዝብል ቃላት ግን ገና ኣይመሎቖን ነበረ። ኣብተን ሕልፍ-ሕልፍ ኢሎም ዝተራኸቡለን ግዜያት፡ ስዒድ ሎሚ ጽባሕ ነዚ ኣብ ልዕሊኣ ዘለኒ ርሱን ፍቅሪ ከተምብህላ'የ ከብል፡ እምነት መዓስ'ዩ ስዒድ ዝሓተኒ እንዳ በለት ብውሽጣ ብፍቅሩ ክትልሎ ግዜ ስለ ዝወሰዱ፡ እዚ ናይ ስዒድ ሃንደበታዊ ምስዋር ኣስዒቡ። እምነት በቲ ሓደ ወገን ቃል ኣበሓጎኣ ከተኽብር፡ በቲ ሓደ መዳይ ድማ ናይቲ ብጉብዝንኡን ለውሃቱን መሲጥዋ ዝነበረ ስዒድ ጓሂ ምውጻእ ስለ ዝኣበያ፡ ክልቲኡ ተደራሪቡ ኣደዳ ጭንቀት ኮነት።

ነቲ ናብራ ናይዛ ዓለም 'ዚኣ ኣጽሊእዋ፡ እትወልዶም ቆልዑ ከም ናታ ዕጫ ከይገጥሞም ብምስጋእ፡ ካብ ተመርዒኻ ውሉዳት ተምጽእ ንኹሉ ናይ ዓለም ፎእ ኢልካ ኣብ ገዳማት ሰፈርካ ፍቃድ ፈጣሪኻ ምምላእ ይምረጽ ዝብል ናይ ቅድም ሓሳባ ደጊማ ክትቀሳቅሶ ጀመረት። ቀደሙ'ውን ኣቦሓጎኣ ኣብ ብርካ ተደፊኡ ለሚንዋ'ምበር ንመርዓስ ቶባእ ኢላቶ ኔራ'ያ። ሕልናን ሓልዮትን ስዒድን፡ ምሕጽንታ ኣቦሓጎኣን ግን ንናይ ምምንኻስ ውሳነኣ መኣዝኑ ጠውዩሞ ነበሩ። ምስግና ብግዲኡ ዋላ'ኳ ንእምነት ብቓጠታ ኣይለምን፡ ብመንገዲ ኣቶ ጸጋይ ጌሩ ኣብ ትሕቲ ሕጹፉ 'ትኣትወሉ መንገዲ ብቓጸሊ ሃሰው ይብል ነበረ። እምነት ግን ዋላ'ኳ ነቲ መላሕስቲ ሓመዳ ዝኾነ ምስግና ተውጸኣሉ ኣበር እንተ ዘይነበራ፡ ልባስ ምስ ስዒድ ድኣ ሸፈታ ምምላስ ኣበየት። ዝኣተወቶ ቃል ኪዳን ዘይብላ ክንሳ ከኣ፡ ድሕሪ ስዒድ ካልእ ወዲ ምጥማት ጥልመት ኮይኑ ተሰመዓ።

ኣብ ከምዚ ኣዋግሪ ህሞት እንከላ'ዩ እምበኣር እቲ ብምጥፋእ ስዒድ ዳርጋ ማዕረ እምነት ጉህዩ ዝነበረ ጊላይ ሰብኣይ ኣዲኣ፡ ደብዳቤ ልኢኹ ስዒድ ንሃዳሙ መጺኡ ከም ዘሎ ዝሓበራ። ለምለምን ጊላይን፡ ስዒድ ንጓሎም ካብ ኣፋፌት ሞት ስለ ዘውጸኣሎም፡ኣብ ልዕሊኡ ነቐ ዘይብል ኣኽብሮት

ነበሮም፡፡ እምነት ንስዒድ ሕልፍ ከትብለሉ ከም ትደሊ'ውን ጽቡቕ ጌሩ ይስወጦም ነበረ፡፡ እምነት ናይ ስዒድ ናይ ህልውና ብስራት ምስ ሰምዐት ኣንጊሃ ንሃዳሙ ገስገስት፡፡ ምስ ስዒድ ድሕሪ ወርሒ ኣብ ከረን ከራኸቡ ተቋጺሮም ድማ ዓቢ ተስፋ ሰኒቓ ንኸረን ኣብ ሳምንቱ ተመልሰት፡፡ ቅድሚ ምፍልላዮም ስዒድ "ኣብ ከረን ምስ መጻእኩ ብኸመይ ከረኸበኪ'የ፧" ኢሉ ንእምነት ተወከሳ፡፡ እምነት ድማ "እንካ በዛ ተሌፎን 'ዚኣ ጌርካ ደውለለይ፡፡ ናይ ጎሮቤትና'ያ፡፡ ካብ ዓስርተ ሓሙሽተ ከሳብ ዕስራ ደቓይቕ'የ ካብ ገዛና ርሒቐ ዘሎ፡፡ ንእምነት ጸውዑለይ እንተ ኢልካዮም ከደሃዩኒ'ዮም፡ ብሩኻት ገዛ'ዮም" ኢላ ብኸመይ ከረኸባ ከም ዝኸእል ሓበረቶ፡፡

"ሕራይ ጽቡቕ ንሓሰን ወዲ ሓትነይ ኣደውለኒ ከብሎ'የ፡፡ ሓትነይ እተን ኣብ ቀጠር ዘለዋ ደቃ ዝሰደዳላ ከመይ ዝበለት ናይ ገዛ ተሌፎን ኣለዋ" ድሕሪ ምባል ከረን ምስ መጻ ንኸረኸባ ብዙሕ ጸገም ከም ዘይብሉ ኣረጋገጸላ፡፡

ሰላሳ መዓልትታት ሓሊፉ፡፡ ዕለተ ቆጸራ ኣኺሉ እምነት ንስዒድ ከትጽብ ፍጹም በለት፡፡ ቆጸርኡ ስለ ዝጠለመ ከኣ ንበይና ቀንፈዘው ከትብል ውዒላ፡ "ንስፍላላዶ ድኣ ከኹነላ" እንዳ በለት ናብቲ መታን ከቡር ጋሽ ከትቅበል ኣወንዚፋቶ ዝወዓለት ናብርኣ ተመልሰት፡፡ ምናልባት 'ነጽባሕ እንተ መጻ ኢላ ድማ ንጽባሒቱ'ውን መደብ ሰሪዓ፡ ካብ ንቡር ዕለታዊ ንጥፈታታ ቦኺራ ንስዒድ ከትጽብ ጸሓይ ንርእሳ ኢላ ዓረበታ፡፡ ኣብ ሳልሳይ መዓልቲ ስዒድ ምምጻእ ምስ ኣበያ፡ እምነት ቀቢጻ ንኣሞኣ ምሕረት ከትርእያን ብኡ ኣቢላ ንግደት ማርያም ደብረሲና ከትነግድን ንደብረሲና ኣምርሐት፡፡ ኣብ መገሻኣ ምስታ እንኮ ኣሞኣ ብዛዕባ ማርያም ደብረሲናን ስድራ እንዳ 'ቦይ ጸጋይን እንዳ ኣልዓላ ጉጅም ከብላ ቀነየ፡፡

ኣብ ጸንሓታ ልዕሊ ኩሉ ንማርያም ደብረሲና እግዚኣቢሄር ሽግራ ከሕጽረላ ኣጽዒቓ ለመነታን ተማሕጸነታን፡፡ ምሕረት

ንእምነት “መታን ናይ ዓመታት ዝተደራረበ ናፍቖትና ጽቡቕ ጌርና ከነውጽእ፡ መጺእክና ከለኺ ኣብዚ ምሳና ክትቅንዩ ኢኺ” ስለ ዝበለታ ኣብ ደብረሲና ንክልተ ቅነ ጸንሐት። እምነት’ውን ኣብቲ ግዜ’ቲ ተላይ ተላይ ኢላ ንኸረን ትምለሰሉ ምኽንያት ስለ ዘይ ነበራ ተርጋጊኣ ምስ ኣሞኣ ቀነየት። እዋኑ እዋን ኣየት ስለ ዝነበረ፡ ኣብቲ ስዒድ ንኸረን ክኸይድ ዝዳለወሉ ዝነበረ ህሞት ኣብቲ ዓዲ ዝናብ ዘነበ’ሞ፡ ስዒድ ዘርኢ ክትዘርእ ኢኻ ተባሂሉ ቆጸርኡ ኣሕለፈ። ንኽልተ መዓልቲ ዘርኢ ክዘርእ ውዒሉ ኣብ ሳልስቱ ንኸረን እንተ መጸ ግን ንእምነት ክረኽባ ኣይከኣለን። ከምዚ ሓረስቶት ሃገርና ዝጥቀምሉ ኣብ ዝናብ ጥራይ ተሞርኪስካ ዝካየድ ዓይነት ሕርሻ፡ ኣብ እዋኑ እንተ ዘይሓሪስካዮ ቀለብ ዓመትካ ኢኻ ‘ትስእን። ስለ ዝኾነ ከኣ’ዩ ስዒድ ተቐሲቡ ካብ ብሂግዎ ዝነበረ ቆጸራ ዝተዓናቐፈ። እምነት ድሮ ንኽልተ መዓልትታት ንዕኡ ክትጽበ ዝኣኸላ ፍጭም ኢላ ናብ ኣሞኣ ንደብረሲና ተመርቂፉ’ያ። ስዒድ ንኸረን ክኣቱ፡ እምነት ድማ ቀቢጸ ንደብረሲና ክትከይድ ብሓንቲ መዓልቲ ተመሓላለፉ። ንስዒድ እምነት ናበይ ከም ዝኸደት ዝሕብሮ ኣይረኸበን። ንኣርባዕተ መዓልትታት ኣብ ከረን ተጸብዩ ከኣ፡ ኅቦ ልቡ ኮይኑ ንሃዳሙ ተመልሰ። ድሌት እንተ’ሎ ዓጋቲ ስለ ዘየሎ፡ በዚ ኣይሰክሑን ከም እንደገና ድሕሪ ክልተ ወርሕን ፈረቓን ኣብ ከረን ንኽራኸቡ ተቛጸሩ።

ክልተ ወርሕን ፈረቓን ተቐጺሩ ካልኣይ መዓልቲ ቆጸራ ኣኸለ። ሕጂ’ውን ንስዒድ መኻልፍ ኣጋጢምዎ ኣብ ቆጸርኡ ክርከብ ኣይከኣለን። ከራማት ስለ ዝነበረ ንኸረን ንኽመጽእ እታ ኣብ ሓውሲ ከተማ ቶኾምብያ እትርከብ ብኳንኳ እትፍለጥ ለቀይ ለቀይ እትብል ንሓንቲ መኪና’ውን ከተሳግር ዘይትኽእል ቀጣን ድልድል ካብ ስራሕ ወጻኢ ኮይና ጸኒሓ ኣጓናደበቶ። ሩባ ጋሽ ኣብቲ ግዜ ’ቲ፡ ብዘይካ ’ታ ኣብቲ ዝጋማጠል ውሕጅ ራዕራዕ ኢልካ ከይትስቱኽ እተስግእ

ቢንቶ-መስል መሳገሪት ካልእ አማራጺ አይነበሮን። እታ ኻንኳ ምስ ተበላሸወት ቀልጢፋ ጽገና ስለ ዘይ ረኸበት፡ ስዒድ ሕጂ'ውን ብተስፋ አብታ አብ ስግር ቾኾምብያ እትርከብ ዓዲ ብግዲ ዝተባህለት ንእሾ ዓዲ ንኸልተ መዓልትታት ምስ ሰብ ድሕሪ ምጽናሕ፡ ቀቢጹ ምስ ናፍቖትን ሻቕሎቱን ንሃዳሙ ተመልሰ። እምነት ከም ዝሓለፈ ፍጮም ክትብል ቀነየት። ምምጻእ ምስ አበያ ጋን ብሕርቃን ጽልልቲ መስለት። ስዒድ ብፍላጥ አሸካዕላል እጻወተላ ከይሀሉ ድማ ተጣራጠረት። ከቱር ፍትወት ጋን ንኹሉ ዝመጻ ሽግርን ክፉኡን ክትጸር ሐገዘ። ስዒድ ንዓዲ ምስ ተመልሰ ተሎ ኢሉ ብሰብ ጌሩ ደብዳቤ አጽሐፈ ንኹሉ'ቲ ዘጋጠሞ መስናኽላት ዘርዚሩ ናይ እቕሬታ ስታሪት ንእምነት ሰደደላ። እምነት'ውን ደንገጸትሉን ሐድገት ገበረትሉን። ንሳልሳይ ግዜ ንኸረን ክመጽ'ሞ ክራኸቡ ከአ ብደዳቤ ተሰማምዑ። አብዚ ግዜ'ዚ እምነት ብሕርኮትኮታ ምንባብን ምጽሓፍን ቋንቋ ትግርኛ መሊኻ ነበረት።

አብ ሳልሳይ ቆጸራ ዘይከም ዝሓለፈ፡ ስዒድ አብ መዓልቱን ሰዓቱን ከተፍ በለ። እምነት ድሮ ተኻሐሒላን ተመላኺዓን ቅድሚ ሰዓት ቆጸርኣ ምጽባይ ጀሚራ ነበረት። እቲ ልምጽምጽ ዝብል መሊሳቶ ዝነበረት ጎና ምስ'ቲ ጸዕዳ ሐጺር ዝእጅግኡ ቀጥ ዝብላ ካምቻ ንጽባቘ መሳርዕ አካላታ· አገሊሐ የርእዮ ነበረ። እቶም ጽሩባትን ምሉኣትን ደናጉአ ምስቲ ቀጥ ዝበለ መዓንጥአ ቅምጥ ኢላ ነዞን ምልኩዓት አሳሰይቲ ገያሽ አብ ነፈርቲ አምሰላ። ምስ ስዒድ ዝምድን'አም ወግዓውነት የልብስዖ ምንባሮም ግዲ ተሰዊጥዎምን አስኪፍዎምን ኮይኑ ክልቲኦም ከሓንኩ ጀመሩ። ንሳ ሕጂዶ ይሓተኒ ይኸውን ክትብል፡ ንሱ ድማ ካብ ሎሚ ክትሐልፍ የብላን ክብል፡ ክልቲኦም መምስ ገዛእ ርእሶም ዕላላት ፍቅሪ የጋምድሑ ስለ ዝነበሩ እምብዛ ሕፍርፍር አብዝሑ። ካብኡ ናብኡ ጋን ስዒድ ይሓይሽ ኔሩ። እንተ ወሐደ'ኻ ብዛዕባ አብ ዝሓለፈ ቆጸራታ

ዘጋጠሞ ዕንቅፋታት ብዝርዝር ከዕልላ ይፍትን ነበረ። ከምዚ
ኢሎም ዝሓሸ ቦታ ከናድዩ ድሕሪ ምጽናሕ፤ አብ ሓደ ብሕት
ዝበለ እንዳ ሻሂ አትዮም ካፐቸኖ አዘዙ። ሸው እምነት ነቲ
አብ ፕላስቲካ ሳንጣ ተስኪማቶ ዝጸንሐት ብዘብረቅርቅ
መሽፈኒ ተዓኹሊሉ ዝጸንሐ ገጇፍ ጥቅላል ከፈታ ንስዒድ
ናይ ኢድ ስዓት፤ ምሉአ ባድላን ናይ ከሳድ ወርቂ ሰንሰለትን
"ስዒድ ሓወይ እዚአን ህይወተይ ናይ ዘድሓንካኒ መርአያ
ምስጋናይ ንዓኻ 'የን'ሞ ከንዲ ብዙሕ ርአየን ኢ'ኻ። ዓቅሚ
ስለ ዝሓጸረኒ'ምበር ንዓኻስ ካልእ'የ ዝግብአካ ጌሩ" በለቶ
ከም ሓውሲ ድንን ድንን እንዳ በለት። ሕጇ ትሓይሽ ቁራብ
ከትደፍር ጀሚራ 'ላ። ስዒድ ገጹ ብፈገግታ ኮሊዑ "እዚ ኩሉ
ንዓይ!፤ ከንደይክ ከጽብቕ'የ። ካበይክ አምጺአክዮ ጓለይ፤ በሊ
ከብረት ይሃብኪ። ዘይውዳእ ከአ የትሕዝኪ." ኢሉ መረጃ።

ብድሕር'ዚ ብሕት ኢሎም ድራር ከድረሩ ናብ ዝኸእሉ
ዝሓሸ ዝበልዋ ቦታ ከግዕዙ መረጹ። አብ ከረን ሆቴል አብ
ላዕለዋይ ደርቢ ከኸዱ ተሰማሚያም ድማ ናብኡ አምርሑ።
ቅልዋን ዝግንን አዚዞም ድማ ጥዑም ድራር እንዳ በልዑ ጉጅም
በሉ። እምነት "ሎምስ እዚ ወዲ ንፍቅሪ ይሓተኒዶ ይኸውን"
እንዳ በለት ብውሽጣ ከትርበጽ ጀመረት። ስዒድ'ውን
ብወገኑ " እንታይ ኢለ ከጅምረላ 'የ፤ እንተ ሓቲተያኸ እንታይ
ትምልሰለይ ትኸውን፤ ከም ሓወይ'የ ዝርኤካ እንተ ኢላትኒከ
እንታይ ከገብር 'የ፤ ምናልባት ሕራይ እንተ ዘይኢላትኒኸ
ብድሕሪኡ ዝምድናና ከም ቀደሙዶ ከቅጽል ይኸእል!" እንዳ
በለ ብመስቀላዊ ሕቶታት ንነብሱ አጨነቃ። እምነት አብታ
ምሽት 'ቲአ ሓንቲአ አፍሊጣ ናብ አበሓጓአ ከትምለስ አንቂዳ
ነበረት። ምኽንያቱ አበሓጓአ ምስ ዓይነ ብርኩ ከሎ ከምስላ
ይብህግ ስለ ዝነበረ፤ አሞና ጽቅጢ ፈጠረላ። ዋላ ድአ ስዒድ
ብፍታዉ ዝገበሮ አይኹን'ምበር፤ አብቲ ንሱ ጠፊአሉ ዝነበረ
ዝያዳ ከልተ ዓመታት ሞት ሕጹይ ኮይንዋ፤ ሓዲግ መዲግ

160

ኮይና ንነዊሕ'ያ ተጸብያ። በቲ ሓደ ሸነኽ ከኣ ምስግና ንኣቶ
ጸጋይ ብተደጋጋሚ ንእምነት ሕተተለይ ይብሎ ስለ ዝነበረ:
ጓል ወዱ ንዝፈትዋ መንእሰይ ምስግና ሕራይ ከትብሎ
ኣተወት ወጸት የጨንቓ ነበረ። እዚ ኩሉ ተደራሪቡ'የ'ምበር
ሸዑ ምሽት "ሎሚ ጓላን ወዳን ከተፍልጥ ኣለዋ" ኢላ ምስ
ነብሳ ዝደምደመት። ምሉእ ምሽት ንስዒድ ሰሓቢ: ዝኾነ
ምንቅስቓሳትን ፍሽኽታን ከትልግሰሉ ኣምስያ ስዒድ ተንከስ
ምባል ምስ ኣቅበጸ: እምነት ብውሽጣ "ኣንታ 'ዚ ክንደይ
ክሰንፍ'ዩ። ካብዚ ንላዕሊ ድኣ እንታይ ዓይነት ኣንስታዊ ናይ
ፍቕሪ ቋንቋ'የ ከርእዮ ደልዩ፧" እንዳ በለት ትርበጽ ነበረት።
ኣብ ኣጋ ምፍልላዮም ከኣ መታን ስዒድ ብልቡ ይደልያ ድዩ
ኣይኮነን ከትፍትሽ "ስዒድ ሓወይ ንስኻ ኣብ ትሕቲ ፈጣሪ
ንህይወተይ ኣድሒንካያ ኢኻ። ንስኻ ማና ኮይንካ ኣብቲ
ሰዓት 'ቲ እንተ ዘይትነጥበኒ ኔርካ። እዚ ሎሚ ምሽት ምሳኻ
ዝስሕቆን ዘስተማቕሮ ዘለኹ ንፋስ ዓለምን ኣይምረኸብክዎን
ኔረ። ከምዚ ትፈልጦ ዓቕመይ ድሩት ኮይኑ'ምበር ኣምሳያ
ውዕለትካ ንዓኻ ዝምነዮ ብዙሕ'የ ኔሩ። እስከ ንስኻኸ ካብዛ
ብሳላኻ ትንፋስ ዝሰኹዐት እምነት እንታይ ትጽብ ኢሎም
እንተ ዝሓቱኻስ: እንታይ ኮን ምመለስካ፧" ፍሽኽታ ኣሰንያ
ብሜላ ጌራ ንፍቕሪ ከም ዝሓታ ገበረት።

ስዒድ ድማ ብኣገባብ ኣተሓትትኣ ተመሲጡ "እምባእ!
ሕቶ ኣኸቢድክለይ ኣንቲ እምነት ሓብተይ። ኣነ ድኣ እምነት
ፍቓደኛ እንተ ኾይናስ ንተሪፉ ዘሎ ህይወተይ ምስኣ ክነብር'የ
ዝደሊ ምበልክዎም" በላ ብውሽጡ ረድረድ እንዳ በሎ።
"ብሓቂ ንዓይ'ሲ መናብርትኻ ክኸውን ትመርጸኒ ኢኻ፧"
በለት ልባ ብታሓጓስ ሰብ ዝስጉም ዘሎ ከትጥዕም ዲግ-ዲግ
እንዳ በለት። ዘይከም መብዛሕትኣን ኣዋልድ ኣሕዋትና: በቲ
ወዲ ከይ ምዛና ኢለን ደለይትን ተዓባይትን ኮይነን ዝቘርባ:
እምነት ናይ ውሽጣን ናይ ደጊኣን ኩሉ ሓደ ቋንቋ ይዛረብ

ነበረ፡፡ ከምዛ ንዓመታት ዝተፋላለዩ ነባራት ፍቕራትን ከምዛ ብሓደ ዘይ 'ምስዩን ከአ ተጠማጢሞም ተሰዓዓሙ፡፡

ዕላሎም ከም ብሓድሽ ከፈቶም ከአ ምኡዝ ፍቕራዊ ዕላል ከጀሰዩ ከባቢ ፍርቂ ለይቲ ኣኸለ፡፡ ሽዑ እምነት ስዒድ ንገዛኣ እንዳ ኣፋነዋ ከሎ፡ "ስዒድ ሓወይ ሕጂ ከምኡ ከብለካ ግቡእ ኣይነበረን፡፡ ግን ኣቦሓጎይ ካብታ ካብ ኣዲስ ኣበባ ዝመጽእ ኣትሒዙ ተመርዓዊ እንዳ በለ ምእታው ምውጻእ'ዩ ከሊኡኒ ዘሎ፡፡ ስለዚ ብዝተኻእለካ መጠን ወለድኻ ኣብ ዝሓጸረ ሰዓት ሰዲድካ ከምቲ ንቡር ግበር" ኢላ ኣጥቢቓ ተማሕጸነቶ፡፡ ስዒድ ድማ "ኣጆኺ እምነት ሓብተይ፡፡ እንቋዕ ጥራይ ናተይ ምኻንኪ ኣረጋገጽኩ'ምበር ካብዚ ዝመጽእ ዘሎ ክልተ-ሰለስተ ሰሙን ኣየሕልፎን 'የ፡፡ በዝስ ቅሰኒ ጥራይ፡፡ ናባይ ግደፍዮ ኢኺ" ኢሉ ንእምነት ተስፋ ኣስኒቑ ንቤታ ኣፋኒዉ፡ ናብቲ ሓትኑ 'ትነብረሉ ዝነበረት ገዛ ወረቓት ዝበሃል ገዛወቲ ኣቐነዐ፡፡

ኣብታ ለይቲ 'ቲኣ እምነት ንገዛኣ ምስ ኣተወት በቲ በቲ መሬት ከወግሓላ'ሞ ንኣቦሓጎኣ ከተበስሮ፡ በቲ ካልእ ድማ ጌና ከሎ ብዛዕባ ኣገባብ ጽንብል መርዓኣ ከተሰላስል፡ ኣብ ዘይእዋኑ ሓሳባት ከተጋምድሕ ሰለም ከየ 'በለት መሬት ኣውግሓታ፡፡ መሬት ምስ ወግሐ ንኣቦሓጎኣ ከተበስሮ ናብ መደቀሲኡ ኣምረሐት፡፡

ኣቦይ ጸጋይ ግን ብሽዕኡ ተንሲኡ ኣብ ደገ ወጺኡ ኣብታ ካብ ዕንጨይትን ላኻን እተሰርሐት መንበር ኮፍ ኢሉ ናይ መንከሱ ጭሕሚ የራግጥጥ ነበረ፡፡ "ኣቦሓጎይ ሎሚ ድኣ ዘሕጉስ ብስራት እንድየ ሒዘልካ መጺአ ዘለኹ" በለቶ እምነት ታሕጓስን ሕፍረትን ሓዋዊሳ ንነዊሕ ግዜ ሽኾም ኮይንዋ ዝነበረ ሕቶ መርዓ ተራጊሉ ዕለት ስለ ዝበጽሐ፡፡ "ሕራይ ኣበስርኒ በሊ ኣንቲ እምንቱ ጓለይ፡፡ ብጊሒት ምድሪዮ ጽቡቕ ዜና ሒዝክለይ መጺእኪ ኣንቲ ብርኽቲ ፍጥረት ጓል'ዚ ብሩኽ ወደይ" በለ ኣቦሓጎኣ ነቲ ብስራት ትብሎ ዘላ ተቓላጢፉ ከተስምዖ እንዳ

ተሃንጠየ። "እቲ ከምርዓወኪ'የ ዝብለኒ ዝነበረ ሰብ፡ ኣብዚ
ቀረባ መዓልትታት ወለዱ ናባኻ ክልእኽ'ዩ ጓልኩም ሃቡና
ክብሉ። ሕጅስ ተቐሪብካሉ ክትጸንሕ ኢለ'የ ዝነግረካ ዘለኹ"
በለቶ ጾራ ስለ ዝተራገፈላ ፍሽኽ ፍሽኽ እንዳ በለት። "ሕራይ
ግርም ኣነስ ይቐረብ። ጸገም የብሉን። ነዞም ደቂ ሓወይን ነዞም
ኣኮታትክን ሒዘ እጸንሓም። ነቲ እኽለ-ማይ ዝምልከት ከኣ
ድሓን ንስኺ ምስ 'ዘን ሓትኖታትኪ ኮይንክን ተዳልውኣ። ወዲ
መን'ዩ ኸ፣ ኣበይ'ዩ ዓዱ፧" ኢሉ ሕቶ ኣስዓበላ ኣቦሓጎኣ፡ ድሕረ
ባይታ መዋስብቶም ንምርዳእ። እምነት ድማ ትቐብል ኣቢላ
"ስዒድ'የ ዝበሃል። ዓዱ ኣብዚ ጥቓ ሓጋዝ ኮይኑ፡ ቃርዋት'የ
ዝበሃል። ምቕማጡ ግን ኣብቲ ብዓል ኣደይ ዘለውዎ ሃዳሙ
ዝበሃል ዓዲ'ዩ" ኢላ መለስትሉ ንኣቦሓጎኣ። "ስዒድ ድዩ ሸሙ
ዝበልኪ!፣ ኣስላማይ ድዩ ኸ!፣ ትሩፍ ድሕሪ ደጊም! እዚ ኩሉ
ትጽብይ ኔርከስ ኣብ ከምዚ ከትወድቂ" በላ ኣቦይ ጸጋይ ብነድሪ
ከሳብ እምነት ሰምቢዳ በተግ 'ትብል። "ብየማንን ብጸጋምን
ከመይ ዝበሉ ወራዙት ደቂ ሃይማኖትክን ጓልካ ሃበና እንዳ
በሉ መሕለፍ መንገዲ ከሊኦምኒ ከለዉስ፡ ንስኺ ከኣ ኣስላማይ
ጓሲስክለይ ከትመጺ።" እንዳ በለ እምነት ንስዒድ ዝበሃል ኣማኒ
ምስልምና ከትምርዖ ምውሳና እምብዛ ከም ዘነደሮ ኣካላዊ
ቋንቋ ኣሰንዩ ገንሓ።

ኣቦይ ጸጋይ ኣብ ግዜ መግዛእቲ እንግሊዝ ንእስነቱ
ዘስተማቐረ ናይ ዕድመ በዓል ጸጋ ሰብ 'ዩ ኔሩ። ኣብቲ ንሳቶም
መንእሰያት ዝነበሩሉ እዋን ብሰንኪ ገዛእቲ ሓይልታት፡
ህዝቢ ኤርትራ ኣብ ነንሓድሕዱ፡ ብፍላይ ከኣ ኣብ ዓበይቲ
ከተማታት ሃገርና ክርስትያን ንኣስላማይ ከጸልእ ኣስላማይ
ከኣ ኣንጻር ክርስትያን ከለዓል ዝጉስጎሰሉን ዝስረሓሉን
ዝነበረ ግዜ ም'ኧኑ፡ ታሪኽ ብግቡእ ሰኒድዎ ዘሎ ኣዕናዊ
ጽልዋ ባዕዳውያን'ዩ። ኣቦይ ጸጋይ ምስዚ ኩሉ ሓዉስ ጠባዩን
እወታዊ ኣተሓሳስብኡን፡ 'ኣብ ቴፋሕ'ኢ ሓሰኻ ዝርከብ'

ከም ዝበሃል፡ አስላም ሰባት ኮይኖም አይረአይዎን ነበሩ። አሸምባይዶ ክዋሰቦም'ሲ ምስ አስላማይ መአዲ ተቛሪብካ ምብላዕን ምስታይን የጸይኖ ነበረ። አቶ ጸጋይ እምበአር ናይቲ ሸዑኡ ብደለይቲ ክፉእ ህዝቢ ኤርትራ አብ መንጎ ክርስትያንን አስላምን ኤርትራውያን አሕዋት ዝተአጉደ ጽልኢ፡ አኸራሪ ነጸብራቓዊ ሓድጊ ነበረ። ስለዚ'ዮ 'ምበአር፡ እምነት ንስዒድ ዝበሃል ሰብ ክትምርቓ ከም ዝመደበት ምስ ሓበርቶ ብነድሪ ከይ ወዓለ ከይ ሓደረ ካብ ቤቱ ዘባረራ።

እምነት ገበታ ነብዐት። አቦሓጎአ ከም'ኡ ዓይነት ጭካነ አለዎ ኢላ ገሚታ ስለ ዘይትፈልጥ ድማ አመና ሰንበደት። አቦይ ጸጋይ ብፍጥረቱ ጨካን አይኮነን። ነዚ ናይ መርዓ ውሳነ ናይ እምነት ምስ ሰምዐ ግን ከም'ዛ አብ ፋርኔሎ ዝሰኸተትካያ በራድ፡ ብሕርቃን ሸረኸረኸ ድኣ በለ። እምነት ካብ ገዛ አቦሓጎአ በርጊጋ ምስ ወጸት፡ ናብ አብ ሸፍሸፈት ዝበሃል ገዘውቲ እትቕመጥ መሓዝአ ከይዳ ተዓቘበት። እታ መሓዝአ ምስአ አውዒላ አሕዲራታ። ማያ ዝሰተየት ለባም መሓዛ ስለ ዝነበረት ከአ ን'እምነት ምስ አቦሓጎአ እንታይ ከም ዘበአሶም ዘርዚራ ከተዕልላ ተወከሰታ'ሞ፡ እምነት ኩሉ ዘጋጠመ ምስ ነገረታ ሓደ ፍታሕ ከኸውን ይኸእል'ዩ ዝበለቶ ቅድዊ ሓሳብ አካፈለታ። ንሱ ድማ ን'አቦይ ቀሺ ተስፋይ ረኺብካ ብዛዕባ'ቲ ን'እምነት አጋጢሚፏ ዘሎ ሽግር ምዝታይ ዝብል ነበረ።

አቦይ ቀሺ ተስፋይ አባት ነብሱ ን'አቦይ ጸጋይ ኮይኑ፡ አቦይ ጸጋይ እንተ ኮርዩ እቲ እንኮ ጽቡቕ ጌሩ ከስምዖ ዝኸእል ሰብ'ውን ንሱ አቦይ ቀሺ ተስፋይ ጥራይ ነበረ። ብዜካ'ቲ ናይ መጽሓፍ ቁዱስ ትምህርቱ፡ አቦይ ቀሺ ተስፋይ ትምህርቲ ስነ-ሕብረተሰብን ስነ-አእምሮ ደቅ ሰብን ስለ ዝቘሰመ፡ ንጉዳያት ሰባት አዕሚቘካን ብኹሉ ኩርናዓት ፈትሽካን ናይ ምምማይን ምፍታሕን ዓቕምን ልምድን ነበሮ። ስለ ዝኾነ ከአ ን'እምነት ኩሉ ዘጋጠማ ሽግር፡ ስለምንታይን ብኸመይን ክትነግሮ

ብትዕግስቲ ኣእዛኑ ጸልዩ ተኻታተላ። እምነት እቲ ክምርዓዋ ደልዩ ዘሎ ሰብ ስዒድ ዝተባህለ ኣስላማይ ምኽኑ ንኣቦሓጐኣ ምስ ነገርቶ ኣቶ ጸጋይ ከም ዝተባእሳ ምስ ኣውግዐቶ፡ ብጽሞና ክሰምዓ ዝጸንሐ ኣቦይ ቀሺ "እዛ ጓለይ ንፍዕቲ ኩሉ ብኣርኣያ ስላሴ ዝተፈጥረ ሰብ ኣብ ቅድሚ ኃይታና ሓደ'ዩ።

በዚ መንጽር'ዚ ክርА ከሎ ንስኺ ንኣብርሃም ተመርጊኺ ንኢብራሂም ተመርጊኺ መለሳ የብሉን። የግዳስ ብመሰረት ኦርቶዶክሳዊ ተዋህዶ እምነትና ቃል ኪዳን ኣብ መንጎ ሓደ እምነት ዝኸተሉ ወድን ጓልን ከፍጸም ኣለዎ። ስለዚ እቲ ክምርዓወኪ ዝሓስብ ዘሎ ሰብ መጀመርታ ተጠሚቑ ናብ ሃይማኖት ኦርቶዶክስ ተዋህዶ ክርስትና ከመጽእ ኣለዎ። ከምኡ ስለ ዝኾነ፡ ንስኺ ተቓላጢፍኪ ኬድኪ ንስዒድ ናብ ሃይማኖት ክርስትና ክቕይር ፍቓደኛ እንተ ኾይኑ ተወከስዮ" ኢሉ ነንበይኑ ሃይማኖታት ሓፂዙ ዝግበር መርዓ ሳዕቤኑ ጽቡቕ ከም ዘይከውን ብልዙብ መንገዲ ኣረድኣ። ንእምነት ምስ መሓዝኣ ጸኔሐን ክርክብኣ ነጊረወን ከኣ፡ ንኣቶ ጸጋይ ኣረዲእዋ ክጸንሕ መታን ቀዲምወን ሓለፈ።

እቲ ለዋህ ኣቦይ ጸጋይ ከኣ ንምታይ ንእምነት ስጉጉያ ኢሉ ብውሳኔኡ ተጣዒሱ ፍልም ፍልም እንዳ በለ፡ ቀትሪ ምድሪ ኣብ ዓራቱ ተጋዲሙ ጸንሐ። ኣቦይ ቀሺ ተስፋይ ንኣቦይ ጸጋይ "እንታ ጸጋይ ብሓደ ኣፈቱ ለባም ክገግ ከሎስ መራግእቲ ነይገድፍ ከትገብሮ። ነዛ ቆልዓ ስጉካያስ ኣቦይ ካልእ መእተዊ ኣለዋ'ዩ፤ ኣብ ሓደጋ እንተ ወደቖት ከ፤ ድሓር ከኣ ኣስላማይ ይኹን ክርስትያን ኣብ ቅድሚ እግዚኣቢሄር ኣይ ኩላትና ሓደ እንዲና ግዲ። ንሕናስ ክንፍቖርን ክንሳነን ድኣ ኣለና'ምበር፡ ባዕሉ ከሎ'ቲ ላዕላይ ሰማይ ፌራዲስ ኣብ ዘይ ስራሕና ክንኣቱ ኣይ 'ምሕረልናን'ዩ። ሕጂ ነዛ ቆልዓ እንታይ ክትገብር ከም ዘልዋ ሓቢረያ ስለ ዘለኹ ኣይትግናሓያ ኢኻ። ሃየ ጸንሕ ኢላ ከትመጽእካ'ያ ሓንፈይ ኢልካ ተቐበላ" ኢሉ ከም ሓውሲ ግስጽ

አቢልዎ፡ ሰዓት ቤት ክርስትያን ስለ ዝአኸሎ ቤት ክርስትያን ከኸፍት ከደ።

ካብኡ እምነት ንሃዳሙ ከይዳ ንስዒድ ረኺባ ከምቲ አቦይ ቀሺ ተስፋይ ዝበላ ነገረቶ። ስዒድ ድማ ከቢድ'ኳ እንተ ኾነ ንዕለ ክብል ግን ዋጋ ከፊሉ ሃይማኖቱ ከቐይር ፍቓደኛ ምኳኑ አረጋጊጻላ። ነዚ ዘሕጉስ ዜና ሒዛ ድማ ናብ አቦሐጎአ ተመልሰት። አቦይ ጻጋይ ከአ ንአቦይ ቀሺ ተስፋይ ናይ ደስ ደስ ሓቢሩ ምስአቶም ምሳሕ ከጋበዝ፡ ቆልዓ ልኢኹ ንገዝኡ ዓደሞ። ሾው አቦይ ቀሺ ኩሉቲ ንእምነት ዝገለጸላ ብዛዕባ ስርዓትን አገባብን ቃል ኪዳን ቤተ ክርስትያኖም ንመዘኻኸሪ አብ ቅድሚ ኩሎም ደገሞ። አቶ ጻጋይ ከአ ንዝነበረ አሉታዊ አጠማምትኡ አብ ልዕሊ አስላም ከእረመሉ ምኳኑ ቃል አተወ።

አቦይ ጻጋይ ንቀሺ ተስፋይ ምስ ጓሉ ስለ ዝዓረኞን ንአተሓሳስብኡ አብ ልዕሊ አመንቲ ምስልምና ክልውጥ ስለ ዝሓገዞን ካብ ልቡ አመስገኖ። ከምዚ ከአ በሎ "አባ ቀሺ ከምቲ ስድራና ዝበልዎ- አብ ባላ ተመርኩስ ንለባም ከአ ተወከስ እንድዩ፡ ንስኻ ከለኻ አብዚ ጎነይ ሓፈረ አይፈልጥን 'የ። ስለ ዝኾነ ምስጋናይን ናእዳይን ደረት የብሉን። ጎይታና ንአገልግሎትካ ዕጽፍን ፈረቓን ጌሩ ይባርኸልካ" ኢሉ ንአቦይ ቀሺ መረቖ። አብ ርእሲ'ዚ አቶ ጻጋይ፡ ስዒድ ናብ ክርስትያን ከቐይር ብምኳኑ ጓል ወዱ አመና ተደሲታ ስለ ዝረአያ ብዙሕ ባህ በሎ። ንእምነት ከአ፡ ንስዒድ ወለዱ ልኢኹ ጓልኩም ሃቡና ከብል'ሞ ተቓላጢፍም መርዓ ከቐጽሩ ሓበራ። ከምኡ ከአ ገበረት። መርዓ ድማ ንወርሒ ጥሪ ተቐጽረ። ወለዲ ስዒድ አብ ፈለማ'ኳ ተሪር ተቓውሞ እንተ ገበሩ፡ ወዶም ምስቲ ካብአም ንነዊሕ ግዜ ዝተፈልዮ ብምትእስሳር ብኡ አቢሉ ንሓዋሩ ከይርሕቆም ስለዝሰግኡ ከይፈተዉ ፍቓዱ መልኡ።

ወይዘሮ ምርጥነሽ ሕሳስ ልደን ትፈትዋ ሓዋን ንሱዕዲ

ዓረብያ ክኸይድ ኢሉ ካብ ስድርኡ ካብ ዝፍለን ደሃይ ካብ ዘጥፍእን ሓደ ዓመት አሕሊፉ ነበረ'ሞ፡ ጭንቅ ኢልዋ ጸሎትን ምህለላን ከተብጽሕ ናብ ቤተ ክርስትያን ከደት። ሽዑ'ቲ ነቲ ዕለታዊ ስብከት ናይቲ ቤተ ክርስትያን ዝሰብኸ ዝነበረ ህዱእን ጥዑም ዝድምጹን ካህን ከምዚ ዝስዕብ ክብል ሰምዐት። "ዝኸበርኩም ህዝበ ክርስትያን፥ እግዚአቢሄር ንዓና ንደቂ-ሰብ ንሓድሕድና ክንተሓላለን ክንፋቐርን'ዩ ዝምዕደና። ከም'ቲ እቲ ቁዱስ ቃሉ ዝብሎ፥ ንሓውኹምን ንብጻይኩምን ከም ነብስኹም ከየፍቀርኩም፡ ንአምለኽ ነፍቅሮ ኢና'ሞ ናብ ቤቱ ኬድና ክንረኽቦ እንተ በልኩም'ሲ ሓሰውቲ ኢኹም። መጀመርታ ነቲ ምሳኹም ዘሎ ሰብ አኽብርዮን ደንግጹሉን፡ ሽዕኡ አምላኽ ከአ አዛይዱ ዓስብኹም ክህበኩም'ዩ" ምስ በለ እቲ ቀሺ፡ ንዓኣ ጥራይ ንበይና ገበና ፈሊጡ ዘወቅሳ ዘሎ ኮይኑ ተሰምዓ። ነብሳ ስለ ዝፈተሸትን ዝሓኸኸትን ከአ ንሽህ አለቃ መኮነን ብዛዕባ ናይ ቤተ ክርስትያን ውዕሎኣ ከተውክአሉ ተሃወኸት። እቲ ኩሉ አብ ልዕሊ እምነት ተውርዶ ዝነበረት መግረፍትን ዓመጽን፡ እሳተ ጎመራ ኮይኑ መጺኡ ንዓኣ ዝልብልባን ዘሽሉቓን ጥራሕ ኮይኑ ተሰመዓ።

ጓህን ጣዕሳን ንርእሳ ጸረውረው አበሎ። እብዚ ሰዓት'ዚ እምነት ምስአም የላን። እንተ ዝከአል ኔሩ ግን እምነት ብተአምር አብ ቤቶም ከትነጥቦም'ሞ፡ ወይዘሮ ምርጥነሽ አብ ብርካ ተደፊአ እቅሬታ ከትሓታ ምስ ነብሳ ሚእቲ ሚእታዊት ተሰማመዐት። አብ 'እንተ' እንተ ወዲቛ ነገር ግን ብላሽ'ዩ። ወይዘሮ ምርጥነሽ ሕማቕ ንነብስኻ ጽቡቕ ከአ ንነብስኻ ምኳኑ፡ በታ ሓንቲ መደረ ናይቲ ክሰብኻ ዝወዓለ ቀሺ ከም ጸሓይ በግዕ ኢሉ በርሃላ። አምሳያ እቲ ኩሉ ንሳን በዓል ቤታን አብ ልዕሊ እምነት ዝእብስዎ ዝነበሩ ከአ፡ አብ ልዕሊ'ቲ መእተዊኡ ዘይተፈልጠ ዝነበረ ትፈትዎ ሓዋ ወዲ 'ኖኣ አደራዕ ዝወርድ ዘሎ ጥራይ ኮይኑ ተራእያ።

ሸህ አለቃ መኮነን ብግዲኡ፡ እቲ ኩሉ አብ ልዕሊ ዕሽል መዓንጣ ዘይቆጸረት ጓል ንእሽቶ ሓዉ ዘውርዶ ዝነበረ አረሜናዊ ግፍዕታቱ፡ አብዚ ስዓት'ዚ ጽኑዕ ሕርሲ ከም ዝተታሕዘት አደ ዝያዳ ዝኾነ ካልእ እዋን ከቐለውልዎ ጆሚሩ ነበረ። ክንዲ ዝኾነ ድማ፡ በዓልቲ ቤቱ ኩሉ እቲ ቀሺ ከስተምህሮ ዝወዓለ እርይ ቁጽር አቢላ ምስ ነገረቶ፡ ውሽጥኻ ሕጸብ-ተናሳሕ ትብሎ ዘላ ኮይኑ ተሰምዖ። ነቲ ንዕቅዳት ካብአ ከዊልዎ ዝነበረ ምስጢር ንኸንትን ከአ ዓቢ ማዕጾ ተራሕወሉ። "ምርጽቲ ሓብተይ ሎሚ ሓደ ዓቢ ምስጢር'የ ከነግረኪ። ብአግኡ ዘይነገርኩኺ አይትቆየምንን ግዲ ትኾኒ፧" ኢሉ ዘረብኡ ከፈተ ነታ ሸዐኡ ፋልማያ ተቐዲሓ ዝነበረት ውዕይቲ ሻሂ ፈት ፈት እንዳ በለ። "እንታይ ምስጢሩ፡ ሕራይ ጥራይ ንገረኒ ከአ በል ። ሕጅስ እንታይ ማይ ሓሊፍዎ አንታ ሞኬ ሓወይ። ናይ ድሓን ምስጢር ድዩ ኸ፧ እንታይ ኢኻ ድአ ማዕረ ከንድ'ዚ ዓቲብካ፧" በለቶ ንመንከሳ ብጸጋማይ ኢዳ ጌራ ደጊፋ፡ ብህንጡይነት ማይ ዘይጠዓመ ወረ እንዳ ተጸበየት። "ከም'ቲ አቐዲምኪ ትንከፍ ዘበልከዮ ንእምነት እምበረ መጠን በዲልናያ ኢና። ንኸትብደል አፍ-ደገ ከፈተ ጋህ ዘበልኩ ከአ አነ'የ ኔረ። ምስኪነይቲ እምነት ዘይከም'ቲ ዝነገርኩኺ ጓል ጓና ዘይኮነት፡ ጓል ንእሽቶ ሓወይ ዓጽም ስጋይ ዝለበሰት አበሳ ዘይነበራ ቆልዓ'ያ ኔራ" በላ ንአእዛና ስሕላ ብትኹረት ከትከታተሎ ንዝነበረት በዓልቲ ቤቱ፡ አብ ሸዐኡ በጺሑ እምነት ምስኪነይቲ ምኽና ዝተሰወጠ ከመስል።

ምርጥነሽ፡ አንታ አን 'ባ ዘይሰምዖ የብላይን! መን ሓውኻ'ዩ ንሱ ኸ፧ እቲ ህብተ ትብሎ ማለት ድዩ፧

መኮነን፡ እወ ልክዕ አለኺ ምርጽቲ ሓብተይ። ጓል'ቲ አብ ሸዊት ንእስነቱ ንዓለም ዝተሳናበታ ህብተ ሓወይ'ያ።

ምርጥነሽ፡ ንሱ ድአ ወሊዱ ኔሩ ድዩ ኸ፧

መኮነን፦ ምውላድ'ሲ ሓንቲ ወሊዱ ኔሩ። ብዘይ ስርዓት
ድኣ ኮይኑ'ምበር።

ምርጥነሽ፦ ብዘይ ስርዓት!፤ ከመይ ማለት'ዮኸ ብዘይ
ስርዓት ወሊዱ፤

መኮነን፦ እቲ ዛንታ ነዊሕ'ዩ። ካብ ሓተትከኒ ግን ንዕናይ
መታን ብሕት ኢልና ከነዕልል አብቲ ሳሎን ንኺድ" ኢልዋ
ተታሓሒዞም ካብ ክሽነ ንሳሎን ከዱ።

ጎኒ ንጎኒ አብቲ ገጅፍ ወናብር ኮፍ ድሕሪ ምባሎም "እዛ
ቆልዓ'ኻ ዝበደለትኒ ነገር እንተ ዘይነበራ አቦኣን አዲኣን ግን ሰፍ
ዘይብል በደል ስለ ዘውረዱለይ፦ እቲ አደራዕ ናብኣ አውሪደዮ"
ኢሉ ጀመረላ ንወይዘሮ ምርጥነሽ፦ንእምነት ምብዳሉ ብዘይ
ምኽንያት ከም ዘይነበረ ንምንጻር። ወይዘሮ ምርጥነሽ
ብኣንክሮ ድሕሪ ምጥማት "እሞ በቃ ዘሕምቖ አለኒ በትረይ
ሃቡኒ ኢኻ ጌርካዮ። እንታይ ከትረክብ አንታ መኮነን ተጋጊኻ
ተጋግየኒ" አብ ሽዕኡ በጺሓ ሞኬ ገዲፋ መኮነን በለቶ። "ስማዕ
'ባ አዲኣን አቦኣን ድኣ እንታይ ድዮም ጌሮምኻ ማዕረ ከንድ'ዚ
ናብ ሕነ ምፍዳይ አቲኻ፤ እሞ ከኣ ድማ አብ ሕንጫል ቆልዓ"
ንባዕላ ዕሽል ቆልዓ ኢላ ዝነሓፈታ ከትመስል ንበዓል ቤታ ሕቶ
ድሕሪ ሕቶ ጸፍጸፈትሉ ምሉእ አድህቦኣ ናብኡ ጠውያ።

ሽሁ አለቃ መኮነን ሕቶታት ከይሓልፌ ጾን ኢሉ ከከታተል
ዝጸንሐ ከመስል "ንእምነት አዲኣ ለመለም'ያ ትበሃል። ስድራ
ለምለምን ስድራናን ትኸ ትንፋስ አዕሩኸ'ዮም ኔሮም።
ብፍላይ አቦይን አቦ ለምለምን ብደቂ ዓድን ጎደቦን ሓለፉ
ዘብል ንዓመታት ዝቐጸለ ምውቕ ምሕዝነት ነበሮም። መታን
ዕርክነቶም ከድልድልን ንወለዶታት ከሰጋገርን ድማ ንለምለም
ብህጻና ንንዓይ አሕጽዮምኒ። አነ'ውን ዋላ ድኣ ካብኣ ጽቡቕ ጌረ
ይዕቦ'ምበር ዘእትወንን ዘውጽኣንን ዘይመሚ ህጻን ቆልዓ'የ
ዝነበርኩ። ብውሕዱ ምስ ለምለም ካብ ሽውዓት ክሳብ

ሸሞንተ ዝኸውን ናይ ዕድመ ጋግ ኔሩና። ምስ ሃብተ ሓወይ ግን ካብ ሰለስተ ክሳብ ኣርባዕተ ዓመታት ጥራይ'ዩ ፍልልዮም ዝነበረ። ገዛ እንዳ ለምለም ምስ ገዛና ብሓንቲ ህድሞ ናይ እንዳ 'ቦይ ሓድጉ ዝበሃሉ ጎሮቤትና ጥራይ'የን ዝፋላለያ ኔረን። ብኻልእ ኣዘራርባ ኣደይን ኣደ ለምለምን መላምንቲ ሓዊ'የን ኔረን። እቶም እንዳ 'ቦይ ሓድጉ ዝብለኪ ዘለኹ፡ ቀደም ካብቲ ዓዲ ስለ ዝተሰደዱ ካብ ንዕአም ነቲ ቤቶም ኢና ዝያዳ ንፈልጥ። እቲ ህድሞ ግን ዋላ ድኣ እቲ ማዕጹኡ ቋራብ እርግ ይበል እምበር፡ ጥዑይ ከመይ ዝበለ ገዛ ነበረ። ኣሕዋታ ንለምለም ኩለን ኣዋልድ'የን ኔረን። ከምኡ ስለ ዝኾነ ከኣ ኣቦኣን ኣብ ዝገሽሉ ኮነ ኣብ ዘይጥዕም እዋናት፡ ግራት ዝሓርሰለን ይኹን ጸጋ ዝሓልበለን ስኢነን ይሸገራ ነበራ። ኣነ'ኸ ከምቲ ቅድሚ ሕጂ ኣዕሊለኪ ዝነበርኩ ምስ እንዳ ኣባሓጎይ ስድርኣ ነደይ ማለት'ዩ፡ ኣብ ዋስደምባ ዝበሃል ዓዲ'የ ዝቖመጥ ኔረ። ኣብኡ'የ ዓብየ እንተ በልኩ'ውን ኣየጋነንኩን። ከምኡ ስለ ዝኾነ ከኣ ካብ ፍቕሪ ኣቦይን ኣደይን ፍቕሪ ኣቦሓጎይን ዓባየይን ዝያዳ ኔሩኒ። ሃይለ ሓወይ ብቘልዐኡ ትምህርቲ ስለ ዝጀመረ ኣብቲ ዓዲ ብዙሕ ኣይርከብን ነበረ። ሃብተ ሓወይ'የ እምበኣር ዝበዝሕ ግዜ ንበዓል ለምለም ኣብ ኩሉ'ቲ ወዲ ዝሰርሓ ስርሓት ዝተሓጋገዘን ኔሩ። ኣቦኣን ኣብ ዘይህልወሉ ወይ ኣብ ዘይጥዕም ማለተይ 'የ። ንዓይ ከሳብ ዝርደኣኒ ኣብ ዓድና ይኹን ኣብ ኩሉ'ቲ ከባቢ ዓድና ዝርከብ ገጠራት፡ ጓል ኣንስተይቲ ኣብውር ቆሪና ማሕረስ ክትሓርስን ጸባ ካብ ከብቲ ኮነ ጤለ በጊዕ ሓሊባ ንባዕላ ክትስትን ንሰባት ከተስትን ከቶ ነውሪ'የ ኔሩ" ኢሉ ማይ ከምዑግ ቋራብ ኣዕርፍ ኣበለ።

ጽንሕ ኢሉ ድማ "ብተወሳኺ ሃብተ ሓወይን ለምለምን ተመሳሳሊ ዕድመ ስለ ዝነበሮም ጥሪቶም ሒዞም ኣብ በረኻታት ዓድና ምውዓሎም ብሓደ'ዩ ኔሩ። እንዳ ጎበዙ ምስ ከዱ ንሳቶም ገበጣ ክጸወቱን ኣብ ሮማዲታት ጠንቀላዕላዕ ክብሉን፡

ጥሪቶም ሕዛእቲ ወወሪረን ድራር ዘረዓይ ዝኾናሉ ግዝያት
ውሑድ አይነበረን። ሃብተ ዳርጋ አብ ኩሉ ንጥፈታት ስድራ
ለምለም ኢዱ ይሕውስ ስለ ዝነበረ: ስድርኣ ንለምለም ኮነ
ኩላተን ዓበይት አሕዋታ: ንሃብተ ልክዕ ከም አባል ስድርኣም
ይርእይዎ ነበሩ። ብፍላይ ንለምለም ንዓይ ምስ አሕጻይዋ:
እቲ ዝምድና አብ መንጎ ክልቲኣን ስድራ ስለ ዝጠንከረ ንሃብተ
ሓወይ ብዘይካ ካብ ብርኮም ዝፈለስ ወዶም'ምበር: መን ጓና
ኢሉ ከጥርጥሮ!፤ ምሉእ ዘይጉዱል ምትእምማን ድማ አብ
ልዕሊኡ ነበሮም። ክልቲኣም ወለዲ ለምለም ብመጋሻ አብ
ዓዲ አብ ዘይህልውሉ እዋን ከአ: ንሃብተ ነዘን አዋልድ ጨና
ከትኮነን አተሓድረን ይብልዎ ነበሩ። ድሕረ ከም ዘረጋገጽክዎ
እንተ ኮይኑ ድማ: ሃብተ ምስ ለምለም ዝያዳ እተን ካልኦት
አሕዋታ ካብ ፈለማ ምሕዝነት ነበሮ። አብ መሮር ጥሪት አብ
ዝሓልውሉ ይኹን አብ ዓዲ አብ ገዝኦም አብ ዝህልውሉ
እዋን: ብሓደ ከዘሉን ከጸወቱን የሕልፍዎ ነበሩ። አብ ግዜ
ሃንስ መስቀል ንአብነት፤ እቶም አወዳት 'ሆየ ሆየ' እንዳ በሉ
ቅርዓት ዓዲ ከዘርዓ ከለዉ: ለምለም አብ ክንዲ ምስተን
አዋልድ ትጸንሕ: ምስ ሃብተ ተታሓሒዛ ምስ 'ቶም አወዳት
ዓዲ ኮሊላ ትምለስ ነበረት። ወረ ሕሉፍ ሓሊፍዋስ ማይ
ጓቕሜን ከሕጸቡ ምስ ሃብተ ንሩባ ብሓደ ይወርዱ ኔሮም
ይብሃል'ዩ! እዚ አብ ዓድና ነውሪ'ኻ እንተ ኾነ: ሃብተስ ዘይ
አዲኣ ዘይወለደቶ ሓዋ'ዩ እንዳ ተባህለ ብኽልቲኣም ወለዲ
ሸለል ይብሃል ከም ዝነበረ ድሕረ'የ ፈሊጠ። ሃብተ'ውን
ንለምለም ሕልፍ ይብለላ ምንባሩ ኩሉ ምስ ሓለፈ በጺሐዮ።
ሓደ ግዜ ንአብነት፤ አብ ድሮ በዓል ቅዱስ ዮሃንስ: ሓደ ወዲ
ንለምለም ብፍረ አምዐ ዝበሃል አዝዩ አሳሓዬ ዓይነት ተኽሊ
ጌሩ አብ ደናጉአ ይሕስሕሳ'ሞ: ጓል ብስሓ ዝአከል መሬት
ብአውያት አብ ክልተ ትመቓላ። ሸው ሃብተ ነቲ ወዲ ብበትሪ
ጌሩ ስለ ዝቖጥቀጦ ስድራና አብ ክንደይ ናይ ባእሲ ዕግርግር

አትዮም ነበሩ" ምስ በላ ወይዘሮ ምርጥነሽ ሰሓቕ ከሞልቋ ስለዝቐረበ ካብ ዘረብኡ አታዓናቐፈቶ።

ሽህ አለቃ ግን ረሲኑ ግዲ ኔሩ ኮይኑ ከቐጽል መረጸ። ከምዚ ከአ በለ "ለምለም ከደረይቲ ኮይና፡ ቀመታ ዳርጋ ሜትሮን ሰብዓን ሽሞንተን አቢሉ ይበጽሕ። ዳናጉአ ብዘይካ ናይ ኩዋጆ ናይ ካልእ አይመስልን። ጸጉራ ዛውያ፡ ደርጊ ስና ከአ ንመመላኸዒ ደይ መደይ ኢልካ ብመሃንድስ ዝተሰርዐ አስሒት'ዩ ዝመስል። ኮታስ ኩሉንትንአ ርኢኻ፡ አቦይ 'ዚ ንዓአ ምስ ሰርሐ ካልእ ጋል ሄዋን ምስራሕ ዘይገድፎ ነበረ ኢኻ ትብል። አዝያ መልከዕኛ ስለ ዝነበረት እምበአር አቦይ ብሀጸና ከላ ቆጽሊ እንተ ዘየውድቐላ ኔሩ፡ ገዛ ስድርአ ብጓልኩም ሃቡና ዝብሉ ሰባት አራግጽ ምተወድአ ኔሩ። አቦይ ሕጽይቲ ወደይ ኢሉ ከምቲ ንኹለን ሕጹያት አብ ዓድና ዝግበረለን፡ ወትሩ በዓል ፋሲካ፡ በዓል ቁዱስ ዮሃንስ፡ ንግደት ናይ ዓድና ናይ ሓድሽ ዓዲ ከኸውን ከሎን ሓድሽ ክዳን እኸድና ነበረ። አነ ድማ አዝየ እኾርዕን እሕጎስን ነበርኩ። ብነአሽቱና ከለና'ኳ ናይ ሕጹያት ነገር አየናይ ኢልናዮ ተወሳኺትልና። እንዳ ነበዝና ምስ ከድና ግን፡ ለምለም ትአከል ሕጽይተይ ብምኽና ብዙሕ ዕግበት እስመዓኒ ነበረ። ብፍላይ መዛኖይ "መኮነን ዓርከይ ተዓዊትካ ንለምለም ትመስል ምልምል ከትምርዖ ኢኻ" ከብሉኒ ከለዉ ዝዓስለኒ ዝነበረ ደስታን ፍናንን መግለጺ አይነበሮን" ኢሉ ከዕልል ድሕሪ ምጽናሕ ወይዘሮ ምርጥነሽ አብ መንጎ ጣልቃ አተወቶ።

"ወይ ጉድ! ድሕሪኡኸ በል እንታይ አጋጠመ!" ኢላ ተወከሰቶ መወዳእታ ዕላሉ ከትሰምዕ እንዳ ተረበጸት። ሽህ አልቃ መኮነን ትቐብል አቢሉ "ይገርመኪ'ዩ ምርጽቲ ሓብተይ። ይወአኒ አነ ውርዝይትን መልከዐኛን ሕጽይቲ አላትኒ ኢለ ብውሽጠይ ይሕበንን ይንየትን፡ ሃብተን ለምለምን ከአ ዓንዲ ሕቖይ ይጉዝዙኒ ኔሮም" በላ ገጹ አዕጥር አቢሉ ናይ ሽዕኡ ጓሂ

ከሳብ ሕጂ ከም ዝሳጽዮ ንምምልካት። ብሓርፋፍ ግምተይ አነ ወዲ ዕስራን ሰለስተን ዕስራን ሐሙሽተን፡ ለምለም ከአ ጓል ዓስርተ ሐሙሽተ ዓስርተ ሸውዓተ ዓመት አቢልና ምስ ኮና፡ አቦይን አቦአን ንዓይን ንለምለምን ከንምርዖ አብ መፋርቅ ወርሒ ጥሪ መርዓ ቆጺሩ'ሞ፡ ዕድመ ናብየ ፈተውትን ቤተ ሰብን ከለአኽ ጀሚሩ ነበረ። ዘይ ከም ናይ ሎሚ፡ አብ ሃገርና አብቲ ግዜ'ቲ ናይ መርዓ ዕድመ ሰብ ልኢኽካ ኢዮ ንዕለት ከንድ'ዚ መርዓ አለና'ሞ ተኻፈልቲ ሐጎስና ኩኑ ኢልካ መልእኽቲ ዝስደድ ዝነበረ። ከልቲኦም ወለዲ ንዓመታት ዝተኻናኸንዎ ዕርክነት፡ ብመንገደይን ብመንገዲ ለምለምን ይራጎድ ብምንባሩ መዳርግቲ አልቦ ታሕጓስ ይስመዖም ነበረ። ህጡር ከራማት ስለ ዘሕለፉ ከአ፡ ብዛዕባ ንመርዓ ዝኾኖም እኽለ-ማይ ስከፍታ ዝበሃል ብፍጹም አይነበሮምን። ወርሒ መስከረም ሐሊፉ ብወርሒ ጥቅምቲ ተተከአት።

ሓረስቶት ዓድናን ከባቢአን አብ ጽዑቅ ምእካብ ምህርቲ ምጽማድ ዝፍልምሉ አዋርሕ'የ እዚ አቐዲሙ ዝተጠቐስ አዋርሕ። ለምለም ሰውነታ ሕፍስፍስ ኢሉ ነበረ። ኩሉ ዘዝረአያ ከአ "እዛ ቆልዓ ድአ ከትምርዓዊ ኢኺ ሰሚዓዶ ብታሕጓስ ብዘይ መጠን ምንፍራሕ ተብዝሕ አላ፤ ንጓል ተሓጺኺ በላ ንጣፍ ከአ ተጸሂኺ በላ ከበሃል'ሲ ሓቂ'ዩ" እንዳ በለ ይሓምያ ነበረ። ወርሒ ጥቅምቲ ተወዲኡ ወርሒ ሕዳር አብ ምእታዉ ግን ከብዲ ለምለም ጉድ ተስኪሙ ከም ዘሎ ተኸሽሐ። እዚ ንመዓልቲ መርዓና አስታት ክልተ ወርሕን ፋረቓን ከተርፎ ከሎ ጥራይ'ዩ። ለምለም ንእምነት ካብ ሃብተ ሓወይ ጥንስቲ ምህላዋን ብጽሕቲ ወርሒ ምንባራን ተረጋጊጸ። ለምለም ብሳላ ጉብዝንአን ቄመታን ከሳብ ከትሓርስ ትቃረብ ነብስ-ጾር ምኳና ከይተፈለጠት ከተታልል ጸንሐት። ተሓቢአን ይጠንሰአ፡ ሰብ አኪበን ከአ ይሓርሰአ ዝብል ብህሎ ከይተወሰኸ ከይተሸርፈ ንኸም በዓል ለምለም'ዩ ተመሲሉ። እዚ ኩሉ ጉድ አብታ

ጎሮቤትና ገዛ እንዳ 'ቦይ ሓድጉ'የ ዝስራሕ ኔሩ። ገዛ እንዳ 'ቦይ ሓድጉ እምበኣር ነዛ ኣብ ዘይ ሓጥያተይ ኣእትያትኒ ዘላ እምነት 'ትበሃል ቆልዓ ሓድጊ ኣፍርዩ። ስለዚ ብገዛእ ሓወይ ክንዲ መንደረጋሕ ዝኸውን በደል ኣብ ልዕለይ ወሪዱ። ብንህይወተይ ምሉእ መባልዩተይ ክትከውን ዝተሓጸኸዋ ጓል ሄዋን ከኣ ንዘለኣለም ዘቐሕር ጥልመት ኣጋጢሙኒ። በቲ ክስተት ስድራይን ስድርኣን ዝነሃይዋ ኣብ ግዚኡ መዳርግቲ ኣይነበሮን። ደም ስኒ ኮይንዎም ግን ጓሂኣም ኣብ ውሽጦም ገበርዎ። ንዓይ ንበይነይ ግን ጓሂ ካባኸ ኣይፍለን'የ ኢሉ ኣበደን በለኒ። ካብዚ ዝተላዕለ ንሃብተ ሓወይ ብዙሕ ግዜ ክቐትሎ መዲበ፣ እቶም ስድራና ንኸልኣይ ግዜ ኣይትጉሃዩ ግዲ ኢልዎም ምስላጥ ኣበየኒ። ብስንኩ ዝኣክል'ውን ምስ ሃይለ ሓወይ ብዝሑ እዋን ተጓራፊጥናን ተስሓሓቢናን ኔርና። ኣዋልድ ዓድና ንዓይ መሕለፍ መንገዲ ክልኣኒ። ንለምለምን ንሃብተን ከኣ'ም ዳርጋ ካብ ገዛ ምውጽእ ከሊኣኖም ነበራ። ብፍላይ ንለምለም ከም'ዚ እንዳ በላ ሓፍረትን ውርደትን ኣሰከምኣ።።

ለምለም ድኸ'ተ ለማግልም

ኣብ መረባዕ ድዩ ኔሩ ኣብ ህድሞ

ኣብ ስንጭር ድዩ ኔሩ ኣብ እንዳ ሓሰር

ቀደም'ሲ ተሓቢእኪ ጌርከዮ ሎሚ'የ ዘይስተር

ለምለም ዲኸ'ተ ዕብዲ

መስሓቅ ሸራፋት ጌርከያ ዓዲ

ክንዲ ተፋቐርዮም 'ዞም ኣሕዋት

ሓዊ ዘሪእክሎም ብጊሓት

ኪዲ ድኣ ሕጂ ኣብኣ ርኸብያ

ንብለኪ ኔርና ኢና ንብረትኪ ኣኽብያ!

እንዳ በላ ዓጽሚ ዝሰብር ዘለፋ ኣዝነባላ። ንሃብተ'ውን ከምዚ ናይ ለምለም ድኣ ግጥሚዊ ጸርፊ ኣየቖማሉን'ምበር ምስ 'ቶም መዘንኡ ኣወዳት ኮይነን ብሕምየታን ዳእላን ካብ ንቡር ንጥፈታቱ ኣሰናኺለንኦ ነበራ" ድሕሪ ምባል በዓልቲ ቤቱ ትካታተሎ ከምዘላ ንምርግጋጽ ተወከሳ።

ወይዘሮ ምርጥነሽ ተመሲጣ ትስዕቦ ከም ዘላ ምስ ኣጣለለ ከላ ዕላሉ ቀጸለ። "እቲ ካብ ኩሉ ነገር ዝኸፍኣም ግን፡ ካብ ወረደስ ብኸመይ ከም ሰብ ሐዳር ይፈለጡ ዝብል ነበረ። እቶም ኣቐሽሽቲ ናይቲ ዓዲ፡ ንስኻትኩም ቅድሚ መርዓ ረሺስኩም ኢኹም ኢሎም ቃል ኪዳን ምእሳር ኣበይዎም። ስለዚ ኣበይን ኣቦ ለምለምን ብሽማገለታት ዓዲ ተማእኪሎም ንለምለም ብጭሉቕ ናብ ቤትና ከም ትኣቱ ገበሩ። ብሓደ ማዮ ዝሰተየ ወዲ ዓዲ ከላ ዋሕስ ተኸሉ። ካብኡ ንደሓር ብኹሉ ሰብ ከም ወግዓውያን ሰብ ሐዳር ተፈልጡ። ድሒረ ከም ዝሰማዕኩዎ፡ ስም ናይዘ ቆልዓ ብዋዛ ዝወጸ ኣይነበረን። ቃል ኪዳን ካብ ምእሳር ምስ ተዓናቐፉ፡ ከልቲኣም ሃብተን ለምለምን ተላዚቦም'ምበኣር ቤተ ክርስትያን ኣቲና ቃል ኪዳን ካብ ዘይ ኣሰርና፡ ሓዳርና ብልቢ ብምትእምማን ንሓልዋ። ነዛ/ዚ ድቂ ወዲ እንተ ወሊድና ኣሚነ ንበሎ፡ ጓል እንተ ኾይና ከላ እምነት ዝብል ስም ነውጸኣ ኢሎም ቃል ስለ ዝተኣታተዉ እዛ ቆልዓ ምስ ተወልደት 'እምነት' ኢሎም ጸዊዖማ። ለምለም ዘይወርዘይቲ ንዓይ ድኣ'ያ ብእምነት ዘይተጸበየትኒ'ምበር፡ ምስ ሃብተ ሓወይሲ ኣገዳስነት ምትእምማን ዝተረደኣ'ያ ትመስል" ኢሉ ብዝርዝር ኣዘንተወላ።

ሽህ ኣለቃ መኮነን እዚ ኩሉ ዛንታ ብዘይ ዕርፍቲ ንወይዘሮ ምርጥነሽ እንዳ ነገራ ከሎ፡ ልከዕ ከም ንመጀመርታ ግዜ ጡብ ኣዲኡ ዘሕደካዮ ቆልዓ ተነኺኒኹ ይነብዕን ይቓዝንን ነበረ። በዓልቲ ቤቱ ድማ ኩሉ ነገራቱ ኣደንጺዋ " እዋእ ሞጌ ብጥዕናኻ ዲኻ! ንሳቶም ዝበደሉኻ'ኳ ይበዝሕ። ንስኻ

ስለምንታይ ከምዚ ኢልካ ትንፍቘፈቘ አለኻ!" ድሕሪ ምባል
ገጹ እስር ኣቢላ ሓተተቶ። ሽህ ኣለቃ መኮነን ድማ "ምርጥነሽ
ሓብተይ ኣነ ገሃነብ-እሳት'የ ክኣቱ ዘለኒ። ኣበሳይ መዐቀኒ
ኣይርከቦን'ዩ" ኢሉ መለሰላ ነቲ ጀለም ዝብል ዝነበረ ንብዓቱ
በታ ቡናዊት መንዲሉ ጌሩ እንዳ ጸራረገ። "እሞ ንገረኒ በል።
ሓባእ ቁስሉ ሓባእ ፈውሱ 'ኻ'ዩ። ንስኻ ከአ ንዓይ ንበዓልቲ
ቤትካ ዘይነገርካስ ንመን ከተካፍሎ ኢኻ፤ ኩሉ እቲ ብውሽጢ
ዘሳቕየካ ዘሎ ዘርዚርካ ንገረኒ'ሞ፡ ሓቢርና መፍትሒ ሃሰው
ክንብለሉ" ኢላ ዳርጋ ከይነገርካኒ ኣይገድፈካን'የ ብዘስምዕ
ኣገባብ ጨቘጨቘቶ። "መፍትሕስ ክንዴናይ ከይርከቦ። የግዳስ
ከምቲ ዝበልክዮ መካፍልቲ ሽግረይ ስለ ዝኾንኪ ክነግረኪ 'የ።
ሕጁ ዘይኮንኩ ግን ካልእ ግዜ'የ ዝነግረኪ። ምኽንያቱ ሕጁ
ሰዓት ናይ ስራሕ ኣኺሉ 'ሎ" በላ ንስራሕ ዳግም ዝብገሱሉ
ሰዓት ከም ዝበጽሓ ኣብ ናይ ኢዱ ሰዓት እንዳ ጠመተ።
"ሕራይ ሞኬ ሓወይ ብሰላም ኪድ" ኢላ ኣፋንያቶ ኣቘዲማ
ንጡሕና ኣዳልያቶ ዝነበረት እኽሊ ኣብ ምቡቘጽ ኣተወት።

እምነት ድሕሪ ምስ ስዒድ ምሕጸያ ተረጋጊኣ ህይወታ
ክተመርሕ ቀነየት። ካብ ኩሉ'ቲ ቅድሚኡ ዝሓለፈ ዘመነ
ዕድሚኣ ኣብዚ ቅንያት'ዚ እቲ ዝሓሸ ናይ ኣእምሮ ቅሳነት
ዘሕለፈትሉ እዋን'ዩ ክበሃል ይከኣል። ሓደ ንግሆ ስኑይ መዓልቲ
ዕንጨይቲ ከትሽምት ኢላ ወጺኣ ኣርፈዳ፡ ካብ ከባቢ ፓላሶ-
ሪኛ ንሽነኽ ምብራቕ ኣብ ዝርከብ ሑጻ፡ ምስ ሓደ ዕንጨይቲ
ዝጸዓነ በዓል ገመል ተስማሚዓ መሪሓቶ ንገዘኣም ነቘለት።
ካንሽሎ ከፈታ ሒዛቶ ዝመጸት ገመል ሰኸሙ ምስ ኣራገፈ፡
ንበዓል ገመል ማይ ኣስትያን ሕሳቡ ከፈላን ኣፋነወቶ።

ካብኡ እታ ሃፈጽትኣ ብምሉኡ ኣብ መሬት ፈንያቶ
ዝነበረት ጸሓይ ስለ ዝበርትዓታ፡ ደኺማ ጸኒሓ፡ ተሓጸዲባ
ናብ መደቀሲ ክፍላ ገጹ ክትስጉም ከላ፡ ኣቦይ ጸጋይ ኣብ
ከፍሉ ኮይኑ "እምነት፡ እምነቱ ጓለይ ንዒ 'ስከ ናብዚ" ኢሉ

ጸወዓ። ምስ መጸቶ ድማ "እምነት ጓለይ 'ዚኣ ደብዳብ ሕጃ
ጊላይ ሰብኣይ ኣዴኺ ዝለኣኹ ሰብ'ዩ ሄቡኒ ከይዱ። ናባኺ'ያ
ትብል ዘላ'ሞ፡ ኪዲ ዋላ ኣብቲ መደቀሲኺ ኮይንኪ ኣንብብያ
'ዛ ጓለይ" ኢሉ ኣቐበላ።

እምነት ፓስጣ ከፊታ ንባብ ጀመረት። ዳርጋ ክልተ
ርብዒ ትሕዝቶ'ታ ደብዳቤ ሰላምታ'ዩ ኔሩ።ኣብ ፍርቂ ናይታ
መልእኽቲ ጸይራ ዝመጸት ቆጽሊ ወረቐት ምስ በጽሐት ግን
ኣዒንታ ክኣምንኣ ዘይከኣላ ሓደ ኣሰንባዲ ጽሑፍ ኣንበበት።
ከምዚ ድማ ይንበብ ነበረ "ዝኸበርኪ እምነት ጓለይ፥ ነዚ
ደብዳቤ'ዚ ክጽሕፈልኪ ከለኹ ምስ ከብደቱ ኣዛሚደ ብዙሕ
እጉሂ። ግን ከኣ፡ ካብ ደሓር ዋይ ዋይ ምባል ሕጃ ብኣግኡ ካብ
መንገዲ ውሕጅ ምእላይ ስለ ዝሓይሽ፡ ኣነ ድማ ዋላ ድኣ ብስጋ
ኣይውለድኪ'ምበር ንለምለም ጓላ ስለ ዝኾንኪ እቲ ሓጎስኪ
ሓጎሰይ፡ እቲ ጓሂኺ ከኣ ናተይ ቃንዛ'ውን ዩ። ስለ ዝኾነ ከኣ
ድሕሪ ግዜ ክትነብዕን ብናይ ሕጃ ጌጋ ክትጥዓሲ ከትነብርን
ስለ ዘይደሊ ዓንዴል እንዳ ጠዓመኒ ክሕብረኪ ወሲነ ኣለኹ።
ብሓጺሩ ስዒድ ከምቲ ኣነን ንስኸን 'ንፈልጦ ኮይኑ ኣይጸንሓን።
ኣብቲ ብውሕጅ ተወሲዱ ጠፊኡ ዝነበረ ክልተ ዓመታት
ካብ ሓንቲ ተወላዲት ኦሮሞ ዝኾነት ኢትዮጵያዊት ዘወለዶ
ሓደ ቆልዓ ኣለዎ። ኣብዚ ዝሓለፈ ሰሙን፡ እታ ኣዲኡ ኣብ
ዓድና መጺኣ ንስዒድ ወድኻ ተቐበለኒ ክትብሎ ቀንያ። ስለዚ
ንስኺ ብዛዕባ መጸኢኺ ሓስቢ" ዝብል እምነት ንኸትኣምኖ
ዘጸግማ ሓቂ ሓዚላ ነበረት።

ስዒድ እቲ ድንገት ናይ ውሕጅ ምስ ኣጋጠሞ፡ ኣጋጣሚ
ሓንቲ ዓባይ ጎኑ ጎኑ ተንሳፍፍ ጉንዲ ረኣየ'ሞ፡ ኣብኣ ተሳፊሩ
እንዳ ኣንከራረወ፡ ሓንሳብ እንዳ ጠሓለ ሓንሳብ ናብኣ እንዳ
ተሰቐለ ንገለ ኣማኢት ሜትሮታት ምስ ተጓዕዘ ኣብ ሓደ
ለግሲ ብሽነኽ ከተማ ሓመራ፡ ካብቲ ውሕጅ ምስታ ጉንዲ
ተገፊዑ ተረፈ። ዕድሉ ጸቢቑ ከኣ ኣባላት ሓንቲ ኣብ ከተማ

ሓመራ ዝምቆማጥ ጥዕይቲ ኢትዮጵያዊት ስድራ ኣብ መገሻ ውሪሎም በቲ ከባቢ ከሓልፉ ከለዉ ካብ ማዕዶ ረኣይዋ'ሞ፡ ንገዛእም ወሲዶም ከም ዝሓዊ ገበርዋ።

ኣብ ምሕዋይ ከሎ ምስ 'ቶም ስድራ ስለ ዝተለማመደ ኣብኡ ከቆመጥ ጀመረ። ምስ ሓንቲ ኣብ ድኳን ዝረኸባ ጎርዞ ተላልዩ ድማ ኣብኡ ዘመደን ቆልዓ ወለደን። ብወገን ኤርትራ ኩሉ ፈላጢኡን መቖርቡን ብህይወት የለን ኢሉ ቀቢጽዋ ነበረ። ሃዳሙ ዝዓበየሉ ዓዲ ምስ ምንባሩን እተን በብእዋኑ ከም ፍረ ጸዕሩ ዝብርከታሉ ዝነበራ ከብቲ ሰሲነን ስለ ዝነበራን፡ ድሕሪ ኣስታት ክልተ ዓመት ንሃዳሙ ከበጽሕ ኢሉ ምስ መጸ እዚ ናይ እምነት ፍቅራዊ ጉዳይ ኣጋጠሞ። ንእምነት ምስ ረኸበ ከኣ ስስዐ ሒዝዎ ንሓመራ ናይ ምምላስ መደቡ ሰረዘ። ምስ እምነት ከኣ ቅድሚኡ ምስ ጓል ኣንስተይቲ ፍቅራዊ ዝምድና ከም ዘይፈተነ ኮይኑ ተዋስአ።

እምነት ነዚ ጊላይ ዝጸሓፈላ ኣደናጻዊ ዜና ኣንቢባ ምስ ወደአት "ወይ ጉድ! ስዒድ እዚ ለዋህን ፈታዊ ሰብን'ሲ ከምዚ ዓይነት ብዕሉግ ምስጢር ጌርዎ። ምኽን ንሱ ኣይኮነን በደልኛ። ኣነ'የ ቅርስስቲ" እንዳ በለት ቄስላ ከትሓከኽ ጀመረት። ኣበይ ጸጋይ'ውን ነቲ ናይ ስዒድ ጉድ ምስ ሰምዖ ብጓል ወዱ ብዙሕ ሓዘነ። "እዛ ቆልዓስ ወደይ እዚ ሽግራ ዘየብቅዓላ'ዩ። ሓደ ድሕሪ ሓደ! ንዓይ'ውን ኮ ቅሳነት ከሊኣትኒ" እቲ ኩነታት ናይ እምነት እፈይታ ከሊእዎ ምህላዉ ምስ ውሽጡ ተዛረበ። ጽንሕ ኢሉ ግን "እምነት ጓለይ ኣብ ሽግር ኣይንበርን'ዩ። ሽግር ከኣ ካብ ቀደም ካብ ጥንቲ መናብርቲ ሰብ'ዩ። ንነብስና ኢና ክንቆጻጸር 'ንኽእል እምበር፡ ካልኣት ብዝፈጸምዎ ስሕታን ክንጉህን ክንጭነቅን እንተ ውሪልና ንዓለም ከይተበለጽናላ ክንገድፋ ኢና። ዋና ነገር ንስኻ ንጹሁን ንሰብ ዘይትብድልን ኮይንካ ምጽናሕ'ዩ። ንሰብ ምብዳል ከይደቀስካ'ዩ ዘሕድር 'ዛ ጓለይ ሃብሮም። ትስምዕኒዶ ኣለኺ!" ኢሉ ምስ መዓዳ

ቁሩብ ተረጋጋእት። "ሕጂ ድማ እንታይ ጸገም አለዎ ወግሐ ጸብሐ ጓልካ ሃበና እንዳ በሉዶ የጽምሙኒ ከየለዉ። ካብ ምስግና ወዲ 'ቦኺ ፍስሃየ'ኻ አይትሓልፍን" ኢሉ ስም ምስግና ምስ ጠቐሰላ፡ ቀደሙስ ዘይ ውዕለትን ሰብአውነትን ስዒድ ሰሊቡኒ'ምበር ንምስግና ድአ እንታይ ከውጸአሉ ብዘስምዕ ቃና፡ ገጹ ፈገግ አበለቶ ናብ አቦሓጎኣ ብሓውሲ ሕፍረት እንዳ ጠመተት።

እምነት ብዛዕባ ስዒድ ተወርዩ ዝነበረ ክፉእ ዜና ባዕላ ሓቂ ም'ኳኑ አረጋገጸቶ። ተወጢኑ ዝነበረ መርዓ ስዒድን እምነትን ምስ በርዓነ ከኣ፡ ምስግና ብኣግኡ ሰምዐ'ሞ ንዝያዳ ምጥላል ንኣቦይ ጸጋይ ተወከሶ። "ምስጉን ወደይ እቲ ብሰብ ሰሚዕካዮ ዘለኻ ት'ኸከል'ዩ። ካባኻ አይትሓልፍን'ያ ትመስል 'ዛ ቆልዓ። ጥራይ ንሓወቦታትካን አኮታትክን ሰዲድካ ጓልኩም ሃቡና በል'ሞ፡ አነ ከኣ ን'እምነት ተዛሪበያ ከጸንሕ 'የ። ሕጅስ አንፈታ ጸቡቕ ስለ ዘሎ ሕራይ ከነብላ ኢና እንታይ ግድ'ኻ'ዚ ወደይ" በሎ እምነት ካልእ ም'ኸንያት 'ተቐርበሉ አብነት የለን ኢሉ ስለ ዝሓሰበ። ምስግና'ውን ምስ ዘረባ አቦይ ጸጋይ ተሰማሚዑ ተቐላጢፉ ወከልቱ ሰደደ። ርእሱ አይትስኣኑ ዝብል መልሲ ሒዞም ከኣ አማሲኣም ን'ዓዶም ተመሊሶም ሓደሩ። ዕለተ መርዓ'ውን ከይተዳናጎዩ አብ ዳግማይ ትንሳኤ ቆጸሩ። ሕጹያት ኮነ ወለዲ ድማ ተቐላጢፎም ኩሉ አድላዪ ዝተባህለ ምድላዋት ብእዋኑ ጀማመሩ። ድሮ ወርሒ ሚያዝያ በጺሑ 'ሎ። ኩሉ ብ'ዓቕሞም አድላዪ ዝተባህለ ምድላዋት ከኣ ተጻፈፉ'ዩ። ዳናይት ድሮ ትምህርታ ወዲኣስ ስራሕ ጀሚራ'ያ። ከም ቀንዲ መሓዛ ኮይና ከኣ መርዓ ተፍቅራ ጓል ሓወቦኣ ን'ምጽባቕ ተዓጢቓ ተተሓሓዘቶ። ፈታዊ ዘበለ ዝተሓጎሰሉ ስነ ስርዓት ቃል ኪዳን ድማ ተፈጸመ። ኩሉ ቤተ ዘመድ ተፈሲሁ ወዛሕዛሕ ከብል ወዓለ። ስነ ስርዓት መርዓ ናይ እንዳ ጓል አብ ከተማ ከረን፡ ናይ እንዳ ወዲ ድማ

ኣብ ሓድሽ ዓዲ'ዩ ተኸይዱ። ኣብ ባህሊ ትግርኛ፡ ወዲ ጓል ዓዱ እንተ ዘይተመርዕዮ፡ ከም'ኡ'ውን ጓል ወዲ ዓዳ ዘይኮነ ተመርዕዮ ይወስዳ እንተ ሃልዮ፡ ኣዋልድ ናይቲ ዓዲ ብጸርፊ'የን ዝሰሃልኣ/ኣ። ክልቲኣም መርዓዊቲ ደቂ ክብዲ ዓዲ እንተ ኮይኖም ግን ምዝላፍን ምንሻውን ወይ'ውን ምውዳስ ልሙድ ኣይኮነን። ብመርዓ እምነትን ምስግናን ዘይተሓጸ ወዲ ዓዲ ስለ ዘይነበረ ግን፡ ጎራዙ ሓድሽ ዓዲ መርዓዉቲ ካብ ከረን እንዳ ተደበሉ ክኣትዉ ከለዉ ከም'ዚ ዝስዕብ እንዳ በላ ንመርዓዉቲ ኣሰነይኣም።

> እምነቱ ዲኺ ኣንቲ ወለባ
>
> እምነቱዶ ክንብለኪ ስኒ ጸባ
>
> ኣስመራዶ ከይነበርኪ ኣዲስ ኣበባ
>
> እንታይ ኮይንኪ በዓል ባሊላ ዘይመረጽኪ 'ባ
>
> ከተማ ኔርኪ ኣብቲ ዝበለጸ
>
> ኣይረኣናን ከም'ዚ ናትኪ ንኽምርያ ንዓዲ ዝተመልሰ
>
> እምነቱ ዲኺ ኣንቲ ሐሊለ (2)
>
> ኣይረኣናን ኣበባ ከም'ዚ ናትኩም ዝበለ
>
> ንስኺ ትመስሊ ኮኸብ ሰሜን
>
> ኣብዚ ዓድና ምትራፍኪ
>
> እዘን ኣደይ ማርያም ኮን ክንደይ'የን ፈትየን
>
> ኪዳን ኣብ ዓድኺ መዲብከዮ
>
> ንምስግና ጨለ እንቋዕ ረኸብከዮ
>
> ክልቴኹም ጭዋ ወሓላሉ
>
> ከም'ዚ ናትኩም'ሲ ንዘይተመርዓወ ይፍጠረሉ
>
> ናይ 'ዞም ክልተ ማና
>
> ማይን ጸባን ዝኾነ ጋማ

ኣሰይ ተዓዊትና ብርሃን ሪእና
ከሳብ ንመንዋ ትጽውት ምቑናይና!

እንዳ በላ ኣማዕረግኣ። ንእምነት ድማ ብሓወቦኣ ንዝተጎድኣቶ ብደቂ ዓዳ ብኸፈል ዝተደበሰቶ ኮይኑ ተሰመዓ።

እቲ ንእምነት ፋልማያ ካብ ኣዲስ ኣበባ ንኣስመራ ኣብ ዝተመልሰትሉ ካብ ሰምበል ንማይተመናይ ብዘይ ዝኾነ ከፍሊት ዝወሰዳ ሰለሙን ዝስሙ ብዓል ታክሲ፤ ኣብ መርዓ በዓል እምነት መኪና ሒዙ መርዓውቲ ከዛውር ወዓለ። ንሱ ንመርዓት ኣየለለያን። ንሳ ግን ዝበልዐት ከብዲ ግዲ ዘይትኽሕድ ኮይና ወቓሕ-ወቓሕ ክብላ ድሕሪ መጽናሕ፤ መዓስን ኣበይን ከም 'ትፈልጠ ሓጠቐ በላ። ኣብቲ ግዜ ዙረት ልክዕ ከም ዘይትፈልጦ ኮይና ድሕሪ ምውዓል፤ ውራይ ምስ ሓለፈ ንለምለም እቲ ኣውቲስታ እንታዋይ ምዃኑ ተወከሰታ።

"ንሱ ድኣ ሰለሙን ሓወይ እንድዩ። ቀደም ንስኺ ከይተወልድኪ ከለኺ ብለቶሪና ጌሩ ካብዚ ዓድና ኣብ ወደብ ባጽዕ መታን ከሰርሕ ኢሉ ምስ ወጸ ነዊሕ ዓመታት ኣሕሊፉ'ዩ። ኣነ ንጋሽ ምስ ከድኩ ንዓዲ እንዳ መጸ ንስድራይ ይርእዮም ጌሩ'ዩ። ምሳይ'ኳ ንባጽዕ ካብ ዝስደድ ካብ ሰለስተ ዘይበዝሕ ግዜ ኢና ተራኺብና ዘለና። ኣኮኺ ኣብ ባጽዕ ንነዊሕ ዓመታት ከሰርሕ ድሕሪ ምጽናሕ፤ ዕድመ እንዳ ደፍኣ ምስ ከደ ስራሕ ወደብን ምቑት ከተማ ባጽዕን ስለ ዝኸበዶ፤ ታክሲ ገዚኡ ኣብ ኣስመራ ኮይኑ ከሰርሕ ጀመረ። እምበኣር ሰለሙንሲ ሓጊዙኪ ኔሩ'ዩ፤ እዚ ሰለሙን ሓወይ ከምዚ ትርኢዮ ሕያዋይ'ዩ። በቃ ወዲ እዝግኄር'ዩ። ስጋ ከኣ ሓያል እንድዩ ቆንጢዎ ይኸውን። ምዃን ጽቡቕ ግበር ንመን ንማንንም'ኳ ዝበሃል። ሰብ ኣበይ ይረኽቦ መዓስ ይበሃል ኮይኑ 'ዛ ጓላይ። ሰናይ ምግባር'ሲ ሰናይ'ዩ ዝጫልድ ኩሉ ግዜ" ብምባል ሓዋ ኣብቲ ጓላ ተሸጊራትሉ ዝነበረት ህሞት ብገርሁ ምሕጋዙ ኣፍ

ልባ አንፋሐ።

መርዓ ምስ ተዛዘመ ምስግናን አሕዋቱን አብ ሓድሽ ዓዲ እኾመጡ ስለ ዝነበሩ፡ ሕጽኖት አብኡ ከኸውን ተወሰነ። ካብ ዓድን ካብ ጎደቦን "እንዳ ጎይታይ እንዳ እምቤተይ ጥዕና 'ሃበልና" እንዳ በሉ ንተሓጸንቲ ክርእዮን ከዛናግዑን ዝመጹ አጋይሽ ውሑዳት አይነበሩን። እምነት አብቲ ብዓለባ ነጸላ ዝተሰርሐ መጋረጃ ዝተሸፈነን ሓድሽ ማእሲ ዝተነጽፎን፡ ንምድሪ ቤት ህድሞ ክትአቱ ከለኻ ከአ ንኢድ ጸጋም ዝርከብ ብርኽ ዝበለ ንእዲ ተኾይጣ፡ ንዘዘመጸ አዋልድን ቆልዑን አዝማልቶ ምልካይ ተተሓሓዘቶ። መርዓውቲ ከጸውቱ ዝመጹ መንእሰያትን አዕሩኸ መርዓውትን አደራራስን ሸደድን በብእብረ ክጸውቱ ስርሓም ይርስዑ ነበሩ። "ከምቲ አበባኹም የርእየና ፍሬኹም" እንዳ በሉ ዝምርቐ አቦታትን አዴታትን'ውን ውሑዳት አይነበሩን። መርዓውቲ ብፍላይ አብተን ቀዳሞት ሾውዓተ መዓልትታት አዝዮም ፍሱሃት ምንባሮም፡ ፍሕሻወ ገጾም ይምስክሮ ነበረ። አብ ሕጽኖት ካልአይ ሰሙን ክረግጹ ከለው ግን ዝሕልሕል ምባል አብዘሑ። ብሕልፊ ቀሪቡ ንዘስተውዓለሎም በጸሒ፡ ገለ ከም ዝነደለ'ም ከም ጸሓይ ረፋድ ደሚቑ ይንጸባርቕ ነበረ። ከልቲኦም ጸጸኒሖም ከትከዙን ምስ አጋይሽ ከለዉ አብ ህልም ዝበለ መዓሙቕ ሓሳባት ከሸመሙን ልሙድ ትዕዝብቲ እንዳ ኮነ ከደ። ብፍላይ ምስግና አብ ሓጸር ግዜ ወጅሃቱ ለጊሱ ፍጹም መርዓዊ ዘይመስል ኮነ።

ወይዘሮ ምርጦነሽ ኩነታት በዓል ቤታ ካብ ዘተሓሳሰባ ሓያለይ ኮይኑ 'ሎ። ካብ ዕለታት ሓደ ምሽት ቡን ቆላልያ ዕንባባ ዓንቢባ ሸህ አለቃ መኮነን ካብ አኼባ ከአቱ ከትጽበዮ ጸንሓት'ሞ፡ በዓል ቤታ ምስ መጸ ጃኬቱ ተቐቢላ አብ ተካሻኖ ሰቐለቶ። "እንቋዕ ብደሓን አተኻ" ድሕሪ ምባል ድማ አብ ጎድና አብ ዝነበረ ኮፍ መበሊ ከዕርፍ አመልከተትሉ። አወል ተስትያ፡ ጀበና ንኻልአይቲ ምስ ተሰኸተተት "አንታ ሟኬ

ሓወይ ወዮ'ቲ ብቓዳማይ ኣብ ካልእ ግዜ ከነግረኪ'የ ዝበልካንስ ብኡ ኣቢልካ'ኻ ግብ ኣቢልካዮ። እስከ ሕጂ ኣዕልለኒ መማገዴ ከኣ ይኾነና ብኡ ኣቢሉ። ከምኡ ክትብለኒ ከለኻስ ብውሽጥኻ ተረቢሽካ ዝነበርካ ኢኻ ትመስል" በለቶ ከም ሓውሲ ስክፍ ኢላ። "ሓቅኺ ምርጽቲ ሓብተይ። መዓስ'ሞ ተጋጊኺ። ሎሚ ጽባሕ ከብል ምስዚ ስራሕ ጽዒቐኒ ዝቐነየ'የ ኣድህቦይ ናብኡ ተሰሪቑ። ሕጂ ግን እንቋዕ ኣልዓልከዮ ከቕጽለልኪ'የ" ኢሉ ዘረብኡ ፈለመ ሽህ ኣለቃ። "ከምቲ ዝበልኩኺ ለምለም ሕጽይተይ ክንሳ ካብ ሃብተ ሓወይ ምስ ጠነስት ዝያዳ ዝኾነ ሰብ ንዓይ'የ ከፈኡኒ። ኣብቲ መጀመርታ ስድራናን ኩሉ ፈታዊናን'ኻ እንተ ጎሃየ፡ ድሕሪ ቁሩብ ግዜ ግን ኩሉ'ቲ ቤተ ሰብን ወዲ ዓድን ንበዓል ኣቦይ እንቋዕ ካብ ካልእ ኣይኮነ'ምበር፡ እዚ ድኣ ዘይ ካብ የማናይ ኢድካ ናብ ጸጋማይ ኢድካ'ዩ። መኮነን ወድኹም ሃብተ ወድኹም" ኢሎም ስለ ዘደዓዓስዎም፡ በዓል ኣቦይ ኣሻቡ ነቲ ዘጋጠመ ብኸምቲ እቲ ሓፋሽ ህዝቢ ዝብሎ ዝነበረ ረዓምዎ። ንዓይ ከኣ ንኸቐበሎ ብዙሕ ለሙኑን ጸቒጢ ፈጢሩለይን። ኣነ ግን ስለ ዝጎሃኹን ኣብ ቅድሚ መዛኖይ ስለ ዝሓፈርኩን፡ ዋላ ድኣ ስረይ ብኸሳደይ ኣውጺእዋ'ምበር ቀልቀል ዝኣፉ እምበለይ በልኩ። በዚ ምስ ሃብተን ለምለምን ጥራይ ዝነበረ ጽልኣይ፡ ናብ ሃይለ ሓወይ'ውን ለሓመ።

ምስ ሃይለ ሕለፍያ ኮና፡ ሃይለ ሓወይ ንዓይ ዝጎንየኒ ዘሎ ጥራይ ኮይኑ ተሰመዓኒ። ንሱ ግን ከንወፍር ከንኣቱ፡ ከውን ኣይምለስ ጓህሪ ኣይኩለስ እብለኒ ነበረ። ኣነ ፍጹም ሰኸኸ ምባል ኣበኹ። ኣቦይን ኣደይን'ውን ብናይ ሃብተ ዝተጸረፍዋን ዝሓሰርዋን ከይ ኣኸሎም፡ ብምትፍናን ናተይን ናይ ሃይለ ሓወይን ሰለም ምባል ሰኣኑ። ኩነታት ስድራይ የጉሀየኒ'ኻ እንተ ነበረ፡ ተካል ኔሕ ግን ሓዘኒ። ዝበዝሑ ደቂ'ቲ ዓዲ፡ ነታ ብእንዳ ዓበይትን ወራዙትን እትፍለጥ ዝነበረት ቤትና እድንግጹላ

ነብሩ። በቲ ካልእ ከኣ፡ ኣብ ኣእዛና ዝወራዘዩ ሰባት'ውን
ኤሮም'ዮም። ሓደ ግዜ ኣብቲ ከባቢ ብማስን መልቀስን በዓል
ዝና ዝነበረ ሰልፈፍ እንዳ በለ ዝኸይድ ሰብኣይ፡ ኣብ ሓደ
ናይ ማሕበር እንዳ ጋብር ጽምብል ምስ ኣቦይ ተራኺቡ። እዚ
ሰብኣይን ኣቦይን ዓይንን በሰርን ነብሩ። ኣቦይ ኩሉ ግዜ ንዕኡ
ከዝከር ከሎ "እዚ ሰብኣይ'ዚ ከኣ ሓሜን። ኣየውፍር ኣየኣቱ፡
ካብ ኣፉ ድራሩ'"ዩ ዝብል ኔሩ። ወዮ ማሰኛ ሰብኣይ ድቋ ስዋ
ምስ ጸገበ፡ ንኣቦይ መዓስ'የ ጎደሎ ዝረኸበሉ ግዲ ከብል ኔሩ፡
ከምዚ እንዳ በለ ማሰ በለ።

ማሰ ማሰ ማሰ

ጸጋይ ዲኻ ኣንታ ወረጃ ማዕዶ (2)

ቤትካዶ ሎምስ ኣቲዎ ቢቲ-ቢቶ

ሰይጣንዶ ተጸዋትልካ ደሓን ኣይኣቶ

ሕጀዶ መዕለቢ ተሳኢኑካ ከም ዘራጊቶ

ዳይና ኔርካ ናይዚ ከባቢና

ኣንታ 'ወ ዳይና ኔርካ ናይዚ ከባቢና

ትዓርቖስ ኔርካ ደቂ ካልእ ደቂ ጓና

ሕጂ እንድ'ሞ ነገር ፋሕ ኢላትካ ከም ኣብ ከውሒ ዘወደቐት
ጀበና

ከትሰምያ'ኻ ዘይጥዑም ከምዚ ናትካስ ኣይውረደና

ጎራዙ ከም ዝተሳእና ኣብዚ ዓድና

ኣንታ 'ወ ጎራዙ ከም ዝተሳእና ኣብዚ ዓድና

ኣእላፍዶ ከየለዋ ዕንባባ መሮር ዝመስላ

እንታይ ወሪድዎም 'ቶም ደቅኻ ጽያፍ ዝገብሩ

ኣዋልድ ከም ዝወሓዳስ ንሓንቲ ከመናጠሉ

ጸጋይ ሓወይ ኣይትኹን መዓዲ ኣይትኹን መዳሪ

እወ ጸጋይ ሓወይ ኣይትኹን መዓዲ ኣይትኹን መዳሪ

ካብ ንኻልእ ንደቅኻ መሃሮም ነውሪ

ደጊም ኢድካ ናብ ካልእ ኣይተወጣውጥ ንቅድም ሽንፍላኻ
ኣጽሪ

ኢሉ ንኣቦይ ኣብ ቅድሚ ዘኽብርዎን ዝሓፍርዎን ዓበይቲ
ሰባት ምስ ኣዋረዶ። ኣቦይ ገመድ ከሰቅል ቁራብ ተረፈቾ። ገዛ
መጺኡ ድማ ብሰንክና ይድፈርን መስሓቅ ሸራፋት ይኽውንን
ከም ዘሎ ብነድሪ ተዛረበና። ኣነ ርእሰይ ጽሮውሮው በለኒ።
ኣነ መበገሲ በደል ከም ዝኾንኩ ኣብ ትሕቲ ጽፍረይ ክሰፍር
ቁራብ ተረፈኒ። ባዶነት ንውነይ ወረኖ። ንዝኾነ ሰብ ከይነገርኩ
ድማ ኣንጊህ ብእምባ ደርሆ ደምበዛን ጌረ። ንዓዲ ተከሌዛን
ብእግረይ ደየብኩ። ካብኡ ብመኪና ዝማልኡኒ ብሩኻት
ረኺበ ኣስመራ መጻእኩ። ካብኡ ናብ ኣብየታዊ ሰራዊት
(ናይ ኢትዮጵያ ህዝባዊ ሰራዊት ማለቱ'ዩ) ተጸንቢረ። ሃይለ
ሓወይ ድሕሪ ግዜ፡ ኣባል ሰራዊት ኢትዮጵያ ከም ዝኾንኩ
ምስ ፈለጠ፡ ዝብሎን ዝገብሮን ኣይፈልጥን'ዩ። ንዓኺ ምስ
ተመርዓኹ ከኣ'ሞ ፍጹም ከጥሕረኒ ደለየ። እዚ ኩሉ ለምለም
እንተ ኺደት ካልእ ካብ ለምለም ትምጨ ጓል ዓድኻን ጓል
ሩባኻን ከነምጽኣልካ እንዳ በለ ኣቦይ ኣብ ብርከኻ ተደፊኡ
ከም ዘይለመነካስ፡ ኢትዮጵያዊት ተመርዒኻ እንዳ በለ ድቃስ
ከልኣኒ። እዚ ነቲ ዝጸንሓና ነጎዳ ሓዊ ኣናኸሰሉ። ሕውነትና ናብ
ምብታኽ ገጹ ኣምረሐ። ናይታ ካብ ሓንቲ ማህጸን ዝበቘልናላ
ግዲ ትቘንጥወኒ ኔራ ኮይና ግን፡ ኣነ ዝበዝሕ ግዜ ኣስመራ ኣብ
ዝኸደሉ ብጠጠወይ በቲ ስርሑ ሕልፍ ይብል ኔረ'የ።

ካብ መዓልትታት ሓደ መዓልቲ፡ ኣብ ከባቢ ኣስመራ
እምባ ደርሆ ኣብ እትበሃል ካብ ኤርትራ ዝዓበየት ዓዲ፡
ናይ ሻዕብያ ናይ ከተማ ስለያ (ሓፋሽ ውድባት) ክንፍትሽ
ትእዛዝ ተዋሂቡና ወፈርና ኔርና። ትዝክርዮ እንተ ኮይንኪ

ኣብ ኣስመራ ዝተወለደ ኣረጋዊ ኪሮስ ዝበሃል ንፉዕ ትግራዋይ መሳርሕተይ ኔሩ። ብምትሕብባር ኣረጋዊ ነዚ መንግስትና ጽኪ ኮይነሞ ዝነበሩ። ክልተ ዕሉላት ሽፋቱ ደቂ'ቲ ዓዲ ቀተልና። ኣብ መወዳእታ ግን ሓደ ሳልሳዮም ዝነበረ'ሞ፥ ካብ ኢድና ዝመሎቐ ሽፍታ ንኣረጋዊ ተኹሱ ኣብ ቅድሚ ዓይነይ ቀተሎ። ኣረጋዊ ንዓይ የማናይ ኢደይ ነበረ። ምስቲ ኣብ ከተማ ምዕባየ፥ ኣብ ምብልሓትን ኣባለት ሓፋሽ ውድባት ኣብ ምህዳንን ካባይ ብልጫ ነበሮ። ኣነ ከኣ ካብ ኣስመራ ርሕቕ ኣብ ዝበለ ቦታታት ካብኡ እሓይሽ ኔረ። ንሱ ምስ ተቐትለ ንዓይ ሓወይ ዝተቐትለኒ ኮይኑ ተሰመዓኒ። ሽዉ ምሽት ካብ ብስጭኢት ዝተላዕለ ኣብ ሓደ ባር ዚሊ ዝበሃል እንዳ መስተ ከሳብ ዝወግሕ ክንሰቲ ሓደርና። ንጽባሒቱ ከባቢ ሰዓት ዓሰርተ ሓደ ረፋድ ይኸውን፥ ከም ኣመለይ ብስራሕ ናይ ሃይለ ሓወይ ሰላም ክብሎ ኢለ ተኣሰኹ። ሃይለ ግና ኣረቂ-ኣረቂ ከሽትት ምስ ረኣየኒ ብቍርኑ ተቐበለኒ። ከዳዕ ቀጣፊ! ስድራኻን ህዝብኻንዶ ድኣ ከይትሕግዝ ምስ በለኒ ነብሰይ ብሕርቃን ምቑጽጻር ሰኣንኩ" ኢሉ ዘረብኡ ከይወደአ ወይዘሮ ምርጥነሽ ኣብ መንጎ ጣልቃ እትው ኢላ "ብድሕሪኡ ኸ፧" በለቶ።

"ብድሕሪኡ ክፉእ ጥራይ ሓሰብኩ። ነቶም ምሳይ ዝነበሩ ወተሃደራት ኣፉ ብጨርቂ ዓቢስኩም ኣብዛ ዕጽውቲ ናይ ገበነኛታት መኪና ጽዒንኩም በቲ ቤት ገርገሽ ዘሎ ኣጸድፍ ውስድዎ'ሞ፥ ኣብኡ ረሽንዎ። እዚ ሓደ ካብቶም ቀንዲ ስለያ ናይ ሻዕብያ'ዩ በልክዎም። መታን ቶኽሲ ምስ ተሰምዐ ዝኾነ ካልእ መዘዝ ከየምጽእ ኢለ ስለ ዝሰጋእኩ ግን፥ ኣብ መንጎ ሓሳበይ ቀይረ ብጥይት ገዲፍኩም መርዛም መርፍእ ወጊእኩም ኣቃብጽዎ በልክዎም። ንሳቶም ድማ ከምኡ ገበሩ። መታን ከይነግረልና ድማ ከብሮም ዝበሃል መሳርሕቱን ትኸ ትንፋስ ዓርኩን፥ ምስ ሃይለ ክንፈሓፍሕ ከለና ምስኡ ስለ ዝነበረ፥ ንዕኡ'ውን ተመሳሳሊ ምኽንያት ብምሃብ ኣሰር ሃይለ

186

ከስዕብዎ ኣዘዝከዎም። መታን ከይንጥርጠር ከአ፡ ንክብሮም ከም ቀታሊ ሃይለ ጌረ ኣቐረብከዎ። ሃይለን ክብሮምን ብገንዘብ ለቓሕ ከም ዝተባእሱ'ሞ፡ ክብሮም ንሃይለ ቀቲሉ ንሜዳ ንሳሕል ባዕሉ ሰብ ከም ዝቖተለ ተናሲሑ፡ ካብ ኣብ ቤት ማእሰርቲ ስርዓት ደርግ ኣብ ቤት ማእሰርቲ ኣሕዋቱ ከበሲ ከም ዝመርጸ ኣምሲለ፡ ፍሒስ ፈሓሒስ ደብደባ ጸሓፍኩ። ነታ ቡስጣ ዘይነበራ ደብዳቤ ድማ ካብቶም ኣብ ትሕተይ ዝነበሩ ወተሃደራት ጌረ፡ ኣብ ቤት እንዳ ሃይለ ሓወይ ከም እትድርብ ገበርኩ።

ኣብ መጀመርታ ፖሊስ ከተማ ኣስመራ ነቲ ክስተት ከጽንዕዎ'ኬ ላዕልን ታሕትን እንተ በሉ፡ መታን ከይፍለጥ ነቶም ሓለፍቲ መርመራ ሸፋፈኖም ከደቅስዎ ጉቦ ኣብላዕከዎም" ኢሉ ሽህ ኣለቃ መኮነን ገና ዕላሉ ከይዛዘመ ወይዘሮ ምርጥነሽ ሕጂ'ውን ኩልፍ ኣቢላ ከምዚ በለት "እዚ ኩሉ ገበን ፈጺምካ ከለኻስ ንዓይ ን'ኺዳንካ ከይ 'ካፈልካኒ ትነብር ኔርካ፡ ዓቢ ጌጋ ተጋጊኻ መኮነን ሓወይ"። ሽህ ኣለቃ መኮነን ድማ መሬት-መሬት እንዳ ጠመተ "ምርጥነሽ ሓብተይ ትኽከል ኣለኺ። የግዳስ ምንጋርኪ ስለ ዝኽበድኒ ጥራይ 'የ። ዋላ ሓጂ'ውን እዚ ጉዳይ ከቢድ ስለ ዝኾነ ካባይን ካባኽን ክሓልፍ የብሉን" ድሕሪ ምባል ተዓቢሳ ከም ገዘንሓት ሻምቡቆ ማይ ቡፍ ኢሉ ኣስተንፈሰ። "ጸገም የለን፡ ንመንከ ከህበካ። እዝስ ከቢድ ሚስጥር'ዩ ግን ካእለት ይሃበና'ቲ ልዑል ፈጣሪ" በለት ወይዘሮ ምርጥነሽ እቲ ትስከም ዘላ ረዚን ምስጢር ልክዕ ከም ኣየር ዝመልአት ፓላንቻና መተንፈሲ ስኢኑ ሓደ መዓልቲ ከይትኮሳ ስለ ዝሰግአት።

ራህዋ ዓባይ ሓብቱ ንምስግና'ያ። ድሕሪ ሞት ወለዶም ራህዋን ምስግናን'ዮም ምስ ኣቶ ጸጋይ ተወሃሂዶም ንዝተረፉ ኣሕዋቶም ክንዲ ኣቦን ክንዲ ኣደን ኮይኖም ዘናብይወን ኔሮም። ንራህዋ ጸታ ጥራይ ኣለኻ፡ ብመልከዓ ኮነ ብጠባያ ንምስግና

ርኢኻ ረአያ። ምስግና ንእሸቶ ክንሱ ቅድሚ ዕድሚኡ ዝሓስብን ዝሰርሕን ስለ ዝነበረ ቀልጢፉ ሓላፍነት ተሰከመ። ምስግና ኣብ መርዓን ደርዓን ምስ በጽሐ'ምበአር ኩለን ኣሕዋቱን ቤተ ሰቡን ብዘይ መጠን ሕጉሳት ነበሩ። ብፍላይ ምስግና ንእምነት ጃል ወዱ ንኣቦይ ጸጋይ ከምርዓዋ'ዩ ምስ ተወርየ፡ ዘይተሓጎስ ኣይነበረን። ናይ ራህዋ ሓጎስ ከኣ ዝያዳ ኩሎም ነበረ። ውዕለት ኣቦይ ጸጋይ ዝተኸፍለ ኮይኑ ተሰምዓ። ንሱ ጥራይ ዘይኮነ ንእምነት ብጠባይ ኮነ ብመልክዓ ዝወጸ ዘይብላ። ብሀጸና ከኣ ኣትሒዛ ንምስግና ሓዋ ትምነያ ብምንባራ። ሕጂ እቲ ትምነዮ ዝነበረት ከዉን ብምኻኑ እምብዛ ሕጉስቲ ነበረት። ስለ ዝኾነ ከኣ መርዓውቲ ተፈሲሆም ተዘካሪ ሕጽኖት መታን ከሕልፉ፡ ብዓንተብኡ ቅናታ ሸጥ ኣቢላ ነበረት። መርዓውቲ'ውን ራህዋ ከም ተሓጽኖም ምስ ፈለጡ ኣዝዮም ተሓጎሱ። ከም ትጽቢቶም ኮይንሎም ከኣ ራህዋ ግርም ጌራ መጨነቶም። ኣብ መጀመርታ መዓልትታት ድሕሪ መርዕአም መርዓውቲ ፍሱሃትን ወኻዕካዕ የዘውትሩን'ኣ እንተ ነበሩ፡ ድሕሪ ቁሩብ መዓልትታት ዘይከም ኣጀማምርኣም ህጥም እንዳ ኣጥፍኡ ምስ ከዱ ግን ንራህዋ ቅሳነት ከልአ።

ሓደ ንግሆ ራህዋ ኣፍካ ማይ እተምዑግ ገፃት ስገም ግዒታ ንመርዓውቲ ኣቐረሰቶም'ሞ፡ ንምስግና "ሓንሳብ ከረኸበካ ደልየ ኣለኹ" ኢላ ብኽትራ ሒዛቶ ንግዳም ወጸት። ኣብቲ ጸግዒ ናይቲ ህድሞ ተጸጊው ዝነበረ ኣእማን ኮፍ ድሕሪ ምባል ድማ ብትሑት ድምጺ ከምዚ በለቶ "ኣንታ ምስጉን ሓወይ እንታይ ድኣ የጥምየኩም ኣለኹ ድየ፡ ድሓን ዲኹም መልኣኽኩም ሃዲሙ ሸል ኢልኩም፤ ብፍላይ ንስኻ ዘይምሱል መሲልካ። በጀኹም 'ባ መርዓውቲ ምስሉ" ድሕሪ ምባል ከምስ በለት ዓይኒ ዓይኒ ሓዋ እንዳ ጠምተት። ምስግና ከኣ ጽን ኢሉ ከሰምዓ ጸኒሑ "ኣንቲ ራህዊት ሓብተይ ንስኺ ለጋስን ለዋህን ሓብቲ ከለኺና ድኣ ጥሜት በየን ኣቢሉ ከቐርበና። ደሓን

ኢና'ኻ ጽቡቕ ኢና ዘለና። ብዙሕ ኣስተባሂልካስልና ኮይንኪ ኢ.ኺ ትኾኒ" ኢሉ ነቲ ዘረባ ከደቓቕስ ፈተነ። "ካብ ባዮ ተበጊስ ኣይኮንኩን ዝዛረበካ ዘለኹ ምስጉን ሓወይ። ኣብዚ ገዛ ዘዝመጸ ጋሻ'ኻ እንታይ ድኣ'ዮም መርዓውቲ ዘይመስሉ ክብል ብስክፍታ ተበሊዕና። እምነት ብጓላ ኣይጸንሐትካን ድያ!" ኢላ ኣብ ውሽጣ ከተኹሳ ዝጸንሐት ሕቶ ንደገ ኣውጺኣታ-ማዕረ ክንድዚ ከተክዞም ዝኽእል ካብ ድንግልና ንላዕሊ ካልእ ጉዳይ ከህሉ ኣይክእልን'ዩ ኢላ ስለ ዝሓሰበት። "ምስግና ከም ሓውሲ ስምብድ ኢሉ "ኖ....ኖ ናይ ከምኡ ኣይኮነን። እምነት ድኣ እምንቲ ከም ስማ 'ኻ'ያ!" በላ ጠንቂ'ቲ ተኸሲቱ ዝነበረ ሽግር እምነት ዘይምኽኛና ንምምልካት። "እሞ እንታይ ድኣ'ዩ ሽግርኩም ኣንታ ምስጉን ሓወይ" በለቶ ራህዋ ንሓዋ ሎሚ እቲ ምስጢር ከይነገርካኒ ኣይገድፈካን'የ ብዘስምዕ ቃና። ምስግና ሰባት ኣብ ከባቢኣም ዘይምህላዎም ድሕሪ ምርግጋጽ "እቲ ጸገም ኣነ ኢየ ራህዊት ሓብተይ። እ...እ ኣነ ናይ ሰብኣይ ስራሕ ስለ ዘይሰርሕ ዘለኹ 'የ። እምነት ዋላ ሓንቲ ጸገም የብላን" በላ ምስግና ንሓብቱ ከም ሓውሲ ሕንኽንኽ እንዳ በለ።

"ዋይ ኣነ ተካሊት! ኣንታ እዚ ርጉም ቀሺ ንዓኻ ከኣ ኣረኻኺብልካ!! ዋይ ሓወይ መዓረይ! እዚ ቡዳ ቀሺ'ዚ ድኣ ንኽንደይ መርዓውቲ ዘይሰረየ" ድሕሪ ምባል፡ ወዲ እገለ ወዲ ኩስቶ እንዳ በለት ኣስማት መርዓውቲ ከለዉ በቲ ዝጠርጠረቶ ቀሺ ተሰርዮም ኔሮም ዝበለቶም ኣባጽሕ ሓድሽ ዓዲ ዘርዘረትሉ። ኣስዕብ ኣቢላ ከኣ "ደሓን ንስኻ ሕጂ ኣይትጨነቕ። ኣብዚ ከባቢ ጸዕዳ ክርስትያን ኣሎ ንብዝሓት ሰባት ዘመሓረ ጠንቋሊ። ድሕሪ ጽባሕ ዓዕለይ ናብኡ ሒዘኩም ክኸይድ 'የ" ብምባል ሕማም ፈውሲ ከም ዝርከቦ ኣተስፈወቶ። ከም ቃላ ከኣ ኣብ ሳልስቱ ንኽልቲኣም መርዓውቲ ሒዛ ናብቲ ጠንቋሊ ዝርከበሉ ዓዲ ነቐለት። ረጊኣም ኣኺሉ ናብ ክፍሊ መርመራ ጥንቋላ ኣተዉ።

መርዓውቲ እንታይ ኮን ከብለና'ዩ ኢሎም ከብዶም ሓቘፉ፦ ራህዋ ግን ትብዕ ኢላ ስለምንታይ ናብኡ ከም ዘመጹ ነቲ ጠንቋሊ ዘርዚራ ነገረቶ'ም፣ እቲ ጠንቋሊ ሰብኣይ ንመርዓውቲ ብዙሕ ግዜ ኣትኪሉ ጠመቶም፦ ከምዚ ከኣ በሎም "ሽግርኩም ከቢድ'ዩ፦ መርዓዊ ኣብ ደምካ ዝኣተወ መርዚ ኣለካ፦ ንምጽራዩ ከኣ ነዊሕ ግዜ ዝወስድ'ዩ፦ እዚ ሽግር'ዚ ካብ ሓደ ኣዚኹም ዘቘየምክሞ ሰብ'ዩ ወሪድካ ዘሎ" ኢሉ ዘረብኡ ከይደምደም ከሎ መርዓውቲ ንሓድሕዶም ተጠማጠቱ፦

እምነት ብውሽጣ ስዒድ'ዩ ዝኸውን ኢላ ደምደመት፦ ምስግና ግን ክሳብ'ታ ዕለት 'ቲኣ ዓይንኻ ትደፈን ዝብል ሰብ ስለ ዘይነበሮ፦ ከስቶዶ ይኸውን ከስቶዶ ይኸውን እንዳ በለ ናብ ዘይሓጥያቱ ይሸመም ነበረ፦ ዘረብኡ ብምቅጻል እቲ ጠንቋሊ ሰብኣይ ንምስግና "ከምቲ ኣቐዲም ዝጠቐስክዎ ደምካ ካብዚ መርዚ ንኽጸሪ ብዙሕ ግዜን ዋጋን ስለ ዝሓትት፣ መዓር ጽጌናይ ንግሆ ንግሆ ከትቆርስ ኣለካ" በሎ፦

ጽጌናይ ዓይነት ሓስኻ ኮይኑ ኣብ መሬት'ዩ ዝሰፍር፦ እቲ ንሱ ዝጸፍዮ መዓር ከኣ ኣብ ሕብረተሰብና ከም ባህላዊ ፈውሲ ዝዝውተር ኮይኑ፦ ንኽትረኽቦ ብዙሕ ጻዓትን ኮለልን ዝሓትት'ዩ፦ ብሓፈሻ ኣብ ሃገርና መዓር ጽጌናይ ንኽትረክብ ዘሎ ተኽእሎታት ብዘይ መጠን ጸቢብ'ዩ፦ ቁሩብ ጽንሕ ኢሉ ድማ እቲ ጠንቋሊ ናብ ምስግና እንዳ ጠመተ "ኣብ ርእሲኡ ድማ ኣብ ነፍሲ ወከፍ ወርሒ ሓንቲ ሰሰሓ እንዳ ሓረድካ ከትምገብ ኣለካ፦ ክልቲኡ እዚ ዝሓበርኩኻ መዓርን ስጋን ንዓሰርተ ክልተ ኣዋርሕ እንተ ቀጺልካዮ መድሃኒትካ ከገብሮ'ዩ፦ ምናልባት ኣብ መበል ዓሰርተ ሓደ ኣዋርሕ ለውጢ ከትርኢ ትኽእል ኢኻ፦ ተኣዚዝልካ ዘሎ ግን ከሳብ ዓመት ኣይተቋርጽ" ኢሉ መልእኽቱ ምስ ኣመሓላለፈ ነቲ ቁሩብ ዘሊጁ ዝነበረ ዘፍርሕ ጸሊም ካቡቱ ኣተዓራርዮ ተጎልበቦ፦ ራህዋ ከኣ

ነተን ኣብ መንዲላ ቆጺራተን ዝመጻት ሓሙሽተ ሚእቲ ቅርሺ
ኣብ ኢዳ ዕሙኽ ኣቢላ ኣቐበለቶ። ስስሓ ንጤላ-በዱ ዝመሳሰላ
እንስሳ ዘገዳም ኮይነን ሕብረን ግን ናብዘን ናይ ዓድና ማናቲለ
ገጹ ይቐርብ። ብተደጋጋሚ ኩነትን ምብራስ ኣግራብን ኣብዚ
በዓል እምነት ዝተመርዓዉሉ እዋን። ስስሓ ካብ ሓድሽ ዓድን
ከባቢኡን ዳርጋ ጨሪሰን ንሃበን'የን ምባል ይቐልል። እንተ
ተረኺበን ከላ ክንደይ ሸግርን መስገደልን ሓሊፍካ ብቑንጣሮ
'የን። እዚ'ውን ካብ ሓድሽ ዓዲ ኣርሒቕካ ኬድካ ኣብ ዝርከብ
ጎደቦ ዓድታት'ዩ። እዚ ጠንቋሊ ኣዚዝዎ ዘሎ ቁጽሪ ግን፡
ኣብ ዓሰርተ ክልተ ኣዋርሕ'ሲ ይትረፍ ኣብ ዓሰርተ ክልተ
ዓመታት'ውን ክንድኡ ዝብዝሐን ስስሓ ክትረክብ ንጋዳ'ዩ።
እዚ ስለ ዝኾነ'ዩ'ምበኣር ምስግና ውሳነ ናይቲ ጠንቋሊ ምስ
ሰምዐ ኣይሕጉስ ኣይጉሁይ ኮይኑ ገጹ ድው'ን ዝበለ። ፈውስኻ
እንተ ተባሂልካ ግን ዋላ እንዳ ሸይጣን ኣቲኻ ከተምጽኣ ስለ
ዘለካ፡ ስስሓን ጽጌናይን ክርክቡሉ ዝኸእሉ ከባቢታት ገና ኣብ
መገሽኡ ከሎ ብሓሳቡ ከናዲ ጀመረ።

መርዓውትን ራህዋን መገሽኣም ዘዚሞም ኣብ ኣስመራ
ኣብ እንዳ ቤተ-ስብ ሓዲሮም፡ ንጽባሒቱ ንዓዶም ተመልሱ።
ኣቶ ጸጋይ ጓል ወዱ ኣብ ሕጽኖት ከላ ክርኢያ ሰለይ እንዳ በለ
ንዓዲ መጸ'ሞ፡ መርዓውቲ ቃዚኖም ፍልም ፍልም ክብሉ
ጸንሕዎ። ኣዕሪፉ ምስ ተመሳስሐን ነብሱ ምስ ተሓጽበን፡ ራህዋ
ንኣቦይ ጸጋይ ኣግልል ኣቢላ ጸዊዓ፡ ምስግና ብኢደ ስብ ከም
ዝሓመመን፡ ናብ ጠንቋሊ ከይዶም ከኣ መዓር ጽጌናይን ስጋ
ስስሓን ንዓመት ምሉእ ብዘይ ምቁራጽ ተመገብ ስለ ዝበሎ፡ ነቲ
ዝተኣዘዘሉ መዓርን ስጋን ኣበይ ከረኸቦ'የ ኢሉ ተጨኒቑ ከም
ዝነበረ ገለጸትሉ። ኣስዕብ ኣቢላ ከኣ "ንዓይን ንመርዓቱን'ኳ
ለኪሙ-ኩላትና ተታሓሒዝና ሰንፈላል ኮይና" በለቶ። ኣቦይ
ጸጋይ ጠንቋሊ ዝኣዘዞ ምስ ሰምዐ ስሓቕ ከመልቆ ቀረበ። ግን
እንተ ስሒቑ ነቶም መፍትሒ ሽግሮም ክእልሹ ላዕልን ታሕትን

ዝብሉ ዝነበሩ መርዓውቲ ከይድህሎም ስለ ዝሰግአ፡ ስሓቐ ንውሽጢ ጌሩ ከም ዓትብ ኢሉ፡ "መጀመርታ እንቋዕ ብሰላም ካብ መገሻኹም ተመለስኩም 'ዞም ደቀይ" ብምባል ዘረብኡ ከፈተ። "ስብ'ዚ ድኹም ፍጥረት'ሲ ያኢ አምላኽ ኮይኑ በቃ ገጽ ሰብ ርእይ ወይ ሓሳብ ሰብ ስምዕ አቢሉ ሕማምካ ከምዚ መድሃኒትካ ከምቲ ከብል፤ ብምንታይ ዓቕሙ፤ ሓካይም ከምኡ እንተ በሉስ አብ ዝተጸንዐን ዝተሰነደን ሓቅታት ተመርኩሶም'ዮም። ወይ ጉድ አንቱም ሰባት ፍርሃት እግዚአቢሄር ዘይነሕድር ኢና እንታይ'ዩ ወሪዱና!" እንዳ በለ ብተግባራት ንሸግራት ሰባትን መፍትሒኡን ገላሊህና ንፈልጥ ኢና ናይ ዝብሉ ጠንቆልቲ መረርኡ አስምዐ። አስዕብ አቢሉ ድማ ንሓድስቲ መርዓውትን ንራህዋን ከምዚ በሎም "ስምዑ 'ዞም ደቀይ ጠንቋላይ ሓይሊ የብሉን። ልክዕ ከማይን ከማኹምን ተራ ሰብ'ዩ። ጠንቆልቲ ንገንዘብን ንዝናን ከብሉ አብ ሰፍ ዘይብል ሓጥያት ይሽመሙ አለዉ። ምኽንያቱ ንሕና እዞም አባላት ሕብረተሰብ ኢና ትፈልጡ ኢኹም፡ መሓርቲ ኢኹም እንዳ በልና መመሊስና ነሻድኖም ዘለና። ገንዘብ ከአ ሓንሳብ ጥዑም-ጥዑም እንተ ጥዒሙካ መጋገዪ እንድዩ። እዚ ስለ ዝኾነ እቲ ሓቂ፡ ንስኹም እንቱም መርዓውቲ ወይ ማይ-ጨሎት ኬድኩም ክልተ ሳብዕቲ ተሓጸቡ ወይ ከአ አስመራ ኬድኩም ሕክምና ተረአዩ። ናብ ጠንቆልቲ ገጽኩም ምኻድ ካብ ሎሚ ንጄው ከተቋርጽዋ እላበወኩም አለኹ። እቲ አዚዝልኩም ዘሎ ከአ ግዲ አይትግበርሉ። ካብ ርእስኹም ምሒሹም አጥፍእዖ" ኢሉ ማዕድኡ ዘዘመ።

ነዚ ምስ ሰምዑ ምስግናን እምነትን ነገራቱ ድንግርግር በሎም። ብአግኢት ዝቔጸሩ ሰባት ካብ ርሑቕን ካብ ቀረባን ጸገሞም ከፈትሑ ናብ ጠንቆልቲ ጎረት እንዳ በሉ ከለዉ፡ አቶ ጸጋይ ፍጹም ውዱቕ ብምግባሩ አብ ፈለማ ምሒር ደንጸዎም። ድሕሪዖም ነሓድሕዶም ምስ ተላዘቡ ግን አብቲ ናይ አቦይ ጸጋይ

ሓሳብ ረኣሙ። አቦይ ጸጋይ ማዕረ ክንደይ ርጡብን ለባምን ምኳኑ ልዕሊ ማንም ንሳቶም ይፈልጥዎ። አስመራ ከይደም ሕክምና ንኽገብሩ ድማ አብ ክልተኣዊ መደምደምታ በጽሑ። ዘድሊ ሕክምናዊ መርመራታት ምስ ተኻየደሎም ከኣ፡ ምስግና ጾታዊ/ወሲባዊ ጸቕጢ (sexual anxiety) ከም ዘለዎ ተነጸረ። አብ ወሲባዊ ወይ ጾታዊ ጸቕጢ፡ ደቂ ተባዕትዮ ኣሉታዊ ጾታዊ ኣተሓሳስባ ከም ዘማዕብሉ ይኾኑ'ሞ፡ መትልኣም አብ ግዜ ርክብ ምቕናዕ ይኣቢ። ድሕሪ ነጻርታ ሓማሙ፡ ምስግና ምስ ሕክምናዊ ኣመኻሪኡ (counselor) ምዝርራብ ጀመረ። አብ አስመራ ኮፍ ኢሉ ንዝተወሰነ እዋን ሕክምናዊ ማዕዳን ምኽርን ምስ ረኸበ፡ በብቝሩብ ርእሰ ተኣማምነቱ እንዳ ተመሓየሸ ከደ። በብቝሩብ ከኣ ናብ ንቡር ወሲባዊ ንጥፈታቱ ተመልሰ። ምስግና ናብ ንቡር ጾታዊ ርክብ ንጥፈታቱ ምስ ተመልሰ፡ መርዓውቲ ሕጽኖቶም ንምስትምቓር ናብ ወደባዊት ከተማ ምጽዋዕ ተመርቀፉ። መንፈሶም ኣሓዲሶም ወዝ መሊሶም ከኣ ንሓድሽ ዓዲ ኣምርሑ።

ወይዘሮ ምርጥነሽ ኩሉ ምስጢራት ሸህ ኣለቃ መኮነን ምስ ፈለጠት፡ አብ በዓል ቤታ ዝነበራ ሚዛን ፈኺሙ እንዳ በለ ከሃጉግ ጀመረ። እቲ ፍጹምን ረዚን ዘይለዓል ከቡር ዝመስላ ዝነበረ በዓል ኪዳና፡ ኣረሜናዊ ተግባራት ከም ዝፍጽም ምስ ፈለጠት ነገራቱ ሕውስውስ በላ። ጉዳይ ቃል ኪዳን ኮይንዋ ግን ነቲ ከቢድ ምስጢራቱ ስቲራ፡ ንገለ ዓመታት አብ ሓዳር ብሓባር ተጻዕዘ። ከሳብ 'ዛ ሰዓት 'ዚኣ ንህይወታ ብቕጥታ ዝጸሉ ተግባራት ሸህ ኣለቃ መኮነን ኣይተረኸበን ኔሩ። ኣብዛ ዓለም 'ዚኣ ግዚኡ ሓልዩ ዘይልወጥ ነገር ኣሎ እንተ ተባህለ መቸስ ብቝጽሪ ውሑድ'ዩ ከኸውን ዝኸእል። ኣፈጣጥራኝ ኣፈጣጥራ 'ዛ ዓለም 'ዚኣን ከም ኡ'ዩ። ብርሃን ዝነበረ ጸልማት ይኸውን። ሓጋይ ዝነበረ ናብ ክራማት ይቐየር። ቆልዓ ዝነበረ ሳልሳይ እግሪ ወሲኹ ጉምብሕ-ጉምብሕ እንዳ በለ ከኸይድ

እጅምር፨ ዝአክል ጥዕና ኔርም ድጭኑ-ድጭኑ ዝብል ዝነበረ ብሕማም ይርመስ፨ ርኹብ ዝነበረ ጸሙ ምሕዳር ይጅምር፨ ኮታስ አብዛ ምድሪ 'ዚአ ንመዋእሉ ጥዒምዋ ጥራይ ቀይሕን ጸሊምን እንዳ ረገጸን ከም ብተይ እንዳ ዘለለን ዝሓልፉ የለን፨ ምናልባት እንተ ሃለዉ'ውን ብአጻብዕ ዝቖጸር'ዩ ከኸውን ዝኸእል፨

ሽህ አለቃ መኮነን እምበአር ካብዚ ሓቂ'ዚ አይረሓቝን፨ እቲ ዓለም ናይ በይኑ ጥራይ ትመስሎ ዝነበረት ሽህ አለቃ መኮነን ሎምስ ዕጭኡ አኺላ ጠሊሟቶ፨ መንግስቲ ኢትዮጵያ ንሽህ አለቃ መኮነን ብጉዳይ ብልሽውናን ዕርቃኑ ብዝወጸ ምንዝርናን ካብ ስርሑ ምስ አባረሮ፣ እቲ ወረ ከይወዓለ ከይሓደረ አብ እዝኒ በዓልቲ ቤቱ በጽሐ፨ ሕማም ክርበ ከም ዝሓዛ ቆለኛ ከላ "እምቢሕ-እምቢሕ" ኢላ ገዓረት፨ እቲ አብ ንጽህቲ እምነት ዝወርድ ዝነበረ አደራዕ ስኽፍ ዘይበላ፣ ሎሚ አብአ ምስ በጽሐ ቀርና ከም ዝተወቍዐት ላም መአዝና ጠፍአ፨ ምስ ሽህ አለቃ መኮነን ዝነበራ ቃል ኪዳን ከተፍርስ ከአ ንእለቱ ወሰነት፨

ወይዘሮ ምርጥነሽን ሽህ አለቃ መኮነን ዘይምቅዳዎም ዝፈለጡ አዝማዶምን ገለ ኤርትራውያን ጎሮባብቶምን ንኸሳንይዎም ሻማግለ ዕርቂ አቘሙ፨ አብ ሓደ ቀዳም አጋ ምሽት ከአ ጉዳይ ሰብ ሓዳር ከሰምዉ ቆጸራ ሓዙ፨ ሽው ሓደ ካብቶም ሻማግለታት "ኩቡራት አሕዋትና ባእስን ዘይምስምማዕን አብ መንጎ ክልተ መጻምዲ ዝነበረን ዘሎን'ዩ፨ ብልዝብን ብምርድዳእን'ዩ ግና ናብ ዝነበሮ ዝምለስ፨ ንስኻትኩም ከአ ሰብ ዘቖንኣ ሓዳር ኔርኩምሲ፣ አብ ከምዚ ከትአትዉ ንረአይኩ'ኻ ባህ አየብልን፨ እዛ አቝሥምናያ ዘላና ሻማግለ እምበአር ጠንቂ መባእሲኹም ፈሊጣ ከትዓርቀኩም'ያ አብዚ ምሳኹም ዘላ'ሞ፣ እስከ ሃየ ሽህ አለቃ ብአኻ ከንጅምር" ኢሉ ዘረብኡ ውድእ ከብል ከሎ ወይዘሮ ምርጥነሽ ባዕላ ነቲ

ዕድል መንጢላ "ስምዑ ክቡራት ኣሕዋተይን ኣቦታተይን፡ ናይዚ ሰብ'ዚ በደል ቆጺርካ ኣይውደኣን'ዩ። ካብ ሕጇ ንኄው ከላ ምስዚ ሰብ'ዚ ኣብ ሓዳር ከቅጽል ኣይደልን'የ። ሎሚ ባዕሊጉን ድቓላታት ሒዙለይን መጺኡ'ሎ። ጽባሕ ንግሆ እንታይ ተወሳኺ ጉድ የምጸኣለይ ዝፈልጦ ነገር የብለይን። ም'ኻ'ን ትንፋስ ሓዉን ትንፋስ ዓርኩን ከሕልፍ ድሕር ዘይበለ፡ ኣብ ቀጸሊ ከላ ንዓይ ክልክመኒ ይኽእል'የ። ስለዚ በጃኻትኩም ውሕጅ ከይመጸ መንገዲ ጽረጉለይ" ኢላ ዘረብኣ ከይዓጸወት ንብዓት ካብ ክልተ ኣዒንታ ጀረው-ጀረው ክብል ስለ ዝጀመረ፡ ኣብ ምጽራጉ ተጸምደት። ሓደ ካብቶም ሽማገለታት ወዲ ሓወብኡ ን'ኽብሮም ዓርኪ ሃይለ ጸጋይ ስለ ዝነበረ፡ ነቲ ወረ ተቓላጢፉ ን'ኤርትራ ኣብጸሐ። ስድራ ክብሮምን ስድራ ሃይለን ከላ ቃታሊ ደቆም ድሕሪ ነዊሕ ዓመታት ከም ዳግማይ መርድእ ኮይኑ መጸም። ሽህ ኣለቃ መኮነንን ወይዘሮ ምርጥነሽን ድማ ብ'ማእከልነት'ታ ሽማግለ ዕርቂ ሓዳሮም በተኩ።

ሽህ ኣለቃ መኮነን ብ'ሰበብ ብልሽውናን ምንዝርናን ካብ ስርሑ ከሰናበት ከሎ ናይ ጥዕና ጸገም'ውን ጌሩ ነበረ። ኣብዚ ግዜ'ዚ እምበኣር ሓዳሩ ጥራይ ኣይኮነን ስኢኑ ዘሎ። ዝለመዶ ገንዘብን ን'ሰባት ናብ ዝደለዮ ዝጥምዝዘሉ ዝነበረ ሓላፍነትን ድሮ ከም ሃፉ በኒኖም ደሓን ኩን ኢሎሞ'ዮም። እታ ዘይተኣደነ ጉብዝና ተሰኪማ ዝነበረት ሰብነቱ'ውን ሽምግልናን ሕማምን ተመሓዝዮም ዘይንሳ ኣምሲሎማ'ዮም። ካብ ኩሉ ዝኸፍአ ድማ እቲ ኩሉ ኣብ ልዕሊ ሰባት ዝፍጽሞ ዝነበረ በደላት ናይ ኣእምሮ ዕርፍቲ ኣስኣኖ። ብፍላይ ናይ እምነት ጉዳይ መመሊሱ ቅሳነት ከልአ። ብኣካል ረኺቡ እቕሬታ ከሓታ'ኻ ብዙሕ እንተ ፈተነ፡ ን'ወጺኢ ሃገር ከይዳ ኣብ ኤርትራ የላን ስለ ዝበልዎ ግን ጣዕስኡ ሒዙ ስቕ በለ። ብናይ ሃይለ ጉዳይ ን'ኣቦይ ጸጋይን ን'ደሃብን ኣቑዲሙ ይቕሬታ ሓቲትዎም'ዩ። ይቕረ እኹንካ

ክብልዋ'ኳ ኣዝዩ ከቢድዎም እንተ ነበረ፡ ኣካሎም ኮይንዎም ከይፈተዉ እንዳ ሓርኮኹም ወሓጥዎ፡፡ ሕማሙ ካብ ግዜ ናብ ግዜ እንዳ በኣሰ መጸ፡፡ እቶም ዝከታተልዎ ዝነበሩ ሓካይም ድማ ሕማሙ ካብ ዓቕሞም ወጺኢ እንዳ ኮነ ስለ ዝኸደ፡ ናብ ወጻኢ ሃገር ከይዱ ክሕከም ናይ ሕክምና መስነይታ ወረቐት ጽሒፎም ኣፋነዉዎ፡፡

እምነትን ምስግናን ኣብ ኤርትራ ከልዉ ኣብቲ ፈለማ ብርኪ ዝተኸሉሉ እዋናት፡ እምነት ጸብሕን እንጀራን ሰሪሓ ስለ ዘይትኽእል ዝነበረት መሬት ሕርብት በለታ፡፡ ከትክሽን እንተ ፈቲና ከኣ ንኽልቢ'ውን ዘይትምነዮ ትሰርሕ ነበረት፡፡ ንእተፍቅሮ በዓል ቤታ ኣጸብዕቲ ዘቖርጥም መግቢ ብዘይምኽሻና ሕፍረትን ነብስ ምትሓትን ተሰምዓ፡፡ "ብዘይ ኣደን ዓባይ ሓብተን ምዕባይ እዚ'ዩ ትርፉ፡፡ ምኽን ምስራሕ እንጀራን ጸብሕን'ሲ ሕያወይቲ ናይ ገዛ ኣስራሒትካ'ኳ ትምህረካ፡፡ ምርጥነሽ ሕስምቲ ግን ኣብ ምሕጸብ ክዳንን ኣቑሑትን ደሪታ ኣብልያትኒ፡፡ ኢድኪ ድኣ ተፈደዩ ምርጥነሽ ፈዛውሲ" እናበለት እምነት ካብ ውሽጣ ትራገም ነበረት፡፡ በዓልቲ ቤቱ ከትሽገርን ከትጭነቕን ዘስተብሃለ ምስግና፡ ምስራሕ መግቢ ሕጂ ከትመሃሮ ስለ እትኽእል፡ ዘጨንቕ ምኽንያት ከህልዋ ከም ዘይብሉ ኣተባቢዓን ንሞራላ ስማይ ሰቖሎን፡፡ ብመሰረት ስምምዖም ከኣ እምነት ኣብ ሓደ "ኣደ ትምህርቲ ምድላው መግቢ" ዝተሰምየ ቤት-ትምህርቲ ከይዳ ንምስራሕ መግቢ ዝምልከት ክእለት ሰነቐት፡፡ ከም ውጽኢቱ ከኣ ንወጻኢ ሃገር ምስ ከደት፡ ካብ ንገዝኣ ዝኸውን መግቢ ምድላው ሓሊፋ፡ ንምስራሕ መግቢ ከም ሞያ ሓዘቶ፡፡ ኣብ ምኽሻን መግቢ ፍልጠተን ከደንፍዓ ንዝደልያ ግዱሳት እንዳ መሃረት ከኣ ምንጪ ፈናንሳዊ እቶት ጌራቶ ነበረት፡፡ ኣዕጋቢ መጠን ገንዘብ ከኣ ረኸበትሉ፡፡

ምዕራፍ 4

ስደት ናብ ኤዉሮጳ

ነዞም ሰብ ኪዳን እቲ ኣብ መጀመርታ ግዜያት ሕጽኖቶም ጎርቢ መጻኢ ሓዳሮም ከይከዉን ተስጊኡ ዝነበረ ኣስካፊ ሽግር ብሓገዝ ብቑዕ ሕክምናዊ ምኽሪ ተወጊድሎም'ዩ። ከም ምንዮቶምን ምንዮት ኩሉ ፈታዊኦምን ከኣ ወሃ ዘበለ ሓዳር መስረቱ። ከምኡስ ንኹሉ ሰብ ዘብል ምውቕ ሓዳር ኮነሎም። ንሓደ ዓመት ኣብ ከረን ምስ ተቐመጡ: እተን ኣብ ኤዉሮጳ ዝቐመጣ ኣሕዋቱ ንምስግና ንኸዘዉሩ ዕድመ ለኣኻሎም'ሞ ሰሊጡዎም ንኤዉሮጳ ከዱ። እዞም ክልተ ሰብ ሓዳር ሒደት መዓልትታት ኤዉሮጳ ድሕሪ ምኢታዎም ንበይኖም ንኸተማ ከዘዉሩ ይወጹ'ሞ :ብባቡር እንዳ ተጓዕዙ ክልተ ኤርትራዉያን ጓልን ወድን ይረኽቡ። ሰላምታ ድሕሪ ምልዉዋጥ: እቶም ኤርትራዉያን ኣሕዋት ንበዓል እምነት ብዘዕባ ስደት ከከፍኡ ዕላል ኣካፈሎም ተፋነዉዎም። ከም ሳዕቤኑ ከኣ እዞም ኣጋይሽ በቲ ዕላል ተዳሂሎም ኣማስይኦም ናብ ኣሕዋቱ ንምስግና ተመልሱ። ሽዉ ምብራቕ-ንዕልታ ንእምነት-መንፈስ ኣጋይሽ ስለ ዝተቓየራ: ገና በዓል እምነት እግሮም ከይኣተወ ብሕቶ ተቐበለቶም።

ምብራቕ፡ አንቱም ደሓን ዲኹም ድኣ፤ ነዚ ከተማ ዘስተማቐርኩሞ ዘይትመስሉ ዘለኹም። ገዛ ድዩ ጠፊኡኩም ኮለል ከትብሉ ውዒልኩም፧

እምነት፡ አይፋሉን ምብራቕ ሓብተይ። ገዛ አይኮነን ጠፊኡና። ነዚ ዓድኹም ድኣ ከቢድን አሸጋርን'ዩ ንኽትነብሮ ኢሎምና አብ ባቡር ዝረኸብናዮም ሰባትሲ፡ ናብዚ ዘይምምጻእ ምሕሻና ኢልና ተጣዒስና። ከመይ ኢልኩም ዲኹም ትነብሩ ምብራቕ ሓብተይ፤ ማዕረ ከምኡ ድዩ ከቢድ ናብራ አብዚ ኤውሮጳ፧

ምብራቕ፡ ንዓይ ከም ዝስማዓኒ ዘሎ 'ዞም አብ ባቡር ዘንነፍኹም አሕዋትና ብዛዕባ ናብራ ምዕራባዊ ዓለም ጎደሎ መረዳእታ ሒዞም አለዉ። ርጉጽ'ዩ ስደት መተካእታ ሃገርካ ከኸውን አይክእልን'ዩ። ብፍላይ ካብ ከም በዓል ሃገርና ዝአመሰላ ሃገራት አብዘን ሃገራት ምዕራብ እንድሕር መጺእካ ምዕባይ ቆልዓ፡ ውልቃዊ አነባብራ፡ ጸዕቂ ስራሕ፡ ምኽባር ሕግን ግዜን ይሕድሰካን ይኸብደካን'ዩ። እዚ ይኹን'ምበር ኤውሮጳ ብልጭታት የብሉን ማለት አይኮነን። ከም ርድኢተይ መብዛሕትኡ ኤርትራዊ ስደተኛ አበይ'ዩ ዝሸገር እንተ ኢልኩም'ኒ፡ ብዛዕባ'ቲ ተሰዲዱ ዝአትዎ ዘለዎ ዓዲ ጽኡይ መጽናዕቲ ስለ ዘይገብር'ዩ። አብ መጀመርታ'ኻ ብዛዕባ'ቲ መጺእካዮ/እትመጸ ዘለኻ ዓዲ እኹልን ዝተጨበጠን ሓበሬታ ዝጐደሎም ሰባት እንተ አማእዚኖም'ኻ፡ ከይወዓልካ ከይሓደርካ ነቲ ዓዲ ፌእ ከትብሎ ትኸእል። ስለዚ አነ ንኽልቴኹም ዝመኸረኩም እንተ ሃልዩ፡ ፈለማ ቋንቋ ናይዚ ሃገር ብዝግባእ ምለኸዎ። ቀጺልኩም ድማ ንመሰረታዊ ሕግታትን ሜላ አነባብራን ናይዚ ሃገር ፍለጥዎ። ዝኾነ ሕብረተሰብ ንባሁሉን ሕግታቱን አኽቢርካ ንዕኡ መሲልካ ከትከይድ እንተ ፈቲንካ ሓንጎፋይ ኢሉ ዘይቅበለልካ ምኽንያት ንዓይ አይረአየንን'ዩ። አነ ብወገነይ ንምስግና ከምቲ ዝምባሊኡ መካኒክ ንኽመሃር፡

ንዓኺ ንእምነት ድማ ከምቲ ድልየትኪ ብዘዕባ ምስራሕ መግቢ ዝያዳ ፍልጠት ደሊብኪ ትካል ንኸትከፍቲ ዓቕመይ ዘፍቅዶ ከሕግዘኪ 'የ። አብዚ ሃገር ዓቢ ናይ ኤርትራውያን ማሕበረኮም ስለዘሎ ድማ አብኡ አባላት እትኾኑ መንገዲ ከጣጥሕ'የ።

ምስግና፣ እንተኾነ አምላኽ ስደትና አሕጺሩ ንዓድና አብ ዘሓጸረ ግዜ ንምለስ ንኸውን። ከሳብ አብ ስደት ዘለና ግን ከምቲ ዝበልከዮ ንብልጫታቱ እንዳ መዝመዝና ህይወትና ክንመርሕ'ዩ ዝግባኣና።

እምነት፣ የቕንየልና ምብራቕ ሓብተይ። ንስኺ ትሕሺ ጓለይ! ነዛ ልብና ምልስ አቢልክያ።

እምነትን ምስግናን'ምበአር ነቲ ምብራቕ ዝሃበቶም ምኽሪ ብዝግባእ አብ ግብሪ ስለ ዘውዓልዎ፣በብወገኖም አዐጋቢ አታዊ ዘለዎ ስራሕ እንዳ ሰርሑ ሓያለይ መጠን ገንዘብ አዋህለሉን ሕጉስ ህይወት ከመርሑ ጀመሩን። ድሕሪ ግዜ እምነት "ወላናቢ" ዝስሙ ቤት ትምህርቲ አብታ ዝአተዉዋ ኤውሮጳዊት ሃገር ከፊታ ሰባት አብ ምሕጋዝ ትነጥፍ አላ። "ወላናቢ" ካብ ወላዲ ውላድካ ናቢ ዝብል ሓሳብ እምነት ባዕላ ሓናፊጻ ዘቖመቶ ቃል ኮይኑ፣ ቀንዲ ዕላምኡ ተራ ወለዲ አብ ም'ኹስኻስ ደቆም እምነ ኩርናዕ ም'ኺኑ'ዩ ዘስተምህር። ተልእኾ'ዚ ትካል'ምበአር ብዘይ ወላዲኡ ዝዓቢ ቆልዓ መጻኢኡ አዝዩ ደብዛዝ ስለ ዝኾነ፣ ወለዲ ብህይወት ከሳብ ዘለዉ ከንዲ ዝገዘፈ ይግዘፍ መስዋእቲ ከፊሎም ምሉእ ሓላፍነት ምንባይን ምሕብሓብን ውላዶም ከወስዱ ከም ዝግብአም ዘመክርን ዘጉስጉስን'ዩ። ካብ ብዙሓት ተጠቕምቲ ናይቲ አብቲ ከባቢ ብዓይነቱ ናይ ፈለማ ዝኾነ ቤት-ትምህርቲ ከአ ዘዑል ናእዳን ምራልን ረኺባትሉ'ያ። አብ መመረቕታ ናይቲ ቤት-ትምህርቲ እምነት ነዚ ዝስዕብ መደረ አስሚዓ ኔራ፤

"ዝተፈላለዩ መጽናዕትታት ከም ዘመልከትዎ እንተ ኮይኑ፡ ብዘይ አቦ/አደ ወይ ክልቲኣም ወለዲ ዝዓብዩ ቆልዑ አብ መጻኢ ድኻታት ኮይኖም ንኸነብሩ ልዑል ተኽእሎ አለዎም። ብተወሳኺ ትምህርቲ ከሎ ገና ናይ ምቁራጽ ዝለዓለ ተኽእሎ አለዎም። ግዳይ ዕጸ ፋርስን ግዙኣት መስተን ይኾኑ። ከም ኡ'ውን ምዕባለ ሓንጎሎም ዝሕታለ የጋጥሞ። ንምዝመዛ ዝተቓልዑ'ዮም። ምስ ሰባት ዝምድና ንኸምስርቱ ይጽገሙ። ስምዒቶም ብቓሊሉ ተነካኢ ይኸውን። ብጸታ መልክዕ ምስ እንርእዮ ከአ አወዳት ገበን ዝመልአ ህይወት ናይ ምምራሕ ዕጫ አለዎም። አዋልድ ድማ ንምዝርናን ንትሕተ ዕድመ ጥንስን ዝተቓልዓ 'የን"።

ሸህ አለቃ መኮነን ንዝሓሸ ሕክምና ኤውሮጳ መረጸ። አብኡ ምስ አተወ ድማ ሓካይም ኤውሮጳ ናይ ገዛእ ርእሶም መርመራታት አካየዱሉ'ሞ፡ መጥባሕቲ ከገብርሉ ወሰኑ። ንመጥባሕቲ ዘድልዮ ገንዘብ ምስቲ ንሱ ካብ ኢትዮጵያ ሒዝዎ ዝመጸ ናይ ሰማይን ምድርን ፍልልይ ነበሮ። እቶም ሓካይም ጥዕናዊ ኩነታቱ አብ አስጋኢ ሃዋሁ ብምንባሩ፡ ተቐላጢፉ ድልው ክኸውን ደጋጊሞም ሓቢሮሞ'ዮም። ገንዘብ'ሞ ካበይ ይምጸእ፤ ምድረ ሰማይ እኩት በለቶ። ናዝሬት ጓሉ አስንያቶ ምስኡ ከይዳ ስለ ዝነበረት፡ ከሕግዙ ዝኸእሉ ቤተ-ዘመድ አዕሩኽቶምን ፈለጥቶምን እንተ ረኸበት ሃሰው በለት። ናይ ርድኡኒ ቁጽሪ ሕሳብ'ውን አብ ባንኪ ከፈታ ነበረት። ዳርጋ ኩሎም 'ቶም ዝሓበረቶም መቐርብን አዕሩኹን ዓቐሞም ዘፍቅዶ እጃሞም አበርከቱ። ኩሉ ተዋሃሊሉ ግን ጥቓ ምእካል አይቀረበን። ከሳብ'ዚ ሰዓት'ዚ ሓደ ርብዒ ናይቲ ተሓቲቱ ዝነበረ መጠን ገንዘብ ጥራይ ተዋህለለ። ሓደ ኤርትራዊ መንእሰይ ግን ነቲ ተሪፉ ዝነበረ ሰለስተ ርብዒ ባዕሉ ከሸፍኖ ምኽኑ ነታ ዓቐላ ጸቢብዋ ከትነብዕ ዝጸንሐቶ ናዝሬት ቃል አተወላ። ከም ቃሉ ድማ መብጽዕኡ ፈጸመ። እዚ ወዲ ግን

ናዝሬት እትፈልጦ ቤተ-ዘመድ አይኮነን፡፡ መተዓብይቲ ወይ ጎረቤት'ውን አይነበረን፡፡ ብዝኾነ ግን ንዝሃበ እዝጊ ይሃቦ ንሹህ አላቃ መኮነን መጥባሕቲ ተገብረሉ፡፡ ከም ፍቓድ አምላኽ ከአ ዕዉት መጥባሕቲ ኮይኑሉ ናብ ንቡር ጥዕንኡ ተመልሰ፡፡ መኮነን ምስ ሓወየ ነዚ ወዲ ረኺቡ የቕንየለይ ካብ አምላኽ ተኸፊሎ ክብሎ፡ አድራሽኡ ናዝሬት ሒዛቶ ስለ ዝጸንሐት፡ ምስ ጓሉ ተተሓሒዘም ባቡሮም ተሳቒሎም ናብ መንበሪ ቤት ናይቲ ገባር ሰናይ መንእሰይ አምርሑ፡፡

ማዕጾ ናይ ካንሸሎ ኳሕኩሓም ንውሽጢ ምስ አተዉ፡ እታ ከም ሕሱም ዘከላበታ እምነት ጓል ሓዉ ምስ ምስግና በዓል ቤታ ተቐበልዎ፡፡ አብ ብርካ ተደፊኡ ከአ እንዳ ነበዐ ልባዊ እቅሬታ ሓተታ፡፡ እምነት ሸዉ "ሓወበይ መኮነን መዓልቲ ዘይብሉ ሰብ የለን፡ ብዘይ አበስከዎ ገበን ንምንባረይ ዝፈታተን ግፍዒ አውሪድካለይ ኢኻ፡፡ ሕጂ አነ ነዛ ሩሒይ ክብልን፡ ነቲ አብ መወዳእትኡ ዝኸሓሰኒ ፈጣሪ ከየቖይምን ምሉእ ምሕረት ጌረልካ አለኹ" ኢላ ዘረበአ ከትውድእን ተሓጆቑፎም ከሰዓዓሙን ሓደ ኮነ፡፡

* * *

www.ingramcontent.com/pod-product-compliance
Lightning Source LLC
Chambersburg PA
CBHW031304120726
47906CB00003B/882